OJOS DE ZAFIRO

Editado por Harlequin Ibérica.
Una división de HarperCollins Ibérica, S.A.
Núñez de Balboa, 56
28001 Madrid

© 2005 Rosemary Rogers. Todos los derechos reservados.
OJOS DE ZAFIRO, N° 38
Título original: Sapphire
Publicada originalmente por Mira Books, Ontario, Canadá
Traducidos por Victoria Horrillo Ledesma

Todos los derechos están reservados incluidos los de reproducción, total o parcial. Esta edición ha sido publicada con permiso de Harlequin Enterprises II BV.
Todos los personajes de este libro son ficticios. Cualquier parecido con alguna persona, viva o muerta, es pura coincidencia.
El logotipo TOP NOVEL es marca registrada por Harlequin Enterprises Ltd.

®™ son marcas registradas por Harlequin Enterprises Limited y sus filiales, utilizadas con licencia. Las marcas que lleven ™ están registradas en la Oficina Española de Patentes y Marcas y en otros países.

I.S.B.N.: 978-84-671-4786-5

Martinica
Indias Occidentales francesas
Abril de 1831

—Un beso, *ma* Sapphire *douce*, un beso, o moriré —declaró Maurice, un francés guapo y moreno, al tiempo que se llevaba las manos al corazón. Se hallaba metido hasta el pecho en el estanque de aguas cristalinas y verde azuladas de debajo de la cascada.

No llevaba puesto más que unas calzas de gamuza que, empapadas, se pegaban a su cuerpo como una segunda piel, y la visión de su torso desnudo y musculoso y de su pelo mojado y echado hacia atrás hizo que el pulso de Sapphire se acelerara y que sus piernas flaquearan.

—Primero tendrás que atraparme, Maurice —se rió y le salpicó mientras contoneaba provocativamente las caderas bajo la camisa transparente que se había puesto para su baño de última hora de la tarde.

Maurice se abalanzó hacia ella y estiró los brazos, pero Sapphire se volvió y se zambulló de cabeza en el estanque, tocó con la yema de los dedos el fondo arenoso y volvió a emerger.

—¡Te tengo! —él la agarró del tobillo y comenzó a tirar de ella, pasando las manos por su pierna desnuda.

—¡No! —chilló ella, y comenzó a patalear sin dejar de reír—. Suélteme, amable señor.

—No hasta que tenga mi beso, bella damisela —Maurice retrocedió, se apoyó con firmeza en el fondo de arena y la atrajo a sus brazos.

Rendida al fin, Sapphire le rodeó el cuello con los brazos y echó la cabeza hacia atrás. Su cabello, rojizo como la caoba y mojado, cayó hacia atrás y se hundió en el agua. Ella cerró los ojos, besó los labios de Maurice y se dejó llevar por el placer de sentir sus cuerpos unidos.

Maurice había atraído su atención el otoño anterior, en un baile, cuando su hermano Jacques y él regresaron de estudiar en Francia para reunirse con su padre en una plantación vecina. Sapphire había sentido una especie de magia desde la noche en que se conocieron. Unos cuantos besos inocentes, seguidos por miradas encendidas a través de salones atestados de gente y varios encuentros furtivos, y se había enamorado de él irremediablemente, y él de ella. El ensueño de una espléndida boda en el jardín de Orchid Manor danzaba en su cabeza. Su única preocupación era convencer a su querido padre de que Maurice era el hombre adecuado para ella: el único hombre para ella.

—Sapphire, deberíamos volver a casa —dijo Angelique desde el lugar donde Jacques y ella flotaban de espaldas, junto al barranco que rodeaba su estanque preferido—. Si tardamos mucho, papá vendrá a buscarnos. Recuerda que se supone que estamos escuchando el recital de arpa de la baronesa.

Sólo un año mayor que Sapphire, Angelique era su hermana y su mejor amiga. Ambas eran inseparables desde que los padres de Sapphire adoptaron a Angelique. Aunque tenía el pelo negro como el ébano y era nativa de la isla, hija de una esclava, el tono de su piel parecía apenas besado por el sol durante todo el año, y no dejaba traslucir su verdadera herencia.

—No quiero ir a cenar y escuchar a esos invitados ingleses de papá, tan aburridos —Sapphire hizo un mohín y se volvió para dar un beso ligero en los labios a Maurice—. Prefiero quedarme aquí.

—Quizá deberías regresar, *ma petite* —le susurró Maurice al oído—. No quiero que *monsieur* Fabergine, mi futuro suegro, se enfade —rozó el lóbulo de su oreja con la lengua, y ella sintió un estremecimiento. A pesar de que la tarde era calurosa, el agua estaba fría y Sapphire tembló, estremecida por sensaciones desconocidas que erizaron sus pezones—. Ve a reunirte conmigo esta noche, después de la cena, en nuestro escondite, *¿oui?* —sugirió Maurice con un susurro ronco.

Sapphire se agarró a sus brazos fuertes y lo miró a los ojos.

—Sí. Y luego iremos a cabalgar. Me encanta cabalgar de noche por la selva y por la playa, con la luna como única guía. Será cien veces mejor si vamos juntos.

—O podemos entregarnos a otras... diversiones.

Maurice la besó y ella se derritió en sus brazos con un suspiro. Sapphire no era tan generosa con sus afectos como Angelique y, a diferencia de la bella e indómita nativa, había preservado cautelosamente su virginidad. Pero su determinación empezaba a flaquear.

Era ya una mujer adulta y estaba ansiosa por experimentar cuanto significaba serlo. ¿Qué razón había para esperar?, se preguntaba, aturdida, cuando al fin sus bocas se separaron.

—Ven a sentarte en la orilla y a secarte un poco antes de vestirte —murmuró Maurice y, enlazándola con un brazo, la llevó hacia la ribera. Tomó una manta y llevó a Sapphire a un claro que se abría entre helechos gigantes, algo apartado del camino, y sobre el cual se mecían las palmeras. Extendió la manta, tomó de nuevo la mano de Sapphire y la hizo sentarse sobre ella.

—Sólo puedo sentarme un momento —ella sonrió, respiró hondo y disfrutó de los olores de la selva paradisíaca—. Angelique tiene razón. Deberíamos irnos antes de que nos encuentre mi padre.

—Ah, los padres —suspiró Maurice mientras besaba su cuello—. Siempre protegiendo a sus bellas hijas, ¿*oui*?

Ella levantó la barbilla y apoyó la mano sobre su ancho hombro.

—*Oui*, por lo menos el mío, sí —Besó suavemente sus labios y Maurice la rodeó con los brazos y la tumbó sobre el suelo. Al amoldar su cuerpo fibroso al de ella, Sapphire sintió la prueba fehaciente de su deseo, y sus mejillas se encendieron.

Maurice pasó la mano sobre su costado, por debajo de sus pechos, y ella suspiró. Luego la deslizó lentamente sobre su pecho y lo apretó con suavidad, y ella dejó escapar un gemido. ¿Cómo algo tan prohibido podía ser tan delicioso?

—¡Sapphire! ¡*Mon dieu*! ¡Usted, señor, apártese de mi hija inmediatamente!

—¡Papá! —Sapphire no había oído llegar a los hombres a caballo hasta que estuvieron en el claro, junto al estanque. Empujó a Maurice y se sentó, cruzando los brazos para cubrirse los pechos.

—*Bon après-midi*, *monsieur* Fabergine. ¿Cómo se encuentra esta tarde? —preguntó amablemente Maurice, como si nada hubiera pasado.

—¿Que cómo me encuentro? —farfulló Armand Fabergine mientras desmontaba de su hermoso caballo bayo, agitando su fusta de cuero blanco. Iba vestido con traje de montar de calzas blancas, a la altura de la rodilla, camisa de seda del mismo color, levita azul pálida y costosas botas. Tras él, algunos invitados varones, montados a caballo, estiraban el cuello para ver a Sapphire y su enamorado–. A decir verdad, señor Dupree, no me encuentro muy bien –dijo en inglés con leve acento extranjero, y señaló a su hija–. *Fille*, levántate. ¡Levántate ahora mismo! –tenía los labios pálidos y los ojos entornados por la ira. Cuando Sapphire se levantó, su padre agarró la manta y se la echó sobre los hombros–. ¿Y dónde está Angelique? –de sus ojos parecían saltar chispas.

–¡Ya voy, papá! –canturreó Angelique.

–Y usted –le espetó Armand a Maurice, mirándolo con desprecio– tiene suerte de que sea un hombre civilizado. Mi padre lo habría matado como a un perro por atreverse a ponerle las manos encima a una de mis hijas. Será mejor que se marche de aquí enseguida, porque tal vez aún pierda los estribos y acabe dándole de latigazos.

–¡No, papá! –gritó Sapphire.

–Me avergüenzas, hija. ¡Cúbrete! –miró hacia atrás–. Por favor, caballeros, ¿me disculpan un momento? –los tres ingleses hicieron volver grupas a sus monturas y se perdieron de vista tras un árbol–. ¡Angelique! –gritó Armand.

–¡Ya voy, papá!

Sapphire vio por el rabillo del ojo que Jacques agachaba la cabeza y desaparecía tras los helechos de la orilla. Ella se volvió para mirar a su padre. Así era Angelique desde niña. Nunca desobedecía ni discutía con sus padres o la tía Lucía. Asentía con la cabeza, esbozaba una linda sonrisa y luego hacía lo que se le antojaba.

–Papá, tú no lo entiendes –dijo Sapphire en tono implorante.

–¿Qué hay que entender? –bramó Armand–. Es evidente

que este... que este joven, al que no puede considerarse un caballero, intentaba aprovecharse de ti.

—¡No! —Sapphire retrocedió un poco para darle el brazo a Maurice—. Maurice y yo estamos enamorados, papá. Él no ha hecho nada malo. Nunca se aprovecharía de mí.

—¿Enamorados? ¿Qué sabes tú del amor? —bufó Armand, y dio un paso hacia ellos. Durante el año anterior había adelgazado y su cabello negro se había vuelto casi por completo blanco, pero su voz autoritaria todavía era capaz de poner nervioso a un hombre adulto.

—Debería irme, *mon amour* —dijo Maurice al tiempo que daba un paso atrás.

—Creo que será lo más sensato, *monsieur* Dupree, antes de que olvide que soy un caballero y le dé el escarmiento que merece.

—Te veré luego —le susurró Maurice a Sapphire y, dando media vuelta, echó a correr hacia la orilla para recoger sus ropas.

Angelique apareció ya vestida y llevando en la mano sus zapatos.

—Papá —dijo con dulzura—, ahora mismo íbamos a volver a casa a prepararnos para la cena. Estoy deseando ponerme el vestido nuevo que hiciste traer para mí desde Londres.

Sapphire dio un paso hacia su padre con mirada desafiante.

—No puedes hacernos esto a Maurice y a mí, papá. ¡No lo permitiré! Estamos enamorados y pensamos casarnos.

Armand apretó la mandíbula y la miró.

—Tú no te casarás con Maurice Dupree —dijo con frialdad—. Ese joven no es digno ni de limpiarte las botas —se volvió y echó a andar hacia su caballo.

—¡Papá! ¡No puedes irte así! Ya no soy una niña y no permitiré que me trates como si lo fuera.

Armand puso un pie en el estribo y montó.

—Sigo siendo tu padre y el señor de esta plantación y de todos los que viven aquí —respondió con calma—. Estáis todos a mi cargo, y eso significa que haré lo que crea conveniente, con mis esclavos y con mi hija. Podría encerrarte en tu cuarto o devolverte al cuidado de las Hermanas del Sagrado Corazón, si es necesario.

—¡No te atreverás a mandarme otra vez al colegio! —gritó Sapphire después de que él se alejara a caballo.

—No permitiré que me avasalle —insistió Sapphire al salir con Angelique de su habitación y entrar en el pasillo amplio y bien iluminado.

La casa de Orchid Manor había sido construida por su abuelo al estilo de los grandes *châteaux* del valle del Loira, pero poseía también el ambiente de las Indias Occidentales francesas, con sus grandes puertas y ventanas que se abrían a los patios de piedra y los frondosos jardines.

—No pienso hacerlo, Angel —Sapphire agitó la cabeza mientras se abrochaba un pendiente de perlas—. Cuando murió mamá, papá me dijo que era ya una mujer adulta y que debía ser tratada como tal —levantó el bajo de su vestido nuevo de seda color ciruela, con su falda abullonada y su amplio escote, y corrió para alcanzar a su hermana—. Y ahora, cuando encuentro un hombre al que querer, habla de mandarme otra vez al convento. ¡Y eso nunca!

—No corras o te estropearás el peinado —Angelique le colocó una horquilla—. Esta noche no hables de Maurice durante la cena. No hables de él en absoluto.

—¿Que no hable de él? —dijo Sapphire con vehemencia—. Quiero casarme con él. Queremos casarnos enseguida.

Angelique se alisó la falda del vestido rosa pálido.

—No deberías entregar el corazón tan fácilmente. Eres joven. Tienes mucho que aprender sobre el amor. Habrá muchos Maurice que...

—¡No empieces tú también! —replicó Sapphire.

—Yo estoy de tu lado, igual que papá —Angelique se volvió hacia la música que el aire arrastraba desde el jardín, donde los músicos tocaban para los invitados ingleses de su padre, todos ellos socios comerciales—. Ven, si llegamos tarde, papá se enfadará aún más. Luego hablaremos de esto.

—Hablas igual que él —le espetó Sapphire—. Pero ni papá ni tú habéis oído la última palabra.

—Qué duda cabe —murmuró Angelique mientras entraban en el espacioso comedor, elegantemente amueblado al estilo Luis XIV, en tonos blancos y dorados.

—Ah, mis bellas sobrinas —dijo la tía Lucía y, al abrazarlas, se inclinó hacia Sapphire—. ¿Qué has hecho ahora? Creo que nunca había visto a Armand tan enfadado.

—¡No he hecho nada malo!

Lucía, una mujer de mediana edad, rolliza, de cabello rojizo y hermoso rostro, miró a Angelique, que se limitó a levantar las cejas y encogerse de hombros.

—Vamos, vamos —dijo alegremente la tía Lucía, y echó hacia atrás su falda de raso color limón—. Todo el mundo está aquí y es hora de sentarse. El vestido de lady Carlisle es precioso, ¿*oui?* Y fijaos en su tocado —dijo con un acento francés que siempre parecía más acusado cuando había invitados—. ¿No es *simplement divin* el pajarito que lleva prendido al encaje?

—Simplemente divino —dijo Sapphire con dulzura, y compuso una sonrisa al acercarse a su silla, situada junto a la cabecera de la mesa.

No le agradaba lady Carlisle. Esa misma mañana, la había oído hablar en la biblioteca con su amiga, lady Morrow.

—Monsieur Fabergine es encantador —había dicho la condesa—, pero su hija, la pelirroja, es demasiado impetuosa para ser una señorita. Su padre haría bien cortándole las alas. Me pregunto —había añadido lady Carlisle— si Armand se da cuenta de lo difícil que será casar a semejante torbellino.

—Papá —dijo Sapphire con una sonrisa—. Por favor, siéntense todos —añadió dirigiéndose a los invitados de su padre—. La cena está servida.

Armand se acercó a su silla y la separó para que Sapphire se sentara.

—Estás preciosa, cariño —dijo—. El color de ese vestido te favorece.

Sapphire seguía enfadada con él, pero al sentarse y levantar la vista hacia él su sonrisa era sincera.

—Gracias por el vestido, papá. Es precioso.

—Un vestido precioso para una chica preciosa —le susurró él al oído—. Aunque sea un torbellino.

Ella lo miró a los ojos y tuvo que taparse la boca con la mano para no echarse a reír. Al parecer, su padre también había oído el comentario de lady Carlisle.

—*Merci tellement* —dijo Armand a sus invitados, y ayudó a la tía Lucía a sentarse antes de ocupar su sitio a la cabecera de la mesa.

Sapphire notó que uno de los caballeros casados ayudaba a sentarse a Angelique. Los hombres adoraban a Angelique porque nunca discutía y había algo irresistible en su oscura belleza.

—Por favor —continuó Armand, abriendo los brazos con gesto grandilocuente—, aquí en Orchid Manor, somos bastante informales —hizo una seña a una sirvienta nueva, una muchacha de la aldea que Sapphire sospechaba había llamado su atención. Aquél era un vicio que su madre siempre había pasado por alto. Un «debilidad masculina innata», lo llamaba ella. Tal vez fuera así, pero, años atrás, cuando circuló el rumor de que Angelique era en realidad hija de Armand, Sapphire había decidido que el hombre con el que se casara no tendría aquella «debilidad».

Tarasai, la criada, que no era mayor que Sapphire, se acercó a la mesa con los ojos bajos, llevando una sopera de porcelana blanca con asas doradas. La larga cena dio así comienzo y, mientras se servían los distintos platos, Sapphire se descubrió cada vez más hundida en su asiento.

Desde la llegada, hacía una semana, de los invitados ingleses de su padre, las conversaciones durante la cena eran tremendamente aburridas. Los hombres de mediana edad sólo hablaban de cosechas y de su salud, pero, por aburrido que fuera aquello, Sapphire lo prefería a las tediosas conversaciones de las inglesas acerca de la buena sociedad londinense. La tía Lucía sonreía y asentía con la cabeza, intercalando aquí y allá un *oui* o un sí, y Angelique pasaba el rato coqueteando con los hombres, pero ella no podía, sencillamente, fingir interés.

Mientras esperaba a que sirvieran el siguiente plato, levantó la vista hacia la gran lámpara de cristal que colgaba sobre la mesa. Oyó un gemido suave bajo la mesa y sintió que un hocico húmedo se apretaba contra su mano. Se aseguró de que nadie miraba, cortó un trozo de pan de su plato y lo metió bajo la mesa. Uno de los sabuesos de su padre lo comió con ansia de su mano. Lady Morrow le estaba contando a la tía Lucía que una dama conocida suya había tenido que despedir a una doncella por robar sopa de la despensa. Sapphire puso los ojos en blanco por lo mezquino de la conversación y cortó otro trozo de pan para el perro.

La baronesa Wells, que estaba sentada a su lado, la miró a los ojos y sonrió. A Sapphire le gustaba Patricia. Era ésta una recién casada, y podía ser bastante divertida. Sapphire había intentado convencerla varias veces para ir a montar o a nadar, pero lady Carlisle se había opuesto siempre, alegando que una mujer blanca no estaba a salvo en las selvas de Martinica. El hecho de que muchas familias francesas pertenecientes a la aristocracia vivieran en las cercanías no parecía importarle.

Sapphire ofreció otro trozo de pan al perro, y el animal asomó la nariz por debajo del mantel. Patricia, que lo vio, se llevó la servilleta a la boca para ocultar su sonrisa. Lady Carlisle carraspeó y Sapphire se dio cuenta de que todas las mujeres de la mesa la estaban mirando. Por lo visto alguien le había hecho una pregunta.

—Sapphire, querida —dijo la tía Lucía—, háblale a lady Carlisle del manto para el altar que Angelique y tú bordasteis hace poco. Le estaba diciendo a la condesa lo bien que os enseñaron las monjas.

—La verdad —dijo Sapphire— es que el manto de Angelique era precioso. Pero el mío estaba todo manchado de sangre de tanto pincharme los dedos y hubo que tirarlo a la basura.

Lady Morrow y lady Carlisle dejaron escapar sendas exclamaciones de sorpresa. Sapphire sonrió dulcemente y la tía Lucía levantó su copa de vino y la apuró de un trago. Después de eso, la conversación derivó hacia las dificultades que habían tenido las señoras para comprar el ajuar de Patricia en París antes de su boda el otoño anterior, y Sapphire pudo seguir dando de comer al perro tranquilamente. Al fin fue retirado el último plato y Sapphire se levantó confiando en poder escabullirse del comedor sin ser vista.

—*Dames*, ¿les apetecería dar un paseo por el jardín? Los señores y yo vamos a retirarnos a mi despacho a fumar un cigarro. Luego nos reuniremos con ustedes para tomar una copa, si no hace demasiado fresco fuera.

—¿Fresco? —gruñó Sapphire—. Por Dios, papá, hace una noche muy calurosa. Dudo que pesquemos un resfriado.

Él apoyó la mano sobre su codo, sonrió y se inclinó hacia ella.

—Por favor, Sapphire —dijo en voz baja—, entiendo que estés enfadada conmigo, pero estos son mis invitados. Hago muchos negocios con esos caballeros y no te hará ningún daño ser amable con sus esposas.

Ella suspiró.

—Sí, papá. Perdona. Mandaré a Tarasai a por unos chales si alguien tiene frío.

—*Merci* —su padre salió del salón con los hombres y a ella no le quedó más remedio que acompañar a las señoras al patio.

—Por favor, señoras, únanse a nosotras en el patio. Tenemos algunas orquídeas raras que creo encontrarán muy hermosas.

—Lo siento —dijo Angelique dulcemente—, pero no me encuentro muy bien. Me duele un poco la cabeza. Si me disculpan...

—Desde luego. Sí, claro —murmuraron al unísono las señoras, preocupadas por ella.

Sapphire gruñó para sus adentros y llamó a Tarasai para que llevara unos refrigerios al jardín de las orquídeas. Cuando salió al jardín, la tía Lucía le estaba enseñando a Patricia una bellísima orquídea de color rosa pálido con el centro negro, una de las raras variedades híbridas que cultivaba Armand, y las dos condesas estaban cuchicheando con las cabezas casi juntas. Sapphire se acercó a un pequeño estanque lleno de pececillos anaranjados. Se recogió las faldas, se agachó y se quedó mirando el agua para ver si vislumbraba el destello de alguna cola naranja. No vio ningún pez, pero sí una rana de color verde brillante con manchas anaranjadas. Al alejarse saltando la rana, la siguió. Cuando se acercaba al otro extremo del jardín, oyó parte de la conversación de las condesas.

—¿Desnuda? —oyó que susurraba lady Morrow—. ¡No!

—Sí —contestó lady Carlisle—. Eso dijo lord Carlisle. Bueno, prácticamente, al menos.

—Qué escándalo —dijo lady Morrow—. Y pensar que el pobre *monsieur* Fabergine tenga que afrontar eso estando todavía de luto.

—Y luego está la chica de piel oscura. ¿Puede usted creerse que se sienta a la mesa como si fuera uno de ellos?

—¿De piel oscura? ¿Qué quiere decir? Yo creía que era una pariente francesa o algo así...

Sapphire se olvidó de la rana, levantó el mentón y se acercó a las dos mujeres.

—Disculpen, señoras, pero no he podido evitar oír su conversación —dijo, mirándolas a los ojos.

—Qué falta de educación por su parte escuchar una conversación a la que no estaba invitada. ¿Es que no tiene usted modales, señorita? —preguntó lady Carlisle.

Sapphire dio un paso hacia la condesa. Sus ojos brillaban de rabia.

—¿Usted me habla de mala educación? Mi madre me enseñó que, si no se tiene nada agradable que decir, es mejor callarse.

—¿Y qué sabía ella? —siseó lady Carlisle—. No era más que una vulgar ramera.

Anonadada por el comentario de la condesa, Sapphire se quedó mirándola con los ojos como platos.

—¡Mi madre no era tal cosa!

Lady Carlisle se acercó un poco a ella.

—Su madre no era más que una prostituta de Nueva Orleans, igual que su querida tía. Así fue como la encontró su padre.

—¡Cómo se atreve! —gritó Sapphire.

—Sapphire —la tía Lucía apareció a su lado y puso suavemente una mano sobre su brazo—. Por favor, los invitados de tu padre...

Sapphire apartó el brazo.

—¡No! ¿Has... has oído lo que acaba de decir sobre mi madre? ¿Lo que te ha acusado de ser?

—Pregúntele a lady Morrow —dijo Carlisle, y el pájaro de su espantoso tocado se sacudía como si estuviera abriendo un agujero en su cabeza—. El hermano de su primo las conoció en Nueva Orleans. Armand y él eran socios.

—Edith, ya es suficiente —dijo la tía Lucía con aspereza.

—¡No es cierto! ¡Es mentira! Tía Lucía, díselo, diles que mi madre no era... —pero, al mirar a su tía, Sapphire comprendió que algo no iba bien. ¿Sabían aquellas mujeres algo que ella ignoraba?—. *Non* —murmuró, estupefacta.

—Sapphire, *ma petite*... —la tía Lucía la tomó de la mano.

De pronto, todo el jardín pareció dar vueltas a su alrededor.

—¡No es cierto! ¡Nada de eso es cierto! ¡Son todo mentiras!

—Es complicado, Sapphire... —dijo Lucía con calma—. Vamos dentro y...

—¡No! —gritó ella, apartándose. Con los ojos llenos de lágrimas, salió corriendo del patio y se adentró en la jungla.

Sapphire corría frenéticamente por el atajo que llevaba a los establos, abriéndose paso entre la maleza mientras las lágrimas resbalaban por sus mejillas.

–No es cierto –gritaba una y otra vez–. ¡No es cierto! ¡Mi madre no era una ramera! –y, sin embargo, sabía en el fondo que era la verdad. La expresión de su tía Lucía lo había dejado bien claro. Su madre, su querida mamá, la Sophie de su padre, había sido una mujer de la calle... una prostituta. Comprendió de pronto que, en el fondo de su corazón, siempre había sabido que su madre guardaba un terrible secreto. Había siempre en ella una tristeza que nada podía disipar, ni siquiera el amor de su hija y de su devoto esposo.

–Pero, ¿cómo pudiste hacerlo, mamá? –musitó mientras aflojaba el paso. Jadeaba tan fuerte que le dolía el pecho–. ¿Cómo pudiste morir sin decirme la verdad? –preguntó mirando el cielo iluminado por las estrellas.

Pero, naturalmente, no hubo respuesta, ni de los cielos, ni de su madre, que llevaba muerta casi un año. Un año ya... y, sin embargo, parecía que acababan de enterrarla en el hermoso lugar que su padre y ella habían elegido. Su enfermedad había sido muy rápida: una súbita pérdida de peso, visión borrosa, sed y aturdimiento. Llamaron a un médico, pero éste se mostró incapaz de curar la extraña enfermedad que llamaba «mal del azúcar», y su madre murió tres semanas después.

Sapphire experimentó una inmediata sensación de alivio al acercarse a los grandes establos de su padre. Los establos siempre habían sido un refugio para ella, cuando estaba triste o enfadada. Cabalgar entre las olas le producía siempre una sensación de libertad que durante el año anterior parecía haber ansiado cada vez más. Vio ante sí el resplandor tenue de la lámpara del cuarto de arreos y sintió un aleteo en el corazón. ¿Habría ido Maurice a verla, con la esperanza de que se escabullera unos minutos? Apretó el paso y, al cruzar la puerta, el latido de su corazón se llenó de expectación. Avanzó con sigilo por el pasillo central y oyó removerse a los caballos en sus cuadras. Un rayo de luz salía por la puerta entreabierta, y su corazón se hinchó de emoción. ¡Su amado estaba allí!

—¿Maurice? —susurró. Luego oyó una voz femenina y vaciló—. ¿Angelique? —¿qué diablos estaba haciendo su hermana en el establo? ¿Iba a ensillar un caballo para ir a ver a Jacques?

—¿Sapphire? —preguntó Angelique desde detrás de la puerta—. Creía que estabas en el jardín con...

—¡Oh, Angel! —Sapphire corrió a la puerta y la abrió—. No te vas a creer lo que... —se agarró con fuerza a la puerta y se quedó mirando, pasmada.

Angelique se apartó del abrazo de un hombre.

—¡Maurice! —el corazón de Sapphire se contrajo y el mundo pareció desplomarse a su alrededor.

—Sa-sapphire, *mon amour*...

—¡No! —ella agarró un rastrillo que había en un rincón del cuarto de arreos.

—Esto no es lo que parece, *ma chère* —Maurice se acercó a ella con los brazos abiertos.

—¡Que no es lo que parece! —gritó Sapphire.

—Sapphire, por favor —dijo Angelique. Su hermana llevaba un vestido sencillo que le llegaba justo por debajo de las rodillas, un vestido parecido a los que usaban las nativas. Era lo que solía ponerse cuando salía a hurtadillas de la casa para encontrarse con algún hombre.

—¡Apártate! —Sapphire amenazó a Angelique y dio un paso hacia Maurice mientras agitaba el rastrillo—. ¡Dijiste que me querías! ¡Dijiste que querías casarte conmigo! —se le quebró la voz al apoderarse de ella la rabia—. ¡Dijiste que tendríamos unos hijos preciosos!

—Y quiero casarme contigo, *mon amour*. Te quiero. Es sólo que...

—¿Qué? —gritó ella—. ¿Es sólo qué? Me quieres, ¿y besas a mi hermana?

—Sapphire... —dijo Angelique, y alargó la mano hacia ella.

—Ahora no —replicó ella, y volvió a amenazar a Maurice con el rastrillo—. Voy a atravesar el negro corazón de mi amor verdadero —siseó, y se abalanzó hacia él.

Maurice se pegó a la pared y comenzó a avanzar lentamente hacia la puerta.

—Sapphire, *s'il te plait*, deja que te explique. Esto no tiene nada que ver con nosotros. Lo nuestro es amor verdadero...

—¡Amor verdadero! —Sapphire se rió con amargura—. ¡Largo de aquí! —gritó.

Maurice salió corriendo y, para cuando Sapphire dobló la esquina, ya estaba en mitad del establo.

—¡Y no vuelvas nunca! —gritó tras él—. ¡Nunca! ¿Me oyes? —se quedó allí un momento, mirando hacia la oscuridad mientras la puerta se cerraba. Luego dejó el rastrillo contra la pared y volvió al cuarto de arreos—. ¿Cómo has podido? —murmuró clavando la vista en Angelique—. Tú sabías que lo quería.

—Lo siento —dijo su hermana con la mirada fija en el suelo.

—¿Que lo sientes? ¿Me traicionas y eso es todo lo que tienes que decir?

Angelique se volvió hacia ella y la miró a los ojos.

—No creo que ahora mismo quieras oír nada de lo que tengo que decirte.

—Sí que quiero —respondió Sapphire en tono desafiante—. Creo que tengo derecho a oír lo que tengas que decir, dadas las circunstancias.

—Siento haber dejado que me besara, pero Maurice no te quiere —dijo Angelique con suavidad.

—¿Qué dices? —Sapphire la miraba fijamente—. ¡Claro que me quiere!

—No, no te quiere. Si te quisiera, no me habría besado.

—¡No digas eso!

—Sapphire, escúchame. Maurice quiere las tierras de tu padre, no a ti. Tiene un hermano mayor, ¿sabes? Los hijos pequeños no heredan las plantaciones de sus padres, y su familia está endeudada. Si no encuentra una esposa rica, se verá obligado a buscar colocación en el comercio.

Sapphire se recostó contra la pared.

—No es cierto. No puede ser.

—No es la primera vez que lo intenta, Sapphire. La noche que nos conocimos el otoño pasado, en el baile, intentó convencerme para que me encontrara con él en el bosque cuando todos se hubieran ido a casa.

Sapphire sacudió la cabeza, incrédula.

—Pero si esa noche bailamos juntos todos los bailes. Dijo que era la mujer más bella que había visto nunca y que se había enamorado de mí nada más verme.

Angelique asintió con la cabeza.

—Seguramente eres la mujer más bella que ha visto nunca, pero no es un hombre leal. Tú te mereces algo mejor.

—¡Lo estás enmarañando todo! Eres tú quien lo estaba

besando. ¿Qué me dices de Jacques? —preguntó Sapphire—. Creía que te gustaba.

—Ah, Jacques. Sí, me gusta, pero no tiene intención de casarse conmigo. Ni yo con él. Soy medio nativa. Ningún hombre respetable querrá casarse conmigo nunca, por más vestidos que Armand Fabergine me compre o por más preceptores que traiga para enseñarme latín y literatura.

—Eso no es verdad —dijo Sapphire en voz baja.

—Es verdad y tú lo sabes. Por eso mamá me dejó su dinero a mí y no a ti al morir. Para que no tuviera que casarme. Lo hizo porque sabía que tú heredarías la fortuna y las tierras de papá. Lo hizo para que yo pudiera valerme por mí misma —Angelique dio un paso hacia Sapphire—. ¿Quieres saber lo que planeaba Maurice?

—¿Qué? —musitó Sapphire con los ojos llenos de lágrimas.

—Sabía que papá no permitiría que te casaras con él. Pensaba seducirte y dejarte embarazada. De ese modo, papá se vería obligado a consentir el matrimonio para salvar tu honor.

Sapphire no quería creer a su hermana. Pero Angelique nunca mentía.

—No deberías haber hecho esto, Angel.

—Soy lo que soy y, si esperas otra cosa, sólo conseguirás que te rompa el corazón una y otra vez —sus ojos, ahora llenos de lágrimas, buscaron los de Sapphire—. ¿Puedes perdonarme, hermana mía?

Sapphire apartó la mirada y la fijó en la luz pálida de la lámpara de aceite que colgaba de la pared. Angelique y ella habían sido grandes amigas desde el día que se conocieron. Un día, Sapphire había salido a escondidas de la casa, abandonando a su profesor de música para esconderse en la selva. En la playa, había visto dos perros grandes y feos que tenían arrinconada contra un árbol a una niña nativa descalza. Sapphire había espantado a los perros con una rama y se había llevado a la niñita con ella a casa para que su madre le curara el corte que tenía en la rodilla. Habían descubierto que Angelique procedía de una aldea cercana y que había quedado huérfana recientemente. Su madre había muerto de unas fiebres y su padre... Angelique ignoraba quién era su padre, pero no había más que ver la cara de aquella niña de ocho años para comprender que era hija de un francés. Quizá Sophie hubiera sospechado que era hija de su marido. Ese mismo día, le había dado la bienvenida a su hogar y la había criado como si fuera hija suya.

Sapphire levantó la mirada.

—Todavía estoy enfadada contigo, Angel —murmuró.

Angelique la abrazó.

—Claro que sí. Me lo merezco y no esperaba menos de ti —caminó hasta el otro extremo del cuarto, se puso de puntillas y apagó la lámpara—. Vamos. Volvamos a casa.

Sapphire no se sorprendió del todo cuando, al entrar en su alcoba, encontró a su padre y a su tía esperándola. Angelique miró un instante sus caras y retrocedió.

—Me voy a mi cuarto.

—*Non*, Angelique —Armand hablaba desde una butaca que había bajo una de las ventanas abiertas. Si notó que Angelique no llevaba su vestido de baile, no dio muestras de ello—. Lo que tengo que decir te afecta a ti tanto como a Sapphire —suspiró—. Pasad y cerrad la puerta.

—¿De qué se trata que no puede esperar? —preguntó Sapphire. Sabía que su tía Lucía debía de haberle contado a su padre lo que las señoras habían dicho en el jardín acerca de su madre. Tenía mil preguntas que hacerle a su padre, pero en ese momento no se sentía preparada para formularlas—. Estoy cansada, papá. Sería mejor que habláramos mañana.

—*Non* —dijo Armand en tono cortante, y las tres se sobresaltaron—. Esta noche, señorita, no vas a salirte con la tuya. Voy a hablar contigo ahora, *fille*, y tú, por respeto a tu padre, me escucharás. Debí tener esta conversación contigo hace años, cuando vivía tu madre, pero eso ya no puede cambiarse. De todos modos, nuestras invitadas le han puesto remedio, ¿no es así? —vaciló—. Lo único que podemos hacer es seguir adelante. Ahora, siéntate en la cama. Tú también, Angel.

Sorprendida por la actitud de su padre, Sapphire se acercó en silencio a la cama y se sentó junto a su tía Lucía. Angelique tomó asiento al otro lado de la más mayor de las tres.

—Permíteme decir antes que nada, Sapphire, que siento que hayas tenido que enterarte así. He de decir que no siempre estuve de acuerdo con las decisiones de tu madre, pero era a ella a quien le correspondía elegir —dijo su padre—. Sé que sabes que lord Carlisle ha venido a cerrar conmigo un asunto de negocios, pero ha venido también a conocerte para que pueda ultimar mis preparativos para enviarte a Londres...

—¡A Londres! —Sapphire se levantó de un salto—. ¡Yo no voy a ir a Londres!

Armand se levantó de su butaca.

—He dicho que te sientes, *fille*, y vas a sentarte.

Bajo la mirada enfurecida de su padre, Sapphire se apoyó contra la cama pero no se sentó. Cruzó los brazos y esperó tercamente.

—He estado tan abatido por la muerte de tu madre que he permitido que te volvieras una salvaje.

—Papá, yo no he...

—¡No vuelvas a interrumpirme!

Sapphire apretó los labios y sintió que tenía los nervios a flor de piel. ¿Habría perdido su padre el juicio? ¿Ir a Londres? ¿Qué se le había perdido a ella allí?

—He permitido que corretearas por ahí libremente —prosiguió Armand, y empezó a pasearse por la alcoba–. He dejado que abandonaras tus lecciones, que recorrieras la isla sin compañía, que te encontraras en privado con hombres con los que no deberías...

—Papá, Maurice y yo... —esta vez, Armand sólo tuvo que mirarla para que se callara.

—Irás a Londres con lord y lady Carlisle. Lucía ha aceptado acompañarte.

—Pero, ¿y yo? ¿Qué voy a hacer yo? —Angelique se levantó, tan alterada de pronto como Sapphire–. ¿No puedo ir yo también a Londres?

—Bueno, supongo que puedes —dijo Armand, sorprendido–. No estaba seguro de que quisieras, cariño mío. Dejar tu aldea para...

—¡Claro que quiero ir! —Angelique juntó las manos–. ¡Oh, papá! ¡No sabes cuánto he deseado siempre ir a Londres!

Sapphire la miró con resentimiento.

—Creía que querías ir a Nueva York. No, espera, eso fue la semana pasada. ¿Dónde querías ir esta semana? ¿A Atenas? ¿A París? ¿O era a Bruselas? —preguntó.

—Quiero ir a todos esos sitios —respondió Angelique–. Pero ahora mismo quiero ir sobre todo a Londres. ¡Oh, gracias, papá!

Sapphire se volvió para mirar a su padre. Su madre solía decir que Angelique era siempre muy fácil de complacer, a diferencia de ella. Para ella, nunca era nada lo bastante bueno, nada era del todo de su gusto, a menos que fuera idea suya.

—Yo no quiero ir a Londres, papá —bajó la mirada un momento–. Si es por Maurice...

—¡No se trata de ese muchacho repugnante! —dijo Armand bruscamente–. Tú no lo entiendes, Sapphire. No sabes quién eres.

—Así que vamos a volver a hablar de eso, ¿eh? —ella se apartó de la cama—. Para ti sigo siendo una niña incapaz de tomar decisiones, incapaz de decir qué es lo que me conviene —dio un paso hacia él—. Pues te equivocas. Sé exactamente lo que soy y lo que quiero en la vida. Soy Sapphire Lucía Fabergine, hija de Sophie y Armand Fabergine, y no quiero nada más que...

—Tú no eres hija mía —dijo Armand, mirándola a los ojos.

La garganta de Sapphire se contrajo y sus rodillas se aflojaron.

—¿Qué? —logró decir.

—Sapphire, ven a sentarte a mi lado —dijo Lucía con calma, e intentó agarrarla de la mano.

—No —Sapphire apartó el brazo. Miraba fijamente a su padre—. ¿Es que mi vida entera es mentira? ¿Hay alguien que haya dicho alguna vez la verdad en esta casa? ¿Qué estás diciendo, papá? —el labio inferior de Armand temblaba. Saltaba a la vista que estaba sufriendo—. Por favor... —dijo ella en voz baja, y tocó su brazo—. Siéntate y dime lo que tengas que decirme —sorprendentemente, su padre permitió que lo condujera a la butaca.

—Es cierto —dijo él cuando estuvo sentado y Sapphire había tomado asiento en un taburete, a sus pies—. No soy tu padre, pero debes creerme cuando digo que eres la hija de mi alma. Debes saberlo, Sapphire, antes de que siga.

Los ojos de Sapphire se llenaron de lágrimas. Lucía se acercó a ella y le puso en la mano un pañuelo blanco.

—Te escucho —dijo Sapphire. Una polilla verde se había colado en la habitación y revoloteaba alrededor de la lámpara, atraída por la belleza de la llama amarilla, quizás hacia su propia muerte. «Soy como esa polilla», pensó Sapphire. «Sé que lo que estoy a punto de escuchar me destruirá, pero no puedo resistirme a conocer la verdad».

—Conocí a tu madre y a Lucía en Nueva Orleans.

—Era el hombre más guapo que habíamos visto nunca —dijo Lucía, mirando a Armand con una sonrisa—. Pero desde la primera noche sólo tuvo ojos para tu madre.

—Pero ella era una prostituta —se oyó decir Sapphire, procurando despojar su voz de amargura—. Así fue como la conociste. De eso estaba hablando lady Carlisle, ¿verdad? Eso era lo que mamá siempre intentaba ocultarme. Era su secreto.

Armand juntó las manos y guardó silencio un momento.

—*Oui* —dijo por fin—. Conocí a tu madre en un burdel, en Nueva Orleans. Nos enamoramos y le pedí que se casara conmigo, aunque había dado a luz a la hija de otro hombre sin haberse casado. Aceptó casarse conmigo y venir aquí, a Orchid Manor, trayendo a Lucía como acompañante.

—¿Y eso es todo? ¿Me estás diciendo que soy simplemente el producto de un encuentro fortuito entre un extraño y una... flor de un día?

Armand estudió el rostro de su hija. Sapphire tenía los ojos rojos, pero no lloraba. Siempre había sido así, incluso de pequeña. Era fuerte, su Sapphire. Armand se recostó en la butaca.

—Escucha antes de juzgar. ¿No quieres saber por qué estaba tu madre en ese lugar?

—¿Quiero? —preguntó ella, apretando la mandíbula.

—Eso no importa —declaró Angelique, y se acercó a Lucía—. Es Sapphire, y es tan buena como cualquiera de esta isla. Las mujeres hacen lo que deben para sobrevivir, ¿no es cierto, tía Lucía? —preguntó—. Díselo.

Lucía miró los ojos negros de Angelique.

—Por eso me hallé yo en casa de madame Dulane, en Nueva Orleans. En Londres hacía la calle, y una especie de benefactor me dio la oportunidad de viajar con él a América. Cuando se cansó de mí, volví al único oficio que conocía, pero, en lugar de trabajar en las calles, encontré un sitio donde tendría cama y comida.

Sapphire sintió que la cabeza le daba vueltas. Todo aquello le resultaba inconcebible y, sin embargo, la expresión de su padre y de su tía revelaba la verdad.

—¿De veras conociste a mi madre en Nueva Orleans, o ella también hacía la calle en Londres?

—La conocí en Nueva Orleans —contestó Lucía con calma—. Pero ella también había partido de Londres, aunque no por voluntad propia.

—¿No por voluntad propia?

—Sapphire, no te hará ningún bien enfurecerte con tu madre ahora. Hizo lo que creyó mejor en aquel momento —dijo Armand—. Creyó que no debías saber la verdad sobre tu nacimiento hasta que fueras mayor. Luego enfermó repentinamente y ya no hubo tiempo...

La habitación quedó en silencio. Angelique había vuelto a sentarse en la cama. Sapphire miró por la ventana un momento y se volvió luego hacia su padre.

—Entonces, ¿de quién soy hija?

Lucía puso la mano sobre el brazo de Armand y murmuró algo. Él la miró y asintió con la cabeza. Lucía abrió entonces los brazos como si fuera a presentar una pieza teatral o una obra de arte.

—He tenido que reconstruir pieza a pieza esta historia —dijo—, porque a tu madre no le gustaba hablar de ella, y esto es lo único que puedo contarte. Había una vez una joven de Devonshire —dijo como si contara un cuento—. Se llamaba Sophie y era muy bella. Tenía el pelo rojo y una sonrisa que llamaba la atención de todos los hombres del condado —Sapphire se volvió para mirar a Lucía, incapaz de resistirse al embrujo de la narración—. Era hija de un granjero, sabía leer y escribir y ansiaba ver el mundo. Al menos, el mundo más allá de las colinas de su aldea. Luego, un día, el verano que cumplió diecisiete años, un joven muy apuesto se detuvo a comer en la posada del pueblo. Era hijo de un conde –prosiguió Lucía–. Vizconde por derecho. Se llamaba Edward. Se conocieron por azar, aunque algunos dirían que fue el destino el que los unió –se acercó a la ventana. La seda brillante y multicolor de su vestido de noche flotaba tras ella–. Si Sophie no hubiera ido a entregar las verduras de su padre y no hubiera salido de la taberna en el preciso instante en que su señoría entraba en ella, jamás se hubieran conocido –Lucía hizo una pausa y luego continuó diciendo–: Él se enamoró de Sophie a primera vista, y ella de él. Y aunque sabían que su amor era imposible, pues pertenecían a mundos distintos, Edward no podía evitar cabalgar hasta la aldea cada cierto tiempo para ir a verla, y ella no podía evitar salir a escondidas de la granja para estar con él.

–Y luego ¿qué ocurrió? –preguntó Sapphire, aunque podía imaginarlo.

–Se casaron en secreto el verano siguiente –dijo Lucía solemnemente–. Y sellaron su amor...

–Con una noche de amor apasionado –terció Angelique.

–Y Edward dio a Sophie, su flamante esposa, como prueba de su amor, uno de los zafiros más grandes y bellos de toda Inglaterra. Un zafiro que había pertenecido a la gran reina Isabel.

Sapphire oyó que su padre se movía en la butaca y al volverse vio que sacaba un pequeño cofre de madera, muy desgastado.

–Es el cofre de tu madre –dijo en voz baja. Lo abrió y sacó una bolsa de terciopelo negro–. Y éste... –sacó cuidadosamente un objeto de la bolsa– es el regalo que guardó para ti.

Sapphire dejó escapar un gemido de asombro al ver brillar a la luz de la lámpara un hermoso zafiro del tamaño de una nuez.

−¿Para mí? −susurró mientras se acercaba a recogerlo. Lo sintió fresco en la palma de la mano, a pesar de que parecía irradiar calor. Armand cerró el cofrecillo.

−Dentro hay también cartas que le escribió tu padre a tu madre. Cartas de amor, imagino −sacudió la cabeza, entristecido−. Nunca las leí, ni siquiera después de su muerte. Ella nunca me ofreció leerlas.

−¿Qué ocurrió después? −preguntó de nuevo Sapphire−. Dímelo, por favor, tía Lucía.

−Bueno, los recién casados pasaron una noche mágica juntos y luego se separaron. Él marchó a Londres para hablarle a su familia de su matrimonio y ella regresó a casa para informar a su padre de su buena fortuna −Lucía se apartó de la ventana y juntó las manos−. Pero al padre de Edward, el conde de Wessex, no le agradó en absoluto que su hijo se hubiera casado con una campesina.

Sapphire bajó la cabeza.

−La familia no aceptó el matrimonio.

−No, desde luego. Según decía tu madre, el conde de Wessex montó en cólera porque había elegido ya esposa para su hijo, una joven de familia rica y noble −dijo Lucía−. Así que mandó a un agente suyo para que le dijera a Sophie que su hijo había cometido un error y quería anular el matrimonio.

−Pero Sophie sabía que no podía ser cierto −dijo Sapphire, casi sintiendo en el pecho el dolor de su madre. Angelique la miró a los ojos. Ella también parecía sentir lo mismo.

−Sophie lo sabía, sí −asintió Lucía−. Y, cuando se negó a firmar la anulación, ni siquiera por dinero, y amenazó con ir a Londres en busca de su amado Edward, lord Wessex comenzó a temer a aquella muchacha campesina. Así que... la hizo secuestrar.

—Pobre mamá —suspiró Sapphire—. Continúa, por favor —musitó tras un momento de silencio.

—Así pues... —Lucía tomó aliento—... Sophie se halló en la bodega de un barco que cruzaba el Atlántico y fue abandonada en los muelles de Nueva Orleans. Lord Wessex temía tanto a la muchacha que había robado el corazón de su hijo que la mandó a América.

—No puedo creerlo —murmuró Angelique.

Sapphire cerró los ojos y recordó a su madre antes de que enfermara.

—Sophie no tenía dinero, ni comida, ni un sitio donde vivir, y para entonces sabía ya que estaba esperando un hijo.

—La hija de Edward —dijo Sapphire, aunque todavía le costaba creerlo—. Yo.

—Estaba embarazada de ti —prosiguió Lucía— y, aunque seguía teniendo el zafiro que le había dado Edward (lo llevaba cosido en el bajo de su único vestido), se negaba a venderlo, pues sabía que representaba la legitimidad de su bebé. Buscó colocación. Se empleó como cocinera en una taberna, pero empezó a notársele el embarazo...

—Y la echaron a la calle —dijo Angelique con rabia—. Siempre es así.

—Sí, pero Sophie no se dio por vencida, porque, a pesar de todo lo que había sufrido, sabía en el fondo que Edward la había querido y sabía que el bebé que llevaba dentro estaría siempre con ella, aunque nunca volviera a ver a Edward. Decidida a proteger a su hijo, buscó trabajo en el único sitio donde una mujer embarazada y sin marido o protector podía encontrarlo. Allí encontró una madam compasiva y buenas amigas.

—Tú, entre ellas —dijo Sapphire.

—Allí fue donde nos conocimos y enseguida nos hicimos amigas —dijo Lucía con orgullo—. Y allí fue donde nació su hija.

—No puedo creer que me hayáis ocultado esto —dijo Sapphire, volviéndose hacia Armand.

—Para tu madre era muy importante que fueras amada, que conocieras el amor de tus padres —él se recostó en la butaca, con el cofrecillo sobre el regazo—. Con el paso de los años, la mentira pareció convertirse en verdad. Pasado un tiempo, empecé a olvidar que no eras hija mía.

—Tu madre dio a luz una niña preciosa, con el pelo rojo de su madre y los ojos de su padre, uno azul y el otro verde.

Sapphire respiró hondo. Le había preguntado muchas veces a su madre por qué tenía un ojo azul y otro verde cuando tanto ella como Armand los tenían castaños, y Sophie contestaba simplemente que los niños salen a muchos otros parientes. Ahora sabía la verdad.

—Y Sophie llamó a su hija Sapphire —los ojos de Lucía brillaban, llenos de lágrimas—, en recuerdo del regalo que le hizo su padre, y siguió adelante, decidida a dar a su hija una vida mejor que la que ella había conocido. Soñaba con regresar algún día con su hija a Inglaterra para reunirse de nuevo con Edward, y que su pequeña recibiera el nombre y el reconocimiento que merecía.

Sapphire volvió a sentarse en el taburete. Se sentía mareada.

—¿Y para qué quieres que vaya ahora a Londres, papá? ¿Para buscar a mi padre?

—No se trata de lo que yo quiera, mi queridísima hija. Ni siquiera de lo que quieras tú —se volvió hacia la ventana—. Sino de lo que quería tu madre. Fue su deseo antes de morir que buscaras a tu padre, que reclamaras tu nombre y lo que es tuyo por derecho.

—¿Y por qué me dices esto cuando lleva casi un año muerta? —preguntó Sapphire, enjugándose una lágrima—. ¿Por qué quieres mandarme ahora a Londres? ¿Y por qué con esa horrible gente?

—Porque soy un hombre débil y he tardado todo este tiempo en reunir valor para enviarte lejos de mí. Voy a mandarte con lord y lady Carlisle porque sé que con ellos estarás a salvo, porque puedo confiar en lord Carlisle y porque sé que te ayudarán a relacionarte con las personas adecuadas en Londres. No tendrás que quedarte mucho tiempo con ellos, querida, sólo hasta que tu padre te invite a vivir en su casa.

—Sigo sin entender. ¿Por qué haces esto ahora? ¿Por qué me mandas a Londres ahora? —replicó ella.

—Porque ha llegado el momento.

Sapphire se quedó pensando un momento y luego levantó la mirada hacia Armand.

—¿Y si no quiero conocerlo? —preguntó con aire desafiante—. ¿Y si me niego a ir?

Tres semanas después

—Estás ahí, *ma chère*. Creía que te habías ido a la cama —Armand se hallaba al borde de la terraza de su dormitorio, mirando hacia la oscuridad. La brasa de su fino cigarro relucía en la noche.

—No debes fumar, ni beber, ya lo sabes —Lucía se acercó a él y le quitó el cigarro de los labios, se lo llevó a la boca e inhaló profundamente.

Armand rió y levantó la otra mano para beber un sorbo de su copa.

—Ah, Lucía —murmuró, pensativo, mientras paladeaba el ron—. Voy a echarte de menos.

—Claro que sí —ella exhaló y el humo caracoleó en torno a su cabeza y se disipó en la cálida brisa nocturna—. No habiendo nadie que impida que te ahogues en ron, dentro de seis meses estarás muerto.

Armand sonrió y siguió mirando la selva, más allá de la casa.

—A veces creo, *ma chère*, que debí casarme contigo y no con Sophie. Creo que a ti podría haberte hecho feliz.

—Ya has bebido bastante ron, ¿no? —inhaló de nuevo el humor del cigarro—. Y soy demasiado vieja para ser la *chère* de nadie. Sobre todo, la tuya. Además, tuviste tu oportunidad hace muchos años, en Nueva Orleans —se acercó a él y habló al cabo de un momento, suavizando la voz—. Ella era feliz, ¿sabes?, quizá no como tú esperabas, pero era feliz con la vida que escogió contigo.

—La vida que se vio obligada a escoger, querrás decir.

—Te equivocas, Armand, si crees que Sophie se casó contigo contra su voluntad. Ella no se habría deshonrado a sí misma, ni a ti, ni a Sapphire, de ese modo.

—Yo la quería muchísimo, ¿sabes? Y aunque ha pasado un año, sigo echándola mucho de menos. Nunca me quiso como a Edward, pero me hizo muy feliz y, ahora que no está, los días me parecen vacíos. Ni siquiera las nativas que traigo a mi cama pueden... —suspiró—. La soledad persiste.

—Ella te quería, Armand. Sin duda tú lo sabes —dijo Lucía—. Y Sapphire también te quiere.

—Por eso debe irse ahora —dijo él con firmeza—. No me importa lo que diga, mañana estará en ese barco cuando zarpe.

—Ya sabes que esta idea tuya no me ha gustado desde el principio —contestó Lucía—. Ella te quiere, Armand, y creo que debes recapacitar. Un año más, ¿qué más da esperar un año más? Sapphire sería más mayor, más sabia y...

—*Non* —dijo él, y apretó con más fuerza el vaso—. No permitiré que Sapphire malgaste su vida con Maurice Dupree o con otro como él, y no permitiré que se quede aquí sentada viendo cómo me marchito —le lanzó una mirada penetrante—. Y tampoco permitiré que le hables de mi enfermedad, ¿me has entendido? Si sabe que estoy enfermo, tendré que atarla para llevarla a bordo de ese barco. *Non*, es hora de que mi querida hija despliegue sus alas, y yo no voy a cortarlas con mi fragilidad humana —se llevó una mano a la tripa—. Parece que un fuego arde en mi estómago día y noche, y ahora escupo sangre. No permitiré que Sapphire me vea morir —el esfuerzo de sus palabras le hizo toser violentamente.

Lucía suspiró.

—Querido Armand —le acarició la espalda con la mano, esperando a que pasara el acceso de tos—, no te alteres o te dará otro ataque.

—No —dijo él, intentando recobrar el aliento—. Pero esta vez ni tú ni mi hija me haréis cambiar de opinión. Mis deseos se cumplirán. Sapphire irá a Londres como deseaba mi querida esposa, y su padre tendrá que reconocerla —carraspeó y dejó que su mente vagara al pensar en su bella hija. Desde que viera por primera vez a aquella niñita de tres años en un salón de Nueva Orleans, rodeada de cortesanas, había sabido que Sapphire estaba destinada a grandes cosas.

—Lo único que lamento, *ma chère* —dijo, pensativo— es no poder llevarla yo mismo a Londres.

—Yo cuidaré de ella como si fuera mi hija, ya lo sabes —Lucía se apartó el cigarro de los labios—. Te lo prometo. Me ocuparé de que su padre la reconozca o tendrá que vérselas conmigo, y lord Wessex no querrá enfrentarse a una chica de los muelles de Londres, eso te lo aseguro.

Él sonrió y le rodeó los hombros con el brazo.

—Ven a mi cama, *ma chère*. No hay motivo para que dos viejos amigos no puedan calentarse las sábanas el uno al otro.

Ella le sonrió.

—Buen intento, Armand, pero habla por ti. Yo no soy vieja.

—¡Que no eres vieja! —él se echó a reír y luego volvió a toser—. ¿Qué eres, entonces?

Ella tiró el cigarro al suelo de la terraza y lo pisó con la punta de su zapato de seda.

—Mi edad no es asunto tuyo ni de nadie —se apartó, hizo volar la cola de su vestido y levantó la cabeza—. Esta vieja puta piensa ir a Londres y, una vez Sapphire esté convenientemente casada con un hombre digno de su alcurnia, piensa buscarse un hombre rico que se ocupe de sus necesidades durante los años de su declive.

Armand echó la cabeza hacia atrás y rió.

—No dudo que harás exactamente lo que te propongas, *ma chère* Lucía. Por eso puedo afrontar ahora el fin de mi vida, porque el sueño de Sophie se hará realidad. Tú, querida mía, te encargarás de que nuestra querida Sapphire se convierta en lady Sapphire Wessex, o sé que morirás en el intento.

—¿Todavía despierta? —susurró Angelique.

Tumbada de espaldas bajo el gran dosel de seda de su cama, Sapphire escuchaba los sonidos de la selva, que tan familiares le resultaban. La luz de la luna se filtraba a través de los ventanales de su habitación. Los visillos aleteaban, empujados por la brisa nocturna.

—¿Cómo iba a dormirme? —musitó Sapphire, y miró el reloj de porcelana que había sobre la mesilla de noche. Eran más de las doce.

Angelique se tumbó sensualmente a su lado, en la cama. Tenía su propio cuarto, igual de grande y lujoso, a un corto trecho de allí, pasillo adelante, pero las hermanas compartían a menudo una misma cama.

—Es emocionante, ¿no? Mañana pondremos rumbo a la mayor aventura de nuestras vidas.

—No sé si «emocionante» es la palabra que yo elegiría

—contestó Sapphire—. No me imagino encerrada en un barco con lady Carlisle y lady Morrow durante tres semanas. Creo que sus incesantes chismorreos y sus ridiculeces acabarán por volverme loca —miró fijamente el techo y apoyó la muñeca sobre su frente—. Todavía no puedo creer que papá vaya a mandarme a Londres —al principio, se había negado a marchar por pura obstinación, aunque, en realidad, deseaba huir de Maurice. Y aunque encontrar a su verdadero padre suscitaba en ella sentimientos encontrados, era importante para ella cumplir el deseo de su madre.

—Te manda allí porque sabe que la vida te tiene reservadas grandes cosas. Todos lo sabemos.

—¿Qué grandes cosas? Eso es ridículo.

—¿La hija de un conde? —Angelique paladeó aquellas palabras como si fueran un dulce—. Te imagino como una gran dama, haciendo su entrada en la alta sociedad londinense vestida con un hermoso vestido de baile. Los hombres clamarán por conseguir un solo baile con lady Sapphire.

—¿Y por qué iba yo a querer bailar con ningún hombre?

—Debes bailar para conocer a un gran hombre con el que casarte, desde luego. Ya sabes que ése ha sido siempre tu sueño. Por eso lees constantemente poesía y esas novelas absurdas, ¿no? Porque sueñas con el amor romántico.

Sapphire frunció el ceño.

—No sé por qué estás tan ansiosa por ir, Angel. ¡Éste es nuestro hogar! Voy a echar muchas cosas de menos, y no me refiero solamente a papá y a Orchid Manor. No sé si podré abandonar a mis caballos.

—No seas tonta. En Londres también hay caballos.

—A ti esto te parece muy fácil y no sé por qué. Naciste aquí. Nuestras madres murieron en este lugar.

—Estoy ansiosa por ir porque no hay nada que me retenga aquí. Nuestras madres no están en esas tumbas —dijo

Angelique con su pragmatismo de costumbre–. Y Armand no es mi padre.

–Eso no lo sabes. Podría serlo.

–Y también muchos otros hombres blancos de esta isla, ya lo sabes –miró a Sapphire–. Pero eso nunca me ha importando. Lo que importa es el viaje que estamos a punto de emprender.

–Ya sabes que en Londres las cosas serán distintas. Aquí todo el mundo te quiere, pero...

–¡Unos más que otros!

–Pero la libertad con que te entregas a los hombres –prosiguió Sapphire diplomáticamente– podría ser... malinterpretada –tenía la impresión de que su hermana había sido siempre una criatura sexual. Al menos, desde que, a los catorce años, salió por la ventana de su dormitorio para entregar su virginidad al hijo de dieciséis años del dueño de una plantación vecina.

–Te preocupas demasiado –dijo Angelique–. Soy lo que soy, igual que lo era mi madre, y no voy a pedir disculpas por ninguna de las dos.

Sapphire la miró.

–También podríamos encontrar un marido para ti. Pareces más francesa que nativa y Armand ya ha dicho que puedes usar su apellido cuando lleguemos a Londres. Con el nombre de Armand y el dinero que te dejó mamá, seguramente...

–Eres tú la que sueña con casarse, gatita –dijo Angelique–, no yo –se estiró con indolencia–. Yo quiero conocer a un centenar de hombres, a un millar, y no precisamente para tomar té con pastas.

–Angel, las hermanas y lady Carlisle tienen razón. Eres incorregible.

–Sí –Angelique volvió la cabeza con una sonrisa malévola–. Lo que es sorprendente es que tú sigas siendo tan ingenua –dijo–, sobre todo ahora que sabemos que te criaste entre tanta lujuria. El pintoresco pasado de tu madre y de Lucía en Nueva Orleans, Armand y sus esclavas, yo...

Sapphire no dijo nada. Ella no era como Angel. No aceptaba tan fácilmente los cambios. Habían pasado tres semanas desde que Armand le revelara la verdad sobre su madre y todavía intentaba hacerse a la idea. Cuanto más lo pensaba, más se enfurecía con su verdadero padre, con aquel tal Edward. ¿Por qué no había intentando encontrar a su madre? ¿La había buscado, acaso, o se había plegado a la anulación de su matrimonio y a la boda concertada por su familia?

Pensaba preguntárselo en cuanto lo viera. Su madre soñaba con que conociera a su padre y fuera acogida en el seno de la familia, pero lo que ella quería era una disculpa. Eso, y ser reconocida como hija de Edward, pero no porque quisiera tener algún tipo de relación con aquel hombre, sino en recuerdo de su madre. Por esa razón iba a ir a Londres.

–Estamos a punto de emprender el viaje con el que soñaba Sophie –murmuró Angelique–. Tú para reclamar tu legado y un hombre apuesto y noble con el que casarte y yo para probar todo un nuevo continente de hombres.

–Todavía no estoy segura de qué era lo que se proponía mi madre. Y, por favor, no hables en esos términos en la mesa cuando lady Carlisle te pregunte por tus planes una vez lleguemos a Londres. Ayer la oí hablar con la tía Lucía y no le hace ninguna gracia que vengas, aunque no se lo ha dicho a papá, claro. Creo que los negocios que su marido hace con papá son demasiado importantes como para que se niegue a acompañarnos, pero de todos modos se las ingenia para cizañear. Creo que le sugirió a la tía Lucía que buscaras colocación como doncella de alguna dama.

—Intentaré morderme la lengua por tu bien —contestó Angelique con una risa—. Es lo menos que puedo hacer, teniendo en cuenta que lady Carlisle casi no se ha recuperado del incidente de la cascada. Tengo la impresión de que a lord Carlisle le causamos una gran impresión.

Sapphire no pudo evitar sonreír.

—Deberíamos dormir un poco —dijo—. Las cuatro llegarán enseguida. Papá dice que tenemos que zarpar a primera hora, mientras la marea todavía es favorable.

Angelique se deslizó a su lado y las tapó a ambas con una sábana.

—Todavía no puedo creer que esto esté sucediendo.

Sapphire sonrió y, aunque no estaba del todo ansiosa por partir, no pudo evitar preguntarse qué la aguardaba lejos de las costas de Martinica.

De pie junto a la barandilla de la goleta Elizabeth Mae, Sapphire agarraba con fuerza las cintas de su sombrero. El sol empezaba a asomar por el horizonte y soplaba un viento fuerte que los alejaría sin peligro de las costas rocosas de Martinica. Sapphire se agarraba a la barandilla de madera y miraba a su padre y a Tarasai, la doncella, que lo había acompañado al muelle.

Sapphire sabía que la joven nativa adoraba a su padre y que, desde hacía unas semanas, había logrado convencerlo para que se cuidara un poco más. Sapphire odiaba la idea de dejarlo, pero sabía al menos que habría alguien a su lado, cuidando de que no fumara o bebiera demasiado. Logró esbozar una sonrisa y saludar con la mano cuando él levantó la vista. Esa mañana se había vestido cuidadosamente. Llevaba una levita y pantalones de corte refinado, y una corbata almidonada alrededor del cuello, todo ello a la última moda francesa. *Monsieur* Armand Fabergine componía la bella imagen del hombre al que ella había creído su padre, y que siempre lo sería en su corazón. Sapphire sintió de pronto un nudo en la garganta y dejó escapar un gemido suave.

–Tranquila –le susurró Lucía, que estaba tras ella–. Recuerda, *ma chère*, que si esto es difícil para ti, más difícil es para él.

Sapphire apretó los labios y asintió con la cabeza. Uno de los marineros gritó para que se izara la pasarela y Armand se llevó la mano al sombrero.

–¡No, espere! –gritó Sapphire, y echó a correr. Oyó que Lucía y Angelique la llamaban. Oyó la voz aguda de lady Carlisle. Pero las ignoró a todas y corrió por la pasarela–. ¡Papá!

–No, Sapphire. Debes irte, hija mía –la reprendió él, pero cuando las botas de tafilete de Sapphire tocaron las planchas de madera del muelle, le abrió los brazos.

Sapphire se arrojó en sus brazos, escondió la cara en la solapa de su levita negra y aspiró su olor.

–*Mon dieu* –susurró Armand, apoyando la barbilla sobre su coronilla–. Por favor, no hagas una escena. Lord y lady Carlisle han sido muy amables al acceder a acompañarte a Londres. Por favor, no me avergüences.

Ella lo miró a los ojos, humedecidos por la emoción.

–Yo nunca te avergonzaría, papá –se atrevió a esbozar una leve sonrisa–. Al menos, adrede.

Él sonrió y la atrajo hacia sí.

–Claro que no, mi querida Sapphire. Ahora debes irte. Todos te esperan.

Ella lo abrazó con fuerza.

–Pero temo no volver a verte.

–No seas tonta, cariño mío. Sólo vas de visita. Unos cuantos meses, un año, quizá, y luego regresarás a Orchid Manor y me contarás todo lo que has visto.

Sapphire asintió con la cabeza porque sabía que eso era lo que necesitaba él, pero sabía tan bien como su padre que, si tardaba un año en volver, él ya no estaría allí.

—Te quiero, papá —susurró.

—Yo siempre te he querido. Recuérdalo.

Sapphire bajó la cabeza para que le besara la frente y aspiró una última vez el olor de su ropa y de sus finos cigarros. Luego dio media vuelta y subió por la pasarela con la cabeza alta, tan dignamente como correspondía a la hija de un lord inglés.

Un mes después

—Lord Wessex, me alegra conocerlo por fin.

Blake se apartó de la ventana abierta del bufete y posó la mirada sobre el abogado, un hombre bajo y recio, que se acercaba a él.

—Señor Store —dijo con aspereza, haciendo caso omiso de la mano que le tendía el abogado—, no estoy acostumbrado a que me hagan esperar.

—Le pido mil perdones, milord —Stowe bajó la cabeza en una reverencia cordial—. Esta mañana llegó a mi puerta una viuda en apuros. No podía decirle que se marchara.

—Teníamos una cita a las nueve en punto —Blake pasó junto al señor Stowe, rozándolo, y por delante del escribiente de gafas que se sentaba con cierto nerviosismo tras una mesa alta de caoba.

—Por aquí, milord —Stowe lo condujo hasta un despacho espacioso recubierto con paneles de madera de nogal y estanterías llenas de volúmenes encuadernados en piel—. Siéntese, por favor.

Blake miró el sillón de cuero rojo situado frente a la elegante mesa de escritorio labrada. El abogado tenía buen gusto, al menos. Blake tenía una mesa parecida a aquélla en su despacho de Boston.

—Una mesa de Dresde —dijo—. Con molduras de ébano. Excelente.

—Gr-racias, milord —Stowe titubeó, visiblemente sorprendido. Luego se colocó tras la mesa, echó hacia atrás los faldones de su levita negra y aguardó para sentarse a que Blake tomara asiento—. Era de mi padre, que en paz descanse.

Blake se acomodó en el sillón y percibió un leve aroma a buen tabaco francés en el cuero rojo, un olor tan seductor como el de una mujer. No olvidaría añadir una butaca como aquélla a su colección. Llevaba casi dos años viviendo en la mansión que había hecho erigir en la exclusiva zona de Beacon Hill, en Boston, pero la casa aún no estaba amueblada del todo. Le gustaba elegir cuidadosamente cada mueble, sopesando todas y cada una de las sillas, mesas y aparadores. Era así como prefería adquirir todas sus posesiones.

—Salta a la vista que su padre era un hombre próspero, y veo que hay seguido usted sus pasos —Blake se recostó en el sillón y cruzó las piernas—. Pero mis socios ingleses no me recomendaron su firma. Nadie había oído hablar de usted cuando hice indagaciones. ¿Tiene usted un mínimo de sentido común? No tengo tiempo para incompetencias.

El abogado le brindó una sonrisa indecisa. Resultaba evidente que no sabía qué pensar de Blake Thixton, el nuevo conde de Wessex.

—Le aseguro, milord, que soy bastante competente —Stowe juntó las manos y se acomodó en su silla—. Y ahora podemos ocuparnos de la herencia —tomó unas gafas redondas y doradas y se las puso en la nariz antes de recoger un montón de documentos que había sobre la mesa—. Como le decía en mi carta, hace unos meses, cuando murió lord Wessex sin haber tenido hijos, sus bienes pasaron a usted, su pariente consanguíneo más cercano, como nieto que es de su tío.

La mirada de Blake se deslizó desde Stowe a los estantes de libros que había tras él.

—Nunca conocí a lord Wessex, señor, y, aunque nací en Londres, mis padres emigraron a América antes de que yo aprendiera a andar.

—Estas cosas suceden a veces de un modo curioso. Pero para el derecho no hay diferencias. Conforme a las leyes inglesas, es usted el heredero legal del difunto conde de Wessex —paseó la mirada por un documento escrito con letra llena de florituras como si fuera la primera vez que lo viera—. Está el título, por supuesto.

Blake frunció el ceño.

—De escasa utilidad en América. Mis socios comerciales se interesan más por el volumen de mercancías que puedo embarcar que por los títulos que ostente ante la alta sociedad de Londres —se acarició los dedos y posó la mirada sobre el abogado.

—El título sirve en todo el mundo, milord. Muchos ingleses viven en el extranjero...

—¿Qué más hay, además del título? No me impresionan las pretensiones de la alta sociedad de ningún continente. ¿Hay tierras, señor Stowe? La tierra dura. ¿Hay minas de carbón? ¿Lingotes de oro, quizá?

Stowe levantó los ojos por encima del borde del documento y volvió a bajarlos.

—Tierras, sí —carraspeó—. Una casa encantadora en Londres, en el West Side, una zona de muy buen tono. Muy bonita. Tuve el placer de asistir allí a varios bailes y a más de una partida de cartas...

—Yo no juego —dijo Blake sin sonreír.

—Y una casa de campo en... mmm, déjeme ver —Stowe

pasó una página y repasó la siguiente–. Sí, aquí está. Cedar Mount, en... Surrey –siguió estudiando el papel, pero no dijo nada más.

Blake dejó que pasara un minuto de silencio y luego otro mientras pensaba en los muchos negocios que había dejado pendientes en Boston para ir a Londres a tomar posesión de su herencia. Había perdido seis semanas en aquel viaje, y ahora Stowe iba a decirle que el cuadro que le había pintado en sus cartas no era tan de color de rosa como sugería.

Blake volvió a mirar a Stowe. Empezaba a pensar que lo único bueno de aquel viaje era el hecho de haberse alejado de Clarice unas cuantas semanas.

–El dinero, Stowe –dijo, haciendo un esfuerzo por refrenar su mal humor.

–Doscientas cincuenta y dos libras.

–¿Eso es todo? ¿Es todo el dinero que tenía Wessex cuando murió?

–De deudas. Tenía doscientas cincuenta y dos libras de deudas.

–¿De deudas? –estalló Blake, y se levantó del sillón y apoyó con un golpe las manos sobre la mesa.

Stowe parpadeó, pero no se sobresaltó. Blake sintió cierta admiración por él. Había pocos hombres que pudieran mirarlo a los ojos tras uno de sus estallidos de cólera.

–Pero las propiedades son excelentes –dijo Stowe.

Blake volvió a sentarse, esta vez al borde del sillón.

–No tengo tiempo para vender bienes inmuebles. Avisé de que mi viaje sería breve. Tengo un negocio naviero que atender en Boston.

–Estoy seguro de que... todo podrá arreglarse. Yo podría vender las propiedades en su nombre, o contratar a un agente inmobiliario, pero... pero está el asunto de la familia.

—¿La familia? ¿Qué familia?

Blake no tenía familia propia y, en general, aquel concepto le resultaba molesto y fastidioso. Sabía que el matrimonio era inevitable y confiaba en tener un hijo algún día al que dejar el negocio, pero de momento se las había ingeniado admirablemente para eludir cualquier relación seria... incluso con Clarice, la hija mayor de uno de sus socios más cercanos.

Ello no se debía a que no le gustaran las mujeres. Muy al contrario, las adoraba. Las adoraba elegantemente vestidas para la cena y elegantemente desnudas en la cama, a ser posible calladas. Le gustaban también las criadas, las costureras, o las cocineras, y hasta las prefería porque no tenían ninguna expectativa más allá de la del placer inmediato. No se hacían ilusiones de que una sonrisa o una palabra amable, o un revolcón en la cama, condujeran a una proposición matrimonial y a una mansión en la bahía.

—Yo no tengo familia —dijo Blake, malhumorado.

—La familia del difunto conde, la condesa de Wessex y sus tres hijas, fruto de su primer matrimonio: lady Camille, lady Portia y lady Alma Stillmore.

—Parece conocer usted muy bien a la familia, lo bastante al menos como para mencionar sus nombres sin tener que mirarlos, lo cual significa que la condesa ha estado aquí. Puede incluso que fuera la viuda en apuros que vino a verlo esta mañana. ¿Y el difunto conde no tomó medidas por si se daba el caso de que falleciera antes que su esposa e hijastras? —preguntó Blake.

—Milord —dijo Stowe con delicadeza—, los hombres rara vez piensan que van a morir. Algunos temen incluso que, de hacer preparativos, ello acelere su muerte.

Blake sonrió y apartó la mirada. Su propio padre, un hombre duro y frío, pero astuto para los negocios, había muerto sin tomar medida alguna para el sustento de su esposa, la madrastra de Blake. De no haber sido por Blake, ella se habría visto sin un penique y en la calle, porque, al igual que su padre antes que él, Josiah Thixton había dejado todo cuanto poseía a su primogénito. Blake no le había escamoteado ni un solo penique de su herencia a su madrastra (en realidad, se había ocupado de que mantuviera el tren de vida al que estaba acostumbrada hasta el día de su muerte), pero siempre se preguntaba por qué su padre no había tomado precauciones para garantizar que así fuera.

Blake miró al abogado, que lo observaba con fijeza. Dejó escapar una risa y se recostó en el sillón.

—Así que hay deudas, dos propiedades y un hatajo de mujeres histéricas y sin un centavo. ¿Es eso lo que intenta decirme, viejo amigo?

Stowe vaciló, volvió a sentarse en su silla y se quitó las gafas.

—Quizá yo lo hubiera expresado con mayor tacto, milord, pero, en efecto, ha resumido usted de manera muy precisa la situación.

—¿Qué hace usted ahí de pie, *monsieur*?

Armand se apartó distraídamente de la ventana, por la que corría la lluvia, y miró a la muchacha nativa que se había detenido tras él. Había encontrado a Tarasai en la aldea, casi por accidente. Era bonita e inteligente y, lo que era más importante, le complacía no sólo en la cama, sino también en la conversación. Tenía maneras delicadas y parecía saber de manera instintiva cuándo hablar y cuándo guardar silencio.

—Ya estarán en Londres, si no han tenido problemas en la travesía del Atlántico.

—Ha hecho buen tiempo, *monsieur* —dijo ella con su voz suave y musical—. Sus *chères filles* están bien, lo siento en los huesos.

Tarasai se abrazó y Armand no pudo evitar sonreír. Luego dejó escapar una tos seca y rasposa y ella se acercó de inmediato y apoyó una mano en su espalda y otra en su pecho. Cuando el acceso de tos pasó, Armand se irguió de nuevo y sacó de su bolsillo un pañuelo para limpiarse la boca.

—Ah, Tarasai, estoy tan cansado...

—No debería preocuparse tanto, *monsieur*. No es bueno para su salud.

Él volvió a guardarse el pañuelo y la miró.

—Temo haber cometido un error al mandarlas a Inglaterra. He sido un egoísta. Eran felices aquí. Con eso debería haber bastado, *n'est-ce pas*?

Ella le dio la mano.

—Era hora de que su *beau papillon* volara libre, *monsieur*. Era demasiado grande para esta isla, demasiado llena de *vie*. Su futuro la espera al otro lado del océano, una vida llena de aventuras y felicidad.

Armand suspiró.

—Espero que tengas razón, Tarasai. Nunca me lo perdonaré, si sufre por culpa de lo que ambiciono para ella.

—Sé que tengo razón —dijo ella con suavidad—. Está en las estrellas.

—¿Su abrigo y su sombrero, señor? —el mayordomo salió al encuentro de Jessup Stowe en el vestíbulo del club de caballeros.

—Sí, gracias, Calvin —Jessup intentó concentrarse mientras daba su paraguas, su gabán empapado y su sombrero de copa al sirviente—. Ahí fuera sigue lloviendo a cántaros —comentó, alisándose el escaso cabello gris con la palma de la mano.

—Sí, señor. Su mesa está lista, señor Stowe, y el señor Barker lo espera.

—Gracias, Calvin —Jessup se tiró del chaleco, algo arrugado—. Y gracias por ocuparse de esas cosas mojadas.

El mayordomo asintió con la cabeza y retrocedió.

—Puedo acompañarlo a la mesa, señor, si tiene la amabilidad de...

—Ceno en esa mesa seis noches a la semana desde que la señora Stowe falleció, hace ya siete años, Calvin. Sin duda podré encontrarla yo solo —Jessup comenzó a alejarse y luego se volvió y chasqueó los dedos—. Una cosa más, Calvin.

—¿Señor?

—Es posible, aunque no probable, que venga otro invitado. Lord Wessex —el mayordomo lo miró extrañado—. El nuevo lord Wessex, el heredero del conde —explicó Jessup con una sonrisa irónica.

—Entiendo, señor.

—Es americano y no conoce Londres, así que puede que esté algo despistado.

—Le mostraré su mesa enseguida, señor Stowe, en caso de que aparezca.

Jessup miró a un lado y a otro para comprobar que nadie los observaba y a continuación sacó una moneda del bolsillo del chaleco y se la dio al mayordomo.

—Sé que el señor Porter prefiere que no demos propina personalmente —dijo en voz baja—. Así que, que esto quede entre usted y yo. Es usted siempre muy amable conmigo, Calvin. Mucho más amable de lo que han sido nunca mis hijos.

—Sí, señor. Gracias, señor —Calvin dio otro paso atrás, se volvió, intentando disimular su contento, y se alejó aprisa por el pasillo.

Jessup entró en el salón del club, una institución célebre aunque ligeramente deslucida, y frecuentada por abogados como él mismo. Saludó con un gesto a varios caballeros y se dirigió al comedor. Su viejo amigo Clyde Barker, también viudo, estaba ya sentado a la mesa, bebiendo su primera copa de whisky escocés.

—Jessup —Barker, un hombre de cara rubicunda, se levantó a pesar de que sus piernas parecían algo inseguras.

—Clyde, me alegro de verte —Jessup estrechó la mano de su amigo y luego se acercó y le pasó el brazo por los hombros—. Espero toda la semana con impaciencia que llegue el viernes, sólo para ver tu fea cara.

—Lo mismo digo —Clyde sonrió y se sentó a la mesa. Jessup atrajo la atención del camarero al sentarse, le hizo una seña con la cabeza y el camarero se alejó en dirección al bar—. Bueno, ¿qué tal te ha ido el día, viejo amigo? Espero que no haya sido demasiado tedioso.

—En absoluto —Jessup se acomodó en la silla de brocado de respaldo alto y estiró las piernas bajo la mesa—. He tenido el placer de conocer al nuevo conde de Wessex.

—¿De veras? —Clyde dejó su vaso y se inclinó hacia él—. Dicen que es americano, un primo del difunto conde. Barton, el hermano de la señora Barker, conoce a uno de sus socios. Creo que tiene un negocio naviero —se rió, y la risa arrugó su cara envejecida—. Dice que es un empresario muy astuto y un auténtico canalla —sus ojos se arrugaron—. Y corre el rumor de que también es un auténtico donjuán.

Jessup levantó la vista cuando el camarero dejó sobre la mesa una copa de bourbon.

—No sé. Parecía un tipo bastante simpático —se encogió de hombros.

Clyde le lanzó una mirada penetrante, todavía inclinado sobre la mesa.

—¿No me digas? No es eso lo que se deduce de tu tono de voz.

Jessup levantó la copa.

—Bueno, confieso que es un personaje interesante. Un joven muy atrevido, muy seguro de sí mismo.

—Como todos los Thixton —Clyde se recostó en la silla, satisfecho, y tomó su copa—. Bueno, salvo Charles, el padre de Edward. ¿Tú lo conociste? Ése sí que era un canalla —levantó el vaso pensativamente—. Ya sabes eso que dicen, que los defectos se transmiten saltándose una generación.

—El americano es un primo lejano, no un pariente directo.

—Aun así, ya sabes lo que dicen —Clyde sonrió y levantó aún más su vaso en señal de brindis—. Por los buenos amigos.

—Por los buenos amigos —repitió Jessup.

Clyde bebió un largo trago antes de dejar el vaso.

—Ya he pedido la trucha con berros. Llegará en cualquier momento.

—Excelente.

—¿Y qué dijo el americano cuando descubrió que había heredado mayormente deudas?

Jessup arrugó el ceño. Sospechaba ya antes que todo el mundo en Londres conocía la situación de lord Wessex al morir. La gente siempre sabía esas cosas.

—Sabes muy bien que no puedo revelar los detalles de la conversación que tuve con mi cliente.

—Tan mal se lo tomo, ¿eh? Dicen que tiene muy mal genio.

Jessup cruzó las manos sobre el regazo.

—En mi despacho no lo demostró. Lord Wessex se comportó como todo un caballero.

—¿Significa eso que no ha conocido aún a esa vieja arpía de la condesa de Wessex y a sus feas hijas? Tengo entendido que están en la ciudad.

—Ay, Dios —masculló Jessup—. Le dije que fuera a alojarse a la casa de lord Wessex en la ciudad, pensando que la condesa seguía en el campo.

Clyde se rió y echó mano de nuevo de su vaso, ya casi vacío.

—¡Ah, quién fuera una mosca en esa pared! ¿Crees que ya le habrá propuesto que se case con ese adefesio de su hija mayor, o crees que intentará seducirlo ella misma con sus encantos? —guiñó un ojo—. Puede que lo intente, ¿sabes? Hay quien dice que fue la amenaza de un escándalo lo que hizo que Edward se casara con ella. Corre el rumor de que le tendió una trampa.

—Ay, Dios —masculló Jessup otra vez—. Santo cielo, lo he liado todo, ¿no es cierto?

—Charles —Clyde le hizo una seña al camarero—, tráiganos otra ronda. Creo que el señor Stowe está un poco desfallecido —concluyó, divertido.

Jessup puso una mano sobre su vaso.

—Santo cielo.

—Stowe.

Jessup vio que el americano se acercaba a él con cara de pocos amigos. Agarró su servilleta y se apartó de la mesa para levantarse.

—Milord.

El conde de Wessex iba elegantemente vestido con gabán negro, corbata de lazo blanca de seda, levita negra y chaleco blanco a rayas. Llevaba en la mano el sombrero de copa y se apartaba un mechón de pelo oscuro que le había caído sobre la frente.

—Qué... amable por su parte unirse a nosotros —dijo Jessup—. Por favor, permítame presentarle a...

—Están allí, ¿lo sabía? —preguntó Blake—. La condesa y sus tres hijas, aunque parecían trescientas cuando me asaltaron todas a una con su cháchara y su batir de pestañas. Creía que iba a asfixiarme con el olor de su agua de colonia con aroma a rosas.

—¿Le... le apetece unirse a mi amigo el señor Barker y a mí para cenar? Aún no nos han servido.

—Lo que quiero saber es por qué me mandó a esa casa sabiendo que esas mujeres estaban allí —preguntó Blake con aspereza.

—No lo sabía, milord. Le pido disculpas por no haberlo comprobado. La semana pasada, cuando recibí el aviso de su llegada, hice abrir y airear la casa de Mayfair y contratar criados para que todo estuviera listo cuando llegara. La condesa ha debido volver a Londres desde entonces.

Blake apretó con más fuerza el sombrero mojado y desvió la mirada, dándose un momento para refrenar su enojo. Se hallaban en el comedor de uno de los muchos clubes para caballeros de la ciudad. Aquél parecía antiguo y próspero, y aunque no estaba tan bien amueblado como algunos otros que había visitado en Boston y en el extranjero, poseía cierto encanto. El olor a tabaco y a madera de nogal parecía impregnar el aire de sus salones.

—Le pido disculpas de todo corazón por las molestias que haya podido causarle —repitió el señor Stowe, irguiéndose en toda su estatura, a pesar de lo cual lord Wessex siguió sacándole una cabeza.

Blake arrugó el ceño, a pesar de que no estaba ya tan enfadado como al salir de la casa de Mayfair.

—Supongo que no podía remediarse.

—No, milord, en efecto —contestó Stowe con firmeza—. Si lo desea, mañana a primera hora tomaré las medidas oportunas para desalojar a la condesa de su propiedad.

Blake vio al mayordomo revoloteando alrededor de la puerta.

—Tráigame un whisky escocés —gruñó.

—Enseguida, milord —el hombre se acercó con prontitud—. ¿Desea el señor que me lleve su ropa mojada y le sirva luego algo de comer?

Blake le entregó su sombrero, su bufanda y su gabán.

—Gracias, pero no quiero comer nada. Sólo el whisky. Tengo otro compromiso, pero creo que conviene que me fortifique antes de ir.

—Sí, milord —Calvin hizo una reverencia—. Permítame que le traiga una silla, milord.

—Puedo hacerlo yo mismo —rezongó Blake, y agarró una silla de la mesa vacía más cercana—. Encantado de conocerlo, Barker —colocó la silla junto a la mesa y le tendió la mano a Barker—. Supongo que usted también es abogado. Tiene la misma barriga que Stowe y que otros muchos como ustedes. Es de estar todo el día sentados tras sus mesas.

—Sí, milord —el señor Barker le estrechó la mano con entusiasmo y los tres se sentaron.

—Maldita sea, Stowe, dígame qué demonios hago ahora. Y no me venga con que tengo derecho a poner a esas mujeres de patitas en la calle —Blake sacudió la cabeza—. Sabía que no debía hacer este viaje. Sabía que no me traería más que complicaciones —tomó la copa que le llevó el camarero y se la llevó sin ceremonias a los labios—. Dígame qué me aconseja respecto a la condesa y su prole, o esta noche dormirán en su cama, señor.

Tras tomar dos copas de whisky escocés, Blake pudo parar un coche, gracias al mayordomo del club y a pesar de que llovía. Llegó a la dirección de uno de sus socios más de dos horas después de la hora indicada en la invitación, pero fue recibido, no obstante, con gran algarabía y regocijo. Había conseguido de la noche a la mañana el estatus de una celebridad y todo el mundo se dirigía a él llamándolo lord Wessex. La fiesta se celebraba en honor de la hija de su socio, el señor Todd Warrington. La muchacha cumplía dieciocho años, pero Blake apenas le prestó atención, más allá de bailar con ella un vals. Prefería a las mujeres un poco más mayores y, ciertamente, mucho más experimentadas.

Con una copa de coñac en la mano, Blake salió a la terraza que miraba al frondoso jardín. La lluvia había cesado y la luna creciente se había alzado en el cielo.

—Buenas noches.

Blake se volvió al oír aquella voz suave y vio a una mujer que rondaba su edad, ataviada con un vestido rosa pálido. Una pesada sarta de perlas colgaba sobre su pecho bien redondeado, y llevaba el pelo rubio recogido hacia arriba en un complejo tocado. Blake comprendió enseguida el tono de su voz gracias a las muchas experiencias que había tenido en terrazas como aquélla a altas horas de la noche, con mujeres que permanecían solas en la oscuridad mientras en el interior de la casa se celebraba una alegre fiesta. Eran siempre mujeres tristes y vulnerables.

—Buenas noches —contestó con una sonrisa.

Ella se acercó con cierta indecisión y le ofreció la mano.

—Elizabeth Barclay... Señora Williams —se corrigió, como si se lo pensara mejor.

—Blake Thixton —él tomó su mano y se la besó. Ella olía a lilas y a mujer.

—Sé quién es usted, lord Wessex.

Al alzar la cabeza, Blake vio que le sonreía. No era exactamente una sonrisa coqueta, sino sincera y melancólica. Había interpretado bien su tono de voz.

—Y yo creo conocerla a usted, señora Williams. Fue en Nueva York, ¿me equivoco? ¿Su esposo es Jefferson Williams? ¿No se dedica al comercio de hierro? —recordaba haber coincidido con Williams una vez en Nueva York. Era Williams un hombre feo, el doble de viejo que su esposa y dueño de un carácter aún más feo.

—Exacto —ella apartó la mano desnuda.

—¿Su esposo está aquí, en Londres, por motivos de negocios?

Ella asintió con la cabeza y se acercó a él para mirar el jardín que se extendía más abajo. Se estremeció y Blake tapó sus hombros desnudos con su chal de seda. Ella se volvió. Tenía la boca entreabierta, como si deseara ser besada por un hombre menor de sesenta años. Blake dejó su coñac sobre la balaustrada de la terraza y la atrajo hacia sí. Ella dejó escapar un gemido y se envaró, sorprendida, cuando la besó. Se rindió, sin embargo, cuando la lengua de Blake penetró en su boca.

Blake sabía que Elizabeth Williams nunca había hecho el amor con un extraño en una terraza, pero él sí, y en muchas ocasiones. La rodeó con sus brazos, cubrió de ardientes besos su boca, su cuello y sus pechos, y la condujo al rincón más alejado de la terraza, donde no llegaba ni la música de vals ni la luz brillante de las lámparas que flanqueaban las puertas del salón de baile.

Elizabeth luchó por recobrar el aliento. Saltaba a la vista que el efecto que Blake había surtido sobre ella la llenaba de perplejidad. Él metió la mano bajo el corpiño de su vestido rosa y sintió que sus pezones se erizaban al instante. Ella profirió un gemido. Ansiaba las caricias de un hombre. Blake bajó la cabeza, tomó entre los labios uno de sus pezones y tiró de él ligeramente con los dientes. Ella volvió a gemir y se apoyó contra la pared de piedra, rendida a su deseo. Blake le levantó las faldas sin más prolegómenos, apartó sus enaguas de seda, la penetró con vehemencia, profundamente, y los satisfizo a ambos.

Sólo después, mientras se abrochaba los pantalones y alisaba las faldas de seda de la señora Williams, vio que una lágrima solitaria resbalaba por su pálido rostro.

59

—No llores —susurró, y besó su mejilla.

—Yo... nunca antes había hecho esto —dijo ella casi sin aliento.

—Eres una mujer preciosa, una mujer cuyas necesidades han de satisfacerse...

—¿Señora Williams, está usted ahí? —llamó un caballero de edad.

Ella se sobresaltó al oír que la puerta de la terraza se abría. Blake la besó y susurró contra sus labios:

—Ve a verme en Boston.

Para cuando el señor Jefferson Williams salió a la terraza en busca de su esposa, Blake estaba otra vez junto a la balaustrada, bebiendo su coñac y contemplando el jardín. Si Williams lo vio, no le prestó atención.

—¿Está lista para irse, señora Williams? Mañana tengo una cita temprano.

—Sí, por supuesto, señor Williams.

El bajo de su vestido casi rozó las botas bruñidas de Blake cuando pasó a su lado. O bien el señor Williams no lo veía, o bien no le importaba lo que hiciera su mujer en las terrazas con desconocidos.

Blake sonrió. Razón de más para no tener prisa por casarse.

—¿Estás ahí, *ma chère*? —Lucía entró en la alcoba que Sapphire y Angelique compartían en la tercera planta de la casa de lord y lady Carlisle cerca de Charing Cross. Iba vestida para la tarde con un traje de lana ligera, de color verde claro y violeta, guantes y sombrero de paja—. ¿Seguro que no quieres venir con lady Carlisle y conmigo a tomar el té en casa de lady Morrow?

—No, gracias, tía —Sapphire levantó la mirada de su libro de poemas de lord Byron y procuró parecer fatigada—. Me temo que todavía estoy cansada. Esta mañana di un paseo a caballo muy largo con lord Carlisle y creo que prefiero quedarme aquí, leyendo.

—Muy bien, gatita —Lucía suspiró mientras se colocaba el sombrero—. Pero puedo quedarme contigo, si quieres. La verdad es que no me apetece ir a casa de lady Morrow. Tuve bastante con pasar casi un mes en el barco con ella, pero voy para que, a la vuelta, paremos en el Royal Exchange.

Sapphire, que llevaba una bata azul con volantes y cintas, estaba sentada en un sillón, junto a la ventana, con las piernas recogidas.

—No seas tonta, tía. No quiero que te quedes en casa por

mi culpa, sobre todo si tienes la oportunidad de ir de compras —sonrió maliciosamente.

—Bueno, supongo que Angelique estará aquí, si necesitas algo.

—Mmm —dijo Sapphire, y fingió que volvía a leer.

—¿Dónde está Angelique, por cierto?

—Creo que ha salido a dar un paseo por el jardín —Sapphire volvió la página sin levantar la vista—. ¿O dijo que iba a los establos a ver otra vez a esos gatitos? No me acuerdo.

—Bueno, es igual —Lucía apoyó la mano sobre el pomo de cristal de la puerta—. ¿Seguro que estarás bien?

—Claro que sí. Vete y no te preocupes por mí. Un poco de lectura, una siesta quizá y para la cena estaré como nueva —Sapphire sonrió dulcemente.

—Está bien, querida —Lucía abrió la puerta y luego se volvió—. Espero que esto no tenga nada que ver con mi negativa a dejarte ir enseguida a casa de lord Wessex. Entiendo tu impaciencia por conocer a tu padre, pero no llevamos aquí ni un día y hay ciertos cauces que seguir, ciertas normas sociales que cumplir. Esto es demasiado importante para estropearlo haciendo las cosas chapuceramente.

—Lo entiendo. Tienes toda la razón —Sapphire pasó otra página y tomó la taza de té que había en la mesa, junto a ella—. Que te diviertas. Y cómprate un sombrero. El que llevas hoy es encantador.

La puerta se cerró y Sapphire miró por encima del libro mientras escuchaba resonar los pasos de su tutora por el pasillo y las escaleras. Respiró hondo, se levantó y dejó el libro.

Se acercó a la cama, se arrodilló, sacó el viejo cofre de cuero de su madre y levantó cuidadosamente la tapa. Sonriendo con ternura, pasó los dedos por encima de las cartas de amor que su padre le había enviado a su madre cuando la cortejaba, cartas que había releído cien veces durante la travesía hacia Londres. Dentro del cofre estaba también el medallón que llevaba su madre en sus tiempos de Nueva Orleans, y un ricito del pelo rojizo de Sapphire. Más dentro aún, había encontrado flores prensadas, un diminuto cepillo de plata de cuando ella era bebé y uno de los viejos pañuelos de Armand. Al hurgar al fondo del cofre, encontró la bolsita de terciopelo que buscaba. Se echó hacia atrás, acuclillada, abrió la bolsa y sacó de entre sus pliegues la gema fría y tersa.

Contuvo el aliento al levantar la piedra hacia la ventana y ver cómo reflejaba la luz del sol. Su fulgor azulado era casi cegador. Después de tantos años, iba a conocer por fin a su padre...

—Pero creo que nuestro encuentro no será como tú habías previsto, mamá —dijo, y besó la piedra—. Tengo un par de cosas que decirle a ese hombre, eso te lo garantizo —volvió a guardar el zafiro en la bolsa de terciopelo negro, ató ésta con su cordón y la guardó bajo el forro de terciopelo burdeos del cofre.

Metió el cofre bajo la cama y se levantó mientras comenzaba a desatar las cintas de su bata. Convencida de que Lucía estaría ya en el carruaje de lady Carlisle, se quitó la bata y dejó al descubierto el vestido que había comprado nada más llegar a Londres, el vestido que llevaría al encontrarse cara a cara con su padre. Dejó la bata sobre la cama y se volvió hacia el espejo oval de cuerpo entero. El vestido era en realidad un traje de dos piezas, una falda y una chaqueta corta, abrochada al frente, de muselina de lana azul turquesa. Las mangas eran estrechas, como era la moda, y las botas de puntera cuadrada asomaban por debajo de sus enaguas.

Sonrió al ver su reflejo, segura de que, en cuanto su padre

viera sus ojos (uno azul, el otro verde, como los suyos) sabría que era su hija.

Sabía, sin embargo, que no tenía tiempo que perder si quería salir de la casa sin que la vieran, conocer a lord Wessex y regresar antes de que volvieran Lucía y lady Carlisle. Fue en busca de su sombrero. Su plan consistía en no decirle a Lucía lo que había hecho para que, de ese modo, cuando fueran presentadas formalmente a lord Wessex, conforme a los planes de lady Carlisle y su tía, no hubiera una escena. Una vez le hubiera dicho lo que pensaba en privado a su padre, se mostraría con él cordial, aunque distante en público, por respeto a su madre y a Armand.

La puerta se abrió mientras se colocaba el sombrero sobre los rizos rojizos. Angelique entró con el pelo negro revuelto y el corpiño de su vestido color melocotón ligeramente arrugado.

—¿Se puede saber qué haces? —preguntó.

Sapphire se apartó del espejo y se ató las cintas del sombrero bajo la barbilla.

—¿Yo? ¿Y tú? ¿Qué has estado haciendo tú? Aunque no sé por qué me molesto en preguntar.

Angelique suspiró y se tiró en la cama.

—Se llama Robert y es el hijo mayor del jefe de los establos. Dice que soy la mujer más bella que ha visto nunca.

Sapphire la miró con incredulidad y volvió a mirarse al espejo para intentar colocarse el sombrero en el ángulo correcto.

—Hablamos de esto antes de dejar Martinica, Angel —la reprendió—. No puedes besar a todos los chicos con los que te encuentras.

—¿Por qué no? No me meteré en un lío muy gordo por besar a Robert, pero tú sí, si descubren que has ido a escondidas a casa de lord Wessex.

—No voy a ir a escondidas —Sapphire se volvió—. Voy a salir por la puerta principal y voy a alquilar un coche para que me lleve a Mayfair.

—¿Sabe la tía Lucía que vas a ir? —Sapphire arrugó el ceño mientras abría el cajón de una cómoda para sacar un par de guantes—. ¿Vas a decirle dónde has estado cuando vuelvas? —Sapphire no contestó—. Entonces, vas a ir a escondidas.

—Es mi padre, Angel. No quiero que nos veamos por primera vez delante de cien personas extrañas, en algún baile.

—Entonces, déjame ir contigo.

—No vas a venir conmigo —Sapphire se acercó a la puerta y se colocó una horquilla suelta bajo el sombrero—. Vas a quedarte aquí y a servirme de tapadera en caso de que mi padre y yo tengamos una larga conversación y perdamos la noción del tiempo —miró a Angelique—. Aunque me parece que eso es muy improbable, teniendo en cuenta lo que pienso decirle.

—Luego no digas que no te lo advertí. La tía Lucía se va a poner furiosa —Angelique la siguió al pasillo—. ¿Estás nerviosa?

Sapphire sacudió la cabeza y se mordió la parte interna del labio. Era mentira, desde luego, incluso Angelique lo sabía, pero decir que no estaba nerviosa la hizo sentirse más fuerte y más osada.

—Cúbreme, si llega el caso, pero no te metas en líos. No te pediría que mintieras por mí —Sapphire dio un rápido beso en la mejilla a su hermana y, al ver que el pasillo estaba desierto, corrió hacia la escalera—. Volveré enseguida.

Londres era una ciudad ruidosa, olorosa, sucia y ensordecedora. Había tantas cosas que ver que Sapphire no sabía hacia dónde mirar. El trayecto en coche desde Charing

Cross al West End no fue tan largo como le habría gustado, y antes de que se diera cuenta, el cochero frenó a su caballo delante de la escalinata de mármol de una casa elegante: la casa en la que (Sapphire lo había averiguado discretamente) vivía su padre cuando estaba en la ciudad.

—¿Quiere que la espere, señorita? —preguntó el conductor desde el pescante del coche.

Sapphire compuso una sonrisa falsa, levantó un poco el mentón e intentó imaginar cómo se comportaba la hija de un conde con un obrero corriente.

—No, gracias, señor. Buenos días —le entregó lo que esperaba fuera la tarifa adecuada por sus servicios. Él sonrió e inclinó la cabeza.

—Gracias, señorita —luego hizo restallar el látigo y el coche se alejó, y Sapphire no tuvo más remedio que levantar la aldaba, en forma de cabeza de león, de la puerta de madera de nogal. Ésta se abrió casi de inmediato y ella se sobresaltó.

—¿Puedo servirle en algo? —preguntó un lacayo delgado y de mediana edad que la miraba a través de las lentes de sus gafas.

—Sí, gracias, señor —Sapphire se sentía como si no pudiera respirar cuando entró en el vestíbulo sin esperar invitación—. Quisiera ver a lord Wessex —le sorprendió lo clara y firme que sonaba su voz.

—¿Y puedo preguntar de parte de quién?

Sapphire advirtió por su tono de voz que no aprobaba el hecho de que hubiera llegado sin invitación. Llevaba apenas un día en Londres, pero había descubierto ya que en Inglaterra la vida era muy distinta a la relajada existencia de que disfrutaban en Martinica los terratenientes franceses e ingleses. Allí había normas de etiqueta que cumplir para hacer visitas, normas que incluían tarjetas de visita, invitaciones matutinas y vespertinas y hasta el largo de manga adecuado a cada ocasión.

—De su hija —sonrió dulcemente.

El lacayo no pudo ocultar su sorpresa.

—¿Señorita?

—Me ha preguntado usted quién quería ver a lord Wessex. Soy su hija —se quitó un guante, asombrada por la facilidad con que había adoptado el papel de lady Sapphire Thixton—. Por favor, dígale que estoy aquí. Sólo dispongo de un momento.

El mayordomo hizo una reverencia, aunque seguía mirándola con incredulidad.

—¿Quiere sentarse mientras voy a ver si su señoría está disponible? —indicó una hilera de sillas de brocado blanco y dorado.

—No, gracias.

—Un momento, señorita —el hombre volvió a inclinarse y desapareció por una puerta en forma de arco. La casa no parecía especialmente grande desde fuera, pero Sapphire vio que era en realidad inmensa. Obviamente, su padre no sólo tenía un título nobiliario, sino que además era un hombre bastante rico.

Sapphire exhaló lentamente, se llevó la mano a la tripa, donde notaba un nudo, y se quedó mirando los grandes retratos de hombres calvos que cubrían las paredes.

«Sólo un momento más», se dijo, «y nos encontraremos cara a cara».

Blake oyó que llamaban a la puerta de su despacho, pero no hizo caso. La llamada se repitió y él levantó la vista, irritado, del escritorio que había pertenecido al difunto lord Wessex.

—Sí, ¿qué es tan urgente? —bramó—. ¿No he dicho hace menos de media hora que no quería que se me molestara a menos que la casa estuviera en llamas?

La puerta del despacho se abrió y Preston, el mayordomo, entró con los ojos bajos.

—Milord.

—¿Sí? —gruñó Blake.

—Hay alguien que quiere verlo, milord.

—¿Quién? —Blake se levantó a medias de la silla, apoyando las manos en la mesa.

—Una joven, milord. Dice que...

—¿Qué es lo que dice, Preston? Vamos, estoy envejeciendo ante sus ojos.

—Dice que es su hija, milord.

—¿Mi hija? —estalló Blake—. Yo no tengo ninguna hija. ¿Qué demonios...? —se interrumpió antes de acabar la frase al comprender lo que sucedía.

Por lo visto, en Londres se corría rápidamente la voz en todo lo tocante a las herencias, y durante toda la semana no había cesado de aparecer gente que aseguraba que el difunto conde le debía dinero. Quizás en algunos casos fuera cierto, pero la mayoría de aquellas personas eran estafadores de poca monta que acudían a su puerta con la esperanza de aprovecharse de una viuda desconsolada o un heredero timorato.

—¿Quiere que le diga que se marche, señor?

Blake reflexionó un momento mientras se enderezaba el cinturón de la bata de seda que llevaba sobre los pantalones. ¿La hija del conde? Al menos aquella reclamación era más imaginativa que un par de facturas por una peluca o un chaqué.

—No, no, Preston, me ocuparé de esto yo mismo —no iba

vestido adecuadamente para recibir visitas, pero no le importó.

—Por aquí, señorita —dijo el mayordomo al conducir a Sapphire al salón.

Ella no pudo por menos que fijarse en la habitación, que tenía las paredes pintadas de un verde claro y pesadas cortinas a franjas de un tono a juego. Los muebles eran viejos, pero estaban en buen estado y eran mucho más elegantes que los del hogar de los Carlisle. Suspiró y se dijo en voz baja:

—Aquí estoy, mamá, por fin.

—Su señoría vendrá enseguida —dijo el lacayo, y cerró al salir las puertas de caoba.

Sapphire se volvió hacia la pared para contemplar un cuadro de buen tamaño que representaba un paisaje marítimo. Distinguió el nombre «E. Thixton» garabateado en la esquina inferior derecha del lienzo. El cuadro era bastante bueno. ¿Lo habría pintado su padre?

Las puertas se abrieron de pronto y ella se volvió.

Blake se quedó un momento sin habla. Se había imaginado una muchacha desnutrida y con mala dentadura, ataviada con un vestido barato y un feo sombrero. Delante de él, sin embargo, había una mujer hecha y derecha, con lustroso pelo rojo oscuro, un vestido caro y a la última moda y unos ojos con los que fantasearía durante muchas noches futuras. Aquella joven tenía el cutis marfileño y bellísimo, una nariz recta salpicada de pecas y un mentón encantador con un leve hoyuelo. Fue su boca, no obstante, incluso más que sus bellos ojos o el brillo de su pelo, lo que cautivó a Blake. Era aquélla la boca de una cortesana; tenía una forma perfecta, el labio superior era fino y el inferior carnoso y sensual. Blake sintió de pronto el deseo de saborearla.

Sólo cuando ella parpadeó volvió Blake bruscamente en sí.

—¿Se puede saber qué se propone? —preguntó con aspereza.

—¿Cómo dice? —contestó ella, enojada y confusa. Aquel hombre era joven, demasiado joven para ser su padre, el cual debía de andar cerca de los cincuenta años. ¿Quién era aquel hombre tan grosero y qué hacía en casa de su padre?

—Ya me ha oído —dijo él, entrando en la habitación. Era un hombre asombrosamente guapo, quizá diez o doce años mayor que ella, con el pelo de color ébano y los ojos castaños más intensos que Sapphire había visto nunca.

—Supongo que yo debería preguntarle lo mismo —Sapphire dio un paso hacia él y levantó la barbilla.

—No sé quién es usted ni qué pretende, pero no toleraré falsas reclamaciones hechas por cazafortunas o ladrones. Ahora bien, lo que se le deba le será pagado, siempre y cuando sea cierto que se le debe —dijo él—. Le daré el nombre y la dirección de mi abogado. Todas las facturas han de ser dirigidas a él y sólo a él. No pagaré ni un penique hasta que su reclamación haya sido comprobada.

Sapphire dio un paso atrás. Lo que decía aquel hombre no tenía sentido. ¿De qué facturas hablaba?

—¿Qué es lo que tiene que decir, jovencita? —el desconocido cruzó la habitación. Estaba tan cerca que Sapphire notaba el perfume de su loción de afeitar y el olor masculino de su piel.

—¿Quién es usted? —preguntó—. Estoy buscando a lord Wessex, el dueño de esta casa.

—Yo soy lord Wessex y el dueño de esta casa, señorita. Ahora, le sugiero que se marche antes de que llame al alguacil.

Sapphire emitió un sonido de protesta, pero se atascó en su garganta.

—No, usted no puede ser el conde de Wessex. Mi padre, Edward Thixton, es el conde de Wessex.

Él arrugó el ceño.

—El difunto Edward Thixton, conde de Wessex, no tuvo descendencia.

Ella lo miró fijamente.

—¿Dónde está? —se oyó susurrar.

—En el cementerio, supongo. Ahora, váyase —dijo con frialdad, haciéndose a un lado—. Dese prisa y no llamaré a las autoridades, pero si intenta de nuevo obtener algún dinero de mí o de esta casa, irá usted a parar a la prisión de Newgate.

Sapphire miró de nuevo a Blake y las lágrimas nublaron sus ojos. Confusa y dolida, corrió hacia la puerta. Recorrió el pasillo a toda prisa y salió por la puerta principal sin hacer caso del lacayo que intentaba llamar un coche para ella. Dobló la esquina, se detuvo y se agarró al poste de una farola.

—Está muerto —murmuró, cerrando los ojos, llena de incredulidad—. Oh, mamá, está muerto.

—Ya, ya —decía Lucía, sentada al borde de la cama de Sapphire, mientras le acariciaba el pelo—. ¿Quieres que te traiga una taza de té? ¿Con un poquito de jerez, incluso?

—No, estoy bien, de verdad —Sapphire se enjugó los ojos hinchados con el pañuelo húmedo—. Lo siento, tía. Me he portado muy mal —sollozó—. No te quedes aquí, conmigo. Deberías ir al teatro con lady Carlisle, como tenías previsto.

—Tonterías. ¿Qué sentido tiene que una vieja como yo vaya al teatro? No es más que un sitio para ver y que te vean —le puso en la mano un pañuelo seco—. No hay nada de malo en llorar. Acabas de saber que tu padre ha muerto. Pensaría que te pasa algo raro si no lloraras. Sólo lamento que lord Carlisle no se haya enterado hasta esta tarde, cuando fue a su club.

Sapphire se enjugó los ojos de nuevo y miró el techo pintado de blanco. Fuera casi había oscurecido y Angelique había echado las cortinas de damasco azul claro y había encendido dos lámparas de aceite que proyectaban sombras sobre el techo.

—¿Recuerdas cómo fue cuando murió tu madre? —Angelique estaba sentada al otro lado de la cama—. Nos pasamos días llorando.

—Lo sé, pero era mamá... No sé por qué estoy tan disgustada, si ni siquiera conocía a mi padre. Nunca he visto su cara, ni tenía deseos de verla. Estaba tan enfadada con él por lo que le hizo a mi madre que creo que sólo quería decirle lo mucho que lo despreciaba.

—*Non, ma petite*. ¿Cuántas veces tengo que recordarte que tu madre dejó muy claro que no creía que Edward supiera nunca lo que le ocurrió?

—Me da igual. Debería haberlo sabido. Si ese... si ese hombre que había en casa de mi padre no se hubiera puesto tan odioso conmigo... —dijo, cada vez más enfadada—. Fue simplemente abominable.

—Abominable o no, parece que es el heredero de tu padre. Es Blake Thixton, un americano, primo lejano de tu padre, según le han dicho a lord Carlisle —Lucía, vestida con un elegante traje de noche, se levantó y se acercó a la mesa donde había dejado la botella de jerez.

—¿Un americano? —preguntó Sapphire—. ¿Y por qué no se enteró antes lord Carlisle?

—Vamos, vamos, gatita —Lucía se sirvió una buena dosis de jerez—. No culpes al mensajero. Llegamos ayer. ¿Cómo iba a saberlo lord Carlisle? Edward murió hace seis meses por causas naturales, y lord y lady Carlisle llevaban siete meses de viaje, acompañando al barón y la baronesa en su luna de miel. Además, te habrías enterado de la muerte de tu padre de manera mucho menos brusca si no fueras tan terca y no hubieras ido a verlo tú sola y en contra de mis deseos.

Sapphire se sentó en la cama y se apartó el pelo de la cara.

—¿Por qué siempre dices que soy terca en ese tono? A fin de cuentas, si mi madre no hubiera sido terca, se habría muerto en Nueva Orleans, cuando estaba sola, con una niña pequeña y sin sitio donde vivir.

—Pero no quieres volver a Martinica, ¿verdad? —preguntó Angelique. Sapphire la miró—. No quiero parecer egoísta —prosiguió su hermana—. Reconozco que prefiero quedarme porque me gusta el ambiente de Londres, pero, ¿qué ha cambiado en realidad, Sapphire? Sí, el conde de Wessex ha muerto, pero tú sigues siendo su hija.

—Tienes razón, Angel. Eso no ha cambiado, y ese hombre despreciable no puede hacer nada al respecto.

—No, no puede —Lucía levantó su copa de jerez a modo de brindis y bebió un sorbo.

—No tengo derecho legal a la herencia de mi padre, claro. Soy una mujer. Las leyes inglesas no me permiten heredar de mi padre, a no ser que se me mencione expresamente en el testamento.

—¿Para qué has venido, *ma chère*? ¿Has venido buscando dinero o tierras?

—He venido porque mi madre...

—Eso no es lo que te he preguntado —la interrumpió Lucía acercándose a la cama—. Yo quería muchísimo a tu madre, pero eres su hija y sé muy bien que no has venido sólo para cumplir su sueño.

Sapphire se tomó un momento para pensar antes de responder.

—He venido porque era el deseo de mi madre —dijo con firmeza—, pero también para satisfacer mi deseo de ser reconocida.

—Y...

Sapphire miró a los ojos a Lucía.

—Quería que el conde reconociera que mi madre era legalmente su esposa, no que me aceptara como hija —vaciló—. Así que supongo que, en cierto modo, vine por ella, pero no por las razones que ella hubiera querido.

Lucía sonrió por encima del borde de la copa.

—Ésa es la Sapphire que yo conozco.

—Está muerto, lo sé, pero yo sigo siendo la hija de lord Edward Wessex y Sophie Barkley sigue siendo su esposa —agregó Sapphire—. Y, heredero o no, ese hombre debe reconocerme como tal. Debe hacer un anuncio oficial ante todo Londres y reconocerme formalmente. A pesar de la muerte de mi padre y de que su título haya pasado a manos de ese americano, sigo teniendo derecho a conservar su apellido —apretó la mandíbula tenazmente—. Tía Lucía, ¿no te dijo lord Carlisle que la viuda de mi padre iba a dar una fiesta el sábado por la noche en honor del heredero americano de su marido?

—Sí.

—¿Crees que sería muy inadecuado que asistiéramos a esa fiesta?

—Estoy segura de que lady Carlisle podrá conseguirnos una invitación. Parece que toda la buena sociedad de Londres ha recibido una. Por lo visto, la viuda está deseando exhibir al heredero. Dicen que no sólo es guapo, sino también muy rico.

—¿Por qué demonios quieres asistir a una fiesta en honor de un hombre que te ha insultado? —preguntó Angelique, sorprendida.

Sapphire se volvió hacia ella con una sonrisa furtiva en los labios.

—¿Cómo voy a exigir mi título, si no veo otra vez en persona a ese truhán?

—¿Estás segura de que quieres hacer esto? —le preguntó la tía Lucía a Sapphire cuando salieron del carruaje de los Carlisle.

Sapphire miró la puerta por la que había salido menos de

una semana antes y tragó saliva. Llevaba días ensayando lo que iba a decirle al señor Blake Thixton, pero todas aquellas palabras parecían haberse huido de ella, dejándola únicamente con su determinación.

Las grandes puertas se abrieron y el lacayo al que Sapphire ya conocía apareció ante ellas.

—Di una palabra y nos iremos —le susurró Lucía a Sapphire al oído—. Di una palabra y estaremos en el próximo vapor que salga para Martinica, para Hong Kong, para California. Di un sitio, paloma mía, y nos olvidaremos de este disparate.

Sapphire miró a Lucía. El corazón le latía con violencia en el pecho. Tenía la sensación de que algo estaba a punto de cambiar, de que algo iba a alterar su vida para siempre.

—Nunca podré darte las gracias por todo lo que has hecho por mí, pero no, tengo que hacer esto. Por mamá y por mí.

Lucía le dio una palmadita comprensiva en el brazo y se volvió hacia la escalera. Lord y lady Carlisle ya habían entrado en la casa y el mayordomo miraba a Sapphire y a Lucía con gran interés.

—¿Entramos? —murmuró Angelique, tan emocionada que apenas podía contenerse.

Sapphire levantó las faldas de su vestido nuevo de seda verde manzana y comenzó a subir.

—Claro que vamos a entrar —dijo con confianza—. No he llegado hasta aquí para darme la vuelta.

—El vizconde Carlisle —anunció el lacayo estiradamente—. Lady Carlisle.

Sapphire le entregó su tarjeta de visita recién impresa para que la anunciara.

—La señorita Fabergine.

Sapphire cruzó el vestíbulo iluminado y se colocó en la

cola de recepción, detrás de lord y lady Carlisle, que estaban hablando con una mujer de penosa delgadez. Sapphire supuso que se trataba de lady Wessex, la viuda de su padre, y sonrió. La viuda nunca había sido legalmente la esposa del conde, porque, hasta su muerte, éste había estado casado con Sophie.

—La señorita Fabergine —el mayordomo anunció a Angelique y miró luego la tarjeta de Lucía—. *Mademoiselle* Toulouse.

Sapphire miró a Lucía, sonriendo, y luego se volvió para ser presentada formalmente a la presunta viuda de su padre.

—Y ésta es la señorita Fabergine —dijo lady Carlisle—, la joven de la que le hablé, lady Wessex. Su padrastro es un caballero francés encantador y muy distinguido. Me habría sido imposible rehusar su petición de que acompañara a sus hijastras a Londres.

Sapphire hizo una reverencia.

—Lady Wessex, muchísimas gracias por su invitación.

La viuda apenas le prestó atención.

—Y éstas son las hijas de lady Wessex —prosiguió lady Carlisle, avanzando a lo largo de la fila—. La mayor, la señorita Camille Stillmore.

Sapphire hizo una genuflexión y sonrió a la joven, que parecía ser un año o dos mayor que ella y guardaba un gran parecido con su madre. No era, ciertamente, una mujer atractiva, y su vestido de color marfil, sobrecargado de volantes, no lograba mejorar su apariencia.

—Es un placer conocerla.

La señorita Stillmore miró a Sapphire con una expresión que, tras llevar dos semanas en Londres, ésta conocía ya muy bien. Era la expresión —le había explicado la tía Lucía— con la que las chicas feas miraban a las guapas al darse cuenta de que no podían competir con ellas.

—La señorita Portia y la señorita Alma —dijo lady Carlisle.

Las dos muchachas más jóvenes, que eran más agraciadas que su hermana mayor, hicieron una reverencia, aparentemente más interesadas por conocer a las recién llegadas. Portia parecía tener la misma edad que Sapphire, y Alma era solamente un año o dos más joven.

—Es un placer conocerlas —dijo Sapphire, devolviéndoles la sonrisa.

Lady Carlisle se inclinó hacia la hija menor para que nadie la oyera y preguntó:

—¿Está él aquí?

—¿Él, milady?

—Lord Wessex, quién va a ser —siseó la mayor de las dos—. Esperaba que fuera él quien recibiera a los invitados. Para eso nos han invitado, ¿no? Para conocer formalmente al nuevo conde.

Alma miró de reojo a su hermana y volvió luego a mirar a lady Carlisle.

—Está aquí, milady, sólo que... dice que prefiere no recibir en la puerta a los invitados.

Lady Carlisle levantó tan alto sus cejas pintadas que Sapphire creyó que iban a llegarle hasta la línea del pelo. Luego, viendo a un conocido, lady Carlisle abrió su abanico y entró en el siguiente salón, con su marido a la zaga.

Sapphire esperó a Angelique junto a la puerta de un espacioso salón exquisitamente decorado con muebles elegantes y ricos cortinajes. De él salía un tintineo de copas y un sonido de risas sofocadas.

—Bueno, chicas, ¿qué hacemos? ¿Nos quedamos juntas? —preguntó Lucía—. ¿O nos dispersamos?

Angelique entornó los ojos y frunció seductoramente los labios carnosos.

—Si me disculpáis —dijo—, creo que conozco a ese caballero de la ventana.

Sapphire miró al hombre en cuestión y bajó la voz.

–Angel, ¿cómo vas a conocerlo? Si acabas de llegar...

–Buscadme, si me necesitáis –dijo su hermana, y se alejó con su vestido de noche nuevo, de seda violeta y blanca. Lucía y Sapphire la vieron cruzar el salón. Luego Lucía se volvió hacia su ahijada.

–Bueno, ¿qué hacemos, cariño? ¿Acorralamos juntas a ese granuja?

–Gracias, pero no. Puedo hacerlo yo sola.

–Muy bien, gatita –Lucía besó el aire junto a su mejilla con sus labios pintados y se alejó.

Sapphire sintió que el pulso se le aceleraba y notó un cosquilleo en el estómago. Se apoyó un momento en la pared y contempló el ir y venir de los invitados. Había no menos de doscientas personas en los dos salones que se abrían a la derecha del vestíbulo y en la espaciosa habitación de la izquierda, que parecía haber sido despejada para que los invitados bailaran.

Sapphire se sintió abrumada por cuanto veía y oía: el fulgor de las joyas, las corbatas almidonadas de los caballeros, las voces amortiguadas, el sonido vivaz de los instrumentos con que los músicos tocaban una encantadora danza. Sapphire comenzó a dar golpecitos en el suelo con su zapato de gamuza y recordó las fiestas que Armand y su madre daban en Orchid Manor. A su madre le encantaban los bailes. Si cerraba los ojos, casi podía oír la risa de Sophie y ver a Armand susurrándole al oído mientras la tomaba del brazo. Recordó también que había bailado con Maurice, y le pareció sentir sus brazos rodeándola...

–¿Le apetece bailar? Excelente.

Sapphire abrió los ojos de golpe al tiempo que un hombre la tomaba del brazo y tiraba de ella hacia el salón para unirse a los invitados que bailaban. Antes de que pudiera abrir la boca para hablar, Blake Thixton la soltó y la empujó suavemente hacia las otras damas, separadas en ese momento de sus parejas. Sapphire comprendió que conocía los pasos por las lecciones que había recibido en Martinica. La danza era una variación de la Roger de Coverley y Sapphire se situó frente a Thixton y lo miró con fijeza. Compuso una sonrisa, avanzó, se retiró e hizo una reverencia. En cuanto se tomaron de las manos para comenzar la figura, él le dijo en voz baja y con aspereza:

—Creía haberle advertido que no volviera por aquí.

Para los muchos invitados que flanqueaban las paredes del salón, observando el baile, debía de parecer que estaban conversando cordialmente mientras bailaban.

—He de hablar con usted —dijo ella, y le repugnó que él la sujetara con tanta fuerza al posar la mano sobre su talle, y que mirara fijamente su boca, y que una extraña oleada de calor se apoderara de ella cada vez que él hablaba.

—Déjeme adivinar, ha de verme para contarme que es usted la hija de Wessex y lo que se le debe.

—Sí —los danzantes se separaron y él la soltó—. Quiero decir, no —le dijo ella al oído, y luego se alejó. Pasaron unos instantes antes de que volvieran a unirse y, mientras bailaban, él observaba a Sapphire con ojos impenetrables. En ese momento, ella sentía por aquellos ojos algo parecido al odio—. No quiero dinero —dijo en voz baja—. Quiero ser reconocida. Quiero que mi madre, que era la esposa legal de lord Wessex, sea reconocida como tal.

Él la hizo girar, demostrando ser un consumado bailarín.

—Estará usted de broma.

Ella se vio obligada a separarse de él para seguir el compás de la música, pero en cuanto él volvió a tomarla de la mano, lo miró a los ojos resueltamente.

—Le aseguro, señor, que no bromeo.

La danza concluyó y los bailarines hicieron una reverencia y aplaudieron.

—Quiero que se marche ahora mismo —dijo Thixton con evidente desdén mientras le daba el brazo para acompañarla fuera de la pista de baile—. Váyase ahora o descubrirá que soy yo quien no bromea —al llegar al vestíbulo la soltó—. Como ya le dije, hay leyes contra los cazafortunas como usted, y el alguacil estará encantado de llevarla a prisión, donde ha de estar.

—¡Cazafortunas! Señor, no sé quién se cree que es, pero yo...

Thixton dio media vuelta, se alejó por el pasillo, entró en una habitación y cerró la puerta. Sapphire se quedó allí un momento, ofuscada, intentando recobrar el aliento. El sonido de la orquesta parecía girar a su alrededor a la luz parpadeante de las velas. Clavó la vista en la puerta por la que Thixton se había ido. No había otros invitados en el vestíbulo. Era completamente inadecuado que una mujer soltera siguiera a un hombre a una habitación sin la debida carabina, pero Sapphire corrió por el pasillo sin pensar en las consecuencias y llamó con vehemencia a la puerta.

—¡Señor Thixton! ¡No he acabado con usted!

La puerta se abrió de golpe y Thixton bajó la mirada hacia ella.

—¿No ha oído lo que le he dicho? —Blake sabía que aquella joven era un incordio, lo había sabido una semana antes, cuando se presentó en su casa para ver qué podía sacarle. Y esa noche estaba aún más hermosa: su cabello rojizo relucía, sus ojos eran todavía más cautivadores y su boca... su boca lo dejaba sin aliento. La curva de sus labios sensuales le excitó de inmediato, le hizo desear tomarla allí mismo, contra la puerta, del mismo modo que había tomado a la triste señora Williams aquella noche en la terraza. Pero algo le decía que aquella muchacha no sería tan fácil de conquistar, ni tan fácil de olvidar.

—Señor, es usted quien parece duro de oído.

—Entre aquí —tiró de ella hacia el interior de la habitación y cerró la puerta.

Estaban en una sala de aspecto masculino, con las paredes cubiertas de paneles de madera oscura y dominada por una gran mesa de billar. La habitación olía a tabaco, a cuero y a él. Sapphire dio un paso atrás y apoyó la mano en el borde de la mesa de nogal.

—Tiene que escucharme.

—No, no tengo por qué hacer tal cosa.

Blake avanzó hacia ella y Sapphire se dio cuenta de que se había quitado la chaqueta. La camisa blanca que llevaba bajo el chaleco negro estaba impecablemente planchada, al igual que su corbata. Le sentaba bien la ropa.

Ella dio otro paso atrás, confundida por los ridículos pensamientos que asaltaban su cabeza.

—Sí, tiene que escucharme. Yo era.. soy la hija legítima de lord Edward Thixton y...

—Espere un momento —la señaló con el dedo mientras seguía acercándose a ella—. ¿La ha mandado ese primo? ¿Cómo se llama? —chasqueó los dedos y esbozó una media sonrisa—. Charles —dijo—. Charles no sé qué. Dijo que conocía a las mejores damas de la noche —alargó la mano y, antes de que ella pudiera apartarse, la agarró de la muñeca—. ¿Por qué no lo dijiste desde el principio? ¿A qué viene este juego, mmm? —la atrajo hacia sí y la miró con una sonrisa envanecida—. Vales para esto, eso lo reconozco. Creo que nunca había visto una putita más guapa.

—Suélteme, señor —dijo Sapphire, y forcejeó para desasirse. Pero él la abrumaba, no sólo con su fuerza física, sino también con su cercanía, con su olor y el calor de su cuerpo.

En lugar de apartarse, logró de alguna manera enredarse aún más en sus brazos–. Suélteme –insistió, empujando su pecho mientras el corazón le latía con fuerza.

–Un beso –dijo él. La estrechó entre sus brazos, inhaló la fragancia de su pelo y de su piel, y sintió la intensidad de la turbación que aquella muchacha desataba en él–. Quiero probar tu mercancía antes de darte el dinero que tanto me ha costado ganar.

–¡Señor! –le espetó ella, tan enfadada que apenas podía concentrarse en la cara que se cernía sobre ella–. Le aseguro que no soy ninguna...

La boca de Blake descendió con violencia sobre la suya y ahogó sus palabras. Sapphire ya había recibido besos antes, de Maurice y de algunos otros muchachos de Martinica, pero nunca la habían besado así. La boca inclemente de Blake abrasaba sus labios como una llama, obligándolos a abrirse. Él la sujetaba con un brazo por la cintura y el otro sobre los hombros y la apretaba contra sí. Cuando intentó mover la cabeza para apartarse, Sapphire sintió que su mano se deslizaba hacia arriba, hasta que sus dedos rozaron su nuca.

Las piernas de ella se aflojaron. No podía pensar. Su mente gritaba, pero ella no profería ningún sonido. Para su horror, Blake introdujo la lengua en su boca y, al agarrarse a su chaleco para apartarlo, ella acabó empinándose y su beso se hizo más hondo. Leves gemidos comenzaban a escapar de su garganta. Sapphire temió que el corazón, desbocado, le estallara en el pecho. Aquel hombre la hacía arder, la llenaba de ardor.

De pronto se oyó un sonido. Thixton se apartó, sobresaltado, y miró hacia atrás, pero no la soltó.

—Disculpe, lord Wessex —el intruso carraspeó y miró con fijeza a Sapphire, que intentaba apartarse de los brazos de Thixton—. No sabía que estaba... —carraspeó de nuevo, visiblemente divertido—... ocupado —retrocedió mientras lanzaba a Sapphire una sonrisa lasciva. ¡Él también creía que era una especie de libertina!

—¡Espere! —gritó ella, acalorada, e intentó alisarse el corpiño del vestido—. Esto no es lo que parece, señor. Yo sólo...

—Lord Wessex —el intruso, que seguía sonriendo, hizo una reverencia ante Thixton y cerró la puerta sin prestar atención a Sapphire.

—¿Cómo ha sido capaz? —preguntó Sapphire con indignación, apartándose de Thixton mientras aún intentaba enderezarse el vestido.

Thixton la miraba con cierta perplejidad.

—No eres una fulana, ¿verdad?

—Desde luego que no —Sapphire se echó hacia atrás un mechón de pelo suelto y luego señaló con rabia la puerta—. ¿De qué va a servirme ahora la verdad? Ese hombre... ese hombre le dirá a todo el mundo que estaba a solas con usted.

—¿Y que me estabas besando? —preguntó él, y dio un paso hacia ella sin dejar de sonreír.

Sapphire se limpió la boca con el dorso de la mano enguantada.

—¡Yo no lo estaba besando, señor! —replicó. Él dio otro paso adelante y ella se apartó, rodeando la mesa de billar—. Debo... debo hablar con usted acerca de mi padre. Acerca de Edward Thixton —dijo, y procuró ordenar sus pensamientos y recordarse el motivo de su presencia allí. Sin embargo, sólo podía pensar en él. En su boca. En su sabor—. Pero... pero... —tartamudeó, indignada—. Un lugar público sería más apropiado, dado que no puedo confiar en que se comporte como un caballero.

Él la sorprendió de nuevo al no saltar en defensa de su honorabilidad, como habría hecho cualquier caballero decente. Por el contrario, echó la cabeza hacia atrás y rompió a reír.

—¡Cómo se atreve a reírse de mí! Esto no ha acabado, señor Thixton —le espetó ella y, dando media vuelta, se dirigió precipitadamente hacia la puerta.

—Espero que no —dijo él a su espalda sin dejar de reír.

Sapphire salió hecha una furia de la sala de billar y cerró de un portazo. Al echar a andar a toda prisa por el pasillo hacia la música, levantó los ojos y vio que había algunos invitados a ambos lados del pasillo, observándola. Pasó a su lado y entró en el vestíbulo. Sin buscar siquiera a la tía Lucía o a Angelique, salió por la puerta principal.

—Ahí está.

Lucía no pudo evitar sonreír al ver que Jessup Stowe se acercaba a ella apresuradamente. Era bastante apuesto para ser un hombre de mediana edad y a pesar de que era calvo. Esa noche habían compartido un baile y una conversación muy interesante.

—Por favor, no me diga que iba a marcharse sin decirme

adiós, mi querida Cenicienta. Creo que no podría dormir esta noche si no me despidiera de usted.

Ella le ofreció la mano y vio cómo se inclinaba ceremoniosamente y rozaba su dorso con los labios.

—Señor Stowe —dijo con una risilla—, es usted muy galante con *les dames*.

—Sólo con las damas tan bellas y encantadoras como usted, mi Cenicienta.

Ella sonrió, sinceramente halagada.

—Ahora sé que está usted siendo insincero. Hay muchas mujeres en esta casa más atractivas para la vista y ciertamente más jóvenes que yo.

—Pero es usted, *mademoiselle* Toulouse, quien ha cautivado mi imaginación. No suelo conocer a mujeres tan interesantes como usted.

—He de irme, señor Stowe —todo el mundo en el baile chismorreaba acerca de Sapphire y lord Wessex. Debía asegurarse de que Sapphire estaba bien.

—Ojalá no se fuera. ¿Un baile más? ¿Un paseo por el jardín, quizá? —la ancha frente de Stowe se frunció—. O, si está cansada, podríamos...

—¿Cansada? —dijo Lucía, y sacó un pie por debajo del vestido—. Podría bailar toda la noche.

—Apuesto a que sí, *mademoiselle* Toulouse —él sonrió.

Ella entornó los ojos.

—¿Está seguro de que no está casado, señor Stowe?

—Me temo que sí. Soy viudo desde hace tres años.

—¿Amaba usted a su esposa?

—Sí. Mucho, y la echo de menos.

—Buena respuesta. Ahora debo irme, pero, dado que ha pasado usted la prueba, puede venir a verme el domingo por la tarde para llevarme a dar un paseo en coche por Hyde Park —se acercó a la puerta y el lacayo la abrió.

—¡Y pensar que ni siquiera sabía que estaba pasando un examen y que, por lo visto, no sólo lo he aprobado sino que he ganado el premio! —dijo tras ella el abogado, con la cara colorada por la alegría.

—Buenas noches, señor Stowe —Lucía salió. Hacía años que no se sentía tan ligera.

—¿Sapphire? Sapphire, gatita, voy a entrar.

La puerta se abrió y entró Lucía, pero Sapphire no se incorporó. Se quedó allí tumbada, mirando el techo. Había conseguido quitarse los zapatos, el vestido y las enaguas sin ayuda, pero seguía llevando las polainas y la camisa nueva.

—¿Estás dormida?

—¿Cómo iba a estar dormida? —preguntó, afligida—. Es un escándalo. Seguro que te has enterado. Seguro que todo Londres se habrá enterado ya.

—Ay, no tienen nada mejor que hacer con sus vidas que cotillear.

Sapphire emitió un gruñido de fastidio.

—Y ahora todo Londres hablará mal de mí y me llamará cosas horribles. Mi reputación está arruinada. Vine a Londres por mi madre y mira cómo la he avergonzado, a ella y a mi padre.

Lucía se sentó al borde de la cama.

—Tonterías —dijo con suavidad—. Pero tengo que preguntártelo, gatita. ¿Tú... participaste? ¿O se aprovechó lord Wessex de ti?

Sapphire sintió que se ruborizaba.

—Sólo fue un beso. Él no... no...

—Sé que esto es delicado, pero debo saberlo, gatita. Yo, menos que nadie, te juzgaría. ¿Fuiste víctima o participante?

—No me hizo daño, tía Lucía.

Lucía se quedó callada un momento mientras acariciaba la mano de Sapphire.

—¿Le hablaste de tu padre?

—Lo intenté, pero no quiso escucharme. Él... él...

Lucía le dio unas palmaditas en la mano y la soltó.

—El nuevo lord Wessex es bastante guapo. Y está soltero.

—De todos modos es abominable.

—¿De veras? —preguntó Lucía—. En la fiesta todo el mundo comentaba lo guapo que es. Dicen que tal vez esté interesado en la hija mayor de la viuda. Si se casara con ella, el dinero permanecería en la familia.

—Puede que eso sí le interese, pero te aseguro que quien no le interesa es ese adefesio.

—¿Tú crees? —Lucía se levantó de la cama—. Bueno, querida, es tarde. Sólo quería asegurarme de que estabas bien y darte las buenas noches —miró el lado vacío de la cama—. Supongo que no habrás visto ni rastro de Angel.

—No.

Lucía suspiró.

—No me sorprende. Esta noche ha tenido varios pretendientes —se acercó a la puerta—. Me voy a la cama, si estás segura de que te encuentras bien.

—Estoy bien.

—Hablaremos mañana, cuando hayas descansado, gatita. Buenas noches.

—Buenas noches —dijo Sapphire, a pesar de que sabía perfectamente que el recuerdo del beso de Blake Thixton la mantendría despierta hasta el alba.

—Buenos días, Lucía —lady Carlisle estaba sentada a la cabecera de la mesa del desayuno, vestida con un traje de tafetán a rayas grises y blancas y con el pelo recogido en un apretado moño.

Lucía se percató de que no la miraba al dirigirse a ella.

—Buenos días, Edith —contestó alegremente, y se acercó a la mesa del bufé—. ¿Has dormido bien?

—Pues no.

Lucía, que sabía exactamente adónde conducía aquella conversación, se tomó su tiempo mientras se servía unas salchichas de cordero. Lady Carlisle carraspeó. Lucía levantó la tapa de una fuente, pero no se sirvió sardinas.

—Lamento saber que no has dormido bien, Edith. ¿Te encontrabas mal? —tomó varias tostadas y se puso una cucharada de mermelada de arándanos en el plato.

—Podría decirse así —lady Carlisle dejó su tenedor con firmeza sobre la mesa—. Lucía... *mademoiselle* Toulouse —dijo, adoptando un tono más formal—. Debo hablar francamente contigo.

—¿A estas horas de la mañana?

—¿Cómo dices?

Lucía se apartó del bufé y colocó estratégicamente una sonrisa en sus labios.

—He dicho que un momento, querida —se sentó a la mesa.

—¿Café, señora? —le preguntó la criada con los ojos bajos.

—Gracias —Lucía sonrió dulcemente y se colocó la servilleta sobre el cuello de la bata—. ¿Qué estabas diciendo, querida? —levantó la vista y batió las pestañas.

—¿Oíste lo que la gente decía anoche? ¿Ese rumor?

—¿Cuál? Oí decir que lady Thorngrove había perdido tres mil libras jugando al whist, que la baronesa Birdsley ha huido con el italiano que su marido había contratado para pintar su retrato y que el octogenario lord Einestower había tenido un hijo y heredero con el pelo tan rojo como su jardinero escocés, a pesar de que tanto Einestower como su esposa, que sólo tiene diecinueve años, tienen el pelo negro como el carbón.

—Sabes perfectamente cual —dijo lady Carlisle con altivez—. Tu ahijada, la señorita Fabergine, fue vista en una situación comprometida con lord Wessex.

Lucía se encogió de hombros mientras extendía mermelada sobre una tostada.

—Besó a lord Wessex. O, mejor dicho, él la besó a ella. Seguro que tú hiciste lo mismo cuando tenías diecinueve años, Edith. Y tampoco me extrañaría que lo hubieras hecho más veces desde entonces.

—¡Cómo te atreves!

Lucía dio un mordisco a su tostada.

—Fue un beso, nada más.

—Fue vista a solas con un hombre en la sala de billar.

—Por el amor de Dios, Edith, si quieres invocar las absurdas reglas tácitas de la buena sociedad de Londres, podría decirse que lord Wessex es un primo lejano.

Lady Carlisle se limpió las comisuras de la boca con su servilleta.

—No tenemos absolutamente ninguna prueba de eso. Anoche, en la fiesta, no oí ni una sola palabra acerca de que tu ahijada tuviera alguna relación con los Wessex.

Lucía tiró su tostada al plato.

—Edith Carlisle, ¿me estás llamando mentirosa?

—Para usted soy lady Carlisle, y no pretendo afirmar quién dice la verdad y quién no. Afirmo, simplemente, que no hay prueba alguna de que Sapphire Fabergine esté emparentada con la familia Thixton en ningún sentido, y ahora que ha sido sorprendida en una situación desafortunada, ello podría tener repercusiones negativas para lord Carlisle y para mí...

Lucía notó que su cara empezaba a arder de rabia.

—¿Porque nos alojamos aquí?

—No tengo nada que decir respecto a ti o a la señorita Angelique, pero...

—¿Pero qué, Edith? —preguntó Lucía—. ¿Qué intentas decir? ¿Que Sapphire ya no es bien recibida en esta casa?

—Le pedí a lord Carlisle que se hiciera cargo de esta situación tan incómoda, pero no ha podido... —bebió agua de una copa de cristal—...quedarse en casa esta mañana para hablar del asunto contigo.

—Entonces, ¿nos vais a poner en la calle? —exclamó Lucía—. ¿Por qué no lo dices de una vez?

—Como te decía, no tengo ninguna queja de ti o de...

—Entonces, ¿serías capaz de echar a la calle a una niña que no tiene aún veinte años? —Lucía se inclinó hacia delante y apoyó las manos en la mesa bruñida—. ¿Y dónde pretendes que vaya Sapphire? ¿Qué quieres que haga?

Lady Carlisle se echó hacia atrás en su silla como si no estuviera segura de qué era capaz de hacer su invitada.

—Eso no es asunto mío. Supongo que, si necesita dinero, podría encontrar un protector. Obviamente, es esa clase de jovencita, como sospeché cuando la conocí en Martinica.

Lucía empujó la silla hacia atrás. Armand no las había enviado con suficiente dinero para vivir por su cuenta, pues tal necesidad no estaba prevista. Pero el dinero no le importaba. Se había prostituido una vez y podía volver a hacerlo si era preciso. Lo haría, antes que permitir que Sapphire fuera tratada de aquel modo.

—¡Cómo te atreves! Nos iremos antes de mediodía.

—Entiéndelo, no nos ha dejado elección —dijo lady Carlisle.

—Lo que entiendo es que tú, Edith, no eres digna ni de lavar la ropa interior de Sapphire —dio media vuelta para salir, pero luego, pensándolo mejor, se volvió, agarró una tostada untada de mermelada y salió del comedor.

—¿Qué más puedo hacer por ti, tía? —preguntó Sapphire con una maleta de cuero en los brazos—. Ésta es la última maleta que quedaba en casa de los Carlisle.

—No puedes hacer nada, más que sentarte aquí y tomar conmigo una taza de té y una de estas pastas tan deliciosas de la tienda de la señora Partridge, *ma chére* —Lucía dio unas palmadas sobre el sofá.

Las habitaciones que había alquilado estaban en Charing Cross, apenas a unas manzanas de la casa de los Carlisle. Aunque se hallaban en la segunda planta, lo cual las obligaba a subir un estrecho tramo de escaleras, eran bastante amplias. Constaban de dos dormitorios, un salón, una salita, una cocina y un comedor e incluían personal de cocina. Estaban situadas encima del taller de una modista y, durante las horas en que el establecimiento estaba abierto al público, llegaba desde abajo un incesante murmullo de voces, pero a Sapphire le encantaban las grandes ventanas que daban a la calle, desde donde podía contemplar el ajetreo del día. Habían pasado dos noches en una pensión y sólo llevaban allí cuatro días, pero ya se sentía como en casa.

—Voy a guardar esto y enseguida estoy contigo —dijo.

—Déjalo, ya has hecho suficiente —insistió Lucía—. Hay que encontrar una doncella enseguida. No quiero que subas y bajes por esas escaleras como si fueras una sirvienta.

Sapphire dejó la maleta en el suelo.

—La culpa de todo es mía.

—¡Bah! —Lucía volvió a dar unas palmadas sobre el sofá—. Me ponía enferma esa Edith Carlisle. Tú no has hecho más que darme la excusa perfecta para salir de su casa.

Sapphire se sentó en el suave sofá y se puso más cómoda.

—No quiero café, pero me quedaré aquí mientras te tomas el tuyo. ¿Has mandado a papá recado de que nos hemos mudado?

—Sí.

—¿Crees que se enfadará? Lo dispuso todo para que nos quedáramos en casa de los Carlisle porque le parecía lo mejor para nosotras. Odio decepcionarlo.

—Armand tiene buen corazón, pero sigue siendo un hombre, paloma —Lucía bebió de su taza de porcelana—. ¿Cómo iba a saber él que Edith era tan mala anfitriona y tan cotilla, para colmo? No, él tampoco habría querido que nos quedáramos en esa casa.

Los ojos de Sapphire centellearon.

—Ese hombre odioso...

—No quiero oír hablar de eso —la interrumpió Lucía—. Es agua pasada. Lo que tenemos que hacer es decidir qué vamos a hacer a partir de ahora —miró a su ahijada—. Lo que tienes que decidir, querida, es si sigues queriendo reivindicar tu nacimiento.

—¡Claro que quiero! El hecho de que ese hombre fuera tan grosero y cruel —Sapphire se levantó y comenzó a pasearse delante de la mesa—, no significa que me haya asustado. No voy a dejarme avasallar por un... ¡por un advenedizo americano! Puede que el señor Blake Thixton sea el heredero legal de mi padre, pero no tiene autoridad sobre mí y, si no quiere escucharme, entonces... entonces tendré que ir a reclamar a otra parte. Me haré oír ¡y seré reconocida!

Lucía sonrió astutamente.

—Eso mismo pensaba yo. Sólo quería oírtelo decir.

La puerta se abrió y entró Angelique como una exhalación.

—¿Se puede saber qué hacéis aquí las dos, sentadas como dos viejas solteronas? —preguntó mientras se quitaba el sombrero—. Acabo de dar un paseo delicioso en carruaje por el parque.

—¿Con quién? —Sapphire puso los brazos en jarras.

—Con un caballero —Angelique arrojó el sombrero a un sillón, se acercó a la mesa y tomó un pastelillo coronado por una guinda—. ¿Qué habéis estado haciendo? —miró a su alrededor—. Instalándoos, por lo que veo.

—Podrías haberte quedado a ayudarnos —replicó Sapphire.

—Y tú podrías haber venido al parque conmigo. Hay un tal señor Krum que va preguntando por ti por toda la ciudad.

—¿Por mí? —Sapphire se alisó el corpiño de su vestido azul claro—. ¿Y por qué pregunta por mí?

—Te vio en el parque o no sé dónde. Sospecho que va a la caza de esposa.

Sapphire sacudió la cabeza y prefirió no seguir hablando de aquel tema.

—Estábamos hablando de lo que voy a hacer ahora, ya que el señor Thixton no quiere escucharme en persona. Se negó a aceptar la carta que le mandé ayer.

—La verdad, Sapphire, no sé por qué te molestas con todo esto. La ciudad está llena de hombres guapos como el señor

Krum. Sin duda podrás encontrar un marido que te convenga.

—No se trata de encontrar marido, Angel —le espetó Sapphire—. ¿Es que no has escuchado lo que he dicho todas estas semanas? ¡Se trata de quién soy!

—¿Y de Blake Thixton no?

—¡Desde luego que no! —Sapphire se volvió hacia ella y notó que le ardían las mejillas—. Y te agradeceré que no mencionaras su nombre en mi presencia.

—Estábamos diciendo que debemos acudir a otra parte para presentar la reclamación de Sapphire —explicó Lucía.

—¿Dónde? —Angelique se lamió la nata de los dedos—. ¿Esto es idea tuya, Sapphire?

—La verdad es que fue sugerencia de lady Carlisle.

—No quiero tener nada que ver con lo que diga esa mujer —declaró Sapphire—. Nos insultó a las dos, a mí al sugerir que había hecho algo inmoral y a ti al sugerir que eres la responsable.

—Bueno, bueno, cálmate. Te advierto que se trata de algo poco convencional.

—Nosotras adoramos todo lo que sea poco convencional, ¿verdad, Sapphire?

Sapphire se sentó en una de las sillas tapizadas de la mesa de té.

—Soy toda oídos.

—La cuestión es, ¿qué es lo que quieres exactamente de lord Wessex?

—Lo único que quiero del señor Thixton es que reconozca que mi padre estuvo casado con mi madre y que soy su hija legítima.

—Lo cual convierte a lady Wessex, la viuda, ¿en qué?

Angelique soltó una risita.

—¿En una mantenida?

—Me da igual —Sapphire se inclinó hacia delante en la silla—. Quiero que todo Londres sepa que soy Sapphire Thixton, hija del difunto Edward Thixton, conde de Wessex.

—Aunque el americano esté dispuesto a admitir que eres la hija de Edward, la viuda querrá pruebas —Angelique tomó otro pastel.

—Pero ni siquiera sabemos dónde empezar a buscar esa prueba. La tía Lucía no ha encontrado de momento ningún registro matrimonial de la familia Wessex en Devonshire en los últimos cien años. Y le han dicho que esos archivos debieron de destruirse —dijo Sapphire.

—Pero quizá no necesitemos la prueba física —dijo Lucía—, si armamos suficiente alboroto.

—¿Alboroto? —repitió Sapphire.

—Bueno... —Lucía las miró a ambas—. Veréis, cuando le dije que no tenías dónde ir, lady Carlisle sugirió que buscaras un protector.

—¡Oh! —exclamó Sapphire—. ¡Qué mujer tan despreciable!

—Escúchame —Lucía levantó un dedo—. Tengo entendido que la hija mayor, ésa que tiene un cutis tan malo, confía en casarse pronto. ¿Y si iniciáramos un escándalo que la viuda estuviera ansiosa por sofocar?

—¿Como que la hija del conde de Wessex ha sido puesta de patitas en la calle y se ha visto forzada a buscar un protector para sobrevivir? —preguntó Angelique.

—No sé —dijo Sapphire, indecisa.

—¡Oh, vamos! ¡Sería muy divertido! —exclamó su hermana—. ¿Te imaginas? Los hombres harán cola en la calle delante de la tienda de la modista sólo para dejar sus estúpidas tarjetas de visita. Podríamos ir a un baile o al teatro cada noche, y de día habría carreras de caballos y comidas campestres...

—Suena tan escandaloso...

—Tan escandaloso que podría funcionar —Lucía guiñó un ojo—. He oído decir en la tienda de comestibles que hay calle abajo que la hija mediana de la viuda... ¿cómo se llama? ¿Polly, Puerro, Petunia?

Sapphire no pudo evitar reírse.

—Portia.

—Sí, eso. Tengo entendido que su madre espera que cierto caballero que las visita con frecuencia pida su mano un día de éstos.

—¿Lord Carter? —preguntó Angelique, volviéndose hacia ella—. Estarás de broma.

—¿Lo conoces? —preguntó Sapphire.

Ella sonrió.

—Yo diría que sí. Es el que me ha llevado a pasear en su coche esta mañana, con su hermano y un primo.

—¿Has ido a pasear en carruaje con tres hombres y sin carabina?

Angelique hizo girar los ojos.

—Uno de ellos se llevó a una hermanita. Aunque no veo qué importa eso, teniendo en cuenta que estamos hablando de establecernos públicamente como cortesanas.

—Como mujeres que necesitan de protección —puntualizó Lucía.

—Pero yo no podría... —dijo Sapphire, mirando a su madrina.

—Yo sí —sonrió Angelique.

Lucía miró a los ojos a Sapphire.

—No espero que sacrifiques tu virtud, tesoro. ¿Qué clase de mujer crees que soy? Sólo sugiero que dejes que los demás crean que podrías considerar seriamente la idea, si se dan las circunstancias adecuadas. Primero haremos saber que ambas necesitáis un protector porque lady Carlisle os ha echado de su casa y yo soy demasiado vieja y débil para ocuparme de vosotras. Y luego, cuando seáis la comidilla de todo Londres, la gente sabrá la dramática verdad: que eres una Thixton y que te has visto obligada a ofrecerte como la querida de algún hombre porque tu familia no está dispuesta a acogerte en su seno...

—Lady Wessex no querrá que eso penda sobre su cabeza. Podría impedir que sus hijas se casaran —Angelique sonrió—. ¡Es un plan perfecto!

—Es un auténtico disparate —dijo Sapphire, recostándose en el asiento—. Tanto, que podría funcionar.

—Aquí, cochero —dijo Lucía, tocando el asiento del coche abierto con el bastón de nogal que acababa de comprar. El sol de los últimos días de la primavera calentaba su cara, y Lucía desdeñó la idea de bajarse el ala del sombrero para que no le salieran pecas. ¿Qué importaba a su edad? El sol era delicioso, la hacía sentirse viva y llena de esperanza—. Es en esta calle, más cerca de los muelles.

—Señora —el hombrecillo encaramado al pescante miró hacia atrás—, ¿está segura? La calle Water no es muy recomendable.

—Lo sé —dijo ella alegremente—. Una vez estuve empleada aquí. Siga adelante, buen hombre.

—Sí, señora —el cochero chasqueó la lengua y condujo el coche de dos asientos por la estrecha calle.

Lucía respiró hondo al sentir el olor a pescado y agua salobre y dejó que los recuerdos volvieran a ella. Nunca había echado de menos aquel lugar, pero siempre había creído que era bueno para el alma revisitar viejas guaridas. Ello hacía que una mujer que había llegado tan lejos como ella apreciara más aún su buena fortuna.

La calle se estrechaba más aún y a ambos lados de ella se alzaban edificios viejos que tapaban parcialmente el sol. Aquel barrio de Londres, que corría paralelo a los muelles públicos, era como una ciudad en sí mismo. Allí, a mediodía, bullía una multitud de mujeres de dientes negros que ofrecían sus mercancías y los marineros se abrían paso entre carros de pescado, carretas y rebaños de cabras que pasaban por el centro de la calle. Lucía comprendió que, pese a que hacía veinticinco años que no visitaba aquel lugar, nada parecía haber cambiado.

—¿Aquí, señora? —preguntó el cochero.

—Un poco más adelante —dijo ella. Calle abajo había tabernas y cervecerías frecuentadas por obreros y llenas de parroquianos incluso a mediodía. Al ver un cartel decrépito adornado con una liebre con sombrero de copa, Lucía dio unos golpecitos con su bastón—. Aquí es —dijo.

—Pero señora...

Lucía se levantó y se agarró al lateral del carruaje antes de que se detuviera.

—Quiero bajarme aquí.

El cochero echó el freno, ató las riendas y se bajó del pescante para ayudarla a apearse.

—Sólo será un momento —dijo ella al ponerle una moneda sobre la mano sucia—. Espéreme y habrá dos más como ésta.

—Sí, señora —el cochero se levantó la gorra de lana—. Claro, señora.

Lucía caminó sonriendo por la calle hasta llegar a la esquina de Water y Front. Como si retrocediera en el tiempo, se acercó a la Liebre del Sombrero y a las mujeres que merodeaban junto a su puerta. Se aproximó a la que estaba más cerca de ella. Llevaba ésta una camisa de seda rosa que dejaba sus hombros desnudos y que parecía más apropiada para llevar bajo un vestido. Aparentaba cerca de cuarenta años, pero podía haber tenido veinte. Era difícil saberlo bajo su mata de pelo enmarañado. La mujer miró a Lucía de arriba abajo y escupió un chorro de tabaco mascado.

—¿Puedo ayudarla, señora? —tras ella, dos mujeres se rieron. Otra miraba fijamente, pero no parecía ver a la elegante señora que se había detenido delante de ella, ni oír a sus compañeras.

—Quizá —Lucía se acercó para inspeccionar a las otras mujeres. La que tenía la mirada perdida estaba descartada. Lucía conocía esa mirada: aquella mujer se había extraviado hacía tiempo. Las otras dos tenían posibilidades, pero la pelirroja le gustó enseguida.

—¿Busca para usted o para su hombre? —la pelirroja se acercó, apretando los brazos para mostrarle las areolas rosas de sus pezones.

—Para mí —las de detrás se rieron por lo bajo.

—No suelo hacerlo con señoras —dijo la mujer—. Le costará más.

—¿Cómo te llamas? —Lucía estudió sus ojos castaños.

—¿Cómo quiere que me llame?

—Vamos, vamos, no tengo tiempo que perder en pamplinas —dijo Lucía—. Dime tu nombre.

Ella le lanzó la mirada más provocadora de que fue capaz.

—¿Como me llaman los chicos o como puede usted llamarme?

Lucía siguió ignorando las risas.

—Como te llamó tu madre, paloma. Vamos, venga —agarró la mano de la prostituta entre las suyas enguantadas y la miró a los ojos.

La pelirroja se quedó mirándola un momento y, cuando habló, su voz parecía haber perdido su bravuconería.

—Avena —musitó con cierta tristeza—. Avena Croft.

—Avena, qué nombre tan bonito.

—Hace mucho tiempo que nadie me llama así —dijo ella con la mirada fija en la acera mugrienta.

Lucía sonrió.

—¿Te apetece tener un empleo? —no esperó respuesta—. Un empleo de verdad, como doncella mía y de dos señoritas.

Avena se quedó mirándola.

—Yo... yo no soy doncella, señora. Soy puta.

Lucía sonrió sin ofenderse.

—Pero puedes aprender, ¿no, Avena? —apartó un mechón de pelo de la cara de la muchacha. Vio que era joven. No tenía probablemente más de veinticinco años—. Sólo te hace falta un vestido decente, un corpiño, un baño caliente, algo de comida para poner un poco de carne en esos huesos —Lucia le subió una hombrera de la camisa.

—¿Lo dice en serio, señora?

—Completamente —Lucía dio un paso atrás y miró calle arriba y calle abajo—. Necesito una doncella, pero nuestra casa es un poco particular.

—Yo... podría aprender, señora.

—Seguro que sí —se volvió y le hizo una seña al coche que esperaba—. Bueno, ¿nos vamos?

—Sí, señora —Avena se apresuró tras ella.

—¿No quieres despedirte de tus amigas? —preguntó Lucía mirando hacia atrás.

—No, no son amigas mías, señora.

—Estoy segura de que volverá enseguida, señor Stowe —Sapphire sonrió mientras se sentaba en el sofá, frente al abogado—. No entiendo por qué tarda tanto.

—Oh, no tiene importancia. Todavía tengo algo de tiempo.
—¿Y dice usted que lo estaba esperando?
—Bueno, sí... y no —Stowe levantó la mirada con cierta ansiedad—. Yo... Ella me esperaba el domingo por la tarde, pero cuando fui a casa de lord y lady Carlisle, como ella me indicó...
—Oh, cielos —suspiró Sapphire, juntando las manos—. Ya nos habíamos ido.
—Lady Carlisle me dijo que no sabía dónde había ido *mademoiselle* Toulouse —explicó él.
Sapphire se levantó, indignada.
—¡Qué bruja es esa lady Carlisle!
—Lo siento —él levantó la mirada, sorprendido por su estallido.
—No, no, soy yo quien debe disculparse —Sapphire volvió a sentarse—. Ocurrió todo tan deprisa y la culpa es mía por...
—No quiero oír ni una palabra más sobre ese asunto —la atajó el señor Stowe con voz sorprendentemente firme—. Nunca hablaría mal de una dama, pero baste decir que lady Carlisle tiene menos crédito del que ella piensa.
—Es usted muy amable, señor Stowe —ella estudió su rostro de aspecto sincero.
—En esas fiestas se dicen muchas cosas, querida. Nadie cree una palabra. La semana que viene otra persona será la comidilla y nadie se acordará de la fiesta de la condesa viuda de Wessex.
Al oír mencionar a la condesa, Sapphire se inquietó de pronto.
—¿Lady Carlisle le habló de la fiesta?
—En realidad, yo estaba allí.
Ella se levantó del sofá, avergonzada.
—¿Estaba allí?

—Sí, allí fue donde conocí a *mademoiselle* Toulouse, su madrina. Es una mujer encantadora —prosiguió, y sus mejillas enrojecieron—. No suelo invitar a mujeres a dar paseos por el parque, ¿sabe usted? Soy... viudo, ¿entiende? —Sapphire asintió con la cabeza—. En realidad, nunca había hecho esto antes, y no me importa reconocer que estoy un poco nervioso, señorita Fabergine —comenzó a manosear su sombrero—. Yo... admiro sinceramente a su madrina y espero... Santo cielo, míreme, no sé ni lo que espero.

Sapphire se relajó un poco y volvió a sentarse.

—¿Está seguro de que no quiere un té, señor Stowe, o quizás un café? Mi madrina es muy aficionada al café.

—¿De veras? —él levantó la mirada—. Vaya, yo también. Adoro el café, aunque no es muy inglés, ¿verdad, querida?

Sapphire comprendió por qué a Lucía le gustaba aquel hombre y no pudo evitar sonreír.

—En Martinica cultivábamos café.

—¡Martinica! —exclamó el señor Stowe—. ¡Ya sabía yo que *mademoiselle* Toulouse era mujer de mundo!

—¿Que *mademoiselle* Toulouse es qué? —exclamó Lucía al entrar por la puerta.

El abogado se levantó de un salto. Sapphire se puso en pie, complacida. Aquel hombre le gustaba más con cada minuto que pasaba.

—Tía, el señor Stowe ha venido a verte.

—Señor Stowe, empezaba a preguntarme qué había sido de usted —dijo ella, y, tras quitarse el sombrero, hizo entrar a una mujer delgada y sucia, vestida con ropa interior. El señor Stowe sólo tenía ojos para Lucía, pero Sapphire miró con extrañeza a la otra mujer, que de pronto parecía asustada—. Ésta es Avena, Sapphire, nuestra nueva doncella —explicó Lucía—. Quiero que la lleves al cuarto de servicio y te ocupes de que tenga todo lo que necesite para darse un baño. Luego, si no te importa —añadió mientras se quitaba lentamente un guante—, puedes bajar a donde la modista y ver qué tienen para ella.

—Gracias, señora —dijo Avena, al borde de las lágrimas.

—Entre tanto, Sapphire, querida, el señor Stowe y yo tomaremos una taza de café, ¿verdad, señor Stowe? —le ofreció la mano y él besó su piel arrugada y pecosa como si fuera una reina.

—Espero no molestar —dijo Stowe, colorado de nuevo.

—Desde luego que no —Lucía lo condujo de nuevo al sillón—. Me decía a mí misma que, si lograba usted encontrarme tras nuestro repentino cambio de alojamiento, merecería usted una segunda mirada, señor Stowe. Me alegra que haya dado conmigo.

Sapphire se acercó a la joven, que seguía junto a la puerta, asustada y confusa.

—Avena —dijo amablemente—, ven, voy a acompañarte arriba. ¿Te apetece un té y un poco de pan con queso?

—Gracias, señorita —Avena asintió con la cabeza—. Esto es... es como un sueño hecho realidad. Tengo que pellizcarme para darme cuenta de que es real.

—Si nos disculpan —dijo Sapphire al salir con Avena. Pero Lucía y el señor Stowe estaban ya enfrascados en su conversación y no la oyeron.

—¿Me ajustas el corsé? —preguntó Sapphire, dándole la espalda a Angelique.

Menos de una hora después, varios caballeros irían a buscarlas para acompañarlas al teatro, y Sapphire estaba nerviosa. Le daba tanto miedo no ser capaz de llevar a cabo aquella farsa, que le sudaban las manos y sentía un cosquilleo en el estómago. ¿Funcionaría el disparatado plan de la tía Lucía?

—Lo tienes bien ajustado —Angelique tiró un poco de las cintas y luego la hizo darse la vuelta—. Cálmate. Esto va a ser divertido, ya lo verás.

—No sé si va a salir bien. No sé si seré capaz —Sapphire sacudió la cabeza, se sentó ante el tocador y se quedó mirando a la joven de cabello rojizo, expresión seria y ojos de color dispar que le devolvía la mirada—. ¿Y si esos hombres no se creen que necesito un protector? ¿O que estoy dispuesta a aceptar uno?

—Lo creerán porque quieren creerlo y, además, a nuestra edad no hace falta gran cosa para hacer morder el anzuelo a un hombre —Angelique se sentó al borde de la cama y empezó a ponerse una media de seda—. Ya están como locos.

Una mirada a ese pelo, a esos ojos, a esa boca tuya, y harán cola en la calle.

Sapphire se llevó los dedos a los labios y se miró al espejo con el ceño fruncido.

—¿Qué tiene de malo mi boca?

—Nada, excepto que no la han besado lo suficiente.

La cara de Blake Thixton apareció ante sus ojos. Recordó de nuevo el tacto de sus labios y el calor que había fluido entre ellos.

—No puedo hacerlo —dijo, y apartó los dedos de su boca como si de ese modo pudiera borrar el recuerdo de Blake.

—¡No seas boba! —Angelique tomó una liga con cintas—. Es fácil. Sonríe y ríete con la garganta, así —soltó una risa ronca que emanaba sexualidad—. A los hombres les gusta la risa ronca —agitó una mano—. Limítate a decir cosas que les parezcan halagüeñas.

Sapphire se empolvó la nariz con polvos de arroz y después tomó un cepillo y comenzó a peinarse la larga melena, que poco antes había lavado y perfumado con ayuda de Avena.

—No sé qué halaga a los hombres.

—Diles algún cumplido, aunque no sea cierto —Angelique tomó la otra media—. Le estás dando demasiadas vueltas, Sapphire. Se supone que tiene que ser divertido. Nadie va a obligarte a hacer nada que no quieras hacer. Hasta la tía Lucía se lo está pasando en grande con todo esto.

Sapphire exhaló un suspiro y buscó la mirada de Angelique en el espejo.

—Estamos confiando en el poder de los chismorreos para que la noticia llegue a oídos de la condesa y del señor Thixton y, entre tanto, mira cuánto dinero estamos gastando —señaló sus medias de seda nuevas, que estaban sobre el tocador–. Si esto no sale bien, si no obliga al señor Thixton a...

–Ah, ya estamos otra vez con el señor Thixton.

–¿A qué viene eso? –Sapphire se levantó, se acercó a la puerta y se asomó fuera–. ¿Dónde se ha metido Avena? Dijo que iba a recoger los vestidos donde la modista y que enseguida volvía. Espero que los vestidos estén listos –volvió a entrar en la habitación y miró el reloj de la repisa de la chimenea–. Nuestros acompañantes estarán aquí pronto y ni siquiera estamos vestidas.

–Estamos casi vestidas y aún tardarán media hora en llegar –Angelique se levantó y dejó caer la tela tiesa de sus enaguas–. Y tengo la impresión de que no es la modista la que ha entretenido a Avena, sino su hijo, el sastre.

–¿A Avena le gusta el hijo de la modista? –Sapphire sonrió. Una vez alimentada, bañada y vestida, Avena se había dedicado en cuerpo y alma a su nueva ocupación de doncella, y enseguida se había ganado el respeto de todas ellas. Era servicial y eficiente y siempre estaba dispuesta a dar un consejo... consejos que a veces hacían reír a Sapphire a carcajadas y otras la hacían ponerse colorada de vergüenza.

–¿No te has fijado en la cantidad de veces que ha bajado esta semana a ver cómo iban nuestros vestidos? Algunos días, dos veces en una sola tarde.

–Supongo que no lo he notado. He estado demasiado ensimismada –se reprendió Sapphire–. Me pone furiosa verme obligada a hacer todo esto, a luchar con... con un americano por el derecho a llevar el nombre de mi padre –se acercó al tocador–. Y cada vez que pienso en ese tal señor Thixton, yo... yo...

–¿Pasas mucho tiempo pensando en el señor Thixton? –Angelique levantó una ceja.

—¡Desde luego que no! —Sapphire se volvió apresuradamente para mirarse en el espejo y volvió a cepillarse el pelo—. ¿Me hago un moño alto o bajo? —preguntó.

—Alto, desde luego —Angelique se acercó, tomó entre las manos la melena de Sapphire y comenzó a retorcerla hábilmente—. Horquillas, necesito horquillas.

Sapphire tomó un puñado de horquillas de carey que había en un platillo de plata, sobre el tocador, y comenzó a dárselas a Angelique una a una. En cuestión de minutos, vio cómo su pelo rizado y rebelde se transformaba en un elegante peinado a la última moda.

—¿Te gusta? —preguntó Angelique.

—Es precioso. Gracias.

—Tú eres preciosa, y creo que el señor Thixton lo sabe muy bien.

Sapphire arrugó el ceño.

—El señor Thixton no piensa nada de eso. Sólo me besó para... humillarme.

—Puede ser, pero lo hizo amorosamente —ronroneó Angelique—. Es un hombre complicado, tu señor Thixton, el americano.

—¡No es mi señor Thixton! —Sapphire se acercó otra vez a la puerta abierta—. Si Avena no vuelve pronto, me temo que tendré que bajar a la calle en ropa interior a buscar los vestidos.

—¡Eso déjemelo a mí! —dijo Avena, que apareció de pronto en el pasillo, llevando en los brazos los vestidos envueltos en muselina blanca.

—¿Estaba allí el señorito Dawson? —preguntó Angelique mientras tomaba de brazos de la doncella su vestido dorado.

—Sí que estaba —la prostituta convertida en doncella se sonrojó como una colegiala.

—Es guapo —Sapphire sonrió.

—¿Lo ha visto usted? —Avena llevó el vestido de Sapphire a la cama y comenzó a destaparlo cuidadosamente.

En el centro de la habitación, Angelique levantó su vestido por las hombreras y lo sacudió, haciendo que la muselina saliera volando.

—Enseguida la ayudo, señorita —dijo Avena.

—Puedo hacerlo sola. Tú ayuda a Sapphire, Avena. Está hecha un manojo de nervios, preocupándose por no ser capaz de engañar a esos petimetres y pensando en ya sabes quién.

—No estoy pensando en él y no sé por qué no paras de hablar de él.

—Estese quieta, tesoro, o no podré enderezarle el vestido —Avena pasó el vestido de exquisito tejido azul por encima de la cabeza de Sapphire.

Sapphire dejó escapar un gruñido y se obligó a quedarse quieta mientras la doncella le ponía el vestido.

—Es simplemente que estas cosas no se me dan tan bien como a ti, Angelique —hizo un mohín—. Pero tienes razón. Sé que puedo hacerlo. Sé que puedo conseguir que esos hombres me deseen.

—Claro que puede —Avena dio un tirón al vestido y Sapphire sacó la cabeza—. Todas las mujeres *tien* ese talento si escarban bien.

Angelique se rió.

—Avena, creo que deberías aceptar el ofrecimiento de Sapphire de enseñarte a hablar bien. Yo no tengo paciencia, pero seguro que ella sí. Le fue mucho mejor que a mí en el colegio.

Sapphire se volvió para que Avena le abrochara la espalda del vestido.

—Porque tú siempre te escapabas de las monjas para ir a jugar al escondite con los chicos de la aldea.

Angelique sonrió mientras se tiraba del vestido para colocárselo sobre los pechos.

—Todos tenemos nuestros talentos.

—Empezaremos mañana, Avena —Sapphire sonrió.

—¿En serio? Porque *pue* que así *m'atreva* a hablar con él.

—¿No has hablado ni siquiera con él? —exclamó Angelique.

—No, me da miedo. Va a ser sastre. Seguro que algún día *tie* su propia tienda.

—¿No sería maravilloso? —Sapphire sonrió—. Tú, Avena Croft, la esposa del sastre.

Avena se sonrojó y se tapó la cara con el delantal blanco.

—Un hombre tan bueno como Dawson no querrá a una puta como yo.

—Pues ayer oí decir a la hija del panadero, la de las trenzas, que estaba preguntando por ti —canturreó Sapphire mientras se acercaba al espejo de cuerpo entero.

—¡No! —Avena se apartó el delantal de la cara y volvió a subirlo—. Seguro *qu'es* mentira —soltó una risilla por debajo del delantal.

—No —Sapphire miró a Avena por encima del hombro—. Mañana empezaremos en serio nuestras lecciones, y no acepto un no por respuesta.

—Sí, señorita Sapphire —Avena hizo una reverencia, se acercó a la puerta e hizo otra reverencia.

Tras días de intentar ganarse su confianza, habían descubierto que Avena sólo tenía en realidad dieciocho años. Era trágico lo que una corta temporada en las calles podía hacer con una mujer. Cuanto más vivía en Londres, más se daba cuenta Sapphire de que, pese a que había allí muchas cosas emocionantes y bellas para los privilegiados, para la mayoría de la población sólo había miseria, enfermedad y muerte.

—¡Niñas! —gritó Lucía desde el pasillo—. ¿Estáis listas? ¡Vuestros acompañantes estarán aquí dentro de un momento y el señor Stowe ya ha llegado!

—¿Malas noticias, *monsieur*?

Sentado en un sillón en la terraza, Armand levantó la vista y vio a Tarasai a su lado. Su hermoso rostro tenía una expresión preocupada. Armand se percató de que el sol estaba a punto de ponerse y se preguntó cuánto tiempo llevaba ella allí. Bajó la mirada hacia la carta que tenía sobre el regazo.

—No. Creo que no, *ma chère*. Al menos, eso espero.

—Le he traído una manta —dijo Tarasai, levantando una bella colcha de colores bordada a mano.

—No tengo frío.

—Échesela de todos modos —dijo ella con su voz cantarina—. Esta noche sopla una brisa fresca —le quitó la carta del regazo, extendió la colcha sobre sus rodillas huesudas y volvió a dejar la carta sobre ellas sin mirarla—. ¿La carta es de su hija? —preguntó mientras encendía la lámpara de aceite que había sobre un velador, junto a Armand.

Armand se dio cuenta de que últimamente pasaba mucho tiempo en la terraza. Al principio, tras la marcha de Sapphire, Lucía y Angelique, había intentado volver a su rutina diaria, pero ya no se sentía con fuerzas. A medida que su enfermedad se agravaba, había empezado a quedarse en casa. Pasaba la mayor parte del tiempo leyendo o trabajando en su colección de mariposas. En el año transcurrido desde la muerte de Sophie, había compartido su cama con muchas mujeres —la mayoría muchachas nativas—, pero últimamente sólo veía a Tarasai. Tarasai era la única a la que quería, la única que no lo miraba con tristeza, como si ya estuviera muerto, en lugar de celebrar que siguiera vivo. La lámpara de aceite proyectó su luz sobre la carta.

—¿Ellas están bien, *monsieur*?

—Sí —Armand volvió a mirar la carta y levantó luego de nuevo la mirada hacia su rostro: un rostro muy dulce, de ojos redondos y oscuros. Tarasai tenía la piel de color café, con una pizca de leche—. Bueno, eso creo —ella aguardó. Él se ajustó las gafas y volvió a leer una de las líneas que le había escrito Lucía—. Ya no se alojan en casa de lord y lady Carlisle. Tienen su propia casa. Tendré que mandarles más dinero enseguida.

—Claro, *monsieur*.

—Lucía dice... dice que, por desgracia, el padre de Sapphire falleció y que hay un nuevo conde de Wessex, pero que confían en que la cuestión de su nacimiento se resuelva —dijo esto con más entusiasmo del que sentía. Se preguntaba por enésima vez si había hecho bien al mandar a Sapphire a Londres. Pero aquello era lo que su madre, su Sophie, habría querido. Él había prometido cumplir el sueño de su difunta esposa y no descansaría en paz en su tumba si no mantenía su palabra.

—No debería preocuparse tanto, *monsieur*. La señorita Sapphire es muy lista. Encontrará lo que quiere. Tendrá todo lo que quiere y más. Tiene suerte. Nació con buena estrella.

Él sonrió y le apretó la mano.

—Me gustaría escribir una carta y enviarla junto con un giro para una de mis cuentas en Londres.

—Quédese ahí sentado, *monsieur*, y disfrute del jardín —ella se levantó—. Yo le traeré pluma, tinta y papel y luego le traeré una sopa.

Armand no tenía hambre, ya nunca tenía hambre, pero sabía que no debía llevar la contraria a Tarasai. Era más fácil tomar unas cucharadas de sopa y arrojar el resto al jardín, si veía la ocasión.

—Gracias —dijo, y la vio alejarse.

Ella se volvió al llegar a la puerta.

—No tiene que darme las gracias, *monsieur*. Se las doy yo a usted por darme un hogar y esto que llevo bajo los pechos —sonrió y se pasó una mano por el vientre levemente redondeado.

Armand sonrió. Costaba creer que a su edad y en su estado pudiera aún engendrar un hijo.

Sapphire se apeó del carruaje tirado por cuatro caballos enfrente del teatro de la calle Drury, con ayuda de un joven y apuesto barón. Lord Thomas, uno de los primeros pretendientes en presentarse en su casa al oír el rumor de que las hermanas Fabergine andaban en busca de protectores, era estudiante en la universidad. Su padre, el conde de Crumpton, era miembro de la Cámara de los Lores, de la que su familia formaba parte desde hacía más de doscientos años.

—Señorita Fabergine, ¿le he dicho ya lo arrebatadora que está esta noche? —dijo lord Thomas teatralmente, y besó la mano enguantada de Sapphire con una sonrisa malévola.

Sapphire miró su vestido azul turquesa y se sonrió. Esa noche se sentía como una princesa. Sus acompañantes eran encantadores y ella nunca había lucido un vestido tan hermoso. Sólo esperaba que no fueran demasiado caros. Sobre todo, porque había encargado otros tres vestidos de noche a la modista.

—Debes vestirte para el papel si quieres atraer al tipo de hombres que buscas —había explicado Lucía, que parecía olvidar que Sapphire no pretendía ganar un protector, sino el nombre de su familia.

Lucía había escrito a Armand para hablarle de su cambio de alojamiento y estaba segura de que él les enviaría dinero enseguida, pero el montón de facturas que guardaban en el escritorio de su nuevo salón era cada día más abultado.

—¡Lord Thomas! —dijo Angelique al aparecer en la portezuela del carruaje, y lo llamó agitando su abanico pintado con querubines desnudos. Sapphire vio que estiraba los brazos y dejaba que el joven barón la ayudara a bajar. Cuatro caballeros más salieron del carruaje, todos ellos vestidos con levitas negras y sombreros de copa de seda. Detrás de su carruaje había otro, más pequeño, en el que viajaban Lucía y el señor Stowe.

—Permítame acompañarla, señorita Fabergine —insistió el señor Carl Salmons, un joven viudo que, aunque no tenía título, era —según se decía— uno de los hombres de menos de treinta años más ricos de la ciudad. Había amasado su fortuna en el negocio de las importaciones y había llevado a Sapphire como regalo un abanico chino pintado que armonizaba perfectamente con su vestido nuevo. Sapphire tenía la impresión de que merecía la pena conocer a un hombre que se tomaba la molestia de averiguar de qué color era el vestido que pensaba ponerse una mujer. Y el señor Salmons no sólo era inteligente, sino también divertido y elocuente. Saltaba a la vista que el señor Salmons andaba en busca de una querida, pero también podía volver a casarse, razonaba ella. Una vez ella fuera reconocida como hija del difunto lord Wessex y el rumor de que buscaban un protector hubiera quedado sofocado, tal vez el señor Salmons quisiera visitarla formalmente... o incluso pedir su mano en matrimonio.

—¡Eh, Salmons! ¡Yo estaba primero! —el barón Charles Thomas había dejado a Angelique del brazo de lord Carter, uno de los solteros más codiciados de Londres, y volvió a tomar la mano de Sapphire para ponérsela sobre el brazo.

—Quizá puedan acompañarme los dos —terció Sapphire con una sonrisa radiante, y le ofreció el brazo libre al señor Salmons.

Angelique le guiñó un ojo mientras tomaba a lord Carter del brazo. Había conocido a Henry la noche de la fiesta en casa de los Wessex y él la visitaba con frecuencia desde entonces, incluso antes de que el escandaloso rumor de que Angelique y Sapphire andaba buscando protectores alcanzara los salones y los clubes de caballeros de Londres.

—¿Qué vamos a ver esta noche? Sé que habrán elegido algo que nos gustará —dijo Sapphire con coquetería, recordando el consejo de Angelique.

—Un melodrama de De Pixerécourt —dijo lord Thomas—. Yo ya lo he visto dos veces y es encantador. He reservado un palco, naturalmente. Y luego, si a ustedes les apetece, señoritas, lord Carter ha reservado un comedor privado encima de nuestro mesón favorito, el Gallo y la Tuerca.

Sapphire bajó las pestañas recatadamente. Debía tener cuidado, porque no había dicho a ninguno de esos hombres que estaba buscando un protector. Dado que todo se insinuaba y nada se afirmaba abiertamente, sería fácil reírse de todo aquello cuando la verdad saliera a la luz.

—O podemos ir a otra parte, si lo prefieren —prosiguió lord Thomas rápidamente—. Y, por supuesto, *mademoiselle* Toulouse y el señor Stowe también están invitados.

A Sapphire le hacía gracia cómo funcionaba aquel juego, tal y como Lucía se lo había explicado. Una mujer podía hacer saber que necesitaba un protector que la mantuviera en un apartamento, que pagara las facturas de la modista y la acompañara al teatro o los bailes. A cambio, se esperaba de ella que fuera su amante y estuviera a su disposición de noche y de día, aunque él estuviera casado. A ojos de Sapphire, aquello era una forma de prostitución y, sin embargo, una mantenida seguía comportándose como si fuera un pilar de la sociedad de buen tono.

—Creo que una cena tardía con estos caballeros tan apuestos sería divina, ¿no crees, Sapphire? —dijo Angelique cuando pasaban entre las columnas de mármol del vestíbulo del teatro.

Sapphire sonrió a los caballeros que la acompañaban.

—Estoy enteramente de acuerdo, Angelique.

—¿Y son ustedes hermanas? —preguntó el señor William Hollington, que había apresurado el paso para alcanzar al grupo. Miró a Sapphire y a Angelique—. ¿O son primas?

Sapphire sonrió coquetamente.

—Dígame, señor Hollington, ¿usted qué cree?

El conde de Wessex se recostó en su butaca de terciopelo, cruzó las piernas y dejó que su mirada vagara ociosamente sobre la multitud de espectadores que iba acomodándose en las butacas de la platea, allá abajo. La obra acababa de empezar, pero él estaba tan poco interesado en el argumento como el resto del público. Había descubierto que, al igual que en Boston o Nueva York, en Inglaterra el teatro era ante todo un lugar para ver y ser visto.

Blake había sido prácticamente secuestrado y llevado a rastras al teatro de la calle Drury por insistencia de la condesa de Wessex, junto a la cual se hallaba sentado en ese momento. Tenía la impresión de que la mayor habilidad de aquella mujer consistía en gimotear constantemente.

Blake fijó su atención en el elaborado decorado y en la encantadora actriz que hablaba en ese momento. Era joven y tenía el cabello muy rubio y unos llamativos ojos verdes.

Pensó de inmediato en otra joven de ojos verdes —con un ojo verde, en realidad— y una sensación que ya conocía le hizo estremecerse. Sintió que su miembro se tensaba. Casi podía oler su pelo y habría jurado oír su voz.

Dejó escapar un gruñido, se removió en el asiento y volvió a fijar la mirada en la actriz. Al acabar su diálogo, ella lo miró, levantó un poco la barbilla y le sostuvo la mirada. Sonrió. Blake le devolvió la sonrisa. Dos veces más la sorprendió mirándolo abiertamente y, cuando llegó el intermedio, antes de que pudiera excusarse y bajar a beber un whisky doble, un mozo le llevó una nota que Blake desdobló con aire divertido. *En mi camerino, después de la función*, era cuanto decía la nota, escrita con florida letra de mujer.

Blake arrugó la nota con una sonrisa irónica mientras bajaba las escaleras hacia el vestíbulo. Unos instantes después, al apartarse de la barra con su vaso de whisky, una algarabía de risas a su espalda le hizo volverse con curiosidad.

Un grupo de caballeros jóvenes rodeaba a dos muchachas. Los hombres reían alegremente y se empujaban los unos a los otros, bromeaban, se retiraban y avanzaban de nuevo, intentaban acercarse a las dos beldades.

¡Maldición! Una de ellas era la chica del cabello rojo. Sapphire Fabergine, había descubierto que se llamaba cuando ella le envió una nota al día siguiente de la fiesta de lady Wessex. Él le había devuelto el mensaje sin respuesta porque no quería seguirle la corriente ni podía darle falsas esperanzas, por encantadora que fuera.

Sapphire, un nombre extraño para una joven inglesa, pensó. Aún notaba el sabor de sus labios. Y ahora oía su voz ronca, profunda y llena de seductoras promesas. Así que no había sido un engaño de su imaginación cuando, poco antes, creía haber oído su voz en el teatro. Rodeada de una docena de jóvenes, sin carabina a la vista, resultaba evidente que era lo que él la había acusado de ser, ya fuera de una clase o de otra.

Blake bebió de su vaso y paladeó su whisky escocés, cuyo sabor le recordó al de la boca de Sapphire. Estaba a punto de marcharse cuando ella se dio la vuelta.

Blake contuvo el aliento. Era incluso más hermosa de lo que recordaba, ataviada con un exquisito vestido azul, del color de su nombre. Tenía buen gusto, eso había que reconocerlo. Con aquel pelo tan rojo, sus raros ojos y su boca carnosa y sensual, parecía suplicar que un hombre le hiciera el amor. Ella lo miró a los ojos fijamente, casi con desafío.

Blake sonrió con indolencia y levantó su copa a modo de brindis, como si la felicitara por sus logros de esa noche. La pelirroja lo miró un instante más y luego le desairó dándole la espalda. Él sintió que su mandíbula se tensaba de repente. Las mujeres no solían hacerle desplantes, aunque no sabía por qué se preocupaba por aquélla en particular. No era más que una aventurera barata.

Se alejó de allí, dejó su vaso medio lleno en la bandeja de un camarero y salió a la calle a fumar un cigarro. No soportaba ni un momento más aquel empalagoso teatro, ni la obra, ni a la condesa o a su hija.

Más de una hora después, hombres y mujeres comenzaron a salir del teatro. Sus voces se alzaban en medio de la noche perfumada de principios de verano. Blake entró en el callejón lateral del teatro y pasó por la primera puerta que encontró abierta, que lo condujo a un pasillo largo. Al tropezar con uno de los actores, el joven le indicó el camerino de la primera actriz.

—¿Por qué ha tardado tanto? —dijo ella cuando le abrió la puerta—. Temía que no viniera.

—Yo nunca dejo plantada a una dama.

La luz de la lámpara danzaba sobre las paredes encaladas del pequeño comedor y suavizaba las aristas del artesonado y, por suerte, pensó Lucía, las arrugas de su cara. Mientras bebía de su copa de vino, estudió al abogado y se dijo que hacía años que no se sentía tan joven.

—¿Ha disfrutado de la obra, *mademoiselle* Toulouse? —preguntó el señor Stowe y, cascando una nuez, le ofreció su fruto.

Habían compartido una cena exquisita a base de sopa de tortuga, perdiz rellena de ostras, budín de cerdo y guisantes y pan recién hecho. Una criada acababa de despejar la mesa y, a petición del señor Stowe, les había llevado otra botella de vino y un plato lleno de frutos secos y fruta fresca.

Lucía se metió la nuez en la boca con una sonrisa y bebió un sorbo de vino tinto. La salita donde les había sentado el mesonero era en realidad un pasillo que llevaba a un cuarto mucho más grande, donde habían cenado Sapphire, Angelique y sus acompañantes, que, al llegar al teatro, no eran ya cuatro, sino cinco, y cuyo número había aumentado hasta la media docena cuando entraron por fin en el mesón.

A Lucía no le preocupaba el bienestar de las niñas, a pesar

de estar acompañadas de un grupo tan nutrido de caballeros. Esa noche, hasta Sapphire parecía estar divirtiéndose al representar el papel de la coqueta recién llegada a la ciudad. Ella, por su parte, pensó Lucía, se lo estaba pasando en grande.

Volvió a posar la mirada en la cara jovial de Jessup Stowe. Lucía había hecho el amor con muchos hombres a lo largo de su vida y había sido amada por muchos, pero nunca se había enamorado. Siempre había hecho rabiar a su querida amiga Sophie diciéndole que el amor no existía. Ahora, tantos años después, se preguntaba si habría estado equivocada. Jessup Stowe no era como los hombres que pagaban altas sumas por su afecto en Nueva Orleans, ni como los hombres con los que se había liado en Martinica. No era, desde luego, tan apuesto como Armand, al que había llegado a querer mucho. Quizás eso fuera precisamente lo que hacía a Jessup Stowe más fascinante para ella.

—Vamos, señor Stowe, creo que es hora de que prescindamos de cumplidos y nos tuteemos, ¿no le parece? —Lucía dejó su copa.

Él dejó sobre la mesa el cascanueces de hierro, la miró y luego comenzó a limpiar la mesa, barriendo las cáscaras de nuez con la mano. Parecía complacido, pero indeciso.

—Jessup, me gustas mucho —ella posó la mano sobre la suya hasta que la miró—. Y creo que sientes algo por mí. Afrontemos la realidad: ninguno de los dos está en la flor de la vida. No hace falta que perdamos el tiempo con todas esas normas ridículas cuando podemos pasar a algo mucho... mucho más satisfactorio.

Los ojos de él se agradaron ligeramente y luego se entornaron cuando Lucía se inclinó sobre la mesa hasta que sus labios se tocaron. Entre ellos se alzó de pronto una oleada de ardor y, cuando abrió los ojos para mirarlo, Lucía descubrió que estaba sonriendo.

—Ha sido muy agradable —dijo él con suavidad, y tomó su mano entre las suyas. Tenía los ojos húmedos—. Hacía mucho tiempo que nadie me besaba, Lucía.

—Pues lo has hecho muy bien para estar tan falto de práctica —bromeó, y se inclinó de nuevo sobre la mesa. Sólo que esta vez dejó que fuera él quien llevara la voz cantante... y no la decepcionó. Su beso le produjo un estremecimiento delicioso que la recorrió de la cabeza a los pies. Sus labios se rozaron una vez, dos, y luego ella saboreó la punta de la lengua de Jessup.

—Creo que debería ir a casa contigo —murmuró Lucía, mirándolo a los ojos. Luego sonrió con malicia y puso los dedos bajo su barbilla bien afeitada—. No pareces tan sorprendido por mi proposición como esperaba.

Él volvió a tomarla de la mano.

—Ya nada me sorprende, mi querida Lucía —se rió y luego volvió la cabeza para mirar por la puerta abierta que daba al otro salón, donde algunos caballeros habían iniciado una partida de cartas. Angelique y lord Carter bailaban al son del laúd de un músico pagado—. Sin embargo...

—¿Sin embargo qué? —Lucía lo atrajo de nuevo hacia sí—. Entre tú y yo sólo debe haber sinceridad, Jessup. No tengo tiempo para tonterías.

Él esbozó una sonrisa ladeada y Lucía creyó ver un atisbo del joven que había sido.

—Las señoritas —Jessup carraspeó—. No estoy seguro de que... —se interrumpió y empezó de nuevo. Parecía incómodo.

Lucía aguardó, aunque estaba segura de lo que iba a decir. Quería confesarle con la mayor delicadeza posible que no podía relacionarse con jovencitas tan escandalosas. Sería malo para el negocio y sus clientes no se lo perdonarían.

—Si es dinero lo que necesitas, Lucía, para tus necesidades

y las de las niñas, yo tengo más que suficiente. Mis hijos son unos patanes desagradecidos y no se merecen ni un penique de lo que es mío. Me haría feliz gastármelo todo antes de morir, si supiera cómo hacerlo –la miró de nuevo a los ojos–. No es necesario que estas jóvenes hagan eso. Podrían casarse...Yo podría ofrecerles quizá una pequeña dote...

Lucía se apartó y se echó a reír. No era eso lo que esperaba que dijera. Había creído que iba a decirle que debían mantener en secreto su idilio para que no repercutiera en su negocio. Pero su ofrecimiento de ocuparse no sólo de ella, sino también de las chicas, era una grata sorpresa. Ahora fueron sus ojos lo que se llenaron de lágrimas.

–Jessup...

–Hablo en serio, Lucía. ¿De qué sirve el dinero si no es para hacerle a uno feliz? No significa nada si...

–Jessup, escúchame. Esto no es lo que parece. A pesar de los chismorreos que oigas y de lo que creas haber visto, mis pupilas no están buscando protectores, en realidad.

Él volvió a mirar por la puerta. Angelique estaba sentada al borde de la mesa y mecía las piernas enseñando las pantorrillas, como una niña despreocupada. Sapphire estaba sentada en una silla, abanicándose con furia. Jessup volvió a mirar a Lucía.

–Voy a contarte una historia –dijo ella– y te advierto que va a parecerte un disparate. Te advierto también que, si no crees lo que te diga, tú y yo nos daremos un buen revolcón esta noche, dormiré contigo hasta el amanecer y posiblemente vuelva a tu cama alguna otra vez, pero nunca habrá entre nosotros nada más que eso.

Jessup tragó saliva y asintió con la cabeza.

–Esto –Lucía señaló el comedor grande– es una estratagema. Un modo de conseguir que ese americano, Blake Thixton, escuche a mi Sapphire. Verás, ella también es una

Thixton, y hemos venido desde Martinica para que reclamara su legítimo nombre.

—No te entiendo. El conde sólo es nueve o diez años mayor que la señorita Fabergine. No es posible que...

—Escúchame, Jessup, y deja reposar tu cena —Lucía le sirvió más vino, se recostó en el asiento y le contó la historia.

—Esa reclamación será muy difícil de probar ahora que su padre ha muerto, Lucía —dijo él cuando hubo acabado.

—Sapphire tiene las cartas que su padre le escribió a su madre. Cartas de amor. Y un joya. Un zafiro exquisito que pertenecía a la familia Thixton. Sin duda quedará algún registro escrito de la pérdida o el robo de la piedra de la época en que Edward se la regaló a Sophie.

—Posiblemente no, porque la familia debió adivinar adónde había ido a parar. Ya conocían su relación amorosa. Y habría sido una vergüenza para la familia hacer público que su hijo mayor y heredero había regalado una joya de la familia a una granjera.

—Sophie era su esposa —afirmó Lucía con firmeza.

—Tranquila —Jessup le dio unas palmaditas en la rodilla—. Sólo digo lo que dirá el tribunal. Y todavía no entiendo qué tiene que ver la reclamación de la señorita Fabergine con todo eso —señaló la alegre francachela que tenía lugar en el salón contiguo.

—Vamos a avergonzar a la familia hasta que la reconozcan. ¿No es una idea deliciosa? —Lucía batió palmas, encantada—. Sapphire ha hecho saber que busca un protector para ser su mantenida. En cuanto filtremos la verdad sobre el nacimiento de Sapphire, el buen nombre de la familia estará en peligro. Y la condesa y el señor Thixton querrán preservar la integridad del apellido.

—Pero, para que la condesa reconozca a la señorita Fabergine, tendría que admitir que nunca estuvo legalmente casada con lord Wessex.

—Eso a Sapphire le da igual. A la condesa le importará lo que les importa a casi todas las mujeres de su edad: ver bien casadas a sus hijas —levantó un dedo—. Al americano no le importará que Edward estuviera casado con Sophie y que, por tanto, no pudiera estar casado con la condesa. Ello sólo significará que ella no pertenece en realidad a la casa de Wessex. Su principal objetivo será salvar a la familia de un escándalo.

Jessup alzó una de sus pobladas cejas y señaló la otra habitación con el pulgar.

—¿Y esto no es un escándalo?

—Claro que sí, cielo, pero un escándalo de otra índole. A todos los ingleses les gustan las historias románticas. ¿Qué supondrá para el americano reconocer a Sapphire nominalmente? Nada. Ella no quiere su maldito dinero —Jessup dio un respingo al oírla. Lucía arrugó el ceño—. ¿Qué ocurre? ¿Qué he dicho?

Él movió la cabeza de un lado a otro.

—Nada, querida Lucía, es sólo que no estoy seguro de que tu plan funcione. Lo mejor sería encontrar el certificado de matrimonio original y demostrar legalmente que Edward y Sophie se casaron.

—¿Y dónde voy a encontrarlo? Se casaron hace veintidós años, Jessup. Ni siquiera sé dónde. En Londres no, eso seguro. En algún condado, supongo, en una colina, o un patatar o una iglesia de campo.

Él tamborileó pensativamente en la mesa y luego levantó la mirada.

—Déjame ver qué puedo hacer.

Ella sonrió, se inclinó de nuevo y colocó la mano de Jessup sobre su rodilla.

—Eso sería maravilloso. Entre tanto, creo que voy a dejar que las niñas sigan con nuestro plan.

—Sólo una pregunta más.
—Desde luego.
—La señorita Fabergine... la otra señorita Fabergine...
—Angelique, sí.
—Dices que no es pariente consanguínea de tu ahijada.
—No, no lo es. Sólo es una buena amiga, cosa que a veces es mucho mejor que un pariente.
—Entonces, ¿por qué finge que necesita un protector?
—¡Oh, sólo por diversión! —Lucía tomó la botella de vino—. Ahora, dígame, ¿qué prefiere, señor? —bajó las pestañas seductoramente—. ¿Más vino o quizás otro beso?

Sentada sobre el regazo de Blake, Rosalind le rodeó el cuello con los brazos y besó sus labios al tiempo que frotaba sus pechos casi desnudos contra él. Los otros comensales presentes en el salón que habían alquilado en el piso de arriba de un popular mesón, el Gallo y la Tuerca, rompieron a reír, a silbar y a dar palmas.

Los amigos de Rosalind formaban un grupo ecléctico en el que había sobre todo actores y actrices, unos cuantos caballeros, un francés de vacaciones, varias muchachas y una mujer morena que era, obviamente, una cortesana. Blake era el único americano y, suponía, el invitado estrella de la noche.

Después de que Rosalind y él fornicaran en el suelo del camerino, habían hablado mientras ella se vestía para la cena. Rosalind le había informado de que era ya bastante famoso entre las damas solteras de Londres y sus madres, y que todas ellas querían tener la oportunidad de considerarse la potencial esposa del nuevo lord Wessex. Cuando él le preguntó si ella también andaba buscando un marido, ella se limitó a reír.

—¿Por qué pagar por lo que puedo tener gratis? —dijo al tiempo que le guiñaba un ojo.

Ahora, Rosalind se levantó de su regazo y él le dio una palmada en el trasero. Ella se rió y cruzó bailando la habitación hasta caer en brazos de uno de sus compañeros actores. Blake se recostó en el asiento y apoyó la cabeza en la pared. Se llevó el vaso a los labios y bebió un largo trago de whisky, a pesar de que había bebido bastante ya. Estaba cansado, cansado de la fiesta, cansado de Rosalind y de sus amigos, tan vulgares. Quería irse a la cama, pero eso significaría volver a la casa de Mayfair, y aún no estaba listo para tal cosa.

Oyó que al otro lado de la pared en la que se apoyaba estaba teniendo lugar otra fiesta. Oía el repiqueteo de los dados, el tintineo de las copas y un estruendo de risas masculinas. Oía también voces de mujeres. Seguía teniendo la impresión de oír la voz de Sapphire Fabergine. Le parecía oír su risa ronca y, cuando cerraba los ojos, sentía su boca sobre la suya.

Dios, verdaderamente había bebido demasiado.

Abrió los ojos, se enderezó, dejó el vaso sobre la mesa y se puso en pie. Aquella pequeña cazafortunas invadía sus pensamientos con excesiva frecuencia y ello le preocupaba.

—¿Adónde vas, Blake? —preguntó Rosalind al ver que se dirigía hacia la puerta.

—A casa.

—¿No quieres venir a casa conmigo? —preguntó ella, frunciendo sus labios pintados de rojo—. Te he dejado agotado, ¿eh? —dijo burlonamente y en voz alta. Sus compañeros se echaron a reír.

Blake esbozó una sonrisa forzada.

—Exacto. Gracias. Buenas noches —recogió su levita y su sombrero del perchero que había junto a la puerta y salió al rellano de la escalera. Miró pasillo adelante, hacia el lugar de donde procedía la música de laúd y aquella voz que le parecía la de Sapphire. Ya no la oía. Quizá hubieran sido imaginaciones suyas.

Al fondo del pasillo poco iluminado había una mesita a la que se hallaban sentados un hombre y una mujer de mediana edad, de espaldas a él. Blake frunció el ceño y se dio la vuelta. Aquellos dos deberían ser más sensatos a su edad. El amor no existía, cualquiera con un poco de sentido común lo sabía. Sólo existía la pasión.

Blake se puso el sombrero de copa y empezó a bajar la escalera. Al oír que alguien se acercaba, intentó apartarse, pero la escalera era estrecha. Adivinó que era una mujer por el sonido ligero de sus pasos. En el rellano entre las habitaciones de arriba y el salón principal situado encima de la taberna, la escalera describía un brusco recodo y Blake estuvo a punto de chocar con la mujer que subía.

—Yo...

Un ojo verde. Otro azul. Ella se quedó mirándolo, tan sorprendida de verlo allí como Blake de verla a ella. Tenía las mejillas acaloradas y los labios rosados, y el pelo algo revuelto, como si hubiera estado bailando... o besándose con alguien. Había sido, en efecto, su voz la que había oído.

Sapphire se halló mirando cara a cara a Blake Thixton. Le costaba respirar y su corazón latía con fuerza. Intentó retroceder para apartarse de él, pero en el reducido rellano no tenía dónde ir. Él la agarraba con firmeza por los brazos.

—¿Por qué no aceptó la carta que le mandé? —preguntó ella con aspereza—. Tiene que darme la oportunidad de explicarle mi situación.

—No, no tengo por qué hacerlo.

—¡Claro que sí! Soy Sapphire Thixton, hija de...

Con un rápido movimiento, Blake le tapó la boca con las

manos y la obligó a volverse de modo que su espalda quedara apoyada contra la pared de la escalera. Ella quiso gritar al sentir que su cuerpo fibroso y duro se amoldaba al suyo. Blake la mantuvo inmóvil contra la pared, apartó la mano de su boca y la besó salvajemente.

Sapphire intentó apartarlo, pero no había suficiente espacio entre ellos. Intentó gritar, pero Blake la besó aún con mayor violencia, obligándola con la lengua a abrir la boca. Ella pensó que iba a desmayarse, pero al fin él apartó su boca de la de ella y la acercó a su oído.

—¿Qué ocurre? —susurró—. ¿No soy lo bastante bueno para ti y esos petimetres sí lo son? Tengo dinero suficiente para comprarlos y venderlos a todos, maldita sea.

—No sé de qué está hablando —replicó ella, jadeando.

—Yo creo que sí lo sabes. Te he visto esta noche en el teatro, coqueteando con esos hombres. Y he oído cómo te reías ahí arriba. ¿Qué haces con tantos hombres, Sapphire? ¿Vas de regazo en regazo?

Sapphire se puso tensa y se volvió para mirarlo.

—¿A usted qué le importa? —dijo, y sintió que sus ojos centelleaban, llenos de odio—. Suélteme —ordenó—. Suélteme o...

—¿O qué? —preguntó él con tono burlón. Su aliento olía a whisky—. ¿Qué hará conmigo, señorita Fabergine? ¿Me obligará a besarla otra vez?

—¡No sea ridículo! —le espetó ella—. Suélteme. Alguien vendrá a buscarme y entonces...

—Y entonces verán la verdad. Llevas toda la noche ahí arriba con un montón de hombres. No estamos haciendo nada que no hayas hecho ya ahí arriba con ellos.

Ella intentó respirar hondo y aquietar su pulso.

—Le aseguro que esos caballeros son demasiado amables, demasiado educados para aprovecharse de una mujer en ese sentido.

—¿De veras? —él carraspeó—. Eso es interesante, porque no es lo que tengo entendido. He oído decir que las señoritas Fabergine andan en busca de protectores y esos caballeros de ahí arriba rivalizaban por ser el afortunado que las haga sus mantenidas —al ver que ella no contestaba, añadió—: ¿Cuál es tu precio, querida? Ya lo sé: un apartamento bonito, una cuenta con una buena modista y un sombrerero. Lo de siempre. Pero, ¿cuánto pides por disfrutar un mes de tus servicios? —seguía sujetándola contra la pared.

—Eso no importa porque la oferta no está abierta a usted, señor Thixton.

Él soltó una carcajada y ella se sobresaltó y se puso furiosa al oír su risa.

—No se haga ilusiones, señorita Fabergine —la soltó tan repentinamente que Sapphire cayó hacia atrás y se golpeó la cabeza con la pared—. A mí no me interesa —recogió su sombrero del descansillo, donde había caído, y siguió bajando la escalera—. Sólo preguntaba por curiosidad —dijo mirando hacia atrás al tiempo que se calaba el sombrero. Un instante después dobló el recodo de la escalera y se perdió de vista.

—¿Sapphire? ¿Querida? —gritó Lucía desde la planta de arriba.

Sapphire respiró hondo, compuso una sonrisa y subió corriendo la escalera.

—¡Ya voy!

Lucía y el señor Stowe la estaban esperando en lo alto de la escalera.

—¿Dónde estabas? —preguntó Lucía con el ceño fruncido por la preocupación—. Estás acalorada —posó la mano sobre la frente de Sapphire—. ¿Te encuentras bien, tesoro?

Sapphire se apartó.

—Sólo he bajado al tocador de señoras —esbozó una rápida sonrisa–. Pero me está empezando a doler la cabeza. ¿No crees que es hora de irnos?

–Llevo media hora diciéndoselo a Angelique. Quiere que la deje aquí, pero le he dicho que ni hablar. Después de todo, debemos guardar las apariencias.

–Iré a llamar al carruaje, si me disculpan –dijo el señor Stowe, y empezó a bajar la escalera.

–¿Seguro que estás bien? –preguntó Lucía a Sapphire de nuevo.

–Tía Lucía... –Sapphire se volvió hacia ella–. Estoy bien. Sólo un poco cansada, me duele la cabeza y... –titubeó–. Me he encontrado con el señor Thixton cuando subía la escalera.

–Santo cielo –Lucía suspiró–. Me preguntaba si no sería eso lo que te había pasado. Estaba en el comedor contiguo al nuestro, con los actores de la obra de esta noche.

Sapphire levantó una ceja. Sabía que los actores y actrices tenían cierta reputación que la sociedad de buen tono no siempre toleraba, aunque no le sorprendía que Blake Thixton se encontrara cómodo en su compañía. Nada de aquel hombre abominable podía sorprenderla.

–¿Supongo que no habrás tenido ocasión de preguntarle si ha considerado la posibilidad de aceptar tu reclamación? –preguntó Lucía.

Sapphire no la miró a los ojos.

–No. Ya tuvo su oportunidad. No volveré a acudir a él por ese asunto. La próxima vez, será él quien venga a verme –apoyó la mano sobre el hombro de Lucía y pasó a su lado–. Voy a buscar a Angelique. El señor Stowe estará esperando con el carruaje. Si es preciso, la traeré arrastrándola por el pelo.

Lucía se echó a reír.

–Puede que tengas que hacerlo, gatita.

Lady Wessex echó el velo sobre su sombrero parisino de ala ancha y entró en la iglesia. Sus tres hijas iban tras ella. El gentío que llenaba el vestíbulo se abrió para dejarle paso.

—Daos prisa —dijo lady Wessex sin volverse hacia sus hijas— o llegaremos tarde otra vez. Ningún hombre quiere a una mujer que llega siempre tarde.

—¿Cómo voy a darme prisa? —gimoteó Camille mientras intentaba alcanzar a su madre—. Este vestido me está estrecho y no puedo respirar.

—Llevo semanas pidiendo vestidos nuevos, mamá —susurró Portia—. Estoy segura de que lord Carter...

—Bah, ¿a quién le importa lord Carter? —replicó Camille, y se volvió para mirar a Portia, que caminaba a su lado. El organista había empezado ya a tocar el introito. Llegaban tarde—. Yo tengo que casarme primero. Mamá ya me lo ha prometido.

—¿Y con quién piensas casarte exactamente? —preguntó Portia—. Ahuyentas a todos los hombres que vienen a visitarnos con tus continuas quejas.

Entraron en la capilla por el amplio pasillo central.

—No es cierto, ¿verdad, mamá? —preguntó Camille con su

voz aguda—. No asusto a los caballeros. Es sólo que somos muy exigentes, ¿verdad?

—Ya basta, jovencitas —lady Wessex alzó la nariz bajo el ala ancha de su sombrero y se encaminó directamente hacia las primeras filas, a pesar de su tardanza—. Estamos en la casa del Señor. Mostrad la debida humildad —se deslizó en el tercer banco de la izquierda. Aunque no había bancos asignados a cada familia, aquél era el banco de los Wessex en la iglesia de Saint George desde hacía más de un siglo, según decía su difunto marido.

En el instante en que lady Wessex y sus hijas se sentaban, el sacerdote entró y la congregación se levantó para cantar. Lady Wessex se tomó su tiempo para buscar la página adecuada en el libro de himnos que llevaba bajo el brazo. Después se volvió hacia su querida amiga, lady Wellington.

—Temía que estuvieras enferma —susurró lady Wellington con la vista fija hacia delante.

—Llego tarde, lo sé. Hay tanto que hacer ahora que vuelve a haber un hombre en casa... —explicó lady Wessex.

—Lord Wessex, el americano, sí. ¿Es muy exigente?

Lady Wessex esbozó una sonrisa condescendiente.

—No más que cualquier otro hombre, me temo.

Lady Wellington bajó la boca y miró a Camille.

—¿Está tan prendado de tu Camille como todos esos caballeretes que van a verla?

—Oh, desde luego —respondió lady Wessex y luego cantó las últimas palabras del versículo, empezando en mitad de una frase.

—Buenos días, lady Wessex —dijo lady Marlboro desde el banco de atrás.

Varios parroquianos miraron a las mujeres con evidente fastidio. Lady Marlboro, aunque buena amiga de lady Wessex, era dura de oído y siempre levantaba la voz más de lo necesario.

—Buenos días, lady Marlboro —dijo lady Wessex volviendo la cabeza.

—¿Las ha visto? —preguntó lady Marlboro a su oído, demasiado fuerte.

La congregación seguía cantando y los parroquianos las miraban con desagrado, pero ninguno se atrevía a pedirles que dejaran de hablar. Lady Wessex era la comidilla de Londres desde la llegada del heredero de su marido. Todos querían estar a bien con ella, con la esperanza de que los invitara a sus tés, sus bailes y quizás incluso a la fiesta de compromiso de su hija... si era cierto lo que se decía acerca de que el americano había puesto sus ojos en Camille, la hija mayor de lady Wessex.

Ella se echó hacia atrás.

—¿Si he visto a quién, querida?

—A esas señoritas que asistieron a la fiesta que dio para lord Wessex —la voz de lady Marlboro asumió un tono acusatorio—. La pelirroja, esa tan guapa a la que sorprendieron con lord Wessex. La que dicen que es su hermana también está aquí. Pero es imposible que sean hermanas. ¡Fíjense en el color de su piel! —señaló con el pañuelo perfumado un banco al otro lado del pasillo, algo más adelante—. ¿No se ha enterado? —preguntó en voz alta.

El himno tocó a su fin, pero el organista pasó a otro sin interrupción.

—¿De que lord y lady Carlisle tuvieron que pedirles que se fueran? Sí, desde luego —resopló lady Wessex.

—Nooo —exclamó lady Marlboro, excitada, y se inclinó un poco más hacia ella—. No puedo creer que no se haya enterado. ¿No las vio anoche en el teatro?

—Vamos, vamos, ¿cuál es la terrible noticia?

—Como los Carlisle echaron a la señorita Fabergine y a su madrina de su casa, ella y la de la piel oscura se han visto obligadas a convertirse en mantenidas.

—¡No! —exclamó lady Wessex con un susurro.

—Palabra de honor —dijo lady Marlboro—. Está buscando un protector. Acepta ofertas.

—Qué espanto —lady Wellington apoyó la mano sobre el brazo de lady Wessex—. Menos mal que los Carlisle se han distanciado de ellas. ¿Se imaginan qué escándalo?

—Es una suerte que esa joven no tenga familia en Inglaterra —prosiguió lady Marlboro, muy pagada de sí misma—. Un escándalo semejante arruinaría el nombre de cualquier familia en cuestión de días.

—Y pensar que invitaste a la señorita Fabergine a tu casa —lady Wellington apretó la mano de lady Wessex—. Claro, que no sabías qué clase de mujer era cuando la invitaste.

—No tenía ni idea —dijo lady Wessex—. Eran invitadas de los Carlisle, recién llegadas de Martinica. ¿Cómo iba yo a saberlo?

—¿Cómo iba a saberlo nadie? —dijo lady Marlboro—. Es escandaloso.

El himno acabó y la congregación tomó asiento a una señal del sacerdote. «Pobre lady Carlisle», pensó lady Wessex. Tenía que estar fuera de sí, sabiendo que había dejado entrar en su casa a aquellas indeseables.

—Le agradezco que se haya tomado la molestia de venir a verme, lord Wessex —dijo Jessup Stowe—. Confío en que su estancia en Londres haya sido de su agrado hasta el momento.

—No lo ha sido —Blake se sentó en el mismo sillón de piel que había ocupado la primera vez que visitó la oficina del abogado—. Lady Wessex es la mujer más irritante que he conocido nunca. Habla tanto que no lo deja a uno pensar. Y menos aún hablar.

—Pero, ¿qué me dice de Camille, su hija? —el abogado sonrió sagazmente—. Tengo entendido que se interesa usted por ella. Una decisión muy sensata. Aunque a la familia ya no le queda dinero. Sin embargo, su padre, lord Danby, el primer marido de lady Wessex, era un hombre poderoso y respetado.

—¿De qué está hablando? —preguntó Blake con brusquedad. Tenía problemas para dormir y estaba ansioso por regresar a Boston. Había cancelado una reunión de negocios para ir al despacho de Stowe, con la esperanza de que éste tuviera noticias que le permitieran volver cuanto antes a su país—. Ni siquiera estoy seguro de cuál de ellas es Camille —frunció el ceño mientras intentaba pensar en aquellas muchachas huesudas, con su cabello fino y su mal cutis—. Apenas hablo con las hijas de lady Wessex y, ciertamente, ninguna de ellas me ha respondido.

Stowe volvió a fijar la atención en los documentos que tenía sobre la mesa.

—Sí, bueno...

—¿Sí, bueno, qué? —preguntó Blake—. Me habrá llamado por alguna razón. ¿Hay papeles que firmar? ¿Más facturas que pagar, quizá?

—Sí, sí, desde luego. Unos cuantos documentos, pero también... —Stowe levantó la mirada, volvió a bajarla y la levantó de nuevo—. Ha llegado a mis manos un asunto delicado —Blake aguardó—. Hay una joven que... —su nuez subió y bajó mientras intentaba encontrar las palabras adecuadas—... que dice ser hija legítima del difunto lord Wessex.

Blake se levantó de un salto de la silla.

—¿También ha estado aquí? —preguntó—. La muy astuta... —miró el suelo encerado y comenzó a pasearse por la habitación—. Es muy persistente, ¿no? —dijo tanto para sí mismo como para Stowe.

—Entonces, ¿ha hablado con ella, milord?

—Es una charlatana, como todos los que han llamado a mi puerta desde mi llegada a Londres, reclamando dinero o favores que se les debían.

—Esta... —Stowe tomó aliento y prosiguió—: Esta joven no quiere dinero, ni favores. Sólo quiere ser reconocida como hija legítima de lord Wessex.

—¿Cómo demonios podría ser esa chica hija de Wessex? Su primera mujer, que yo sepa, murió al dar a luz a su primer hijo, hace dieciocho años. Y después se casó con su segunda esposa —Blake siguió paseándose—, hará diez o doce años.

—Esta joven, cuyo nombre es Sapphire Fabergine...

—Sé cómo se llama —replicó Blake—. Lleva semanas persiguiéndome.

Stowe se quedó callado un momento y luego continuó.

—Asegura que su madre estuvo legalmente casada con lord Wessex hará cosa de veinte años. Su madre era una joven campesina, pobre y sin educación, así que la familia se opuso rotundamente al enlace entre ellos. La señorita Fabergine afirma que, cuando la familia Thixton descubrió que se habían casado, hicieron raptar a la joven y la enviaron a América, donde dio a luz a la hija de Edward, la joven Sapphire. Al parecer, lady Wessex sería su tercera esposa... más o menos.

—¡Esa historia es absurda! Una sarta de mentiras para ayudar a escalar a esa joven en la buena sociedad de Londres.

—Sí, milord, suena absurda, pero a veces las cosas más disparatadas resultan ser ciertas. No sería la primera vez que una familia de buena posición intenta borrar un mal matrimonio de los anales de la historia. Teniendo esto en cuenta, me preguntaba si tendría usted objeción en que investigue la reclamación de la chiquilla. De mi bolsillo, naturalmente —se apresuró a añadir Jessup.

Blake se detuvo y apoyó una mano sobre el sillón de piel. Stowe había vuelto a sorprenderlo, y le gustaba que la gente lo sorprendiera, porque ello sucedía muy raramente. Jessup Stowe tenía más carácter del que parecía a simple vista.

—Le digo que toda esa historia es ridícula. No me importa lo que diga esa chica que quiere. Sólo es más astuta que las demás. Quiere dinero, y usted y yo sabemos que no lo hay.

—Estos documentos requieren su firma, milord —Stowe empujó los documentos en cuestión sobre la mesa y le ofreció una pluma. Blake rodeó el sillón y se inclinó sobre la mesa para estampar su firma. El abogado aguardó a que los documentos estuvieran firmados—. Entonces, ¿no tiene inconveniente en que haga algunas averiguaciones?

Blake se volvió para salir del despacho y levantó una mano.

—Haga lo que quiera, Stowe. Pero resuelva el papeleo para que pueda largarme de Inglaterra cuanto antes.

—¿Adónde vas, amor? —Jessup observó a Lucía a la luz de las velas mientras ella cruzaba la alcoba completamente desnuda. El corazón le palpitaba con fuerza en el pecho. Nunca, en toda su vida en común, le había permitido su querida Emma verla desnuda—. Vuelve aquí —dijo dulcemente.

—Mis niñas, Jessup, ya te lo he dicho. Tengo que volver a casa —Lucía recogió una bata de seda de una silla y se la echó sobre los hombros, ofreciéndole un nuevo vislumbre de sus hermosos y blancos pechos antes de cubrirlos.

—Pero, ¿qué haré cuando te vayas? Voy a echarte tanto de menos que no sé si podré soportarlo.

Ella se echó a reír y se sentó al borde de la cama.

—¿Que qué vas a hacer? Lo que hacen todos los hombres después de hacer el amor. Te quedarás dormido antes de que salga mi carruaje.

Él tomó su mano y se la llevó a la mejilla. Lucía olía tan bien, era tan deliciosa, que le resultaba realmente difícil dejarla marchar, aunque fuera sólo por espacio de una noche. Llevaba demasiado tiempo durmiendo solo y no le gustaba.

—Sólo unos minutos más, Lucía. Yo mismo te llevaré a casa.

—No harás tal cosa a estas horas de la noche. Soy demasiado independiente para permitirlo —se inclinó para besarlo—. Aunque debo decir que es muy agradable sentirse tan deseada.

—No es sólo que te desee —dijo él con voz queda—. Te quiero, Lucía.

Ella le sonrió y deseó poder creerle, pero sabía que no podía creerse a un hombre.

—Tal vez mañana por la noche pueda venir. Sapphire y Angelique están invitadas a no sé qué fiesta. Quieren que vaya, pero he pensado que debía quedarme en casa. Todas esas fiestas son agotadoras para una mujer de mi edad.

—¿De tu edad? —él besó su mano—. Eres el doble de bella que una mujer la mitad de joven.

—¿Y cómo sabes qué edad tengo? —preguntó ella levantando una ceja.

Él sonrió.

—Me lo imagino.

Lucía le devolvió la sonrisa.

—Puedes imaginártelo, pero no decirlo. Ahora tengo que irme, pero volveré el sábado por la noche. Te lo prometo —empezó a levantarse, pero Jessup la retuvo.

—Tengo que decirte una cosa. Algo que creo que te agradará. ¿Te quedarás hasta que lo oigas?

—¿Qué quieres decirme? ¿Que lord Wessex ha entrado en razón y ha aceptado concederle una audiencia a mi Sapphire? O, mejor aún, que ha denunciado a la condesa de Wessex, ha reconocido que la madre de Sapphire era la verdadera esposa de Edward y ansía reconocer a Sapphire ante toda la alta sociedad londinense.

Él bajó la mirada.

—No es algo tan bueno, pero es más realista, Lucía querida.

Ella se enterneció y le acarició la mejilla.

—Dímelo.

—Hoy he visto a lord Wessex por otro asunto y, mientras conversábamos, saqué a relucir a Sapphire —Lucía se levantó bruscamente—. ¿Conoces personalmente a lord Wessex y no me lo has dicho?

—Sabes muy bien que un abogado no puede hablar de sus clientes con otras personas.

Ella arrugó el ceño.

—Yo no soy otras personas, Jessup. Acabas de hacerme el amor apasionadamente —se ciñó de un tirón el cinturón de la bata—. ¿Dices que me quieres y me ocultas que lord Wessex es cliente tuyo?

Jessup se recostó contra el cabecero y reacomodó las almohadas.

—¿Quieres escucharme o no?

Ella lo observó un momento. Jessup tenía más empaque del que había creído.

—Dímelo.

—Siéntate —él dio unas palmadas sobre la cama. Lucía se sentó de mala gana y cruzó los brazos.

—Te escucho.

—Aunque lord Wessex no cree que la reclamación de Sapphire sea cierta...

—¿Y cómo lo sabe él? ¡Un americano recién llegado...!

—¿Vas a dejarme acabar o no, querida? —Lucía apretó los labios y asintió con la cabeza. Jessup carraspeó y empezó de nuevo—. Aunque lord Wessex no cree que haya razón para pensar que su reclamación es cierta, está dispuesto a permitirme indagar en el asunto.

—¡Eso es fantástico, Jessup! —Lucía se inclinó y lo rodeó con sus brazos—. ¿Por qué no lo has dicho desde el principio?

Él le acarició el pelo con ternura y besó sus labios.

—Porque no me has dado ocasión, amor mío.

—Qué tonto eres —murmuró Lucía mientras cubría su cara de besos—. No deberías haberme hecho caso —besó su boca y ahondó su beso. Cuando se apartó, el corazón le latía con fuerza en el pecho—. ¿Quieres que me quede un poco más? —musitó, y deslizó la mano bajo la colcha para acariciarle el muslo desnudo.

—Sólo un poco más —contestó él con un brillo en la mirada mientras le llevaba la mano más arriba—. Y quizá tenga otra cosita para ti...

—No te vayas —suplicó Clarabelle, sentándose de rodillas en la cama al tiempo que se cubría los pechos desnudos con la sábana.

—Todavía no —dijo Clarissa, su hermana gemela, que se había incorporado a su lado. Al igual que Clarabelle, tenía el pelo rizado, largo hasta la cintura y de color rojo, pero, a diferencia de su hermana, tenía un lunar a la derecha de la boca que le permitía diferenciarlas.

Blake observó cómo un mechón de pelo caía sobre el pezón pálido de Clarissa y sopesó su petición. Llevaba horas en su apartamento y había disfrutado del placer de ambas, pero, aun así, había algo insatisfactorio en ellas, tanto juntas como por separado. Habían aliviado su tensión de maneras muy imaginativas, pero se sentía no obstante inquieto y nervioso, y mientras hacía el amor con ellas no había dejado de pensar en otra pelirroja.

—Vamos a echarte de menos —Clarabelle hizo un mohín y dejó caer la sábana para mostrar su desnudez. Blake la observó mientras deslizaba la mano sobre sus pechos grandes y su vientre, hasta los rizos oscuros de su pubis. Ella echó la cabeza hacia atrás, cerró los ojos, bajó aún más la mano y comenzó a darse placer mientras su hermana la miraba.

«Estimulante, pero no lo suficiente». Blake se puso sus pantalones, que había dejado doblados sobre una silla Luis XIV. Tenía que reconocer que aquellas cortesanas tenían buen gusto para la ropa y la decoración. Eran ricas, gracias a la frecuencia con que, según se decía, el rey requería sus servicios.

Tras ponerse la camisa blanca, Blake se sentó en la silla para ponerse las medias. Era la una de la madrugada y estaba cansado. Había bebido y comido demasiado. A la mañana siguiente tenía una cita con un agente naviero y debía tener la cabeza despejada. Había decidido que, aunque el asunto que lo había llevado a Londres no estuviera del todo concluido, iba a marcharse a casa. Daría poderes a Stowe para que firmara lo que hubiera que firmar y vendiera lo que fuera necesario. Su vida estaba en Boston y era hora de regresar y hacerse cargo de sus negocios.

—No puedo creer que vayas a dejarnos solas en esta cama tan grande —gimoteó Clarissa.

Blake se puso las botas, se levantó, recogió su chaleco y su levita y se dirigió a la puerta.

—He dejado dinero junto a la cama —les dijo.

Clarabelle se apoderó de inmediato del fajo de billetes.

—¿Volverás mañana por la noche? —ronroneó al darse cuenta de lo abultada que era la suma que había dejado.

—Buenas noches —dijo él, y salió.

Veinte minutos después, entraba en su casa en el West End. El mayordomo, que se había quedado dormido en una silla del vestíbulo, se levantó de un salto al abrir él la puerta.

—Lord Wessex —lo saludó Preston.

—Váyase a la cama, Preston. No necesito sus servicios. De hecho, váyase siempre a la cama si no he vuelto a las once de la noche —le tiró el sombrero y la levita.

—¿Milord?—dijo Preston al pasar Blake a su lado. Blake se frotó las sienes. Empezaba a dolerle la cabeza.

—¿Sí? —preguntó sin volverse.

—Lady Wessex, milord. Lo espera a usted en el salón.

Blake se volvió, sorprendido, y miró al mayordomo.

—¿A estas horas de la noche? —preguntó con incredulidad—. Son casi las dos.

—Sí, milord —contestó Preston con la mirada fija en el suelo abrillantado.

Blake profirió un gruñido y se alejó hacia el salón donde había visto por primera vez a Sapphire. Ignoraba qué le hizo pensar en ella al girar el pomo de la puerta.

—¿Quería hablarme, lady Wessex? —preguntó sin interés.

A diferencia de Preston, ella no se había adormilado esperando. Se levantó de un brinco y se llevó el pañuelo a los ojos.

—Milord, gracias al cielo que ha vuelto. Hoy he recibido una noticia espantosa y sabía que querría usted enterarse de inmediato.

Blake se quedó mirándola un momento y apoyó la mano sobre el respaldo de un sofá de pelo de caballo mientras dejaba que sus palabras penetraran la densa niebla levantada por el whisky que había bebido. No lograba imaginar que la viuda tuviera alguna noticia de importancia, pero de todos modos hizo la pregunta de rigor.

−¿De qué se trata?

−Bueno −comenzó ella−, ya conoce usted a esa joven a la que lord y lady Carlisle tuvieron que echar de su casa por su comportamiento inadecuado.

Él sintió que su frente se arrugaba.

−No, no tengo ni idea de qué me habla.

Ella se acercó y bajó las pestañas.

−Esa joven a la que vieron con usted, milord.

−¿Cuándo? −preguntó él con impaciencia.

−Sapphire Fabergine, se llama −él levantó bruscamente la mirada y su neblina se disipó−. Discúlpeme por sacar siquiera a colación un asunto tan delicado −prosiguió ella. Él le indicó con un gesto impaciente que continuara su relato−. Hace dos semanas, quizá tres, hizo saber que iba a establecerse como mantenida de algún hombre −lady Wessex no lo miraba−. Que estaba buscando un protector que se ocupara de ella.

−Sí, sí, creo que eso lo he oído... pero, ¿qué tiene que ver conmigo?

−Milord −los ojos de lady Wessex se llenaron de lágrimas−. Esa joven ha hecho correr el infundio de que es hija legítima de mi difunto marido −dijo al borde del desmayo.

Él gruñó al ver que se tambaleaba.

−Lady Wessex, quizá deba sentarse −dijo, y rodeó de mala gana el sillón. Ella le tendió la mano y él no tuvo más remedio que aceptarla.

−Estoy un poco mareada −Blake la ayudó a sentarse en un canapé−. No sé qué hacer. Esa historia es falsa, desde luego −se limpió la boca con el pañuelo−. Pero no quisiera que usted creyera que nuestra familia, que mi hija Camille...

−En nombre de Dios, ¿qué tiene que ver su hija Camille con todo esto? −la interrumpió él.

—Milord, si sus intenciones respecto a mi hija mayor son serias...

—¡Mis intenciones respecto a su hija mayor! —él la miró con enojo—. *Madame*, no quisiera ofenderlas ni a usted ni a su hija, pero creo que nunca le he dirigido la palabra y estoy seguro de que ella nunca me la ha dirigido a mí. Ni siquiera sé cuál de ellas es —recordó entonces que Stowe también había mencionado a Camille. ¿Acaso corría también el rumor de que estaba cortejando a la hija de lady Wessex? ¿Qué se proponía exactamente lady Wessex?

—Milord, sé que es un asunto delicado —prosiguió ella como si no lo hubiera oído—. Pero le aseguro que la reclamación de esa joven no es cierta. Sólo busca obtener alguna ganancia del dinero que dejó mi marido.

—Que es inexistente —replicó él con sorna.

—Lo que quiero que sepa es que esto no debería alterar en modo alguno sus sentimientos hacia mi hija. Cualesquiera que sean sus intenciones...

—¡No tengo intención alguna respecto a su hija! ¿Quiere hacer el favor de escucharme?

Lady Wessex comenzó a llorar.

—¡Qué escándalo, aunque sea mentira! Sabía que sería la ruina para todos nosotros. Sabía que... —Blake dio media vuelta y se dirigió hacia la puerta—. Milord, ¿adónde va? —gritó ella, levantándose.

—No lo sé —vociferó él—. Lejos de aquí.

–Rayos y truenos –masculló Angelique al mirar el reloj de pie de la pared–. Debería irme.

–No te vayas –dijo Henry, adormilado, y besó su hombro desnudo.

–Si no me voy, Sapphire se pasará toda la noche despierta, preocupada –se revolvió el pelo y empezó a pasar por encima de él para bajarse de la cama.

–¿Nos dejas? –una mano agarró su brazo y ella miró hacia atrás y vio que Charles levantaba la cabeza de la almohada y la miraba con ojos enrojecidos.

–Charles –dijo con impaciencia. Aunque aquel hombre tenía mucho más dinero que Henry, a Angelique no le gustaba tanto. Era muy bruto en la cama–, te dije que no podía quedarme toda la noche –miró su brazo y él la soltó–. Te vendría bien un baño, la verdad.

–Pero quiero hacerte el amor otra vez –gimió él.

Ella puso los ojos en blanco.

–Eres muy avaricioso, Charles.

–Pero yo también quiero hacerte el amor otra vez –dijo Henry, e intentó agarrarla por la cintura.

Ella le apartó las manos juguetonamente y apoyó los pies en la desgastada alfombra Safavid.

—Entonces sois los dos unos niños muy avariciosos, unos lechoncitos que nunca se dan por satisfechos. Y sabéis lo que hacemos en Martinica con los lechones avariciosos, ¿verdad? —se puso de pie junto a la cama, esplendorosa en su desnudez, y se sirvió una copa de jerez de un decantador casi vacío—. Los echamos en la cazuela y nos los comemos para cenar los domingos —bebió un largo trago y le pasó la copa a Henry, que bebió y pasó luego la copa a Charles.

Henry se tumbó de espaldas y vio a Angelique cruzar la habitación y recoger su ropa. Charles y él alquilaban habitaciones en la misma pensión, dirigida por la señora Talbot, la cual estaba dispuesta a aceptar favores sexuales en lugar de los pagos retrasados del alquiler.

—¿Hablaste con Sapphire del baile? —preguntó Angelique mientras subía la llama de la lámpara de aceite que había junto a su silla. Al ver que Charles no contestaba, se volvió hacia la cama—. Charles, ¿se lo preguntaste?

—Cien veces —gruñó él, y apuró la copa de jerez. Luego la dejó caer al suelo, se recostó en la cama y cerró los ojos—. He de confesar, Angie, amor mío, que se me está agotando la paciencia. Me he gastado una fortuna invitándola a cenar, a ir al teatro y comprándole chucherías, y no he obtenido nada a cambio, más que saborear un momento sus labios.

—Te lo dije —repuso Angelique con impaciencia—. Te dije desde el principio que no es como yo.

—Ya lo creo —rió Henry, y añadió en voz baja un comentario explícitamente sexual.

Charles se rió. Angelique, no.

—¿La deseas o no? —preguntó ella mientras se ponía las medias.

—Sí. Ya lo sabes. Maldita sea, me tiene tan loco que la otra noche hasta le propuse matrimonio.

—¿De veras? —Angelique se levantó, se puso los zapatos y

echó mano de su camisa arrugada–. No me lo dijo. Pero sin duda aceptará tu invitación al baile.

–No sé –él arrugó el ceño–. Parece encaprichada con Salmons.

–Salmons no te llega ni a la suela del zapato, Charlie –Henry le dio una palmada en la tripa desnuda. Charles le apartó la mano bruscamente.

–Es que estoy acostumbrado a tener lo que quiero y cuando quiero.

–¿Lo decías en serio? –Angelique se puso la camisa y recogió su corsé–. Me refiero a lo de casarte con ella.

Charles se encogió de hombros.

–Supongo que debo casarme con alguien y, si me casara con ella, mis padres se enfurecerían, dada su reputación. Quizá sólo por eso merezca la pena.

–Porque lo que ella quiere es casarse. Casarse con un buen hombre.

–Yo respaldo a Charlie. Nunca he conocido un tipo mejor –Henry fue a darle otra palmada, pero Charles le agarró la mano.

–No sé si eres el hombre adecuado para ella –dijo Angelique mientras se ponía el vestido arrugado.

–¿Qué quieres decir con eso? Mi familia...

–Tu familia –lo interrumpió ella– hizo fortuna hace menos de un siglo gracias a la mala suerte de otros. Y la familia de Sapphire, con dinero o sin él, desciende de reyes anglosajones.

–Eso todavía está por ver –dijo Charlie airadamente.

–No hable usted así de mi Sapphire, lord Thomas –replicó Angelique, acercándose a la cama hecha una furia–. Retire lo que ha dicho en este mismo momento o le diré a Sapphire dónde ha pasado la noche, en esta cama, entregado a actos ilícitos.

Él arrugó el ceño y cruzó los brazos como un niño al que su madre hubiera regañado.

—¿Y se enfadará conmigo y no contigo?

—Sapphire me quiere.

—Yo también te quiero —dijo Henry dulcemente, y se llevó su mano a los labios.

Ella le sonrió.

—Sé que eso crees, querido.

—No, lo digo en serio —él se sentó—. Me casaría contigo. Que Portia Stillman se vaya a paseo. Que mis padres se vayan a paseo. Renunciaría a mi herencia en un abrir y cerrar de ojos por casarme contigo.

—¿Y qué te hace pensar que yo me casaría contigo sin tu herencia? —con una sonrisa en los labios, ella le dio la espalda y se sentó al borde de la cama—. Abróchame, ¿quieres? Tengo que irme.

Henry le abrochó el vestido y ella se inclinó y le dio un sonoro beso.

—¿Te veré mañana por la noche?

—Ya es mañana —repuso ella mientras se decía que Henry le gustaba mucho más de lo debido—. ¿Me verás esta noche? —se encogió de hombros—. Es muy posible —se inclinó sobre Henry y besó a Charles en los labios—. Adiós, cielo.

—Dile a Sapphire que quiero que venga conmigo al baile. Y háblale bien de mí —dijo Charles.

Angelique recogió su chal de seda y su bolso y se dirigió a la puerta.

—Lo haré. Que duerman bien, caballeros.

Les dijo adiós con la mano y se marchó.

—¿Quiere que me ocupe de esa cinta verde, señorita Sapphire? —preguntó Avena, poniendo gran cuidado en pronunciar correctamente cada palabra–. Podría bajar a donde la modista y traerle más.

–¿Y ver de paso a Bixby Dawson? –dijo Angelique, sentada frente al tocador, donde se estaba haciendo gruesos tirabuzones con ayuda de una plancha de pelo que Avena había calentado para ella. Lord Carter iba a ir a buscarla a mediodía para asistir a las regatas del Támesis. Sapphire había sido invitada por varios caballeros que la cortejaban, pero sentía deseos de quedarse en casa por un día y había fingido estar fatigada. Tenía la impresión de que hacía meses, y no semanas, que no se sentaba a leer un libro o iba a pasear sin preocuparse de entretener a los caballeros que la asediaban constantemente.

Avena sonrió con cierta malicia y sus mejillas enrojecieron.

–Eso no es asunto suyo, señorita Angel.

–No, supongo que no. Y tampoco es asunto mío que anoche te escabulleras para encontrarte con él.

La sonrisa de Avena se convirtió en una amplia sonrisa.

–No hicimos *na*. Digo, nada. Sólo dar una paseo a la luz de la luna. Ahora soy una chica formal –soltó una risilla, como si fuera una colegiala–. Bixby está tan desesperado que anoche me preguntó si pensaba que era la clase de hombre con el que estaría dispuesta a casarme.

–Suena romántico –le dijo Sapphire–. Dirás que sí si te lo pide, ¿no?

–No me imagino casada con un hombre así –murmuró Avena con aire soñador–. ¡Yo, la señora de Bixby Dawson! ¡La esposa de un sastre!

–Bixby será muy afortunado por tenerte como esposa, Avena –dijo Sapphire, y no pudo sofocar una punzada de algo semejante a la envidia. Ansiaba tener a alguien que se preocupara de ella como el hijo de la modista parecía preocuparse por Avena–. Si no te importa bajar a la calle, me gustaría tener más cinta para el traje que voy a llevar al baile de disfraces del sábado. Con otros tres o cuatro metros bastará –se sentó en la cama. El cofre de madera y cuero de su madre estaba a su lado. Esperó a que Avena se hubiera ido y luego abrió la tapa.

Angelique la observaba a través del espejo.

–Estás muy callada esta mañana. ¿Qué ocurre? ¿Por qué no estás más animada? El sábado por la noche serás la más bella del baile.

–Lo serás tú, querrás decir –repuso Sapphire, y apartó cuidadosamente las cartas de amor de su padre para buscar la bolsita de terciopelo donde guardaba el precioso zafiro.

Angelique se levantó, cruzó la habitación y se sentó junto a ella en la cama. La rodeó con un brazo.

–Dime qué te pasa. Estas últimas semanas te lo has pasado muy bien, conociendo a todos esos hombres. Hombres a los que no habrías tenido ocasión de conocer en Martinica. Dicen que la mitad de los solteros más deseables de Londres están locamente enamorados de ti –se rió y dio a Sapphire un beso en la mejilla–. Y alguno no tan deseables también, según tengo entendido.

Sapphire sacó la gema del cofrecillo y la sostuvo en la palma de la mano.

–No puedo seguir dando falsas esperanzas a esos hombres. Empiezan a presionarme para que tome una decisión. Sabía que esto era mala idea –levantó la mirada, ensimismada–. Angel, creen que voy a aceptar dinero de ellos para permitirles que... –no pudo acabar la frase, y no sólo por el tema en cuestión. Hacía semanas que se sentía culpable.

Todo Londres hablaba de quién era y lo que decía ser, pero ella aún no había tenido noticias del señor Thixton. Había oído decir que Thixton había dejado la casa de los

Wessex y se había instalado en un hotel. Luego, el día anterior se había enterado de que había pedido en matrimonio a la hija mayor de lady Wessex, Camille, y que se estaba planeando una boda relámpago antes de que él regresara a América.

Por alguna razón, le costaba imaginarse al señor Thixton con alguien como Camille, pero, ¿qué sabía ella? ¿Y qué le importaba? Despreciaba al americano. Por ella, Camille Stillmore podía quedárselo. El problema era que, si Blake Thixton se marchaba sin haber hablado con ella del asunto de su nacimiento, Sapphire no sabía qué podía hacer después. La tía Lucía decía que el señor Stowe encontraría pruebas del matrimonio de Sophie y Edward, pero Sapphire ignoraba cómo debía proceder entre tanto. Nunca se le había ocurrido pensar que quizá no consiguiera lo que se había propuesto, y de pronto se sentía como si estuviera a la deriva en un bote, sin vela ni remos, en el vasto océano que había atravesado para llegar a Inglaterra.

—Así que no puedes seguir dándoles largas. Bien —dijo Angelique—, entonces quizá debas aceptar la oferta de alguno de ellos —Sapphire se volvió para mirarla—. No sería tan mala vida, ¿sabes? —dijo su hermana con aire juguetón.

En algún momento de la semana anterior, Angelique había decidido conceder sus favores en exclusiva a lord Thomas, el antiguo pretendiente de Portia Stillmore. Henry y ella visitaban diariamente el centro de la ciudad en busca del lugar perfecto para instalarse juntos. Él decía que sus padres amenazaban con desheredarlo si no deponía su actitud y cortaba todo vínculo con la señorita Fabergine, aquella *demimondaine*, para volver de inmediato al lado de la señorita Stillmore. Angelique decía que su Henry no era de los que aceptan de buen grado una orden, aunque su padre le procurara una asignación de trescientas libras al año y pagara además sus deudas.

—No puedo tomar un amante, Angel, y tú lo sabes —Sapphire dejó la pesada bolsita de terciopelo en su regazo y tomó la mano de su amiga—. No es lo que quiero. Yo no soy así.

Angelique se encogió de hombros.

—Entonces diles a tus pretendientes que has cambiado el precio. Las mujeres lo hacen constantemente. Diles que quieres casarte con uno de ellos.

—¿Qué?

Angelique se levantó y empezó a pasearse delante de la cama.

—Si lo que quieres a cambio de tu virginidad es el matrimonio, díselo. ¿Acaso no te pidió lord Thomas que te casaras con él ayer, en el hipódromo?

Sapphire hizo girar los ojos y volvió a tomar la bolsita de terciopelo.

—No hablaba en serio. Tú lo viste. Estaba bastante achispado.

Angelique rió por lo bajo.

—¿No lo estaban todos?

Sapphire sonrió. El día anterior se había divertido, primero en una fiesta campestre en la que había jugado al *croquet* con media docena de caballeros de buena posición y luego, por la tarde, en las carreras de caballos, donde los caballeros habían tomado ponche de ron en exceso.

—No estoy enamorada de Charles —dijo—. No quiero casarme con él.

—¿Y qué me dices del señor Salmons o del señor Cortez? —preguntó Angelique—. ¿O de lord Raleigh? —Sapphire movió la cabeza de un lado a otro. Angelique volvió al tocador—. Tú y tus ridículas ideas sobre el amor. Creía que las habías cambiado por deseos más razonables: compañerismo, buen entendimiento... –miró el espejo con ojos relucientes–. Deseo...

–Te estás burlando de mí –Sapphire se acercó a la ventana para mirar la calle rebosante de actividad–. ¿Tan terrible es desear más de lo que uno tiene? –pensó en voz alta, recordando los sueños de Avena y cómo se habían hecho realidad.

–Desde luego que no –Angelique dejó la plancha de los rizos sobre el tocador–. Está fría –masculló–. Habrá que calentarla otra vez en las brasas –se volvió en el taburete para mirar a Sapphire–. Querer cosas no es malo, ni tampoco lo es soñar, pero sí negarse a disfrutar de la vida tal como viene. Es un error no aceptar los placeres del presente, pensando en lo que pueda ocurrir mañana.

–No es que no disfrute de lo que hago –de pronto sólo podía pensar en el señor Thixton y en su secreto, un secreto que no había compartido con nadie, ni siquiera con Angelique. El mero hecho de pensar en ello hizo que se sonrojara.

Tenía que admitir, al menos ante sí misma, que una parte de ella había disfrutado del beso, aquella noche, en el mesón, cuando él la había arrinconado en la escalera. Al igual que aquella otra noche en la sala de billar, Blake Thixton la había asustado, la había enfurecido, pero también había... Sapphire ignoraba la palabra adecuada para describir lo que le había hecho sentir, no sólo en la boca del estómago, sino más adentro.

Se quedó sin aliento y le dio la espalda a Angelique. Para disimular su turbación, se puso a guardar la bolsita de terciopelo en el cofre. No quería hablar de aquello con Angelique, ni con nadie. Blake Thixton era el enemigo. Era la única persona que podía darle lo que necesitaba y ni siquiera quería escucharla.

Quizás Angelique tuviera razón. Quizá tuviera que reconsiderar sus opciones. Aunque el señor Stowe encontrara pruebas de su legitimidad, ello podía tardar semanas en suceder, incluso años. El señor Thixton, aquel hombre abominable, regresaría a América con su flamante esposa... ¿y qué sería de ella? Aún no había aceptado la invitación de ninguno de sus pretendientes para el baile del sábado. Tal vez debiera aceptar la de lord Thomas y meditar seriamente su proposición matrimonial. Charles Thomas era rico, procedía de una familia muy respetada y era un buen hombre. Blake Thixton la consideraba una cazafortunas sin un penique, una mentirosa, una ramera sin linaje. Si se casaba con Charles y se convertía en lady Thomas, ¿acaso no tendría Thixton que revisar sus opiniones?

—Lord Wessex, lo que me pide es imposible. El barco no estará listo para zarpar hasta dentro de una semana. Todavía estamos cargando las mercancías y tenemos que estibar un cargamento procedente de China que no llega hasta mañana.

Blake se paseaba por la pequeña habitación, situada encima de un almacén de los muelles de Londres, pero sólo escuchaba a medias al agente naviero, el señor Klaus, con el que llevaba tratando algunas semanas. Por la ventana sucia, veía el Támesis y el otro lado de la calle. A lo largo del muelle, junto al barco, los estibadores iban cargando las mercancías —vestidos nuevos a la última moda de París, granos de café del Caribe y sedas de Oriente Medio— para la travesía de regreso a Boston. Blake no transportaba únicamente mercancías destinadas a los bostonianos ricos, desde luego. También importaba azúcar, melaza, plátanos, té, yeso, creta, azufre, guano, hierro, cáñamo, licores o pieles, entre otros productos. Y, en el viaje de vuelta, exportaría madera de Nueva Inglaterra, tejidos y aceite de ballena, si tenía suerte.

—Sin duda estará usted más cómodo en uno de esos vapores nuevos de pasajeros, milord. Están equipados con todas las comodidades —le dijo en tono implorante el señor Klaus, un hombre alto y delgado, de patillas grises y grueso bigote.

—Gente.

—¿Milord?

Blake se quitó el cigarro de la boca y empezó a pasearse de nuevo ante la mesa, intentando conservar la paciencia.

—¿Habrá gente a bordo, Klaus?

—Sí, por supuesto, milord. Son barcos de pasajeros. Trasladan gente a través del Atlántico. Con la mejora de los motores de vapor, milord, somos capaces de...

—Estoy al corriente de los avances que estamos haciendo en los motores a vapor, señor Klaus —replicó Blake—. Así es como me gano la vida. Lo que digo es que no deseo viajar con más gente de la necesaria. El camarote que ha preparado es perfecto. ¡Sólo quiero un poco de paz!

El señor Klaus se recostó en la silla y tamborileó con los dedos sobre la mesa.

—Sí, milord. Como guste, milord.

—He visto las previsiones de las mareas. Zarpamos el domingo por la mañana.

—Lord Wessex, como le he dicho anteriormente, el barco no puede estar cargado adecuadamente y listo para zarpar el...

—El domingo, a las seis de la mañana —repitió Blake mientras se acercaba a la puerta—. El barco zarpará a las seis de la mañana, señor Klaus. Buenos días.

Al salir a la luz del sol, los olores del astillero inundaron su olfato, y sintió una extraña punzada de nostalgia. Nunca se había llevado bien con su padre, Josiah Thixton. Ni de niño, ni de mayor. Recordaba con cariño, sin embargo, sus paseos con su padre por los muelles del puerto de Boston a última hora de la tarde. En ellos se alineaban, listos para zarpar con la siguiente marea, barcos cargados con las mejores maderas americanas y con tejidos destinados a países exóticos. Él trotaba tras su padre, que estaba muy atareado ultimando detalles y hablaba no sólo con los armadores, los agentes navieros y los capitanes que encontraba en los muelles, sino también con los simples marineros. Con su familia había sido un verdadero canalla, pero con los hombres que trabajaban para él era probablemente un hombre completamente distinto. Su interés fingido —o quizá fuera incluso real— en las vidas de aquellos hombres hacía que ellos le dieran lo mejor de sí mismos, cosa que mejoraba su ya floreciente negocio. Lástima que, al regresar a su mansión, Josiah Thixton pegara con los puños a su hijo de diez años.

El sabor del delicado cigarro francés se le agrió de pronto en la boca. Lo escupió y pisó su brasa con el tacón de la bota. Montó en el carruaje, le dio una dirección al conductor y cerró la portezuela. Veinte minutos después estaba en el vestíbulo de la oficina de Stowe.

—No me importa si ahora mismo está ocupado —le dijo al empleado—. Lo que tengo que decirle sólo requiere un momento.

—Pu-puede co-concertar u-una cita —tartamudeó el empleado desde detrás de su alto escritorio.

—Con lo que estoy pagando al señor Stowe y lo poco que estoy recibiendo, creo que puede concederme dos minutos de su tiempo —Blake se dirigió al pasillo que conducía al despacho del abogado. El escribiente saltó de su taburete, corrió por el pasillo y logró interponerse entre él y la puerta del despacho.

—Lo-lord Wessex, po-por favor, permítame a-al menos anunciarlo...

Blake frunció el ceño.

—¿Está con un cliente?

—S-sí, bueno, n-no.

—¿En qué quedamos? —preguntó Blake—. ¿Está con alguien o no?

La puerta se abrió de pronto.

—Lord Wessex —dijo Stowe con severidad.

La mandíbula del empleado subió y bajó.

—Yo... yo...

—No pasa nada, Turnburry —dijo Stowe—. Vuelva al trabajo. Yo atenderé a lord Wessex.

Blake agarró las solapas de su fina levita de lana negra.

—Le dije que me recibiría usted. Sea quien sea su cliente, estoy seguro de que podrá esperar los cinco minutos que me llevará hablar con usted.

—A decir verdad, lord Wessex —Stowe bloqueó la puerta con su cuerpo redondeado—, no se trata de negocios. Es personal.

Blake levantó una ceja, divertido.

—Una amiguita, ¿eh? —intentó mirar más allá de la puerta—. No me lo imaginaba de usted, Stowe. Ustedes los ingleses son muy astutos...

—Jessup, *mon chère*, ¿tienes un cliente? —la mujer en cuestión tenía un acento interesante. Parecía francés, pero Blake se percató de que era el acento de los cajunes de Nueva Orleans.

¿Una americana? ¿Stowe tenía una amiga americana? Blake se moría de curiosidad.

—Sí, querida —dijo el señor Stowe por encima del hombro y luego volvió a fijar su atención en Blake sin dejar de sujetar firmemente la puerta para impedirle la entrada—. Lord Wessex puede esperar.

—¿Lord Wessex? —exclamó ella—. *¡Mon dieu!* —su tono cambió, y Blake se sintió aún más intrigado. Por lo visto aquella mujer lo conocía—. Invítalo a pasar.

—De veras, querida —dijo Stowe—, no creo que...

—La señora desea serme presentada —dijo Blake—. Y yo nunca defraudo a una dama.

En cuanto pasó junto a Stowe y se encontró con la mirada de la misteriosa mujer, supo quién era. No habían sido presentados, pero de todas formas la reconoció. La había visto con frecuencia durante las semanas anteriores, en el teatro, en los bailes, en las carreras. Era la tía, la madrina, la carabina o lo que fuera de Sapphire Fabergine.

—*Mademoiselle* Lucía Toulouse —dijo Stowe con reticencia—. Lord Wessex. Lord Wessex, la mujer a la que espero hacer muy pronto mi esposa si ella me acepta, la señorita Lucía Toulouse.

Blake se percató de que Stowe lo había presentado primero a la mujer, un evidente error de protocolo cometido —estaba seguro— sin intención. Aquello le causó cierto regocijo. Obviamente, el señor Stowe estaba enamorado.

Blake se volvió hacia Lucía e hizo una reverencia. Luego le ofreció la mano. Ella hizo una genuflexión y dejó que se llevara su mano enguantada a los labios.

—*Mademoiselle* Toulouse —dijo en un francés de acento perfecto.

—Lord Wessex, es un placer.

Él soltó su mano. Era una mujer guapa para su edad, recia y bien redondeada, con relativamente pocas arrugas en el rostro. Blake no logró adivinar cuántos años tenía. ¿Cuarenta y cinco? ¿Cincuenta? ¿Cincuenta y cinco?

—Un placer, en efecto. No he podido por menos de fijarme en su acento, *madame*. No es de Francia. ¿No será acaso de Nueva Orleans?

Ella se rió, como si supiera que la habían pillado.

—Lo cierto es que nací aquí mismo, en Londres, pero me fui a vivir a Nueva Orleans hace muchísimo tiempo —dijo con una sonrisa.

Blake sintió la tentación de preguntarle francamente qué demonios se proponía su pupila al reclamar el apellido de un hombre muerto, pero se lo pensó mejor. Tres días después se iría de Londres, se alejaría de todas aquellas pamplinas y Sapphire Fabergine dejaría de importarle.

—Le pido disculpas por presentarme así —dijo dirigiéndose a Stowe, que había ocupado su silla detrás del escritorio. *Mademoiselle* Toulouse había vuelto al sillón rojo de delante de la mesa—. Sólo quería informarle de que zarpo hacia Boston el domingo por la mañana. Cualquier documento que necesite para disponer de mis propiedades habrá de estar listo mañana.

—¿Se marcha de Londres? —preguntó *mademoiselle* Toulouse, alarmada.

Blake la miró muy seriamente.

—Llevo aquí más de dos meses ocupándome de algunos negocios, además de cierto asunto personal, como sin duda sabe, pero no puedo quedarme más tiempo en Londres. Debo regresar a Boston, *mademoiselle*.

Ella frunció el ceño, levantó la barbilla y apartó desdeñosamente la mirada. Stowe los miró a ambos.

—Lord Wessex...

—He tomado una decisión, Stowe. No puede seguir en Inglaterra otra semana más. Tengo un compromiso al que no puedo faltar, un ridículo baile de máscaras, pero luego me iré y no hay más que hablar al respecto —se dirigió a la puerta—. Ya he descuidado demasiado tiempo mi trabajo en Boston —no dijo que se marchaba para alejarse de cierta pelirroja con un ojo azul y otro verde. No había comprendido la verdad hasta conocer a su tía.

—Lord Wessex —Stowe se levantó de la silla y se apresuró tras él—, tenemos asuntos que tratar y decisiones que tomar...

—Confío en usted plenamente, Stowe.

—Pero milord... —Stowe bajó la voz para que Lucía no oyera lo que decía—, sé que no es asunto de mi incumbencia, pero, ¿qué hay de la situación de lady Wessex? Si vendo las casas, no tendrá dónde ir.

Blake frunció el ceño. Sabía muy bien que no podía arrojar a aquellas mujeres a la calle.

—Tiene razón, no es asunto de su incumbencia. Yo heredé la maldita casa, pero... —vaciló. Sólo quería irse—. Deles la casa de campo —le espetó, impaciente por salir de la oficina del abogado.

—¿Milord?

—Ya me ha oído. No necesitan la casa de Londres. Es lo menos que puedo hacer para ahorrar a los londinenses tener que oír lo que yo he tenido que oír estas últimas semanas. Pero pueden irse al campo. Allí pueden escucharlas las vacas.

—¿Y la casa de la ciudad, milord? —preguntó Stowe, que lo miraba como si hubiera perdido el juicio—. ¿Quiere que la venda o que la conserve para sus futuros viajes a Inglaterra?

—No lo sé. Déjeme pensarlo —se puso el sombrero—. Buenos días, Stowe.

—Buenos días, milord —contestó el abogado.

—Y Stowe... —Blake miró hacia atrás—. Tiene usted ahí dentro a una mujer muy guapa —guiñó un ojo—. A mí también me gustan las pelirrojas.

Lucía se había levantado cuando Jessup cerró la puerta.

—Lo siento muchísimo, querida mía. No me importa quién sea ni el título que tenga. No tenía derecho a irrumpir aquí de esa manera.

—Vamos, vamos —dijo Lucía—. Es un joven muy impulsivo. Salta a la vista que está acostumbrado a salirse con la suya. Seguro que tú también te comportabas así cuando eras joven.

—No me importa. Es inexcusable —repitió Jessup, tirándose del bajo del chaleco.

—¿De veras crees que va a regresar a América sin haber oído a mi Sapphire o esperar a ver qué has descubierto?

—Amor mío —Jessup suspiró y le puso una mano sobre el hombro—, ya te lo dije, podría tardar meses en encontrar algo, si es que hay algo que demuestre que el difunto lord Wessex era el padre de Sapphire.

—Lo sé —ella lo miró a los ojos—. Es sólo que...

—Sí, ya. Lord Wessex nunca ha querido oír a Sapphire y lo lamento. Pero los hombres como él —dijo Jessup— pueden ser muy obstinados —vaciló—. Pero eso no significa que sean malas personas.

Lucía intentó adivinar qué quería decir con aquel comentario.

—No es sólo eso —dijo con suavidad.

—¿Qué es, entonces?

Lucía no quería decirle lo que la preocupaba realmente, pero, si de veras quería pasar con él el resto de su vida, sabía que debía confiar en él como no había confiado en ningún otro hombre.

—Me preocupa que... que Sapphire sienta algo por el señor Thixton.

Él levantó una de sus pobladas cejas.

—Entiendo. Bueno, eso podría complicar las cosas, ¿verdad?

—Quizá —Lucía sonrió y acarició las arrugas que se habían formado alrededor de la boca de Jessup—. ¿Sabes, *mon cher*?, estás muy guapo cuando pones esa cara de preocupación.

—Es sólo que no quiero verla sufrir si él no siente lo mismo por ella, lo cual es posible —dijo él con suavidad—, dado que obviamente piensa partir muy pronto.

—Nunca se sabe qué pasará. Tú no has visto cómo mira Thixton a mi Sapphire —prosiguió ella—. No me importa lo que diga. Conozco a los hombres y sé que se siente atraído por ella. Y mucho, sospecho.

—Amor mío, no recuerdo que Sapphire haya dicho que le tiene afecto. ¿Qué fue lo que lo llamó la otra noche, cuando salió a relucir su nombre? Dijo que era un arrogante, un engreído y...

—Un botarate —concluyó Lucía por él, y se inclinó para darle un beso en los labios—. Ahora me voy de compras, pero nos veremos el sábado por la noche, si te viene bien. En tu casa —puso un dedo bajo su barbilla maliciosamente mientras se alejaba—. En tu alcoba...

—Dios todopoderoso, Hattie, ¿tú lo has visto? —Odelia se apresuró tras su compañera por el estrecho y oscuro pasillo del servicio. Llevaba en brazos una pesada bandeja llena de vasos sucios. El sonido de la orquesta, que tocaba un vals en el salón de baile, se oía levemente tras ellas.

—No me extraña que las señoras se desmayen a diestro y siniestro —dijo Hattie, mirando hacia atrás—. No sé si alguna vez he visto un hombre tan guapo como ése —la bandeja que llevaba se ladeó ligeramente—. Vaya —dijo, y se volvió para volver a equilibrar la bandeja—. No entiendo por qué el señor no compra velas para los pasillos, con el dinero que tiene, ese viejo tacaño.

—No puede comprar velas —dijo Odelia— porque, si no, no tendría dinero para pagar los trajes que compra la señora. ¿Has visto el que lleva esta noche?

—Ya lo creo que lo he visto. Me asustó, con tanta pluma. Parecía que iba a salir volando por la escalera principal o algo así —Hattie se detuvo ante de la puerta del fondo del pasillo, que olía a moho y a excrementos de ratón. Se equilibró cuidadosamente, levantó un pie y golpeó la puerta tres veces, por si las moscas. Luego retrocedió y apoyó los hombros contra la pared para intentar aliviar el dolor que notaba en los brazos. Llevaba todo el día yendo y viniendo cargada de bandejas llenas de vasos y porcelana fina, entre la despensa o la cocina y la parte principal de la casa. A lady Harris le gustaba que sus invitados disfrutaran de refrigerios en todos los salones. Ahora Odelia y Hattie tenían que recoger los vasos sucios y reemplazarlos por otros limpios hasta que acabara la fiesta, cosa que seguramente ocurriría al amanecer. Hattie no entendía por qué aquellos estirados no podían beber más de una vez del mismo vaso, pero eso no era asunto suyo.

—También he visto —continuó— a esa tal señorita Fabergine, la que trae locos a todos los caballeros solteros de Londres. Llevaba prácticamente el mismo vestido de seda blanca y el mismo antifaz, con todas esas plumas, pero a ella le quedaba muchísimo mejor que a la señora, dónde va a parar. ¿De qué se supone que van disfrazadas?

—No lo sé, de un pato blanco o algo así, creo —Odelia separó los pies para mantener la bandeja en equilibrio mientras esperaba a poder entrar en la ajetreada cocina—. ¿Crees que esa chica copió el vestido de lady Harris? —sus ojos, que se habían acostumbrado a la oscuridad, miraban a su compañera, y su voz tenía un tono autoritario.

—Ya conoces a estas señoras de alto copete, siempre intentan quedar las unas por encima de las otras. Tengo entendido que pagan un montón de dinero a sus modistas para aparecer con un vestido igual al de otra a la que quieren dejar en ridículo. Aunque nadie sabe siquiera si la señorita Fabergine pertenece a la buena sociedad —Hattie hizo una pausa—. Te has enterado, ¿no?

—¿De que dice que es la hija de lord Wessex? —susurró Odelia.

Hattie asintió con la cabeza.

—¿No sería increíble?

—Es mentira. Esas cosas siempre lo son, pero, respecto a ese vestido, ¿no oíste lo que dijo Tula el otro día?

—¿Tula? —los ojos de Hattie se agrandaron hasta quedar tan redondos como los platos sucios que llevaba—. ¿Quién es Tula?

—Una de las doncellas de la señora. La que tiene labio leporino.

—Sí, ya sé quién es —asintió Hattie, cuya cofia empezaba a resbalar sobre su cabeza.

—Dice que la señora mandó a uno de los lacayos con una bolsita de dinero por toda la ciudad para que averiguara qué iba a ponerse la señorita Fabergine —Odelia soltó una risilla—. Como si la señora fuera a estar como ella alguna vez, con esos muslos que parecen jamones. Creo que nunca he visto una chica más guapa que esa tal señorita Fabergine, aunque sea una indecente.

—Es por ese pelo tan rojo, ¿sabes? Mi madre siempre decía que las pelirrojas eran todas unas fulanas. Nacen así —Hattie asintió con la cabeza como si aquello fuera la palabra revelada y luego se volvió hacia la puerta y gritó—: ¡Que venga alguien a abrirnos! ¡Que nos vamos a morir aquí!

—Parad el carro —dijo desde dentro de la cocina una voz amortiguada.

—¿Crees que alguno de estos vasos será suyo? —preguntó Odelia con ojos soñadores mientras observaba la bandeja.

—¿De quién?

—De lord Wessex. Juro por todos los santos vivos y muertos que ése sí que es un hombre con buena planta. Americano, dicen que es.

—Da igual de dónde sea. Contigo no va a hablar nunca.

—Ya lo sé —suspiró Odelia—. Pero una tiene derecho a soñar, ¿no?

La puerta se abrió y al instante las asaltó el calor y el estruendo de la cocina. Uno de los chicos de la cocina, que se secaba las manos en un delantal sucio, salió al pasillo y sujetó la puerta para que pudieran entrar.

—Deberías soñar con un hombre que pueda alimentarte y darte un techo, con eso es con lo que deberías soñar, Odelia. Con un buen chico, como mi Denley —Hattie miró al chico al pasar a su lado—. Tienes un hermano, ¿no? ¿Elwood?

El chico, que no podía tener más de nueve o diez años, se sonrojó y asintió con la cabeza, con la mirada fija en el suelo de piedra.

—Trabaja en los establos, señora.

—Ése sí que es un hombre con el que una puede soñar —dijo Hattie mientras entraba en la cocina—. Un hombre decente, que cuidaría de ti, Odelia.

—¿Elwood, el del establo? —Odelia arrugó la nariz y siguió a Hattie, que era la más experimentada de las dos en cuestión de hombres. Hattie tenía casi diecisiete años e iba a casarse con un marinero en cuanto éste volviera del mar—. ¿No es ése que tiene un ojo ciego que da vueltas como loco cuando habla contigo?

—Eh —dijo Hattie mirando hacia atrás—, el ojo no está tan mal, si no lo miras fijamente.

—¿Te apetece algo de beber, querida mía? —preguntó lord Thomas a Sapphire, acercando inapropiadamente su cara a la de ella.

Estaban en un receso del pasillo, junto al salón de baile de lord y lady Harris, y Sapphire se sentía un poco aturdida. Hacía demasiado calor en las habitaciones, y había demasiado ruido. Después de llevar horas allí, estaba cansada de sonreír y reír, de interpretar un papel que ya no estaba segura de poder desempeñar.

La crema de la alta sociedad londinense, enjoyada y ataviada con sus mejores galas, había asistido al baile de máscaras anual. Había allí miembros del parlamento y de la corte, duques y duquesas, barones y baronesas. Corría el rumor de que tal vez incluso apareciera el rey Guillermo antes del amanecer, cuando regresara a su palacio tras una de sus famosas francachelas nocturnas por las calles de Londres.

Sapphire se apartó ligeramente. El aliento de Charles olía a whisky o a algún otro licor fuerte. Los otros caballeros y él habían estado pasándose entre ellos una petaca de plata sin mucho disimulo. Por lo visto, en casa de lady Harris no se servía nada más fuerte que un buen Madeira, lo cual planteaba un dilema a los caballeros a la hora de aceptar la invitación anual.

—Sí, estaría bien tomar una copa, gracias —le dijo a Charles. Dejó que sus ojos brillaran provocativamente, como le había enseñado Angelique, y se llevó el antifaz a la cara.

Ella seguía representando su papel, pero esa noche Charles tenía una actitud extraña. No dejaba de presionarla para que lo aceptara como amante. Sólo había intentado besarla una vez en las semanas anteriores, pero esa noche Sapphire tenías más dificultades para manejarlo. Por tres veces había intentado arrinconarla a solas y, aunque antes Sapphire había tenido curiosidad por saber cómo sería que la besara, su interés iba decayendo con cada hora que pasaba. La lógica le decía que Charles era un pretendiente adecuado, pero había algo en él que la incomodaba, algo que no había visto anteriormente.

—Sólo tardaré un momento, mi bello cisne —dijo él, y se llevó su mano a los labios para besarla antes de soltarla.

Ella le ofreció una rápida sonrisa. Charles se había mostrado muy atento toda la noche. Saltaba a la vista que le había complacido el que hubiera aceptado su invitación, desdeñando las de sus demás pretendientes. Pero era también evidente que la aceptación de su invitación significaba que Sapphire estaba considerando seriamente su oferta de ayuda financiera.

—Esperaré aquí. Y luego quizá podamos ir a dar un paseo por el jardín —dijo ella—. Tengo entendido que está espectacularmente iluminado por miles de velas.

—Excelente idea. Enseguida vuelvo. ¿Estarás aquí, sola?

Sapphire asintió con la cabeza y dejó escapar un suspiro al verlo abrirse paso entre el gentío de invitados, ataviados con exquisitos vestidos y chaqués negros y provistos de antifaces sujetos a varillas con los que ocultaban sus rostros.

Sapphire había elegido una máscara blanca y negra que representaba a un cisne, y su vestido era de una deliciosa seda blanca y pecaminosamente suave. Charles, en honor a su disfraz, se había vestido de pavo real, y su máscara estaba hecha de brillantes plumas verdes y azuladas.

—¡Sapphire!

Sapphire levantó la vista al oír la voz de Angelique e intentó localizarla entre la multitud.

—¡Sapphire! ¡Te hemos estado buscando por todas partes! —gritó Angelique en el pasillo, a corta distancia de ella. Estaba de puntillas, entre osos, juglares, princesas y príncipes egipcios, y agitaba su antifaz verde, ignorando sus miradas y sus cuchicheos escandalizados. Iba vestida de sirena, con un traje verde esmeralda y antifaz de seda verde.

—Ahí está, Henry. Sabía que no se había ido sin despedirse.

Angelique se abrió paso hasta ella, con Henry del brazo. Sapphire bajó su máscara y, al inclinarse para saludarla, la inquietó notar que olía a whisky, al igual que Henry. Henry tenía, en realidad, la mirada vidriosa y la cara colorada. Parecía bastante ebrio.

—Cuánto me alegro de que no te hayas ido —prosiguió Angelique casi gritando—. Es una fiesta maravillosa. ¿No es cierto, Sapphire?

—Sí —murmuró ella.

—¿Dónde está Charles? —Angelique miró alrededor—. No te habrá abandonado.

—Debería regañarle por sus malos modales —dijo Henry, muy serio, a pesar de que farfullaba un poco. Luego rompió a reír.

Angelique rió con él y deslizó la mano sobre su brazo. Él se había quitado la chaqueta negra y ya no llevaba el antifaz de león que Sapphire había visto antes. Sostenía un antifaz de mujer adornado con perlas auténticas que colgaban a un lado, de modo que parecía que llevaba un pendiente.

—¿No es divina, la máscara? —le preguntó a Sapphire, y se inclinó para mirarla a través de ella.

Sapphire puso la mano sobre su pecho y lo empujó suavemente.

—Divina —dijo. Luego miró a Angelique—. Quizá deberíais iros —dijo en voz baja—. Los padres de Henry están aquí. Me los presentaron hace un rato. No conviene que lo vean así.

—¿Que me vean cómo? —preguntó él jovialmente—. ¿Cómo, Sapphire querida? ¿Feliz? ¿Enamorado? Le he pedido a mi Angel que se case conmigo por lo menos cien veces, ¿sabes?

Sapphire miró a Angelique con sorpresa. ¡No le había dicho una palabra!

—Y yo me he negado otras tantas —explicó Angelique—. ¿Por qué demonios iba a querer casarme con él? Me gusta demasiado.

—Oh, acabarás entrando en razón —Henry la agarró por la

cintura y la atrajo hacia sí, levantándola en vilo. Los dos rompieron de nuevo a reír.

—Henry... —le reprendió Sapphire en voz baja y volvió a mirar a Angelique.

—¿Qué puedo decir? —ella levantó las manos—. No se le puede controlar. Nos vemos luego, cielo.

Sapphire los vio alejarse mientras Angelique agitaba su abanico de marfil, regalo reciente de Charles. Estaba acalorada y de pronto le parecía que no podía respirar. Había demasiada gente en el receso del pasillo, y todos la empujaban al pasar. Lo único que quería era encontrar a Charles para que la llevara a casa. Se había vuelto para buscarlo, poniéndose de puntillas, cuando sintió que alguien se acercaba a ella por detrás.

—¿Charles?

Comprendió al instante que aquel hombre que cubría su cara con una sencilla máscara de seda negra no era Charles. Era demasiado alto y tenía los hombros muy anchos.

—No soy Charles —dijo al inclinarse sobre ella.

Sapphire reconoció su voz y arrugó el ceño.

—Señor Thixton, ¿qué clase de disfraz es ése? —preguntó.

—El que lleva un hombre al que no le gustan los bailes de máscaras.

Ella agitó su abanico. El calor parecía acometerla en oleadas.

—¿Y quién se supone que es?

—Yo mismo —se quitó la máscara y se la guardó en la levita—. Supongo que usted no fue nunca un patito feo.

—¿Cómo dice?

Él la enlazó por la cintura con vehemencia.

—Hans Christian Andersen. El cuento del patito feo que se convertía en cisne —sonrió él osadamente.

Sapphire intentó dar un paso atrás, pero a su espalda había dos caballeros que discutían acaloradamente con otro.

—No sé de qué me habla —le espetó ella, e intentó contener el aliento para que su pecho no rozara el de él.

—¿No conoce a Andersen?

—Claro que sí —ella exhaló; se sentía aturdida—. Sólo quería decir...

—¿Se encuentra mal? Está pálida —él arrugó el ceño y la sujetó con más fuerza por la cintura, haciendo que se sintiera aún más acalorada.

—Señor... milord —Sapphire cerró los ojos un momento y luego los abrió. Los candelabros de la habitación parecían girar a su alrededor y la luz brillante se convertía en rayas difuminadas como estrella fugaces.

—¿Por qué no salimos fuera? —él empezó a moverse a través del gentío, que se abría como el mar Rojo ante Moisés.

Todo el mundo los miraba. La miraban a ella. Hablaban de ella. Repetían, sin duda, las escandalosas habladurías que circulaban sobre ellos desde hacía semanas. A Sapphire no le importó. Sólo quería tomar un poco de aire fresco y poner un poco de distancia entre ella y el americano. Pero, como se sentía demasiado débil en ese momento para rehusar su ayuda, permitió que la acompañara por el largo pasillo y a través de un salón, hasta que salieron a una terraza.

—Aquí... aquí está bien —dijo ella, y se llevó la mano a la frente mientras se preguntaba por qué su corazón latía desaforadamente y sus palmas estaban húmedas.

—Hay demasiada gente aquí —dijo él, y la hizo bajar la escalinata que llevaba al jardín.

Muchos invitados estaban disfrutando también del jardín, sentados en los bancos o paseando por los senderos de piedra. Pero corría una brisa fresca y la gente no chocaba con ella, ni la sofocaba con su denso olor a agua de rosas o a perfume francés. Blake Thixton la condujo a un banco de piedra vacío que había junto a un árbol.

—Siéntese —ordenó él.

Ella se sentó, dejó la máscara a su lado y levantó la mirada. Desde aquel lugar recoleto del jardín, tenía una vista espectacular de la mansión de los Harris. Todas las ventanas de la casa estaban iluminadas por velas y, desde su asiento, a la luz difusa, veía gente en casi todas las habitaciones y oía salir la música por las ventanas abiertas.

—¿Se encuentra mejor? —preguntó él después de que Sapphire respirara hondo varias veces.

Ella asintió con la cabeza y fijó la mirada en la estatuilla de piedra que había junto al banco y que representaba a una niña.

—Me siento como una tonta —se puso a juguetear con su abanico—. No sé qué me ha pasado ahí dentro. Estaba bien y luego...

—Hay demasiada gente. A mí me pasa lo mismo. En Boston no es así. Y seguramente aún menos en Martinica.

Ella lo miró, sorprendida porque supiera de dónde era.

—Supongo que una fiesta como ésta puede ser agobiante —se oyó decir. Luego, al acordarse de que Charles había ido a buscar una copa para ella, volvió a mirar hacia la mansión—. Creo que debería volver dentro. Lord Thomas, mi acompañante, me estará buscando.

Thixton siguió mirándola. Era evidente por su expresión que no le agradaba lord Charles Thomas.

—Es un chico brillante —dijo con sorna—. La encontrará.

A ella no le gustó su tono de voz.

—Lord Thomas estudió en Oxford, señor, y su familia es muy rica.

Thixton frunció el ceño.

—Exacto, su familia. Probablemente ese chico no ha trabajado ni un solo día en toda su vida. Aunque, naturalmente, puede que sea eso lo que busque una mujer como usted, que ansía mejorar de posición –él levantó una ceja.

Sapphire, que se sentía algo más despejada, se estiró y prefirió ignorar su pulla.

–¿Y qué tiene de malo el dinero familiar, señor, si me permite preguntárselo? Tengo entendido que heredó usted de su padre, en América.

–Y, en seis años, he conseguido doblar lo que él tardó cincuenta años en ganar –repuso él con tono cortante–. Y soy lo bastante listo como para saber que el negocio naviero no siempre da tantos beneficios. Así que tengo también otros negocios.

–¿Otros negocios? ¿Cuáles?

–¿De veras quiere saberlo?

–No lo preguntaría, si no quisiera –su tono era tan cortante como el de Blake. Por un momento, habría jurado que él sonreía.

–Petróleo. Aceite de roca.

–¿Aceite de roca? –rió ella.

–Brota de la tierra.

Ella se resistió a apartar la mirada de la suya, a pesar de que los ojos de Blake eran abrasadores.

–Obviamente.

–Será el nuevo combustible, y no sólo permitirá que las lámparas sean más limpias, sino también que las máquinas trabajen más eficazmente. Gracias al petróleo, el transporte será más eficaz por mar y tierra. Quién sabe si incluso por el cielo.

Ella rió otra vez y se tapó la boca con la mano.

–¿Aceite de roca? ¿Máquinas que vuelan por el cielo? Sé que soy ingenua, señor Thixton, por haberme criado en una isla remota, pero sin duda no me creerá usted tan crédula.

Él desvió la mirada y se pasó la mano por la boca. Aquel gesto atrajo extrañamente a Sapphire, que posó la mirada en su boca y recordó lo que había sentido cuando la besó. Él arrancó una hoja del árbol —una pecana— que había a su lado.

—Quisiera hacerle una oferta —dijo con la mirada fija en el jardín que se extendía tras ellos.

—¿Una oferta?

La boca de Blake se tensó. De pronto parecía enojado con ella.

—El doble de lo que ha ofrecido ese muchacho. El doble de lo que haya ofrecido cualquiera.

Sapphire sintió que sus mejillas se acaloraban a causa de la vergüenza y de otra cosa que no supo identificar.

—No acepto.

—¿Por qué demonios no? —preguntó él, volviéndose hacia ella—. Es perfectamente lógico. Usted necesita un protector y yo...

—¿Usted qué, señor? —preguntó ella, apenas capaz de contener su ira creciente.

—Es muy sencillo —su voz sonaba desprovista de emoción, como si estuviera cerrando un acuerdo comercial o comprando un habano—. La deseo. Y alguien tiene que darle un escarmiento. Llega a Londres difundiendo sus embustes...

—¡No son embustes!

—Exhibe sus atributos delante de todos esos jovencitos. No es usted más que una provocadora, señorita Fabergine, y es hora de que aprenda adónde conduce su actitud.

Ella se levantó de un salto.

—Me siento ya mucho mejor, señor —dijo con frialdad, y recogió su máscara—. Y esta conversación se ha acabado.

Gracias por su ayuda –al alejarse de él, vio que en el sendero se había reunido un grupo de hombres y mujeres. Todos ellos miraban al segundo o tercer piso de la mansión y cuchicheaban entre sí.

Blake se volvió hacia la casa primero. Algo alteró su expresión y, cuando Sapphire se volvió para ver qué estaban mirando todos, intentó ponerse delante de ella para impedirle que lo viera. Ella lo esquivó, recogiéndose las faldas con las dos manos para no tropezar. Miró hacia arriba. En las dos primeras plantas nada parecía fuera de lo normal. Sapphire estaba a punto de volverse para preguntarle a Blake qué pasaba cuando un movimiento en el tercer piso atrajo su atención.

Durante un instante no supo qué estaba mirando. Veía a un hombre y a una mujer. La mujer tenía la falda del vestido y las enaguas levantadas y arrebujadas alrededor de la cintura y la espalda desnuda pegada al cristal de la ventana. El hombre estaba frente a ella. Se movía hacia ella y luego se retiraba, sólo para volver a avanzar y volver a retirarse, empujándola una y otra vez contra el cristal.

Sapphire sintió que la sangre escapaba de su cara al darse cuenta de quiénes eran. Conocía aquella espalda desnuda y aquel vestido de seda verde.

–Tengo que irme –musitó, retrocediendo.

–No se vaya así –Blake la agarró del brazo–. Deje que la acompañe a...

–Disculpe, señor –Charles apareció de pronto con un vaso de ponche en la mano. Obviamente no se había percatado del espectáculo que estaba teniendo lugar a plena vista de los invitados–. Señorita Fabergine, ¿hay algún problema?

–No, ninguno –se oyó decir ella y dio otro paso atrás. Deseaba poder disolverse en el jardín o convertirse en piedra, como la estatua que había junto al banco. ¿Cómo podía hacer Angel tal cosa? ¿Cómo podía exhibirse públicamente de esa manera?

—Debería llevarla a casa —dijo Blake.

—Señor, sé muy bien qué le conviene a la señorita Fabergine.

—Charles, por favor —logró decir Sapphire, y se apoyó en su brazo para no perder el equilibrio—. ¿Damos la vuelta y llamamos a tu carruaje?

Charles dejó el vaso sobre el banco, le dio la mano y, dando media vuelta, se dirigió a la verja. Sapphire no miró atrás. Blake Thixton zarpaba a la mañana siguiente, con la marea. Ella nunca volvería a verlo.

Al llegar el carruaje, se deslizó en el centro del asiento y Charles montó tras ella. Mientras el mozo cerraba la portezuela, miró a Charles. Ignoraba por qué se había sentado él a su lado, en lugar de enfrente, como solía, pero estaba tan alterada por lo ocurrido con Angelique que no le dio importancia.

—Lamento haber tardado tanto en encontrarte, querida —dijo Charles—. Espero que el americano no se haya comportado cruelmente. Yo...

—No pasa nada, lord Thomas —murmuró ella, y deseó que se callara—. No es él quien me ha perturbado. En lo que se refiere a hombres como el señor Thixton, sé defenderme sola.

—Por favor, te he pedido que me llames Charles —él se acercó un poco más y extendió el brazo sobre el respaldo del suave sillón de cuero del carruaje hasta posar la mano sobre el hombro desnudo de Sapphire.

Ella se percató entonces de que, con las prisas, había olvidado recoger su chal. Debía de haberlo dejado en el tocador de señoras.

—Confiaba en que me permitieras llamarte por tu nombre de pila —él bajó la cabeza y se inclinó sobre ella. Su voz sonaba más grave que de costumbre. Ella sintió su aliento caliente sobre la piel desnuda—. En privado, naturalmente —añadió él.

Molesta porque Charles no notara que estaba disgustada por algo, ella apoyó las manos sobre su pecho para detenerlo. Él pareció malinterpretar su gesto, pues, antes de que ella se diera cuenta de lo que se proponía, la tumbó sobre el asiento y se echó sobre ella.

—¡Milord! —Charles la besó entre los pechos y pasó la lengua húmeda sobre su piel caliente—. ¡Milord, me está haciendo daño! —gritó Sapphire mientras trataba de apartarlo—. ¡Por favor! ¡Charles, no!

—Basta de juegos, ingrata. Llevamos semanas jugando a esto —dijo él, enfadado, y agarró la hombrera de su vestido y la bajó—. Los dos sabemos lo que quiero. Te daré lo que quieras a cambio. Dinero, la promesa de casarme contigo, si es necesario. Pero no permitiré que me rechaces. Ya no. Esta noche, no.

El carruaje dobló la esquina, tambaleándose, y Sapphire se vio empujada contra el fondo del asiento. Al oscilar de nuevo el coche, aprovechó el impulso para apartar a Charles de un empujón.

—¡Charles, por favor! —gritó. Apenas lo veía en la penumbra.

Charles cayó al suelo de rodillas, pero siguió rodeándola con los brazos. Dejó escapar un gruñido de rabia, volvió a echarse sobre ella y metió la rodilla entre sus piernas al tiempo que la agarraba de las muñecas y la obligaba a levantar los brazos por encima de la cabeza.

—¡No!

Charles se apoderó de su boca, silenciándola, y, a pesar de que su forma de besar era tan agresiva como la de Blake

Thixton, había algo en él que Sapphire encontraba repulsivo.

Él le metió la lengua en la boca y ella sintió náuseas. Su boca estaba pegajosa y ensalivada, y sabía a whisky barato y pescado ahumado.

«No, esto no puede estar ocurriendo», gritaba dentro de sí. «No permitiré que este hombre me arrebate lo único que puedo entregar libremente».

Charle soltó una de sus muñecas y deslizó la mano sobre su hombro desnudo. Agarró el corpiño de su bello vestido de seda, tiró de la tela y ella oyó cómo se rasgaba.

—Por favor —suplicó ella—. Charles, por favor, no hagas esto.

—Es lo que has querido desde el principio, ¿no? —dijo él mientras apretaba violentamente su pecho medio desnudo—. Un gallo rico que te mantenga en tu gallinero.

La ira la aguijoneaba más aún que el dolor que él le estaba infligiendo. Con la mano libre, le dio una bofetada. Agarró luego un mechón de su pelo y tiró de él con todas sus fuerzas.

—¡Ah! —gritó él, y se apartó, estupefacto—. ¡Serás zorra! —la abofeteó con fuerza.

En ese momento, el carruaje volvió a tomar una curva, esta vez en la dirección contraria, y Sapphire cayó con todo su peso contra Charles, arrojándolo al suelo. Aterrizó sobre él. Aún le escocía la mejilla y luchó por levantarse.

—¡Déjame salir! ¡Detén el carruaje! —gritó, y se aferró a uno de las asas de cuero que colgaban del techo para no volver a caer encima de él. El coche aminoró la marcha y a Sapphire le pareció oír gritar al conductor. Echó mano del picaporte.

—¡Oh, no! ¡Nada de eso! —gritó Charles—. ¡Voy a tener lo que es mío por derecho! —se puso de rodillas y se abalanzó hacia ella. Antes de que sus dedos se cerraran sobre el tobillo de Sapphire, le desgarró la falda.

La portezuela se abrió repentinamente.

Sapphire lanzó una patada hacia atrás, golpeó a Charles en el hombro y se desasió. Después, saltó por la portezuela abierta del carruaje.

14

Sapphire aterrizó con los dos pies, pero se torció el tobillo al tocar los adoquines. Un dolor cegador atravesó su pierna derecha. Se precipitó hacia delante y cayó de rodillas. Apoyó las manos en el suelo y se deslizó hacia delante, pero logró detenerse antes de caer de lado.

Oyó el grito de un cochero y el repiqueteo de los cascos de varios caballos en el empedrado, tras ella. El carruaje se detuvo y los caballos pararon a unos pocos pasos de donde ella yacía.

—¿Se encuentra bien, señora? —gritó alguien.

—¡Vuelve aquí ahora mismo antes de que des el espectáculo y me avergüences aún más! —vociferó Charles.

Temblorosa, con el corazón desbocado, Sapphire se apoyó en las manos y, al incorporarse, vio los zapatos bruñidos de Charles acercándose a ella.

—¿Qué demonios está pasando aquí?

Sapphire se sentó. La cabeza le daba vueltas y el cuerpo le dolía tanto que no sabía si podría levantarse. Reconoció aquella voz. A la luz de las lámparas de aceite de los carruajes, vio que Blake Thixton se acercaba a ellos.

—Esto no es asunto suyo, Wessex —gritó Charles con voz

aguda. Se detuvo junto a Sapphire y extendió la mano para que ella la tomara sin apartar la mirada del americano–. Vámonos, señorita Fabergine. ¡Ahora mismo!

–Prefiero quedarme aquí y morir en la calle que ir con usted –le espetó Sapphire, apartándolo de un manotazo. Entonces, al darse cuenta de que tenía roto el corpiño del vestido, recogió la seda rasgada e intentó cubrirse los pechos.

Blake la miró un momento, se acercó y asestó a Charles un puñetazo en la mandíbula. Sapphire dejó escapar un grito involuntario mientras Charles caía hacia atrás, impulsado por el golpe. Thixton dio otro paso, se inclinó sobre él y, asiéndolo de las solapas de la lujosa levita, lo levantó del suelo.

–Si vuelves a tocar a esta mujer, si vuelves a dirigirle la palabra, juro por Dios que te mataré con mis propias manos. ¿Me has entendido, Charles?

–¡Milord! –gritó Charles, atemorizado.

–¿Ha quedado claro? –repitió Blake entre dientes.

Charles asintió con la cabeza.

Blake lo soltó y Charles cayó de espaldas sobre la calzada, atónito. Sapphire permanecía sentada, en estado de estupor. Nunca había visto tal despliegue de rabia, nunca antes había presenciado una pelea entre dos hombres...

–¿Se encuentra bien? –preguntó Blake, inclinándose sobre ella.

Las lágrimas inundaron de pronto los ojos de Sapphire y sólo pudo asentir con un gesto de la cabeza. Él la levantó en brazos. Sapphire quiso protestar y decirle que podía caminar, pero no estaba del todo segura de ello. Le dolía mucho el tobillo. Apretó la cara contra su levita e intentó sofocar los leves sollozos que se alzaban en su garganta.

–Llévenos a The Arms enseguida –le gritó Blake a su cochero.

Sapphire cerró los ojos con fuerza y sintió que la llevaba al carruaje. Dentro, se sentaron y Blake volvió a estrecharla en sus brazos. Ella quiso protestar de nuevo, pero de pronto tenía tanto miedo por lo que podía haber ocurrido y estaba tan avergonzada por haberse metido en aquella situación, que sólo pudo esconder la cara y llorar.

–No pasa nada –susurró él con voz extrañamente tierna. Acarició su pelo, que, con el forcejeo con Charles, se había soltado–. Se pondrá bien. No permitiré que nadie vuelva a hacerle daño. Le doy mi palabra.

El carruaje se detuvo poco después.

–No, llévenos a la parte de atrás –ordenó Blake al cochero–. No hace falta que nadie te vea en este estado –le dijo a ella en voz baja.

Sapphire asintió con la cabeza. Había dejado de llorar, pero no se sentía con fuerzas para incorporarse y mirar al americano a los ojos. Estaba tan avergonzada, tan asombrada porque Charles hubiera podido... Casi le resultaba imposible asumir que hubiera juzgado tan desatinadamente el carácter de aquel joven. Cuando recordaba las cosas que la había llamado... las suposiciones que había hecho... ¿Por qué se había torcido todo de aquel modo?

El carruaje recorrió una corta distancia y, cuando la portezuela se abrió, Blake saltó a la oscuridad, sosteniéndola aún en brazos. Sapphire ocultaba la cara, atormentada porque el mozo de cuadra o el cochero pudieran verla en aquel estado. Mantuvo los ojos cerrados y la cara apretada contra la chaqueta de Blake hasta que él la depositó suavemente sobre una cama.

–Sapphire, ¿me oyes? –preguntó mientras la ayudaba a recostarse sobre varios almohadones. Ella asintió con la cabeza sin abrir los ojos–. Tengo que preguntártelo –ella sintió que la cama se hundía bajo su peso cuando Blake se sentó en su borde–. ¿Te ha...?

Ella sabía lo que iba a decir y no esperó a que acabara.

—No, pero lo ha intentado. Por eso... por eso tuve que saltar —otro sollozo se alzó en su garganta y luchó por sofocarlo.

—Sss, no pasa nada —musitó él—. Has sido muy valiente —él deslizó la mano sobre su mejilla y Sapphire se volvió hacia ella instintivamente. Necesitaba sentir el consuelo de otro ser humano—. ¿Dónde te duele?

—¿Qué? —ella abrió los ojos. Estaban en una bella habitación, con artesonado oscuro y una cama rodeada de pesadas cortinas verdes. La estancia estaba iluminada por una lámpara de aceite junto a la cama y otra en la pared del fondo, sobre la repisa de la chimenea.

—Tienes sangre —dijo él con suavidad.

Ella bajó la mirada y vio que su hermoso vestido blanco estaba manchado de rojo. El pánico se apoderó de ella un instante. Temía haberse hecho más daño del que creía, pero luego recordó que se había arañado las manos y había intentado cubrirse con ellas. Levantó las palmas para enseñarle los arañazos, cuyo dolor empezaba a acusar.

—Son de cuando me caí —susurró, y se sintió como si estuviera en un estado de ensoñación. Nada de aquello parecía posible: ni la aparición de Angel y Henry en la ventana, cometiendo aquel acto indecente; ni el intento de violarla de Charles; ni su huida saltando del carruaje; ni el hecho de que Blake hubiera aparecido en el momento preciso, ni el hallarse allí, a solas con él. Sintió que su pulso se aceleraba y que su corazón comenzaba a latir con vehemencia.

Él tomó sus manos con delicadeza y la abrió los dedos para mirar sus palmas.

—Ah, no es para tanto —dijo—. ¿Qué más te duele? —preguntó al cabo de un momento.

—El tobillo derecho —susurró ella—. Y... las rodillas.

Blake se deslizó hasta el pie de la amplia cama y le quitó primero el zapato derecho y luego el izquierdo. Sapphire hizo una mueca de dolor cuando le quitó el segundo zapato y pasó delicadamente la mano sobre tu tobillo cubierto por la media.

—Lo tienes un poco hinchado, pero no mucho —dijo. Levantó la mirada hacia ella—. Dislocado, posiblemente, pero no roto.

Blake levantó el bajo de su vestido un poco más y ella se tensó de inmediato e intentó apartarlo.

—Sólo quiero verte las rodillas —la reprendió él como si fuera una niña—. Vamos, Sapphire, han estado a punto de violarte. La calle estaba muy sucia. Había estiércol de caballo, despojos y sabe Dios qué más. Podrías estar herida. No es momento para el pudor.

Ella volvió a recostarse en los almohadones y notó tras los párpados el escozor de las lágrimas. Sintió que la seda del vestido se deslizaba por su pierna. Sintió el calor de su mano cuando Blake tocó su espinilla y bajó la media, cuya liga se había soltado. Ella dio un respingo.

—La tienes muy arañada —dijo él mientras rozaba con las yemas de los dedos su rodilla—. Pero no es nada serio —la miró—. ¿Te duele algo más? ¿El cuello? ¿Los brazos? —ella negó con la cabeza—. Bien —Blake se levantó y se acercó al otro lado de la habitación, donde había un aguamanil. Se quitó la levita, se arremangó la camisa blanca, se quitó la corbata y llenó la palangana con el agua de la jarra de cerámica. Se lavó cuidadosamente las manos con jabón con olor a laurel, se las aclaró, echó el agua sucia en el recipiente de barro que había en el suelo, junto al pedestal del aguamanil y volvió a llenar la palangana.

Tomó después una toalla limpia y la llevó, junto con la palangana, a la cama. Sólo al ver que mojaba la toalla y la escurría comprendió Sapphire que se disponía a lavar sus heridas.

—No —susurró, levantando una mano como si quisiera cubrirse—. Puedo hacerlo yo, de veras... No hace falta que...

—No seas tonta —él acercó la toalla a su cara—. Tienes la cara manchada —masculló. Ella cerró los ojos mientras Blake frotaba delicadamente su cara con la toalla suave y fresca—. Ya está —dijo él después de escurrir de nuevo la toalla y volver a limpiar su cara—. ¿No estás mejor así? —ella asintió con la cabeza—. Bien.

Blake tomó sus manos y las abrió. Sapphire sintió que sus ojos se llenaban de lágrimas al tocar el paño húmedo las heridas, pero al cabo de un momento se encontró mejor. Él limpió sin prisas sus dos manos y, poco a poco, el escozor dejó paso a un extraño calor que parecía irradiar de las manos de Blake y transmitirse a las de ella y desde allí a todo su cuerpo.

—No creo que sea necesario vendarlas, pero por la mañana lo veremos —él dejó la toalla en la palangana de porcelana.

Sapphire notó que se levantaba de la cama y al abrir los ojos lo vio cruzar la habitación. Ahora se daba cuenta de que estaban en una fonda o un hotel. En una mesita, junto a la chimenea, había un decantador de cristal. Blake lo tomó y echó en un vaso un líquido oscuro. Se lo llevó.

—Coñac —dijo mientras se sentaba al borde de la cama, a su lado—. Es lo único que tengo. Bébetelo.

Ella levantó las pestañas para mirarlo y dijo con obstinación:

—No quiero.

Él la obligó a tomar el vaso entre las manos.

—Bébetelo de todos modos. Has sufrido una conmoción. Esas cosas pueden ser peores que una herida física.

Sapphire sujetó el vaso con ambas manos y bebió con indecisión. El sabor del coñac era fuerte y mordiente, pero no desagradable. El líquido abrió un camino ardiente hasta su estómago y la llenó de calor.

—Cuidado —la advirtió él, y cerró la mano sobre las suyas. Ella tosió—. Será mejor que bebas poco a poco —le quitó el vaso y lo dejó sobre la mesita de palo de rosa—. Quiero echar un vistazo a tu tobillo. Tengo que quitarte la media —la miró a los ojos. No sonreía, ni fruncía el ceño—. ¿Te parece bien, Sapphire?

Ella asintió lentamente. No se sentía aún del todo consciente. Quizá fuera por todo lo que había ocurrido, o quizá por el coñac.

Blake —su enemigo, el hombre que le impedía obtener lo que más deseaba en el mundo— estaba siendo muy amable con ella. Aquello era absurdo. Charles había dicho que la quería y, sin embargo, se había comportado de manera despreciable. Y aquel hombre, que ni siquiera había accedido a hablar con ella, curaba sus heridas con la misma ternura con que una niñera cariñosa curaría las de un niño travieso.

—Hazlo, si es necesario —se oyó decir.

Blake le sostuvo la mirada con sus ojos penetrantes mientras le desataba la liga de terciopelo blanco y comenzaba a bajar lentamente lo que quedaba de su media de seda.

«No es la primera vez que lo hace», pensó ella, y se sintió como si flotara. «Le ha quitado las medias a alguna mujer». El coñac había aliviado ya su dolor, y sólo sentía su calor y la seguridad que parecía procurarle. Notaba un extraño acaloramiento y un cosquilleo desconocido en la boca del estómago.

Dio un respingo cuando Blake alcanzó su tobillo.

—Está muy magullado —dijo él al quitarle la media rota y manchada, que dejó caer al suelo.

—No está... roto, ¿verdad?

Él movió su pie de un lado a otro y ella apretó los dientes para aguantar el dolor.

—Mueve los dedos —ella los movió—. Pon el pie en punta —ella hizo una mueca, pero obedeció—. Bien. No, creo que no hay ningún hueso roto —volvió a tomar el paño que había dejado en la palangana, lo escurrió y lo posó sobre su tobillo, que ciñó con los dedos.

Ella cerró los ojos y apretó los labios para no gemir.

—El agua fría le viene bien —le dijo él, y apoyó la mano sobre su espinilla—. Ayudará a bajar la hinchazón —ella sólo pudo asentir con la cabeza—. Bebe más coñac.

No era de nuevo una petición, sino una orden, y Sapphire se encontró obedeciéndola. Mientras bebía, Blake le quitó el paño del tobillo, lo aclaró en el agua fría y volvió a aplicarlo sobre el tobillo hinchado.

Sapphire había apurado el coñac para cuando aclaró la toalla una tercera vez y comenzó a deslizarlo por su espinilla. Ella sintió que se relajaba y se hundió un poco más en los suaves almohadones. Notó que sus párpados aleteaban, entornó los labios y dejó escapar un suspiro. El paño fresco le sentaba bien. Pero la mano cálida de Blake la reconfortaba aún más. Sin embargo, cuando él tocó su rodilla, volvió a tensarse. Blake intentó limpiar suavemente la arena que había quedado alojada en su carne, y el paño le pareció de pronto áspero.

—Menos mal que llevabas toda esta ropa —dijo él con sorna mientas apartaba un volante de seda—. Si no, podrías haberte hecho mucho daño.

Ella sintió que su boca se alzaba en una media sonrisa.

—Yo... quiero darle las gracias por...

—No quiero ni oír hablar de ello. Francamente, no puedo creer que aceptaras quedarte a solas con un hombre como ése. Estoy seguro de que en grupo es inofensivo, pero... —en lugar de concluir lo que iba a decir, frunció el ceño y dejó caer el paño manchado de sangre en la palangana—. Algunos de estos arañazos son bastante profundos. Supongo que lo más sensato sería llamar a un médico para que te curara las heridas, pero no podemos hacerlo sin llamar la atención, ¿no crees? —escurrió el paño con una mano.

Sapphire se sorprendió observando su antebrazo musculoso. Sabía que Blake poseía una empresa naviera afincada en Boston, pero no había imaginado que desempeñara ningún trabajo físico. Los brazos de Blake, sin embargo, eran los de un hombre capaz de levantar grandes pesos y acarrearlos lejos. Sapphire se preguntó si trabajaba en los muelles o en el almacén, con sus empleados. ¿Había orientado alguna vez las velas de un barco o llevado un bote a remo hasta la orilla?

Estuvo a punto de preguntarle por sus experiencias, pero no se atrevió a hablar. Era como si se hallara bajo un encantamiento. Bajo el hechizo de Blake.

Él estaba otra vez a su lado. Sapphire sentía su calor y la presión de su cadera contra la suya. Mientras él deslizaba el paño sobre su espinilla, hasta la rodilla, ella lo miró a los ojos. De pronto su corazón se aceleró, no por miedo, sino por otra razón.

Blake se inclinó sobre ella, con la mano sobre su rodilla... quizás un poco más arriba.

—Me intrigas, ¿sabes? —dijo con voz apenas audible—. Desde el día que apareciste en mi salón diciendo ser la hija de Wessex.

—Pero es que soy la...

—Calla, Sapphire, estoy hablando. Ya sabes que es de mala educación interrumpir a alguien cuando está hablando. Seguro que las monjas de tu isla tropical te regañaron más de una vez por eso.

Ella se apoyó los codos sobre el mullido colchón y se incorporó un poco.

—¿Cómo sabe que...?

—Vuelves a las andadas, Sapphire. Sigo hablando —Sapphire volvió a recostarse y apretó los labios. Blake se acercó tanto que ella sintió su aliento en la mejilla—. Seas una cazafortunas o no...

—No lo soy...

Esta vez, él le tapó la boca con la mano libre para acallarla.

—¿Tengo que amordazarte para que no hables?

Ella sintió que sus ojos se agrandaban y de pronto se asustó un poco al recordar su ira en la calle. Movió la cabeza de un lado a otro.

—Bien —Blake le apartó la mano de la boca y la apoyó sobre la almohada, junto a su mejilla—. Lo que quería decir es que me intrigas y que, contra mi voluntad, me descubro deseándote, como afirmé antes en el jardín —sonrió—. En realidad no eres mi tipo, ¿sabes?

—Señor Thixton, yo...

Esta vez, él la acalló con su boca. Sapphire había abierto la suya para protestar y él la cubrió con sus labios al tiempo que la hacía tumbarse sobre la cama.

—Sapphire... —dijo cuando apartó los labios de los de ella y los deslizó por su mejilla. Su voz, semejante a un gruñido, hizo que un estremecimiento de congoja recorriera a Sapphire. Él deslizó la boca hasta el lóbulo de su oído y susurró—: Sapphire, una joya de nombre. Tan dulce...

Ella se oyó gemir cuando Blake deslizó un poco más la mano sobre su pierna. Él apartó la tela desgarrada de su vestido y dejó al descubierto sus pechos desnudos.

«No debo. No puedo permitir que esto ocurra», se dijo ella. Y, sin embargo, había una parte de su ser que deseaba a Blake Thixton tanto como él la deseaba a ella.

Antes de que pudiera decir nada, Blake besó el valle entre sus pechos y ella contuvo el aliento.

Él cubrió sus pechos de besos ardientes y, cada vez que ella abría la boca para protestar, volvía a besarla, sofocando de ese modo sus palabras.

Blake se deslizó lentamente hacia abajo y, para cuando comenzó a besar los prietos capullos de sus pezones, Sapphire se sentía exangüe e incapaz de detenerlo. Su pulso se había desbocado y respiraba en breves estallidos. Gemía cada vez que él cubría un pezón con su boca y tiraba de él. Y, entre tanto, la mano de Blake seguía avanzando bajo sus faldas de seda y sus enaguas. El paño fresco había desaparecido. Ya sólo quedaba su mano, cálida e inquieta...

Sapphire volvió la cabeza a un lado y a otro, con los ojos cerrados. Quería decirle que no, pero, cuando la mano de Blake tocó la cara interna de su muslo, se sintió sin fuerzas. Estaba confusa. Odiaba a aquel hombre y, pese a todo, lo deseaba del mismo modo que Angelique —ahora lo comprendía— deseaba a los hombres. Sentía el estómago contraído y un ardor que la quemaba y la hacía retorcerse bajo él.

Blake estaba besando de nuevo sus pechos, su cuello, su boca. Apenas tuvo que tirar de la tela del vestido para que éste se desprendiera. Sus dedos encontraron los lazos del corsé y, un instante después, éste desapareció también. Sapphire vio con los ojos entrecerrados que él se sentaba y le quitaba el vestido. Se estremeció al sentirse despojada de la tela, su última defensa. Él arrojó descuidadamente el vestido al suelo. Pero no importaba, pensó ella, aturdida. De todos modos, estaba inservible.

No había ya nada entre ellos, salvo la fina camisa blanca de Sapphire y sus polainas caladas. Blake la besó de nuevo en la boca y acarició con la mano su pecho, deslizando el pulgar sobre el pezón erizado. Ella le devolvió el beso. Contra toda razón, contra toda lógica, lo besó, ansiosa por conocer qué ocurría entre un hombre y una mujer.

Todavía completamente vestido, Blake se tumbó sobre ella, aplastándola sobre la cama. Ella sintió a través de la tela de la camisa el ardor de su boca al trazar un sendero sobre su cuello, sus pechos y su vientre. Se apoderó de su boca y ella notó sus manos en la cinturilla de sus polainas y se sintió indefensa frente a él. Lo único que podía hacer era besarlo mientras dejaba escapar gemidos guturales.

Cuando él le quitó las polainas y deslizó la mano por su pantorrilla desnuda y la cara interna de su muslo, Sapphire notó que su cuerpo se tensaba.

—No —musitó él mientras le separaba las piernas—. Eres tan bella, Sapphire... Tu cuerpo está hecho para el amor de un hombre. Déjame.

Su voz profunda y resonante pareció arrastrarla en una ola que primero rompió en la orilla y la empujó luego hacia la oscuridad y lo desconocido.

Los dedos de Blake rozaron su sexo y ella dejó escapar un gemido incoherente y se resistió al placer.

—Sss —murmuró él, apoyando la mejilla sobre su vientre.

Un momento después, ella olvidó quién era y con quién estaba. Blake siguió acariciándola, moviendo arriba y abajo los dedos, y ella se descubrió tensándose hacia su cuerpo. Deseaba no sabía qué. Necesitaba a Blake, ansiaba sus caricias más que nada en el mundo.

Bajó las manos y pasó los dedos por su pelo moreno. Tenía los ojos cerrados y su cuerpo se movía al ritmo que marcaban los dedos de él.

—Blake... —se oyó gemir—. Blake...

El deseo la llenaba, la consumía, y el tiempo parecía suspendido. De pronto, todo su cuerpo se estremeció, estalló y, un instante después, sintió como si flotara y cayera lentamente de nuevo a tierra.

—No sabía que fuera así —musitó, entre avergonzada y feliz, con lágrimas en los ojos.

Él se tendió a su lado y la enlazó con un brazo. Tenía una sonrisa en los labios.

—Ya te he dicho que tu cuerpo está hecho para el amor —apartó un mechón de su pelo que había caído sobre su mejilla.

Ella se dejó mecer por las últimas oleadas del placer que Blake le había ofrecido.

—Debería irme a casa —susurró.

—Ahora no —él besó su boca levemente, casi con amor—. Duérmete y hablaremos por la mañana.

Sapphire sabía que no podía quedarse allí, en su cama. Pero no pudo permanecer despierta ni un momento más.

Al oír movimiento en la habitación, Sapphire abrió los ojos, adormilada. Supo de inmediato dónde estaba. La lámpara seguía encendida sobre la mesilla de noche, pero Blake ya no estaba en la cama, a su lado.

Estaba sentado en un sillón, cerca de la chimenea, poniéndose unas botas altas de piel. Llevaba una chaqueta de lana a cuadros que parecía más propia de un obrero. Se cubría la cabeza con una gorra de lana y en el suelo, a su lado, había varias maletas de cuero. Parecía a punto de marcharse.

Ella casi sonrió. Claro que iba a marcharse. Blake Thixton era más caballeroso de lo que ella había imaginado. No diría nada de lo ocurrido entre ellos en aquella cama, de aquel error de juicio o lo que hubiera sido. Saldría por la puerta trasera de la fonda, sobornaría a los criados que los hubieran visto entrar esa noche y ella se despertaría por la mañana y volvería a casa contando alguna historia para proteger su virtud.

Al pensarlo, casi se echó a reír en voz alta. ¿Qué podía importar ya su virtud, llegados a aquel punto? La mitad de Londres la creía una cortesana.

—Ah, estás despierta. Lo siento. He intentado no hacer ruido.

Blake se levantó de la silla, se caló aún más la gorra y se acercó a la cama.

Sapphire se sintió de pronto tímida ante él y se tapó con la manta hasta la nariz. Se dio cuenta de que estaba completamente desnuda y miró en torno, horrorizada. Toda su ropa había desaparecido.

—¿Dónde está mi ropa? —susurró en tono acusador.

Él le ofreció una media sonrisa que antes le había parecido atractiva pero que ahora sólo la enfurecía.

—Estaba inservible, no tenía remedio.

Ella se aferró aún más a la manta y lo miró con fijeza.

—Pero... tengo que ponerme algo para volver a casa.

—No vas a ir a casa.

—¿Qué?

—Mi oferta. La has aceptado.

—¿Qué oferta? —susurró ella.

—Mi oferta para convertirte en mi amante.

—¡Yo no he hecho tal cosa! No lo haría ni aunque fuera usted el último hombre sobre la faz de la tierra...

—Verás —la interrumpió él mientras recogía un billetero de piel que había en la mesilla y se lo guardaba en la chaqueta—. Sabía que ibas a ponérmelo más difícil de lo que tenía que ser.

Ella se sentó, cubierta todavía con la manta.

—¿De qué está hablando? —preguntó con la mirada fija en él—. No me habrá salvado de Charles sólo para...

—Sapphire, no voy a violarte —él frunció el ceño—. No soy de los que necesitan violar a una mujer para hacerla suya —de nuevo aquella sonrisa—. Las mujeres vienen a mí por propia voluntad.

Ella contuvo el aliento, enmudecida por la rabia.

—Es usted el hombre más engreído, más egoísta y más fatuo que he tenido la desgracia de conocer. ¿Qué va a hacer conmigo? —preguntó con aspereza—. ¿De qué está hablando? ¿Qué voy a hacer más difícil de lo que debería ser?

Él tomó un bolso de piel y se lo colgó del hombro.

—He decidido llevarte conmigo.

Sapphire intentó apartarse más de él, pero aquel movimiento hizo que una punzada de dolor procedente de su tobillo herido le atravesara la pierna.

—Estate quieta o te harás daño —Blake se inclinó sobre la cama y comenzó a levantar las esquinas de la sábana bajo ella.

—¡Exijo saber dónde piensa llevarme, señor Thixton!

Él siguió con su tarea, plegando la sábana y la manta en torno a ella.

—¿Ahora me llamas otra vez señor Thixton? —él levantó una ceja—. Me parece que hace no mucho me llamabas Blake. Claro, que entonces estábamos más íntimamente unidos, ¿no es cierto?

Ella quiso borrar de una bofetada su ridícula sonrisa.

—No puede hacer esto —le espetó—. No puede secuestrarme.

—No estoy secuestrándote exactamente. A fin de cuentas, estas últimas semanas has exhibido tus mercancías por todo Londres a la espera del mejor postor. Yo he hecho la puja más alta y tú vas a aceptarla.

—Yo no voy a hacer tal cosa —siseó ella.

Blake comenzó a echar la manta sobre sus hombros y ella lo apartó de un manotazo.

—Sapphire, de verdad —masculló él—, esto es completamente innecesario. ¿Dónde vas a ir así, desnuda y sin apenas tenerte en pie? A casa de lord Thomas no, eso te lo garantizo. Te ofrecías como virgen.

—Sigo siendo virgen —balbució ella mientras la tomaba en brazos.

—¿Y quién va a creerlo?

—¡Oh! —gritó ella, y sus ojos se llenaron de lágrimas de frustración mientras intentaba estirar los brazos para sacarle los ojos o algo igual de doloroso, cualquier cosa con tal de que se callara. Pero estaba envuelta en la sábana y la manta, no podía mover las piernas y tenía los brazos pegados a los costados.

—Vamos, vamos, querida —dijo él, y la levantó de la cama. La apoyó contra su pecho y la obligó a mirarlo—. Con el tiempo te acostumbrarás a la idea de ser mi amante. Creo que hasta llegará a gustarte.

—¡Suélteme! —gritó ella, mirándolo con furia—. ¡Suélteme o...!

—¿O qué? ¿O gritarás? ¿Y quién vendrá? Traigo mujeres aquí casi todas las noches. Algunas prostitutas, pero casi todas ellas damas respetables que aprecian la discreción. Nadie vendrá si gritas, querida mía. Cualquiera que te oiga gritar pensará que estamos haciendo el amor —Sapphire rechinó los dientes—. ¿O acaso piensas soltarte y huir? ¿No sería bonito verte correr desnuda por la calle? Aunque, con el tobillo malo, irías cojeando. Y entonces ya no sería tan bonito, ¿no crees? Señorita deshonrada cojea por las calles de Londres. Me temo que quedarías arruinada, querida, tus encantos perderían todo su atractivo para los caballeros de la alta sociedad... cuando dejaran de reírse.

—No voy a ir con usted, vaya donde vaya —se apresuró a decir ella—. Lo de anoche... fue todo un error. Bebí demasiado y...

—Sigue diciéndote eso a ti misma. Ahora, cállate mientras te saco de aquí o juro por la botella de ginebra de mi padre que te dejaré en la calle y me llevaré las mantas.

—¡Oh! —fue lo único que logró decir Sapphire antes de que tapara su cara con la manta y la dejara en la oscuridad.

Cuando Angelique regresó a casa al amanecer, Lucía estaba sentada en el sofá, en camisón, medio dormida. Al oír abrirse la puerta, se incorporó de un salto.

—¿Sapphire?

—Tía Lucía, ¿qué haces despierta a estas horas de la mañana? —Angelique, que llevaba aún su vestido pero se había echado por encima una levita de hombre, cerró la puerta—. ¿Te encuentras mal?

Lucía se acercó a ella precipitadamente y la tomó de las manos.

—Sapphire no volvió a casa anoche. Esperaba que estuviera contigo.

—¿Conmigo? —Angelique se echó un poco hacia atrás—. Claro que no. Yo estaba con Henry. Fuimos a casa de sus padres. Tuvo la ridícula idea de decirles que iba a casarse conmigo con su consentimiento o sin él —se apartó de Lucía y se dirigió a la cocina. Al pasar junto a una silla, dejó en ella la levita—. Y también sin el mío, por lo visto.

Angelique entró en la pequeña cocina y Lucía la siguió. La joven abrió un armario y rebuscó hasta encontrar un plato cubierto con un paño.

—Estoy muerta de hambre.

—¿Tienes idea de dónde puede haber ido? Estoy loca de preocupación. ¿No podría estar con Charles?

Angelique destapó el plato y encontró un trozo de queso amarillo. Sacó un cuchillo de un cajón y cortó un pedazo.

—¿Con Charles? Creo que no. Lo vimos hacia las tres en una taberna, cerca de Westminster, y estaba de muy mal humor —se apoyó contra la mesa de madera y dio un mordisco al queso—. Por lo visto se habían peleado. Charles no dijo qué había pasado, pero te aseguro que estaba muy enfadado con ella. Me preguntó varias veces qué me había dicho Sapphire y, por fin, cuando se convenció de que no habíamos hablado desde el baile, empezó a farfullar algo acerca de que no creyéramos lo que contara. Que estaba borracha y había malinterpretado sus intenciones —agitó la mano—. Era todo una sarta de tonterías y no tengo ni idea de qué estaba hablando.

—Santo cielo —suspiró Lucía, y se llevó la mano a la boca—. No imagino dónde puede haber ido. Esto no es propio de ella. Nunca había pasado la noche fuera de casa.

—Puede que sea culpa mía —Angelique cortó otro trozo de queso—. Charles y ella se marcharon con muchas prisas de la fiesta por culpa del barullo que causamos Henry y yo sin darnos cuenta —Lucía levantó una ceja—. No hagas caso de las habladurías. No son ciertas —Angelique levantó uno de sus hombros finos y desnudos—. Bueno, al menos no lo es la mayoría.

—¿Crees que Sapphire habrá huido?

—¿Huir? Claro que no. ¿Adónde iba a huir? No confías suficiente en ella, tía Lucía. Nuestra pequeña Sapphire piensa por sí misma y sabe valerse sola —tomó lo que quedaba del queso y salió de la cocina.

—¿Adónde vas? —preguntó Lucía mientras la seguía al salón.

—A la cama —Angelique se volvió hacia ella—. Y tú deberías hacer lo mismo.

—No podría dormir —Lucía se retorció las manos—. Armand la dejó a mi cuidado y ahora...

—Tía Lucía —Angelique la agarró de los hombros—. Estás exagerando. Quién sabe —la soltó—. Puede que se encontrara con el irresistible lord Wessex. Está medio enamorada de él, ¿sabes? Y él de ella.

—Yo no sé nada de eso.

—Bueno, haz lo que quieras, pero yo me voy a la cama. Henry dijo que estaría aquí a mediodía —le lanzó una sonrisa por encima del hombro—. Aunque seguramente llegará sobre las tres. Le dije que esperara a que se le pasara la borrachera y pidiera disculpas a sus padres. No pienso aceptarlo sin un penique.

Lucía levantó la mirada hacia ella.

—¿No estás siendo injusta? Él por lo visto está dispuesto a aceptarte sin un penique.

—Yo no estoy sin blanca. Tengo lo que me dejó Sophie y mi ingenio —se echó a reír y desapareció por el pasillo.

Lucía sacudió la cabeza pensando en su sobrina adoptiva, que sabía menos del amor de lo que pensaba. Aquella emoción se daba muy rara vez en la vida. Lucía rezaba por que Angelique no la dejara escapar inadvertidamente. A pesar de la inmadurez de Henry, Lucía se daba cuenta de que amaba sinceramente a Angelique, y odiaba pensar que su sobrina dejara pasar por su lado el amor verdadero. Pero Angelique era incontrolable desde pequeña —tanto como su Sapphire— y, en ese momento, la preocupaba más Sapphire. Dio media vuelta, entró en su alcoba, recogió un manto y su bolso y salió apresuradamente de la casa, con la esperanza de que no le costara encontrar un coche de alquiler tan temprano, una mañana de domingo.

—Lucía, cariño, ¿qué ocurre? —Jessup, que había salido a recibirla al vestíbulo, vestido con un camisón de seda, le abrió los brazos.

—Es Sapphire —sollozó Lucía, y se arrojó en sus brazos

con los ojos llenos de lágrimas–. ¡No ha vuelto a casa! –levantó la mirada hacia Jessup. De pronto se dio cuenta de que estaba más angustiada de lo que creía–. Siento despertarte, pero no sabía dónde ir, a quién recurrir.

—Vamos, vamos, no seas boba –la condujo al salón–. Malcolm –llamó a su mayordomo, que había abierto la puerta a Lucía y estaba encendiendo las lámparas a toda prisa–, dile a Ella que ponga a calentar agua para el té.

—Creo que no ha llegado aún, señor. Como es domingo...

—Entonces hágalo usted mismo. Ven, querida, siéntate aquí –Jessup condujo a Lucía a su sillón favorito delante del fuego–. Pero si estás en camisón –dijo mientras se sentaba en el reposapiés, delante de ella–. Deberías haber mandado a Angelique o a Avena.

Lucía arrugó el ceño.

—Angelique no cree que tenga motivos para preocuparme –lo miró a los ojos–. Pero esto no es propio de mi Sapphire.

—Sí, sí, claro –él frotó su mano–. Hace frío en esta habitación, ¿no crees? –se volvió y gritó por encima del hombro–. ¡Malcolm! ¡Encienda el fuego aquí inmediatamente! –Jessup se volvió hacia Lucía y se pasó los dedos por el pelo canoso–. ¿Dices que no volvió a casa anoche y que, por lo que deduzco, Angelique no sabe dónde está?

—Sapphire fue al baile de disfraces de lord y lady Harris con lord Thomas, pero él no la llevó a casa.

—No te lo tomes a mal, querida mía –dijo Jessup con cuidado–, pero, ¿no crees que podría... haberse ido a casa con lord Thomas?

—¡Desde luego que no! Ya te lo dije, Jessup, eso no era más que una estratagema –dejó caer las manos sobre el regazo–. Y fue idea mía desde el principio. ¿Y si le ha pasado algo? Nunca me lo perdonaría si...

—Lucía, escúchame —Jessup volvió a tomarla de las manos—, no le ha pasado nada. Estoy seguro de que hay una explicación lógica y pienso descubrir cuál es enseguida.

—¿La encontrarás? —preguntó Lucía, aliviada.

Jessup se levantó y se inclinó para darle un beso en la frente.

—Claro que la encontraré. Ahora quédate aquí sentada y toma una taza de té mientras me visto

—Voy contigo —ella comenzó a levantarse.

Jessup la hizo volver a sentarse en el sillón, cuyo olor a su tabaco de pipa reconfortaba a Lucía.

—No, nada de eso. A menos, claro, que quieras que te lleve a casa. Tienes cara de no haber pegado ojo.

Ella sacudió la cabeza.

—Es cierto, pero no podría irme a la cama —juntó las manos—. ¡Ay, Jessup, encuéntrala!

—Lo haré, tesoro.

Tras mucho traqueteo, un trayecto en carruaje y verse acarreada como un fardo durante lo que le parecieron horas, Sapphire sintió por fin que Blake la dejara caer sin ceremonias sobre una cama. En cuanto la soltó, se desembarazó del lío de mantas.

—¡No puede hacer esto! —gritó, y miró rápidamente a su alrededor.

Estaban en un cuarto pequeño, con las paredes recubiertas de madera de pino basta, y se hallaba tumbada en una cama estrecha, pensada para una sola persona y empotrada en la pared. Sintió el ligero movimiento del suelo bajo ella y comprendió que, pese a sus plegarias, lo que tanto temía se había hecho realidad. En cuanto Blake se había apeado del carruaje, le había parecido que olía a agua, y ahora sabía que se hallaba a bordo de un barco. Blake Thixton iba a secuestrarla y a llevarla a América.

—¿Me ha oído? —gritó, y se puso de rodillas a pesar del dolor que traspasaba su tobillo.

Blake estaba de pie junto a la puerta cerrada del camarote.

—Francamente —dijo con un asomo de sonrisa—, cuesta escuchar lo que dices mientras haces una exhibición tan espectacular, querida.

Sapphire bajó la mirada y vio que, al soltar un pico de la manta, había dejado al descubierto uno de sus pechos.

—¡Oh! —exclamó, y se cubrió con la manta, tan enfadada que se le saltaron las lágrimas—. No puede hablar en serio, no puede llevarme con usted.

—Hablo muy en serio —Blake se acercó al escritorio empotrado y dejó sobre él el maletín que llevaba colgado del hombro—. Querías un protector y ya lo tienes —levantó las manos tranquilamente.

—¡Quería que me reconociera como hija de lord Edward Wessex!

Él abrió el maletín y sacó varios libros y un cuaderno encuadernado en piel.

—¿Sabes?, nos llevaremos mucho mejor si olvidas esa idea. Es evidente que no voy a creérmela. Eres lo que eres, Sapphire: una joven preciosa que intentaba abrirse camino en el mundo. Lo cual no me parece mal en una amante. Te felicito, de hecho. Es una buena idea, ¿sabes? Un hombre suele tratar mucho mejor a su amante que a su esposa.

Sapphire se sentó con la espalda apoyada en la pared. No podía creer lo que decía Blake, no acababa de asumir la situación en la que se había metido.

—¡Una cazafortunas! ¿Todavía cree que soy una cazafortunas?

Él sopesó sus palabras y luego asintió con la cabeza.

—Sí.

—¡Oh! —sollozó ella otra vez, y recostó los hombros contra la fría madera de la pared.

Unos ruidos fuera del camarote atrajeron de pronto su atención. Oía gritos y pasos y tenía la sensación inconfundible de que el barco se movía.

—¿Estamos zarpando? —preguntó—. ¡No puede ser! ¡No puedo...! Mi tía Lucía no sabrá qué me ha pasado. Por favor —suplicó. Al ver que él no contestaba, lo miró con rabia—. No puedo creer que esté haciendo esto —le dijo mientras intentaba contener las lágrimas—. ¡Me está secuestrando!

—En realidad, no. La puerta está abierta. Ya nos hemos alejado del muelle, pero seguramente podrías lanzarte al agua y nadar hasta la orilla. Alguien te sacará, supongo. Sabes nadar, ¿no?

—Me crié en Martinica, claro que sé nadar —dijo ella, indignada.

—Entonces, haz lo que gustes —él señaló la puerta.

—Pero estoy desnuda —protestó ella mientras miraba la puerta con anhelo.

—Sí, así es.

Ella miró la puerta un momento y luego, con un gruñido de frustración, se arrojó de bruces sobre la cama y se tapó la cabeza con la manta.

—A mí me da igual que adoptes esa actitud —oyó que decía él—. El viaje podría ser largo, dependiendo de los vientos, pero allá tú —Sapphire oyó que seguía deshaciendo sus maletas—. Puedes pasarte las próximas dos semanas enfadada debajo de esa manta o podemos disfrutar de nuestra mutua compañía, cenar con buen vino, jugar al ajedrez, leer... Y hay otras actividades con las que también podríamos divertirnos.

Incluso a través de la manta ella notó la ronquera aterciopelada de su voz y comprendió a qué se refería. Levantó la manta y le lanzó un exabrupto que nunca se había atrevido a pronunciar. Cuando volvió a taparse la cabeza, la risa de Blake resonó en el camarote.

Después de que Jessup se marchara y tras tomar un té, Lucía decidió aceptar su consejo e intentar dormir. Pero, en lugar de regresar a casa, subió las escaleras de la confortable casa de Jessup y se metió en su cama, cuyas sábanas, que olían a él, le ofrecían cierto consuelo.

Para su sorpresa, se quedó dormida casi enseguida y no se despertó hasta que oyó a alguien en la habitación. Abrió los ojos.

—¿Has averiguado algo? —preguntó a Jessup, que acababa de entrar con la chaqueta aún puesta.

Él movió la cabeza de un lado a otro.

—Fui a casa de lord Thomas —se quitó la chaqueta y la colgó del perchero que había tras la puerta—. No es muy acogedora, esa familia. Creo que Sapphire ha hecho bien en cortar sus relaciones con ese joven —se acercó a la cama—. Apenas pude entender lo que decía Charles, no tenía ni pies ni cabeza, pero por lo visto intentó acompañarla a casa y a ella le dio una rabieta y se bajó del carruaje en plena calle.

—¿Sapphire, una rabieta? —Lucía se sentó y se frotó los ojos—. Me cuesta creerlo.

Jessup se sentó al borde de la cama y la miró.

—A mí también.

Ella tomó su mano y lo miró.

—¿Crees que Charles estaba mintiendo?

—Creo que no me ha dicho toda la verdad. Por lo visto, Angelique, tu potrillo salvaje, y lord Carter dieron todo un espectáculo anoche en el baile de máscaras.

Ella sacudió una mano con gesto desdeñoso.

—Sí, sí, ya me lo ha dicho.

Él levantó una ceja.

—¿Te dijo lo que hizo?

—No exactamente, pero no me importa. Lo que quiero es encontrar a Sapphire. ¡Quiero hablar con ese lechuguino de Charles inmediatamente! ¿Cómo se atreve a dejarla bajar del carruaje sola y en plena noche? ¿Es que no sabe los peligros que corre una joven sin compañía por las calles de Londres?

—Cariño —Jessup tomó su mano—, se me ha ocurrido una posibilidad.

—¿Cuál? —él titubeó—. Por favor —le suplicó ella, apretando su mano—, si sabes algo más, por terrible que sea, debes...

Él sonrió con ternura.

—¿Siempre eres tan dramática, amor mío?

—Lo soy y por eso me quieres.

—Lo que quería decir es que lord Wessex zarpó hacia América estaba mañana, al alba.

—¡Lord Wessex! —exclamó ella, y se miró las manos, que de pronto le parecían más arrugadas de lo que recordaba—. Angelique también mencionó al americano —levantó la mirada hacia los ojos castaños y tiernos de Jessup—. ¿Crees que puede tener algo que ver con su desaparición?

Él se encogió de hombros.

—Dijiste que se sentían atraídos el uno por el otro, aunque no sabías si eran conscientes de ello.

—Pero, si hubieran tenido intención de irse juntos, mi Sapphire me lo habría dicho. No se habría marchado así —inhaló bruscamente—. ¿Crees que puede habérsela llevado contra su voluntad?

—Me cuesta creer que nadie pueda obligar a Sapphire a hacer algo contra su voluntad, pero...

—Pero, ¿qué? —Lucía seguía mirándolo a los ojos.

—Blake Thixton es un hombre acostumbrado a conseguir lo que quiere.

Ella juntó las manos.

—Rezo por que esté con él y se encuentre bien. ¿Crees que se portará bien con ella? Quiero decir si Sapphire se ha escapado con él llevada por un impulso.

—¿Te refieres a si se casará con ella?

Lucía asintió con la cabeza.

Jessup pensó un momento antes de contestar.

—Puedo decir francamente, querida mía —le dijo, tomándola de nuevo de la mano—, que es uno de los hombres más honorables y respetables que he tenido el privilegio de conocer.

—Entonces, ¿crees que Sapphire estará bien? —preguntó ella en voz baja.

Él sonrió y se llevó su mano a los labios.

—Creo que estará perfectamente.

Sapphire se quedó tumbada en el camastro, con la cabeza bajo la manta, hasta que empezó a faltarle el aire. Al principio, mientras pasaban los minutos y oía a Blake moverse por el camarote, sólo pudo pensar en el espantoso atolladero en que se hallaba. Pero, a medida que la prisión que se había impuesto ella misma comenzó a hacerse agobiante, su autocompasión fue convirtiéndose en ira.

¿Cómo se atrevía aquel hombre? ¿Cómo se atrevía Blake Thixton a hacerle aquello?

La traía sin cuidado que Blake hubiera estudiado en Harvard, que fuera un próspero empresario o que ostentara el título de conde de Wessex y fuera el heredero de su padre. Ni siquiera le hubiera importado que fuera el mismísimo rey de Inglaterra. ¡No tenía derecho a llevársela! No tenía derecho a raptarla y apartarla de su familia, y ella no pensaba plegarse a semejante forma de tratarla. ¿Qué era Blake Thixton? Un americano. Nada más que un comerciante que se las daba de caballero. ¿Quién se creía que era para pensar que podía tratar a la hija de un noble inglés como si fuera una vulgar ramera?

Sapphire se destapó la cabeza y se levantó del camastro

ignorando el dolor del tobillo. Mientras posaba el pie bueno en el suelo y cubría su desnudez con la sábana, Blake levantó la mirada de su escritorio.

—¡No tiene derecho! —gritó ella, y se acercó cojeando al escritorio.

Blake se levantó, sorprendido, pero no tenía ya aquella sonrisa satisfecha en la cara.

—No quiero ir con usted, ¿entiende? —vociferó ella y, agarrando un libro que había en una esquina del escritorio, se lo arrojó—. ¡No quiero ir a América!

Él agachó la cabeza y dio un paso atrás.

—Te acostumbrarás a la idea. Boston es una ciudad maravillosa, muy distinta de Londres, pero emocionante a su modo. Podrás acompañarme al teatro, a conciertos, a fiestas y cenas con los hombres y mujeres más ricos y exitosos de los Estados Unidos.

—No quiero ser su amante. No voy a ser su amante —gritó ella, y agarró otro libro y se lo tiró.

El libro golpeó el hombro de Blake y cayó luego al suelo de madera con un golpe sordo.

—Te harás a la idea. Puedo ser encantador, de veras —sus ojos centellearon—. Hay quien dice que tengo buena mano con las mujeres.

Ella agarró una bota y se la arrojó.

—¡No voy a hacerme a la idea!

—¡Ay! —exclamó Blake cuando el tacón de la bota golpeó su frente—. ¡Basta ya, Sapphire! Uno de los dos saldrá herido.

—Oh, sí, uno de los dos saldrá herido, pero le aseguro que no seré yo —mientras sujetaba la sábana con una mano contra sus pechos, Sapphire agarró una bolsa de cuero que había en el suelo, intentó equilibrarse sobre el pie bueno y alzó a duras penas la pesada bolsa por encima de su cabeza.

—¡Ya es suficiente! —Blake se abalanzó hacia ella, la enlazó por la cintura y la hizo perder el equilibrio. La bolsa cayó al suelo y ella cayó hacia atrás y sintió una punzada de dolor en la planta del pie bueno. Blake la sujetó en sus brazos para que no cayera al suelo y la apretó contra sí.

—¡Suélteme! —chilló ella—. ¡Suélteme!

Él la apretó con más fuerza, amoldando su cuerpo musculoso al de ella. En un esfuerzo por escapar, Sapphire se echó hacia atrás y ambos perdieron el equilibrio y cayeron sobre el estrecho camastro. Blake aterrizó sobre ella.

—¡Oh! —exclamó Sapphire al ver que la sábana resbalaba y sentir el roce áspero de la mejilla de Blake sobre la piel delicada de su pecho—. ¡Cuánto pesa! —apartó la cara de él.

—No tiene por qué ser así —dijo Blake en tono más suave. De pronto bajó la boca hasta su pecho y ella sintió su calor—. Tú y yo estábamos destinados el uno al otro, Sapphire. Tú lo sabes. Y yo también.

Sus labios... su lengua... sus dientes le hacían cosas inefables... cosas maravillosas que la hacían estremecerse de placer de la cabeza a los pies.

—No —musitó y, sin embargo, sintió que su sangre se aceleraba y que su cuerpo respondía a las caricias de Blake. Aquello estaba mal. Tenía que estarlo. Ella lo deseaba tanto como él a ella y, de pronto, tomó una decisión. Lo único que parecía importar en ese momento eran sus caricias y su voz queda y ronca, que la atraía hacia él.

Pasó los dedos por su pelo moreno y suave. Él bajó la sábana y ella sintió el roce de sus dedos levemente ásperos. Blake fue besándola hasta llegar a la punta erizada de su pezón, besó el hueco de su garganta, la línea de su clavícula, y siguió hasta que sus bocas se encontraron. Lentamente, el calor de su cuerpo y de su boca se filtró en ella. Sapphire le devolvió el beso.

Mientras se besaban, el calor de Blake pareció difundirse

por sus miembros e incendiar cada fibra de su ser hasta que notó que el corazón le latía con violencia en el pecho y que le costaba respirar. Sintió que la mano de Blake se deslizaba sobre sus pechos y recorría su cuerpo, explorando curvas y valles. Cuando él introdujo la lengua en su boca, Sapphire no opuso resistencia.

Blake tenía razón: aquello estaba destinado a ocurrir desde el principio, desde su primer encuentro. El hecho de que fuera camino de Boston contra su voluntad carecía de importancia. Ignoraba adónde la conduciría todo aquello o qué penas le traería. Sólo sabía que deseaba a aquel hombre. Necesitaba sentir sus caricias, necesitaba que él le mostrara lo que significaba ser una mujer.

Blake se removió en el camastro y la tumbó a su lado, manteniéndola sujeta con una pierna. Sapphire se estremeció por completo al sentir de nuevo su boca sobre uno de sus pechos. Él excitó sus pezones con los labios y la lengua hasta que Sapphire sintió la piel en llamas. Ella se oyó proferir un sonido amortiguado y extrañamente incoherente.

—Blake —gimió—. Por favor... quiero... —no sabía qué decir ni cómo decirlo. ¿Cómo podía explicar lo que le estaba ocurriendo, cuando ni ella misma lo entendía? Sentía en su interior una presión semejante a la que experimentaba el aire en su isla antes de un huracán y, sin saber cómo ni por qué, se dejó arrastrar por la tormenta.

—Relájate —musitó él—. Sé lo que quieres —soltó una risa áspera y bajó la mano—. Pero, cuanto más tiempo nos tomemos, mejor será.

Mientras Blake deslizaba la mano sobre su vientre, hasta posarla en la cara interna de su muslo, ella se relajó en el suave colchón y se rindió a sus deseos y a su ardor.

—Descruza las piernas —susurró él.

Hipnotizada por su voz, por sus caricias, ella hizo lo que le ordenaba.

—No sé... no sé qué debo hacer —reconoció.

—Haz lo que te digo. Relájate y déjate sentir —deslizó la mano entre sus muslos y empezó a acariciar la carne suave de su sexo, y el cuerpo de Sapphire recordó de pronto el placer que había experimentado apenas unas horas antes.

—Así, muy bien, amor —susurró él mientras acariciaba sin prisas el lóbulo de su oído con la punta de la lengua.

Sapphire volvió la cabeza para apartar la mirada de él y se dejó ir. Imaginó que flotaba hasta que él la hizo elevarse de nuevo y su cuerpo se tensó. Dejó escapar un grito, metió los dedos entre el pelo de Blake y luchó por recobrar el aliento.

—¿Qué es eso? —jadeó mientras arqueaba la espalda una última vez—. No sé...

—Hablas demasiado —la atajó él con aire divertido y acercó su cara a la de ella.

Sapphire parpadeó y al abrir los ojos se encontró con su mirada castaña, tormentosa e ilegible. Deseó saber qué pensaba de ella, más allá de la lujuria.

—Eso no es todo, amor. Hay más —murmuró él—. Quiero que me desvistas.

Ella se tensó. De pronto tenía miedo de él y de sí misma. Avergonzada, sintió que sus mejillas se acaloraban. Dejar que le hiciera aquello era una cosa, pero participar...

—No, no podría.

—Claro que sí —le dijo él y, sin apartar la mirada de sus ojos, agarró su mano y la metió bajo su camisa—. Y lo harás.

Sapphire levantó la mirada y deslizó tentativamente un dedo sobre su pecho desnudo. Sólo una caricia. Luego, otra. Y después otra más. Unos instantes más tarde, se descubrió maravillada ante la dureza y la extrañeza de su cuerpo viril y musculoso. Al rozar con las yemas de los dedos uno de sus pezones y oír que él contenía el aliento, se sonrió, fascinada por la idea de que podía excitarlo tanto como él a ella. Blake le hizo bajar la mano hasta la cinturilla de sus pantalones. Ella la apartó como si se hubiera quemado.

—Ahora no hace falta que te muestres tímida —musitó él—. Seguro que tienes curiosidad, mi joya virgen.

Ella lo observó por entre las pestañas mientras él se quitaba la camisa y buscaba el botón de la única prenda que los separaba. Dejó escapar un gemido de sorpresa al ver aparecer su miembro entre la tela.

—A un hombre le resulta más difícil que a una mujer ocultar sus deseos —dijo él en tono burlón mientras arrojaba al suelo su ropa—. Adelante. Tócame.

Sapphire se mordió el labio inferior y alargó indecisa la mano, la apartó y volvió a estirarla. Lo oyó gruñir y recordó algo que le había dicho Angelique una vez acerca del poder que podía ejercer una mujer sobre un hombre. De pronto, lo entendió.

—Así —jadeó él mientras guiaba su mano arriba y abajo. Su piel era asombrosamente suave—. Eso es —dejó escapar un gemido y la besó en la boca. Esta vez, su beso no fue ni lento ni tierno, sino casi brutal, y al pensar que, por un instante, tenía tanto control sobre él, Sapphire se envalentonó.

Mientras se besaban, siguió acariciándolo. Tocó primero su tripa plana y musculosa; luego, sus muslos. Y, después, su sexo de nuevo. Era suave y sin embargo tan poderoso... seda cálida sobre mármol... pero más grande de lo que había imaginado... tan grande que no podría...

—Sapphire —gimió Blake cuando volvió a acariciarlo—. Tranquila, amor, y acabaremos antes de haber empezado —cubrió la mano de Sapphire con la suya y ocultó la cara entre su pelo al tiempo que ralentizaba sus movimientos—. Eso es —susurró—. Así.

La tumbó de espaldas y empezó a besarla otra vez. Ella

dejó caer las manos. Cuando Blake le separó los muslos con la rodilla, no se resistió. Quería saber en qué consistía todo aquello, aquel acto que, a lo largo de la historia del mundo, había derrocado a reyes, enfrentado a hermanos y desencadenado guerras.

Blake agarró sus manos y las deslizó hacia arriba, hasta que quedaron por encima de la cabeza de Sapphire, cuyos gemidos sofocó con su boca cuando comenzó a penetrarla. Al principio, sus movimientos fueron lentos, suaves, pero luego se hundió en ella y Sapphire dejó escapar un grito de dolor y abrió bruscamente los ojos.

—¡Ay! —gritó—. Eso ha dolido. No has dicho que fuera a doler —dijo con reproche mientras jadeaba.

Blake se rió y cubrió su cara de besos. Ella, entre tanto, intentaba apartarla.

—No volverá a dolerte, amor mío, te doy mi palabra. De aquí en adelante, cada vez será mejor.

Besó suavemente su boca y acarició sus pechos con la mano libre. Mientras, empezó a moverse dentro de ella, y Sapphire comenzó a moverse con él. Al cabo de un momento, el dolor cesó y un ansia indescriptible, que crecía con cada bocanada de aire que respiraba, se apoderó de ella. El placer comenzó a crecer hasta que estalló dentro de ella, liberando una oleada de gozo que no había creído posible. Blake se hundió en ella una última vez. Se tensó y dejó escapar un gruñido, y ella comprendió que él también había alcanzado el clímax.

Más tarde, cuando él se había retirado ya y ella yacía apoyada en el hueco de su brazo, exhausta e incapaz de hacer otra cosa que recobrar el aliento, Sapphire se dio cuenta de que por fin comprendía a Angelique. Comprendía lo que significaba ser una mujer. Ser una amante.

—Eres tan dulce... —musitó él, y besó su hombro desnudo

con los ojos cerrados—. ¿Ves?, te dije que nos llevaríamos bien.

Ella se volvió de lado y no respondió. Acercó su trasero desnudo al cuerpo de Blake, cubrió a ambos con la sábana arrugada y se quedó dormida. Estaba satisfecha, al menos de momento.

Al despertar, Sapphire se halló sola en el camarote del barco. Blake se había ido, pero sobre el escritorio había una bandeja con pan, queso, una manzana y una taza de peltre. De pronto estaba hambrienta. Se envolvió en la sábana y se acercó cojeando a la silla del escritorio. Una vez sentada, mientras se metía en la boca un trozo de pan, vio una nota. Era la primera vez que veía la letra de Blake, que era enérgica, voluntariosa y de trazo grueso.

La nota sólo decía: *Alimento,* pero la hizo sonreír. ¿Alimento para qué? ¿Para recuperarse de su apasionado encuentro amoroso? ¿Para prepararse para más?

La sorprendió que sus pensamientos pudieran ser tan sexuales. Era la primera vez que estaba con un hombre y ya estaba pensando en la vez siguiente.

Cortó un trozo de queso con el cuchillito que Blake le había dejado, lo envolvió en un trozo de pan y se preguntó de dónde procedían aquellas ideas indecentes. Esperaba aquel comportamiento de Angelique, pero no de sí misma. Hasta ese día, al menos.

Quizá la causa fuera el haber fingido tanto. ¿Podía haberse convertido en una ramera por haber representando ese papel durante un tiempo? Casi se echó a reír. Qué idea tan disparatada. A pesar de lo que había dejado creer a Charles y a los otros jóvenes, tenía tan poca experiencia como la mayoría de las muchachas de su edad. A decir verdad, sabía que había hecho menos que muchas. Oía cuchicheos en los tocadores de señoras, oía a sus pretendientes hablando entre ellos cuando pensaban que no estaba escuchando. Las muchachas de Londres no eran tan inocentes como sus padres y tutores creían.

Cortó un trozo de manzana y se lo metió en la boca al tiempo que echaba mano de la taza. La sidra estaba fresca y era fuerte, y se la bebió tan aprisa que le chorreó por la barbilla.

La puerta se abrió y ella se giró, sujetándose la sábana alrededor de los pechos desnudos.

—Ah, estás despierta —dijo Blake al entrar. Ella acabó de masticar la manzana, sin saber qué decir—. Veo que has encontrado la comida. Pensé que tendrías hambre —se acercó a ella. Una sonrisa jugueteaba en sus labios. Al detenerse delante de Sapphire, alargó el brazo, recogió con un dedo la gota de sidra que corría por su barbilla y se llevó el dedo a la boca. Aquel sencillo gesto hizo que ella se estremeciera por dentro, y apartó la mirada para ocultar su turbación.

—Vaya, señorita Fabergine, creo que nunca la había visto sin habla.

—Quiero que me devuelvas mi ropa —dijo ella. Se levantó de la silla, tomó lo que quedaba de la manzana y retrocedió hacia el camastro intentando no apoyarse en el tobillo herido.

—Por eso te he traído esto —él levantó un hato de ropa que parecía demasiado compacto para contener su vestido y su ropa interior.

Ella se quedó mirando el hato atado con cordel.

—Quiero mi ropa.

—Lo siento —él arrugó el ceño—. Ya te dije que estaba rota y no podía remendarse. Además, los vestidos de seda y las enaguas con volantes son muy poco prácticos en alta mar.

Ella observó el hato de ropa y se dio cuenta de que cualquier cosa era mejor que cubrirse con una sábana. En cuanto estuviera vestida se sentiría menos vulnerable. Pensando en esto, alargó una mano y se sentó en el camastro.

Él levantó el hato por la cuerda y lo dejó suspendido de su dedo mientras la miraba fijamente sin intentar ocultar su excitación.

—Claro —dijo— que debo admitir que me gustas así.

Ella se ciñó más aún la sábana.

—Por favor.

Él sonrió y lanzó el hato sobre la cama. Después se volvió hacia la bandeja.

—Para estar tan delgada, comes mucho —partió por la mitad lo que quedaba del pan y empezó a cortar un trozo de queso—. Se suponía que éste también era mi desayuno.

Ella dejó la manzana sobre la cama y recogió la ropa. Desató el cordel y vio que Blake le había llevado unos pantalones de loneta y una camisa blanca de algodón.

—¿Eso es todo? —preguntó, incrédula—. ¿No has podido encontrar otra cosa?

—Lo siento, estamos en mar abierto. No hay muchas tiendas por aquí.

—No esperarás que me ponga esto. ¡Es indecente!

—No más indecente de lo que hemos hecho hace un rato.

—Eres un sinvergüenza.

—Si lo fuera, te dejaría con esa manta. Pero, si prefieres quedarte al natural, puedo llevarme estas cosas...

—No —ella sacudió la camisa y logró pasársela por la cabeza sin soltar el pico de la sábana—. Te crees muy listo —le espetó desde debajo de la camisa. Sacó la cabeza—. Pero quizá deberías haberte acordado de traer ropa adecuada para mí cuando decidiste secuestrarme.

Él cortó otro trozo de queso.

—Y quizá tú deberías habértelo pensado dos veces antes de arrojarte de ese coche y estropearte el vestido. Tienes suerte, sólo te torciste el tobillo. Es un milagro que no te partieras algún hueso o acabarás atropellada por los caballos de mi carruaje.

Sapphire lo miró con el ceño fruncido mientras se ponía los pantalones, apoyándose con cuidado en el pie bueno. Los pantalones de loneta suave y gastada se ataban a la cintura y le quedaban casi perfectos. No dejó caer la sábana hasta que se los hubo atado. Él dio un paso atrás.

—El grumete más guapo que he visto nunca.

—¿Le has robado esto a un grumete? —Sapphire se echó el pelo hacia atrás, sobre los hombros.

—Se lo he comprado a Ralphie. Ralphie va a caerte muy bien.

—Seguramente no —dijo ella con aspereza. Tomó la manzana y le dio un gran mordisco. No tenía intención de compartirla con Blake. Él se quedó allí parado, mirándola—. ¿Y ahora qué pasa? —preguntó ella cuando no pudo soportar más el silencio ni su mirada fija.

Blake pareció divertido, lo cual la enojó aún más.

—¿Cómo que qué pasa?

Ella sintió que la rabia hacia temblar las aletas de su nariz.

—¿Qué se supone que he de hacer, quedarme en este barco contigo, contra mi voluntad?

—Podríamos hacer el amor otra vez —respondió él con un encogimiento de hombros—. De momento no te he oído quejarte.

Ella sintió la tentación de arrojarle la manzana, pero estaba demasiado hambrienta.

—O podríamos leer —dijo él—. Jugar a las cartas. He traído un tablero de ajedrez. ¿Juegas al ajedrez?

Sapphire cruzó los brazos, volvió a recostarse en el camastro y se acabó la manzana.

—Claro que juego al ajedrez. Me enseñó Armand, mi padrastro —enarcó las cejas—. Soy bastante buena.

—Yo también. Y no sólo en eso, lo cual nos lleva de nuevo a la cuestión de cómo ocupar nuestro tiempo. Podríamos hacer el amor —ella lo miró con rabia—. Como quieras. Luego, si te apetece, podría llevarte a cubierta. Hace un día precioso para navegar.

—Un paseo, sí. Eso sería maravilloso —dijo ella rápidamente, y se preguntó si todavía estarían lo bastante cerca de tierra como para cruzarse con otros barcos. Quizá pudiera llamar la atención de alguna persona que fuera en otro navío, o tal vez pedir ayuda a alguno de los marineros del barco.

—No te hagas ilusiones. Nadie a bordo de este barco va a ayudarte a escapar, ni va a llevarte a remo hasta la orilla, ni cualquier otra cosa igual de peligrosa y estúpida —se lamió los dedos y tomó la taza de peltre—. Fleté este barco para llevar mis mercancías a Boston. Si tengo un elefante en mi camarote, no es asunto de nadie, y nadie en el barco se atrevería a cuestionarlo.

Ella acabó de comerse la manzana y se limpió la boca con el dorso de la mano.

—Habrás tenido que dar alguna explicación —señaló con el corazón de la manzana—. El capitán habrá preguntado por qué, en vez de un pasajero, tiene dos.

Blake apuró la sidra.

—Le dije la verdad.

—¿Que me has secuestrado?

—No, que eres mi amante.

Sapphire le arrojó el corazón de la manzana y dio en el blanco.

17

—*Monsieur*.

Armand oyó que Tarasai lo llamaba, pero no se volvió hacia ella.

—*Monsieur*, me voy un momento a la aldea y huye usted de la casa. Es como un chiquillo al que no puedo dejar solo —avanzó por el muelle hasta ponerse a su lado y le echó sobre los hombros una chaqueta. El viento agitaba las pequeñas trenzas que rodeaban su cara—. Armand, ¿me está escuchando? Debería estar en la cama —dijo con suavidad, y le dio un ligero beso.

Él se ciñó la chaqueta y se estremeció, pero siguió contemplando las olas opacas que rompían en el muelle. Llevaba en aquel lugar más de una hora y, a pesar del calor de la estación, tenía los pies helados y estaba aturdido. No podía, sin embargo, apartar la mirada del mar.

—El mar está picado, Tarasai, ¿no crees? Mucho, para esta época del año.

Ella fijó un momento la vista en el agua.

—Una tormenta de verano —dijo, y deslizó el brazo por el de Armand—. Armand, *mon chèr*, debes hacer caso al *docteur* si quieres ponerte mejor.

Él suspiró. Se sentía dividido hasta la médula de los huesos. Derrotado.

—Tarasai —dijo con ternura, volviendo la cara para mirar sus ojos oscuros y líquidos—, tú y yo sabemos que no voy a ponerme mejor.

—*Non* —ella le apretó el brazo y se llevó la otra mano al vientre apenas redondeado—. La medicina que te da el *docteur* te está fortaleciendo. Más fuerte para *l'enfant*.

—No me está fortaleciendo —musitó él con pesar—. Esta enfermedad me está corroyendo por dentro.

—Pero *mon*...

Él puso un dedo sobre sus dulces labios para acallarla.

—Tarasai, estoy cada vez más débil. Mírame. Ya ni siquiera puedo pasear por los senderos de la jungla. Necesito que otros me lleven —señaló a los dos muchachos de la aldea que esperaban discretamente a que los llamara para volver a llevarlo a la casa en la silla que se había hecho construir.

—*Non, non* —repitió ella y, cerrando los ojos, frotó la cara contra su brazo y aspiró su olor.

—Sss —dijo él—. No es para tanto, de veras. Soy mucho más viejo que tú. He llevado una buena vida, una vida plena —besó su coronilla y volvió a contemplar el mar embravecido—. Ojalá no tardaran tanto en llegar noticias de Inglaterra. Mandé el dinero hace semanas, en cuanto tuve noticias de Lucía y de las chicas, pero desde entonces no he sabido nada.

—Están bien, tus *chères filles* —le aseguró ella.

—Eso me digo constantemente —Armand vio romper una ola en los pilares del muelle—. Y, sin embargo, tengo un presentimiento del que no puedo deshacerme —cerró el puño—. Siento... no sé. Inquietud. Temor —la miró a los ojos—. Sé que parece una tontería, pero temo que Sapphire se haya metido en un lío y me necesite.

—Sí, parece una tontería, viniendo de un hombre como usted. Un hombre instruido —dijo ella con una sonrisa—. Así que basta de *sottise* —tiró de su brazo—. Vamos, deje que lo lleve a casa y lo meta en la cama.

—Tienes razón, lo sé. Pero podría hacerlo, ¿sabes? Podría rendirme, morir en paz, si supiera que ella está a salvo.

—¡Basta de hablar de la *mort*! —Tarasai lo rodeó con su brazo y lo condujo fuera del muelle—. Venga a la cama, Armand, *mon chèr*, y le haré compañía.

—Nunca te acuestas en pleno día.

—Por usted, *mon amour*, lo haré. Sólo hasta que se duerma.

—Eso estaría bien —dijo él. De pronto se sentía tan abrumado por el cansancio que apenas podía andar. Echó un último vistazo al mar, procuró ahuyentar sus tétricos pensamientos y dejó que Tarasai se hiciera cargo de él.

Lucía se levantó en cuanto oyó que llamaban a la puerta.

—Avena —ordenó.

Avena se acercó corriendo a la puerta.

—Señor Stowe, bienvenido —dijo pronunciando con mucho cuidado—. Pase, por favor.

Lucía corrió hacia Jessup.

—¿Te has enterado de algo? —preguntó.

Él le abrió los brazos y esbozó una sonrisa.

—Sí. Había un mensaje esperándome en la oficina cuando llegué esta mañana —besó a Lucía en la frente—. Cancelé mi primera cita y vine derecho aquí.

—¿Dónde está? —Lucía agarró sus manos y pensó que aquel hombre era un tesoro—. ¿Está a salvo? ¿Cuándo puedo verla?

—Está a salvo —él se volvió hacia Avena—. Un poco de té, por favor. Avena hizo una reverencia y desapareció en la cocina–. Está bien –prosiguió Jessup–, pero al parecer el joven lord Thomas no fue del todo sincero cuando hablé con él anoche –llevó a Lucía al sofá y la ayudó a sentarse antes de tomar asiento a su lado.

–¿Qué quieres decir? –preguntó Lucía, que empezaba a perder la paciencia–. Si ese joven ha tocado un solo pelo de mi Sapphire, juro que...

–Tranquila, tranquila –dijo Jessup–. No te ofusques.

Ella puso los brazos en jarras.

–No me ofusco. Y ahora cuéntame qué ha sido de mi ahijada.

Él vaciló. Luego respiró hondo y tomó su mano.

–Es lo que yo imaginaba. Se ha ido a América con lord Wessex.

Lucía se apartó con los ojos llenos de lágrimas. Su querida Sapphire se había marchado. Ella siempre había sabido que aquello ocurriría algún día, pero no esperaba que fuera tan pronto.

–No te creo. Ella no se iría sin despedirse de mí, sin decirme dónde iba.

–Bueno, verás, dejó recado. Lord Wessex me mandó una nota. No nos hemos enterado antes porque zarparon el domingo –le dio unas palmadas en la mano–. El mensaje fue entregado en mi oficina, en vez de en mi casa, por error.

Lucía se volvió.

–¿Sapphire mandó un mensaje?

–Lo mandó lord Wessex.

Lucía no sabía qué pensar y enseguida sospechó de la nota.

–¿Y qué decía?

–La nota era bastante breve. Eran sobre todo instrucciones para mí, tocantes al asunto de su herencia.

Lucía entornó los ojos.

—¿Qué hay de lord Thomas? ¿Qué tiene que ver él con todo esto?

—Bueno, no estoy del todo seguro, pero tengo la sensación de que lord Wessex rescató a Sapphire de manos de lord Thomas y de que, llevada por un impulso (ya sabes lo impetuosos que pueden ser los jóvenes enamorados, querida), ella aceptó huir con él.

Una sonrisa se extendió por el rostro de Lucía.

—Ya veo, una aventura —murmuró—. Se han enamorado locamente y, después de pelearse con Charles, ella se embarcó con lord Wessex impulsivamente, incapaz de pasar otro instante sin él.

—Algo así, creo —dijo Jessup con una sonrisa—. Muy romántico, ¿verdad?

—Muy idiota —repuso ella, mirándolo—. Pero parece propio de mi Sapphire. Yo sabía que, cuando por fin se enamorara, sería locamente —frunció el ceño—. Pero, ¿por qué tuvo que rescatarla de lord Thomas?

—Eso no lo he sabido por la nota de lord Wessex, sino de una fuente mucho más fiable.

—¿Y qué fuente es ésa?

Él le ofreció una sonrisa maliciosa.

—Uno de mis sirvientes. Por lo visto, el hermano del marido de la hija de mi ama de llaves es uno de los cocheros de lord Thomas, y presenció con sus propios ojos la... huida de Sapphire.

—Santo cielo, Jessup, no te entiendo —dijo Lucía—. ¿Qué huida?

—Parece ser que lord Thomas no dejó a Sapphire en la calle, sino que ella lo dejó a él —Lucía enarcó una ceja—. Por lo que dedujo el cochero —él carraspeó—, hubo cierto forcejeo dentro del carruaje y Sapphire sencillamente... saltó.

Lucía se echó a reír.

—¿Un forcejeo, dices? Ésa es mi Sapphire, la hija de Sophie. Siempre ha tomado sus propias decisiones. Pero, ¿no resultaría herida? Dime que no fue así.

—Nadie resultó herido, salvo lord Thomas, al que lord Wessex rompió la mandíbula de un puñetazo.

—Le está bien empleado —Lucía suspiró, aliviada—. Doy gracias por que Sapphire esté a salvo. Y lord Wessex cuidará bien de ella, ¿verdad?

—Te repito otra vez, querida mía —dijo él—, que no he conocido nunca mejor caballero. Un poco arrogante, quizá, y un poco envanecido de sus logros y sus capacidades, pero, ¿qué hombre con éxito no lo está a su edad?

Ella sonrió.

—Gracias —dijo, y se llevó la mano de Jessup a los labios para besarla—. Muchísimas gracias. Me dijiste que llegarías al fondo de este asunto y lo has hecho.

Él le dio unas palmadas en la mano.

—Bueno, supongo que ya no hay razón para que siga con indagaciones respecto al padre de Sapphire.

Lucía apartó la mano.

—¿Qué quieres decir?

Él la miró con evidente confusión.

—Si... si se ha ido con lord Wessex, importa poco quién sea o no sea su padre, ¿no crees?

Lucía se levantó.

—No creo nada por el estilo, señor Stowe.

—Yo... yo no... —él se levantó del sofá.

—Quién sea Sapphire sigue siendo tan importante hoy como lo era la semana pasada. Será aún más importante si va a casarse con ese tal Blake Thixton. Seguirá adelante con su aventura, conocerás los Estados Unidos y luego volverá, probablemente convertida en la esposa de lord Wessex, pero aun así querrá ser reconocida como hija de su padre. Es importante para sus hijos —miró a Jessup—. ¿Qué? ¿Es que no crees que vaya a volver?

—Yo...

—¡Te equivocas! —declaró Lucía—. Conozco a mi Sapphire y, aunque se haya dejado llevar por un impulso, no nos olvidará, ni olvidará quién es. Volverá y, si no me cree, señor Stowe —dijo desdeñosamente—, será mejor que Avena lo acompañe a la puerta.

Por un instante le pareció que él iba a romper a llorar.

—No, no, no —dijo Jessup, y alargó el brazo hacia ella—. Sólo lo he dicho porque no estaba seguro... —miró al suelo y levantó luego la vista hacia ella—. Lucía, cariño, si quieres que siga indagando sobre el parentesco de Sapphire, lo haré. Averiguaré la verdad, aunque me cueste el resto de mi vida, si eso es lo que quieres —bajó las manos—. Por favor, no te enfades conmigo. No soporto que te enfades conmigo.

Ella se quedó callada.

—Es lo que quiero, Jessup.

—Entonces también es lo que quiero yo —dijo él suavemente, y le ofreció la mano—. Ahora, ven a sentarse a mi lado. Disfrutemos de una taza de té antes de que regrese a mi oficina.

—¿Que se ha ido? ¿Cómo que se ha ido? —preguntó Henry mientras se hallaba de pie ante un espejo dorado de cuerpo entero, intentando atarse la corbata.

Angelique yacía boca abajo sobre la cama, en camisa. Delante de ella había un plato de fresas y un cuenco de nata dulce. Hundió una fresa en la crema y se la metió en la boca.

—Se ha ido a Boston con el americano.

Henry se apartó del espejo.

—¿La dulce y cándida Sapphire se ha fugado con lord Wessex? —preguntó con estupor.

Ella mojó otra fresa, lamió la nata y volvió a mojarla.

—Wessex, Thixton, como quieras llamarlo, dejó una nota para su abogado, el señor Stowe. El Jessup de mi tía Lucía. No decía gran cosa, pero sí que Sapphire estaba con él y que no teníamos por qué preocuparnos.

—Que me aspen —dijo Henry, volviéndose hacia el espejo—. ¿Crees que ese tipo es, ya sabes, de fiar?

Angelique se encogió de hombros.

—Sí, bastante —entornó los ojos con coquetería—. Tanto como usted, lord Carter.

Él se echó a reír al ver su reflejo en el espejo.

—No me esperaba eso de nuestra Sapphire. Charles dijo que no dejó ni que le acariciara un pecho.

—Estaba enamorada de Wessex aunque decía que lo odiaba —Angelique hizo girar los ojos—. Ella y sus ideas románticas. Es por haber leído tanta poesía absurda. Keats, Byron, Shelley...

—No creo que sea absurdo enamorarse de alguien —él la miró en el espejo—. Yo estoy enamorado de ti, Angel.

Ella se lamió los dedos pegajosos y frunció el ceño.

—No digas esas cosas. Estás enamorado de mi cuerpo y de lo que puede hacer por el tuyo.

—Estoy enamorado de tu cuerpo y de tu corazón.

Angelique se levantó de la cama y se acercó a él.

—¿Tú también has estado leyendo poesía? —le apartó las manos y acabó de atarle la corbata—. Vas a llegar tarde a la cena de tus padres si no te das prisa.

—Deberías venir conmigo.

—Sería un buen acompañamiento para el faisán asado que va a servir tu madre. ¿No dijiste que irían también tus abuelos? Lord y lady Carter, los padres de la dama, lord y lady

Bottlewait, su presunto heredero, lord Carter... y Angel, su puta.

—Tú no eres una puta —Henry la enlazó por la cintura—. Te quiero, Angel, y quiero casarme contigo.

—Se te pasará cuando tu padre te desherede —dio un último tirón a su corbata y retrocedió para contemplar su obra. Satisfecha, asintió con la cabeza—. Ahora vete o llegarás tarde.

Henry suspiró, la agarró del brazo y la besó sonoramente en los labios antes de soltarla.

—¿Me esperarás despierta?

Ella sonrió y volvió a la cama.

—Claro —metió un dedo en la crema y comenzó a chuparlo seductoramente—. Hasta te guardaré un poco de postre.

Él descolgó su levita del perchero que había junto a la puerta y metió un brazo en ella.

—Más te vale.

Henry estaba siempre diciendo que la quería, pero todos los hombres con los que Angelique se había acostado le habían jurado amor eterno. Ella sabía que no hablaban en serio y nunca se lo reprochaba. La vida era demasiado corta para enamorarse y acabar con el corazón roto.

Eso solía ser lo que les sucedía a las mujeres, pensó. Lo había visto desde pequeña. Su madre se había enamorado del terrateniente blanco que visitaba su choza de noche, su padre, cuyo nombre ella nunca había sabido. Luego aquel hombre la había abandonado por otra y ella murió de fiebres cuando Angelique tenía cinco años, aunque las mujeres de la aldea decían que había muerto de pena.

—¿Angel?

La voz de Henry interrumpió sus cavilaciones. Lo miró con una sonrisa.

Él abrió la puerta y recogió su sombrero de copa.

—Quiero que tengamos nuestra propia casa. Quiero que estemos juntos.

—Y, si tus padres te desheredan, ¿cómo pagarás la casa? —preguntó ella.

—No me desheredarán. Sólo me están probando para saber si de verdad te quiero —se puso el sombrero—. Olvídate del dinero. Deja que yo me ocupe de todo.

—Descuida —dijo ella en tono burlón, y se dejó caer en la cama—. Ya lo estás haciendo muy bien.

Henry le besó la mano.

—*Adieu, mon amour.*

—Tu francés es atroz —rió ella en un intento por aligerar la conversación.

—Y tú me quieres de todos modos —se acercó a la puerta—. Dilo, di que me quieres, Angel.

—Vete. Vas a llegar tarde —ella sacudió la mano para despedirlo.

—Con eso no basta.

Había algo en su voz que hirió a Angelique. Lo miró a los ojos.

—Tendrá que bastar, por ahora.

Sapphire estaba sentada con las piernas cruzadas sobre el camastro, lo más lejos posible de Blake. Lo observaba leer, pero, cada vez que él volvía la cabeza para mirarla, se fingía concentrada en sus uñas o en la trama de la manta.

Pasaron las horas. Ella se adormiló, y se sintió aliviada cuando Blake salió discretamente del camarote. Comió por la tarde y durmió un poco más. Al anochecer, comenzó a asumir que iba rumbo a América. El silencio del camarote había empezado a crisparle los nervios. Estaba inquieta.

Hizo la cama y volvió a deshacerla. Blake le ofreció dos veces un libro. En ambas ocasiones, ella rehusó. Cuando oscureció tanto que se hizo imposible leer, Blake encendió las dos linternas metálicas que colgaban de la pared y otra que había sujeta al escritorio.

—¿Vas a estar enfadada todo el tiempo mientras cruzamos el Atlántico? —preguntó, y Sapphire se sobresaltó al oírlo.

—No estoy enfadada.

Él cerró el libro.

—Sí lo estás. Pero está bien, si así te diviertes.

Ella cruzó los brazos.

—No me divierto. He sido secuestrada y estoy siendo arrastrada a través del océano hacia las tierras salvajes de América.

Blake se levantó de su silla.

—Está bien, está bien, ya basta —le tendió la mano y volvió la cabeza como si quisiera defenderse de su siguiente ataque—. Ya hemos pasado por esto. Sé que estás aquí contra tu voluntad. La pregunta es, ¿cómo vas a afrontarlo ahora? —al ver que ella no decía nada, añadió—: Porque es lo que da verdaderamente la medida de un hombre: cómo reacciona ante una mala situación.

—Yo no soy un hombre.

Él esbozó una sonrisa.

—Eso lo sé mejor que nadie.

Ella estuvo a punto de echarse a reír. Se quedó mirando sus pies un momento, con los brazos cruzados sobre el pecho.

—Me gustaría subir a cubierta antes de que oscurezca del todo. Me apetece ver el mar.

—¿Te gustaría cenar en cubierta?

Aquella idea suscitó la curiosidad de Sapphire.

—¿Podemos?

—Pagué muy bien al propietario del barco por esta travesía. Puedo hacer lo que me venga en gana.

—¿Siempre te sales con la tuya? —preguntó ella—. ¿Siempre consigues lo que quieres a base de dinero?

—Normalmente sí.

—Eso es muy arrogante —repuso ella.

—Es la verdad.

Sapphire fijó la mirada en el suelo. Blake aguardó. Ella levantó con reticencia los párpados para mirarlo. A la luz movediza de la linterna, vestido con unas calzas sencillas, una camisa de hilo y botas altas de faena, estaba muy guapo. Quizás incluso más que con levita y sombrero de copa.

—Me gustaría cenar en cubierta... preferiblemente sin ti —se apresuró a añadir ella.

—Eso no es posible. O cenamos juntos en cubierta o cenamos juntos aquí —Blake se acercó a la cama, abrió los brazos y esperó.

Sapphire vaciló. Luego, lentamente, se acercó a él cojeando un poco. Una tregua. Al menos, por esa noche.

Mucho más tarde, tras cenar pescado fresco, arroz con especias caribeñas y fruta, Blake y ella se hallaron junto a la barandilla del barco, contemplando el océano oscurecido.

No hablaron de nada en particular. Él tenía curiosidad por Martinica y ella se descubrió contándole cosas sobre la isla, sobre Armand y sobre su madre: cosas de las que nunca había hablado con nadie, fuera de su familia cercana. Ella le preguntó por Boston y América y él le pintó un cuadro que Sapphire encontró sumamente interesante. Descubrió que Blake no era solamente empresario, sino también un filántropo, aunque se esforzara por ocultarlo. Él hablaba con entusiasmo de los cambios que estaban teniendo lugar en el transporte marítimo y en la industria manufacturera gracias al motor de vapor, y también acerca de su preocupación por la situación de los obreros.

Era un hombre interesante. Pero Sapphire empezaba a comprender que había que apartar muchas capas para llegar a su interior.

Mientras estaban junto a la barandilla, ella se apoyaba sobre la pierna buena y él posaba la mano sobre su cintura para sujetarla. Sapphire contemplaba el océano opaco, ribeteado por las crestas blancas de las olas, y una brisa fresca y salobre agitaba su pelo y lo soltaba de la cinta con que se lo había apartado de la cara.

—El Dios de tu madre... —dijo con voz queda.

—¿Perdona? —Blake la miró.

—Te he oído jurar por el Dios de tu madre —se volvió para mirarlo—. ¿Por qué es el Dios de tu madre?

—Es sólo una frase hecha —se encogió de hombros como si aquello no significara nada, pero el tono de su voz convenció a Sapphire de lo contrario.

—¿Tu madre es una mujer religiosa?

—Lo era. Yo no la conocí. Murió cuando era muy pequeño y a mí me crió mi madrastra. Pero los que la conocieron... —se encogió de hombros otra vez—... dicen que era una buena mujer y que tenía una fe muy profunda.

—¿Y la tuya no lo es? —él se echó a reír—. ¿No crees en Dios?

Blake se quedó pensando un momento.

—Creo en el trabajo duro. En ciertas convicciones. En la honestidad.

—¿Y en Dios no? —insistió ella—. Pero, ¿cómo puedes contemplar este océano... —levantó la mirada hacia el cielo oscuro—, esas estrellas, y no creer en un Creador? ¿Cómo puedes ver a un hombre y a una mujer ancianos, tomados del brazo, o ver a un niño en su cochecito y no creer en Dios?

La lámpara de aceite que había en la mesa, tras ella, lanzaba un leve resplandor sobre el perfil de Blake. Él se tomó su tiempo para responder.

—Sapphire, por las cosas que me has dicho esta noche, deduzco que creciste en una casa en la que se amaba a los niños. Tu padrastro amaba profundamente a tu madre. Mi infancia, en cambio, no fue tan... idílica.

Ella no sabía nada acerca de su infancia, ni de la clase de vida que había llevado, así que, en lugar de decir lo primero que se le pasó por la cabeza, como solía, se quedó callada. Había algo en la voz de Blake que la entristecía. Todo niño merecía sentirse amado y, aunque tenía la sensación de que a Blake no le había faltado de nada, el amor no estaba entre las cosas que le habían dado.

—¿Tú crees que el amor cambia las cosas? —preguntó, rompiendo el silencio.

Él tensó el brazo alrededor de su cintura.

—Creo que hacer el amor puede cambiar cosas —tomó su mano y se la llevó a la boca, la besó y a continuación se la pasó por la mejilla.

Sapphire sintió que le ardía la cara y empezaban a cosquillearle los pechos. No podía negar el deseo que sentía por Blake, por más que quisiera. Se sentía al borde de un precipicio.

—Entonces, ¿quieres decir que has amado a muchas mujeres?

—Podría decirse así.

—Pero, ¿no es eso terrible? ¿Amar y luego dejarlas marchar, permitir que vuelvan con sus maridos o con otros hombres? —preguntó, ansiosa por saber la verdad.

—En realidad, no —él volvió a besar su mano. Luego levantó la manga de su blusa y empezó a cubrir de besos ligeros la delicada piel de su antebrazo—. Si no esperas nada de nadie, es fácil alejarse. De ese modo, nadie resulta herido.

¿Qué quería decir Blake?, se preguntó Sapphire mientras él la besaba suavemente en los labios. ¿Estaba diciendo acaso que, mientras no esperara nada de él, no resultaría herida? ¿Que podían pasar un tiempo juntos y que luego ella podría marcharse, indemne? ¿Le estaba diciendo Blake que nunca podría amarla? Era una idea triste, pero tal vez digna de meditar sobre ella.

Después de la primera noche en el barco, Sapphire y Blake establecieron una rutina que ella habría encontrado extraordinariamente grata si las circunstancias hubieran sido otras. El tiempo de principios de agosto era excelente, y comían casi siempre en cubierta, en un velador que Blake había llevado para tal propósito. En la popa corría la brisa, pero no demasiado, y el calor del sol era espléndido. Sapphire pasaba casi todo el día leyendo libros sacados de la ecléctica colección de Blake, jugando al ajedrez o a las cartas con él, o simplemente disfrutando del aire fresco. Aunque acostumbraba a ser más activa, pasados unos días pudo relajarse y aceptar el tiempo que tendrían que pasar allí, con Blake a su lado, mientras se curaba su tobillo. Cuando llevaban diez días de travesía y habían recorrido más de la mitad del trayecto, fue capaz de caminar sola sin sentir más que un leve dolor.

Aparte de Ralphie, el mozo, que servía las comidas y se ocupaba de sus necesidades personales, Sapphire rara vez veía a los marineros del barco, como no fuera de lejos. Blake había dado instrucciones estrictas de que no se les molestara y la tripulación respetaba su petición, posiblemente por miedo a él —suponía Sapphire—, pues podía llegar a ser un hombre temible.

El capitán, un bostoniano llamado Jeremy Pottle, informaba diariamente a Blake acerca de la previsión del tiempo, la cantidad de millas que habían cubierto el día anterior y las que confiaba en recorrer al día siguiente. A veces, Blake y él hablaban del funcionamiento del motor de vapor, pero el capitán nunca se entretenía mucho tiempo. Hablaba con claridad y rápidamente, y nunca se quedaba en presencia de Blake más de lo estrictamente necesario.

Una mañana, mientras Sapphire observaba al capitán Pottle alejarse de su mesa en la cubierta de popa, lo señaló con la cabeza.

—¿Qué le has hecho? —le preguntó a Blake.

—¿Cómo dices? —Blake miró por encima del libro que estaba leyendo. Estaba sentado de cara al sol, con una bota apoyada sobre la mesa y la camisa medio abierta, y a Sapphire le costaba dominar sus pensamientos. Ya habían hecho el amor esa mañana, antes de subir a cubierta a desayunar. ¿Qué clase de libertina la consideraría Blake por desearlo otra vez? Ella no era mejor que su querida Angelique, a quien echaba mucho de menos. Aquella idea la hizo sonreír. Era evidente qué clase de libertina era y no sentía deseos de arrepentirse de sus pecados. Al menos, ese día.

—No entiendo la pregunta —dijo Blake, interrumpiendo sus cavilaciones.

—El capitán Pottle... Se comporta como si le dieras miedo. ¿Por qué?

—No sé de qué estás hablando —Blake echó mano de una taza llena de café recién hecho.

—¿No ves cómo se comporta contigo, como si temiera que fueras a atacarlo en cualquier momento?

Él frunció el ceño.

—No lo he notado.

—No, supongo que no —Blake era un hombre extraño, tan arrogante, tan centrado en sí mismo en ciertos sentidos y en otros, sin embargo, tan claramente falto de pretensiones.

Sapphire se levantó.

—¿Adónde vas?

—Al camarote, a buscar el tablero de ajedrez. El mar todavía está en calma. Se puede jugar en cubierta. Puede que ayer me ganaras, pero fue de casualidad —al pasar a su lado, descalza, pasó los dedos por su nuca.

En el camarote, se sentó en el suelo, delante de la cama que compartía con Blake, y sacó el cajón que había debajo. Al sacar el ajedrez de ónice y marfil labrado, en su caja de madera, pensó en otra caja que había bajo otra cama, muy lejos de allí. Las lágrimas llenaron sus ojos cuando pensó en el cofre que había dejado bajo la cama, en las habitaciones que había alquilado Lucía. Echaba de menos aquella caja. Y a su familia.

Sintiéndose como una idiota, se enjugó los ojos. Estaba muy confundida por sus propias emociones. ¿Cómo podía estar allí sentada, en la cubierta, con Blake, y reír y desayunar con él, cuando aquel hombre la había arrancado de su tía, la cual ignoraba lo que había sido de ella? Y, lo que era aún peor, ¿cómo podía hacer el amor con él cuando Blake seguía pensando que era una cazafortunas y se negaba a creer que pudiera ser realmente la hija de lord Wessex?

Quizá por eso echaba tanto de menos la caja de su madre. Aquel precioso cofrecillo era su prueba —si no ante él, sí ante ella misma— de que era verdaderamente la hija de Edward y de que su madre había estado casada con él. La prueba de que era alguien. No era la hija de una prostituta, sino de un hombre rico y noble y de su amada esposa. No era una oportunista, sino una mujer con título y linaje, una mujer que merecía ser amada, que podía ser amada por un hombre como Blake Thixton.

¿Amada por Blake Thixton? ¿De dónde había salido aquella idea?

Las lágrimas comenzaron a rodar por sus mejillas. ¡Ella no quería el amor de Blake! Él le había dejado claro que sólo le interesaba como entretenimiento. Ella sólo hacía el amor con él porque... porque... Sus lágrimas eran cada vez más abundantes. El hecho de que se hubiera entregado a él no significaba que fuera su querida. Nunca lo sería. Se merecía algo más.

Lo que Blake Thixton no sabía era que sólo estaba ganando tiempo hasta que llegaran a América. Una vez allí, le hablaría claramente. Se negaría en redondo a ser su amante y exigiría que la enviara a Inglaterra en el siguiente barco. Él ni siquiera le había permitido hablar de quién era y, cada día que pasaba, ella estaba más decidida a demostrarle que su reclamación era auténtica.

Blake tenía razón con excesiva frecuencia. Al raptarla, le había dicho que era hora de que alguien le enseñara una lección. Pero era ella quien pensaba enseñársela a él, a su debido tiempo.

—¿Sapphire? ¿Estás bien?

La voz alarmada de Blake en el pasillo la sobresaltó. Se puso de rodillas y recogió la caja que contenía el ajedrez, a pesar de que la cegaban las lágrimas.

—S-sí. ¡Ya voy!

Pero él estaba ya en la puerta, tras ella.

—Como no volvías, temía que te hubieras caído o te hubieras torcido otra vez el tobillo.

Al oír que la puerta del camarote se cerraba, Sapphire soltó la caja de madera y se enjugó los ojos con ambas manos.

—No, estoy bien, es sólo que... —su labio inferior tembló. Dejó caer las manos sobre el regazo.

—Sapphire, ¿qué ocurre? —Blake se acercó a ella en un instante, se puso de rodillas y, agarrándola por los hombros, la obligó a mirarlo. Una emoción que Sapphire no había visto nunca cruzó su cara al ver que estaba llorando—. Te has caído otra vez, ¿no?

Ella sacudió la cabeza y se apartó, avergonzada por llorar por culpa de una caja llena de cartas.

—Déjame ver —insistió él.

—¡No!

—Sapphire, si estás herida...

—No estoy herida —repuso ella, pero no era cierto. Le dolía el corazón.

Blake la enlazó por la cintura y la hizo echarse hacia atrás, pero ella se negó a mirarlo. Él ciñó con la mano su pierna, justo por encima del tobillo herido.

—La hinchazón ha desaparecido por completo. ¿Puedes levantarte?

—No es el tobillo —dijo ella, incapaz de mirarlo a los ojos—. Es... mi tía Lucía —sólo era una mentira a medias—. Debe de estar preocupada por mí. Puede que piense que estoy muerta.

Blake desvió la mirada. Su voz sonó de pronto distante.

—No pensará que estás muerta.

—No, tú no lo entiendes —Sapphire seguía sacudiendo la cabeza—. Cuando mi madre murió, la tía Lucía...

—Sapphire, esto es absurdo —Blake la hizo volverse agarrándola por los hombros para que lo mirara—. Envié una carta a Jessup antes de que dejáramos Inglaterra. Dentro de tres días llegaremos a Boston. Puedes enviar una carta a Lucía y decirle que estás bien —hizo una pausa—. Que estás conmigo.

—Pero tardará tanto en llegarles... Debería escribir también a Armand, por si acaso la tía Lucía le ha enviado una carta. Estará preocupado.

—Las cartas no tardarán en llegar tanto como crees. Mira lo rápido que hemos cruzado el mar con el motor de vapor —la estrechó entre sus brazos. Su boca casi rozaba la mejilla de Sapphire. Su tono era tierno otra vez—. Llevaré tus cartas al barco más veloz que zarpe de Boston el día que lleguemos.

Sapphire se sintió desbordada por sus emociones, por la cercanía de Blake, por el contacto de su mano sobre su tobillo desnudo, por su cálido aliento en la mejilla. Blake se preocupaba por ella. Lo notaba en su voz. Ella le importaba.

—¿Quieres que hagamos eso? —preguntó él. Le puso un dedo bajo la barbilla y la obligó a mirarlo a los ojos. Ella asintió con la cabeza—. Entonces, eso haremos —la besó—. Enviaremos las cartas y luego te enseñaré las mejores cosas de Boston, los edificios más bonitos, los mejores barcos, y te presentaré a los hombres más interesantes... y también a las mujeres —la besó de nuevo—. ¿Te gustaría?

Sapphire se sentía cautivada por el sonido de su voz grave, por el contacto de sus labios sobre los de ella.

—Me gustaría —musitó, y posó las manos sobre sus hombros.

—Te compraré los vestidos más bonitos de Boston, y joyas, si quieres —la besó de nuevo, esta vez con mayor vehemencia, y Sapphire se descubrió devolviéndole el beso. Su congoja, sus temores empezaban a disiparse. De nuevo no parecía importar nada, salvo su corazón palpitante y cómo la hacía sentir Blake cuando la tocaba.

—Te vestirás con los trajes más elegantes y asistiremos a las mejores fiestas. Serás la comidilla de la ciudad —la estrechó en sus brazos y le apartó el pelo para mirarla a los ojos—. Te olvidarás de Londres y de Charles en un abrir y cerrar de ojos.

—¿Y si no me gusta Boston? —preguntó ella.

—Entonces te mandaré de vuelta a Londres, con tu tía Lucía.

Ella asintió con la cabeza, pero casi deseaba que hubiera dicho que no la dejaría marchar. Que no podría.

—Basta de hablar —musitó, y le tapó la boca con un dedo. Después, besó sus labios.

—Ah, Sapphire —dijo Blake mientras la rodeaba con sus brazos y la sentaba en su regazo—, no me canso de ti.

Hundió la lengua en su boca y Sapphire cerró los ojos. Cuando se apartó, jadeante, su humor había cambiado. Se sentía aturdida y alegre.

—¿No te doy miedo? —preguntó en tono burlón.

Blake se inclinó, arrastrándola con él, y un instante después estaban tumbados en el duro suelo.

—¿Miedo de ti? —rió mientras buscaba los botones de la camisa de grumete que llevaba ella.

Sapphire asintió y levantó los brazos para que le quitara la camisa.

—En la aldea que hay junto a mi casa, había hombres y mujeres que me tenían miedo —lo miró a los ojos.

Había leído una vez que los ojos eran las ventanas del alma de una persona y se descubrió deseando poder vislumbrar el alma de Blake. Pero, como siempre, sus ojos eran brumosos y tan opacos como el mar tormentoso.

—¿Te tenían miedo? —ronroneó él mientras la estrechaba de nuevo en sus brazos. Tiró de la cinta que sujetaba su pelo y vio cómo la melena le caía sobre los hombros como una cortina.

—Uno azul, uno verde —logró decir ella al tiempo que un estremecimiento de placer atravesaba su cuerpo—. Una señal de los malos espíritus —abrió muchos los ojos como si quisiera asustarlo.

Blake se echó a reír y bajó la cabeza para besar el valle entre sus senos. Después, arrastró su boca caliente hasta el pezón.

—Tus ojos me parecen preciosos. Te dan un aire misterioso. Impredecible —tocó su pezón con la punta de la lengua y ella dejó escapar un gemido.

—¿Impredecible?

Él asintió con la cabeza.

—Por eso me gustas. Fue lo primero que me llamó la atención... aparte de tu pelo rojo —siguió excitando su pezón hasta convertirlo en un botoncillo duro y tardó un momento en seguir hablando—. Nunca sé qué esperar de ti. Qué dirás. Qué harás. Estoy cansado de mujeres predecibles.

Ella se echó a reír.

—Te alegrará saber que, últimamente, a mí también me parecen impredecibles mis actos y mis pensamientos —con un suspiro, Sapphire se relajó mientras Blake trazaba un sendero de besos ardientes y húmedos sobre su vientre y más abajo.

No protestó cuando él desató sus pantalones y se los quitó. Y, cuando Blake deslizó la mano entre sus muslos y buscó sus pliegues suaves, abrió las piernas y contuvo el aliento. Entre tanto, la boca de Blake seguía descendiendo. Un instante después, ella se rindió a su mano, a su boca, y dejó que sus dedos hicieran lo que quisieran, la elevaran cada vez más alto.

Blake la conocía muy bien. Sabía qué la hacía reír, qué la hacía gemir, y ponía en juego todas sus habilidades cada vez que hacían el amor. La excitó hasta el límite y luego la dejó a la deriva hasta que Sapphire se sorprendió arqueándose hacia atrás y levantando las caderas en busca de su mano.

—Blake, por favor —suplicó. Estaba tan cerca...

—Ven a sentarte en mi regazo —musitó él, y se tumbó de espaldas para quitarse los pantalones.

Ella sacudió la cabeza y sintió que se sonrojaba.

—No sabría cómo... No sé qué hacer —jadeó.

—Ah, yo creo que sí. Creo que naciste sabiendo cómo hacer gozar a un hombre.

Blake besó el lóbulo de su oreja, su mejilla, y ella se volvió para salir al encuentro de su boca, que aceptó con ansia.

—Creo que naciste sabiendo cómo hacerme gozar a mí —masculló él ávidamente.

Antes de que ella pudiera decir nada, la levantó y la colocó sobre su regazo, y Sapphire se halló sentada a horcajadas sobre él, con las rodillas sobre el suelo. Ansiosa por hallar satisfacción, se alzó, se acomodó sobre él y halló cierto placer en oírlo gruñir.

—¿Qué decías sobre que no sabías qué hacer? —preguntó él con sorna. Tenía los ojos entornados por la pasión.

—Calla —le dijo ella mientras se inclinaba para besarlo y su cabello caía alrededor de los dos.

Blake gruñó de nuevo.

—Y pensar que ibas a perder el tiempo con ese lechuguino...

—¿No me has oído? —preguntó ella en tono imperioso. Entonces apoyó las manos a ambos lados de su cabeza, se alzó y volvió a bajar. La respuesta de Blake fue la que esperaba.

—Maldita sea, sí que aprendes rápido —gimió él con los ojos cerrados.

Sapphire se inclinó, se tumbó sobre él e intentó conservar el control sobre el placer creciente de Blake y el suyo propio.

—Calla —le susurró al oído.

Luego se incorporó de nuevo y comenzó a moverse sobre él. Había dicho que no sabía qué hacer y era cierto, al menos racionalmente, pero su cuerpo sí parecía saberlo. Se movió rítmicamente, primero más despacio, luego más aprisa, y después lentamente otra vez.

—Túmbate —ordenó Blake con voz ronca al cabo de un tiempo, apoyando las manos sobre sus caderas.

Pero ella se limitó a sonreír, ralentizó sus movimientos y cubrió su cara de suaves besos.

—¿Cómo voy a aprender si no practico? —bromeó.

Una vez más condujo a Blake hasta el límite, pero esta vez dejó que su propio control se disipara. Se movió cada vez más aprisa, extendió su cuerpo sobre el de él y amoldó sus suaves curvas a la recia figura de Blake. Dejó escapar un grito y oyó que él lo repetía como un eco, y una oleada de placer rompió sobre ella, dejándola estremecida y jadeante.

—Sss —susurró Blake al tumbarla sobre el suelo. Después se colocó de lado y la atrajo hacia sí. Besó sus párpados cerrados, su mejilla, su mentón, la punta de su nariz.

—Nadie me dijo nunca que era así —dijo ella cuando por fin recuperó la voz. Tenía aún los ojos cerrados y disfrutaba sintiéndose abrazada por Blake, notando su calor sobre la piel.

—No es así, normalmente —murmuró él mientras besaba su hombro.

Ella quiso preguntarle qué quería decir, pero no lo hizo. Quizá porque tenía miedo.

La víspera de su llegada al puerto de Boston llovió mucho, de modo que pasaron el día en el camarote, leyendo —a veces en voz alta el uno al otro—, haciendo el amor o simplemente hablando.

La tarde estaba tocando a su fin y Sapphire yacía en la cama, cubierta únicamente con su camisa, que era tan larga que le llegaba por debajo de las caderas. Estaba tumbada de lado, leyendo *La pradera*, de James Fenimore Cooper, uno de los libros de Blake. Estaba disfrutando mucho de su lectura, pues aquel libro ofrecía una visión cautivadora de América y de las aventuras que brindaban aquellas tierras.

Estaba, sin embargo, aburrida de leer, aburrida de estar todo el día encerrada en el camarote, y un poco nerviosa por su llegada a Boston al día siguiente. Blake y ella no habían hablado de lo que ocurriría al llegar. Él había prometido enviarla de regreso a Inglaterra, así que Sapphire había pensado quedarse unos días. Una semana, quizá. Él le había hablado tanto de Boston y Nueva York que sentía curiosidad por ambas ciudades y no veía razón para no visitarlas tras recorrer un camino tan largo. Tenían que hablar, no obstante, del hecho de que ella no tenía intención de ser su querida, por más que disfrutara de su compañía dentro y fuera de la cama.

Dejó el libro sobre la cama y miró a Blake. Él estaba leyendo con un pie descalzo apoyado sobre el escritorio. La brisa entraba por el portillo y revolvía su pelo, dándole una apariencia relajada, casi despreocupada.

Sapphire era consciente de que no había sacado a relucir aquel asunto porque no quería pelearse con él. Durante un corto espacio de tiempo, habían sido ellos dos solos en aquel camarote, en aquel barco, entre sus libros, sus risas y sus encuentros amorosos. Pero el tiempo no podía detenerse y nada de lo ocurrido en aquella cama podía cambiar quién era Sapphire. Ni lo que estaba decidida a ser.

—Blake —dijo. Él siguió leyendo—. Blake —repitió un poco más fuerte.

—¿Sí?

—Blake, tengo que hablar contigo.

Él debió notar la seriedad de su tono porque suspiró y cerró el libro lentamente.

—¿Sí?

—Quiero que vengas aquí —ella dio unas palmadas en la cama—. Siéntate conmigo.

—Prefiero quedarme aquí —dijo él con obstinación.

Ella, que seguía tumbada de lado, con la cabeza apoyada en una mano, volvió a dar unas palmadas en la cama. Blake exhaló un suspiro, se levantó despacio y fue a sentarse al borde de la cama. Miraba la puerta, no a ella.

—Tenemos que hablar de lo que va a pasar cuando mañana dejemos el barco.

—Vamos a ir a mi casa. Creo que te gustará. Está en la costa y tiene unas vistas asombrosas. Ya te he dicho que muchas habitaciones no están aún amuebladas, pero confiaba en que me ayudaras con eso. Apenas tengo tiempo para pensar qué necesita cada habitación y...

Ella posó la mano sobre su antebrazo, cuyo vello oscuro cosquilleó su palma.

—Blake, tú sabes que no estoy hablando de la casa. Estoy hablando de mí. De ti. Sabes que no puedo ser tu amante.

—¿No puedes o no quieres?

Esta vez, fue Sapphire quien suspiró. Apartó la mano de él y volvió a tumbarse de espaldas en la cama.

—Las dos cosas —dijo—. Soy la única hija de lord Wessex, la hija de Edward y Sophie Thixton. No puedo ser la querida de nadie.

Él arrugó el ceño, se levantó y se metió las manos en los bolsillos.

—No hace falta que hagas esto, ¿sabes? Sé que eres una mujer brillante, Sapphire. Lista. Divertida. Y emprendedora —comenzó a pasearse entre la puerta y la cama—. Pero esa reclamación no va a servirte de nada conmigo. En realidad, me irrita. Me molesta que, por más que te ofrezca, digas que no es suficiente. Eres muy codiciosa.

—No soy codiciosa —repuso ella mientras intentaba dominar sus emociones. Miraba fijamente el techo bajo y lo escuchaba pasearse por el cuarto—. Sólo pido lo que es mío. Lo único que quiero es que reconozcas la verdad.

—Y yo sólo pido que digas la verdad.

Ella refrenó el impulso de darle una bofetada. La ira no la llevaría a ningún sitio con Blake Thixton. Tenía que mantenerse tan serena como él.

—Mañana, cuando desembarquemos, necesitaré ropa digna de una mujer de mi posición —dijo—. Cuando lleguemos a tu casa, donde dormiremos en habitaciones separadas, podremos discutir esto con más detenimiento.

—Está bien —dijo él.

Ella se tumbó de lado para mirarlo.

—¿Está bien?

—Sí, está bien —él abrió la puerta—. Voy a cubierta a tomar un poco el aire.

Ella miró por el portillo entreabierto y vio que seguía lloviendo.

—Todavía llueve.

—Volveré enseguida.

Sapphire tenía ganas de ir con él, pero volvió a tumbarse de espaldas y escuchó alejarse sus pasos por el pasillo. Escuchó y se negó a llorar.

A la mañana siguiente, cuando Sapphire se despertó, Blake se había ido y las cartas que ella había escrito para Armand y Lucía habían desaparecido. Habían llegado a la embocadura del puerto en plena noche y, tras pasar un rato en el puente, viendo cómo se acercaban las escasas luces de la ciudad, se habían retirado al camarote. Habían hecho el amor, pero Blake se había mantenido distante, y esa mañana ella se levantó y se preparó para afrontar el día con gran emoción.

Se bebió el café que Blake le había dejado, pero sólo probó el pan. Estaba tan nerviosa que su estómago no admitía nada más. Sentía el movimiento del barco mientras se deslizaba hacia los muelles del puerto, pero no subió a cubierta por miedo a que alguien la viera vestida con la ropa de grumete. Una vez abandonara aquel barco, nadie la conocería ni sabría lo que había ocurrido durante las dos semanas anteriores. Pensaba retomar la vida que tenía antes de que Blake la llevara al barco en plena noche.

Sacó el cepillo con mango de oro del baúl en el que Blake había guardado sus cosas el día anterior, se sentó con las piernas cruzadas sobre la cama y se cepilló el pelo mientras esperaba la ropa que Blake le había prometido mandar a buscar en un bote a primera hora de la mañana.

El tiempo parecía arrastrarse. Al atracar el barco, oyó el murmullo del agua al chocar contra el casco, el ajetreo de la cubierta y los gritos animados de los marineros. Ardía en deseos de subir a cubierta y ver el puerto de Boston, pero no cedería a su propia curiosidad. Tenía que vestirse adecuadamente para desembarcar como la hija de lord Wessex y no como una ramera de puerto.

Al oír los pasos de Blake en el pasillo, dejó el cepillo y se recogió rápidamente el pelo en un moño. Cuando él entró, estaba de pie, descalza, con las manos tras la espalda, y lo esperaba ansiosamente.

—Podemos desembarcar en cuanto estés vestida —dijo él, y arrojó un hato sobre la cama. Iba vestido con levita y pantalones oscuros y llevaba un sombrero hongo. Con la camisa blanca y el ceño fruncido, parecía el empresario y el respetado hombre de negocios que era en realidad, y no el hombre que la había estrechado en sus brazos—. El carruaje ya está en el muelle, y también mi ayudante.

Sapphire se volvió a mirar aquel hato de ropa, demasiado pequeño para contener el vestido y las enaguas de una dama.

—¿Tu ayudante? —preguntó, sorprendida.

—El señor Givens. Era el ayudante de mi padre. No es un tipo muy alegre, pero trabaja bien. Y es muy leal —dijo él sin emoción alguna.

Sapphire tiró de la cuerda que ataba el paquete y, al abrirse, el papel reveló una falda de lana gris muy sencilla, una blusa de algodón de manga larga que había conocido mejores días y un delantal. Había también unas medias negras, unos zapatos negros y desgastados y una cofia. Ropas de criada, indignas siquiera de la doncella de una dama. Aquél era el uniforme de la sirvienta más insignificante de una casa: la moza de la cocina. Sapphire se quedó mirando las ropas un momento; luego se volvió hacia Blake echando fuego por los ojos.

—¿Qué es esto? —preguntó con aspereza.

—Ropa —contestó él tranquilamente.

Ella apretó los dientes.

—Eso ya lo veo.

—Pediste ropa adecuada a tu posición, Sapphire —levantó una mano—. Y yo te la he traído, como prometí.

—Hijo de... —Sapphire se refrenó antes de que las palabras se le escaparan y no pudiera retirarlas. Las damas no maldecían, por muy furiosas que estuvieran—. No pienso ponerme eso —dijo con terquedad—. Soy la hija de lord Wessex, no una criada, y no voy a llevar esa ropa.

—Pues quédate con lo que llevas puesto —él puso la mano sobre el picaporte.

—¡No puedo ir con esto! —Sapphire retrocedió y abrió los brazos—. No puedo salir a la calle vestida de hombre. Yo... Me arrestarían por indecente —se tiró de la camisa, que era casi transparente—. No puedo entrar en tu casa, dejar que tu ayudante me vea, que todos tus sirvientes me vean vestida así. ¿Qué pensarán de mí?

—Sapphire, el carruaje sale para Beacon Hill dentro de cinco minutos, contigo o sin ti —él abrió la puerta, se detuvo y se volvió—. A menos, claro, que sólo seas Sapphire Fabergine, una chica lista que ha llamado mi atención —levantó las cejas—. Mi amante.

Cinco minutos después, Sapphire recorrió la pasarela detrás de Blake y pisó el muelle vestida con ropa de criada y tan furiosa que pensó que el fuego de sus ojos podía incendiar la elegante levita de Blake.

—Me alegra que haya vuelto, señor —dijo el hombre, algunos años mayor que Blake, que aguardaba junto al carruaje grande y lujoso. Habría sido apuesto de no ser porque fruncía el ceño aún más que Blake. No se dirigió a ella, ni Blake los presentó.

En el interior del espacioso coche, Sapphire se sentó lo más lejos posible de Blake. Mientras avanzaban por la bulliciosa calle, miró por la ventanilla. Al igual que en Londres, las avenidas de Boston estaban atestadas de vehículos y peatones. Había carruajes elegantes, como el que ocupaban ellos, pero también carros tirados por jamelgos y carretillas de mano empujadas por niños. Había hombres y mujeres vestidos con ropas sencillas y cargados con sacos, bolsas, cubos de carbón y costillares de ternera. Pero junto a ellos había hombres vestidos como Blake, con trajes negros bien cortados, y mujeres ataviadas con elegantes vestidos de mañana y sombreros y provistas de sombrillas para proteger su cutis del sol de verano. A pesar de que estaban en el puerto, que solía ser la zona más pobre y degradada de una ciudad, aquellos americanos tenían un aire distinto. Los carniceros que vendían piezas de carne, el muchacho esclavo que llevaba un paquete de cartas, incluso los estibadores parecían menos sucios, menos desesperados. No había la suciedad y el hedor de Londres. Los cerdos corrían sueltos por las calles, al igual que los pollos, pero las calles estaban relativamente limpias y la mayoría de los niños que correteaban persiguiéndose entre cajas y banastas llevaban zapatos. Sapphire no sabía qué esperaba de Boston, pero el aparente buen estado de la gente corriente fue para ella una grata sorpresa. Encontraba Londres emocionante, pero también un poco triste, y su primer vislumbre de la ciudad de Blake le pareció prometedor.

La línea del horizonte cambió rápidamente cuando se

alejaron de los muelles, y Sapphire se descubrió estirando el cuello, tan cautivada por lo que veía que apartó la cortinilla de encaje para ver mejor. Los edificios eran altos, hermosos y muy limpios comparados con los de Londres, siempre cubiertos de hollín. Y la arquitectura era notable. Sapphire nunca había sido muy aficionada al estudio de la arquitectura, pero Armand había insistido en que se familiarizara con algunas disciplinas del saber a las que las mujeres no solían tener acceso, como la arquitectura.

—Santo cielo —se oyó decir—. Los edificios son preciosos. Ése es de estilo griego, ¿verdad? —señaló la sede de un banco junto a la que pasaban.

Blake y el señor Givens habían estado hablando de diversos asuntos de negocios. Blake se volvió hacia ella.

—Sí, así es —dijo, aparentemente sorprendido porque lo supiera.

—¿Y qué es eso? —sin pensarlo, se puso de rodillas sobre el asiento—. Esa cúpula dorada es preciosa.

—Es la sede del gobierno de nuestro estado —Blake cruzó las piernas.

—¿Es neoclásica? —preguntó ella, y volvió la cabeza cuando dejaron atrás el edificio, construido hacía poco tiempo.

—Sí, supongo que sí —él parecía sorprendido de nuevo—. El arquitecto es Charles Bullfinch. Ha diseñado muchos edificios aquí, en Boston. Un hombre fascinante. Te gustaría. Podría presentártelo. Es un gran conversador.

Sapphire notó que el señor Givens lo miraba extrañado, como si se preguntara por qué hablaba así a una criada. Ella pensó un momento en defenderse, pero decidió no darle a Blake el placer de oír cómo intentaba explicar por qué llevaba aquella ropa ridícula. Dejaría que Blake ganara aquella partida, pero, una vez hubieran llegado a la casa y encontrara algo de ropa decente, el señor Givens sabría quién era.

—Me gustaría ver algunos de esos edificios —le dijo a Blake—. Armand tenía algunos libros con ilustraciones de arquitectura neohelénica y debo admitir que me gusta particularmente ese estilo —sonrió a medias—. Quizá por mi afición a las tragedias griegas.

Givens enarcó de nuevo las cejas.

—Si te gusta la arquitectura neohelénica, te encantará la casa —él levantó un dedo para señalar adelante—. Nos estamos acercando. Este lugar se llama Beacon Hill y está bordeado por el río Charles. En la década de 1780 todavía se hacían hogueras aquí arriba para advertir a los barcos de lo cerca que estaban de la costa. Bullfinch y un socio suyo acotaron parte de la pendiente de la colina, allí, donde se ven esas casas. Las viviendas de la parte alta de la plaza de Louisburg se acabaron de construir hace un par de años.

—¿Tu casa está allí? —preguntó ella, algo sorprendida porque un hombre soltero eligiera una zona tan exclusiva de la ciudad para construirse una casa.

Él asintió con la cabeza y apartó la mirada de la ventanilla.

—El arquitecto se llama Alexander Parris. Hoy en día está considerado probablemente el mejor arquitecto del país. Dejó de construir casas hace unos años, pero diseñó la mía como un favor. Mi padre y él eran amigos.

El carruaje iba subiendo lentamente la colina y Sapphire se esforzaba por ver la cima.

—¿Cuál es tu casa?

—La de piedra gris, con las dos buhardillas en el tejado —señaló con la cabeza una casa magnífica, construida en granito, con una fachada de piedra biselada que le daba un aire monumental. Sapphire pensó que las cartelas de la fachada daban a la casa un estilo francés, pero pese a todo el edificio armonizaba con las casas vecinas, de estilo federalista.

—Es conocida simplemente como Thixton House. Nosotros, los americanos, no somos como los ingleses, que ponen a sus casas nombres imaginativos —el carruaje se detuvo ante la puerta principal de la imponente casa de tres plantas, que se asomaba a la bahía, y varios sirvientes corrieron a hacerse cargo de los arneses de los caballos—. Ya estamos aquí.

En cuanto el carruaje se detuvo, la portezuela se abrió.

—Bienvenido a casa, señor Thixton —dijo un joven vestido con librea verde oscura.

—Gracias, Billy —Blake salió del carruaje y el señor Givens lo siguió y dejó que Sapphire saliera por su propios medios.

Entraron en la casa por unas puertas de cedro macizo que abrió otro sirviente, también vestido de verde.

—Bienvenido a casa, señor Thixton.

Aquel saludo fue repetido con idéntico respeto una docena de veces más antes de que el señor Givens los dejara en el espacioso salón principal. En cuanto estuvieron solos, ella dejó de admirar los hermosos cuadros que colgaban de las paredes y se enfrentó a Blake.

—Está bien —dijo con tranquilidad—. Ya te has divertido. Me has humillado delante de tu ayudante y de tus sirvientes. Quiero ropa adecuada y la quiero ya, por favor.

—Pediste ropa digna de tu posición y te la he dado. Eres una chica sencilla que intenta abrirse paso en el mundo y mejorar de posición... ¿o eres mi querida? —él levantó una ceja.

Sapphire tardó un momento en comprender lo que estaba diciendo. Oía pasos en el suelo de pizarra y un tintineo de llaves mientras alguien se acercaba por el largo corredor. Levantó la barbilla, miró a los ojos a Blake y la expresión decidida de su cara la enfureció.

—Dilo —musitó él—. Se acerca mi ama de llaves, la señora Dedrick. Es muy estricta con las normas de decencia. Y las criadas no se quedan hablando con el señor de la casa en el salón —hizo una pausa—. Ni siquiera una criada que he traído conmigo de mi casa nueva en Londres.

Sapphire estaba tan lívida que apenas podía hablar. ¿Cómo se atrevía Blake a hacerle aquello después de lo que habían compartido? ¿Cómo se atrevía?

—Yo no soy tu querida.

—Mi querida dormiría en una alcoba elegante de la tercera planta —él señaló la escalera de mármol que había frente a ellos—. Llevaría vestidos a la última moda y me acompañaría a las cenas, las recepciones y los bailes a los que suelen invitarme, y haría el papel de anfitriona cuando diera una fiesta en mi casa —al ver que ella no respondía, prosiguió—. Mis criadas, en cambio, duermen en el desván, donde están sus dormitorios. Sólo he estado allí arriba un par de veces, pero las ventanas son pocas y pequeñas, así que supongo que en esta época del año hace bastante calor. Y, naturalmente, ya sabes la ropa que visten mis criadas —miró con desdén su ropa informe y raída—. Piénsalo despacio —miró hacia el vestíbulo. El sonido de pasos era cada vez más fuerte—. Pero no tardes mucho.

—Yo no soy tu querida —repitió ella.

—Bien —Blake dio media vuelta.

—Señor Thixton, bienvenido a casa —una mujer delgada y baja, ataviada con un vestido gris, se acercó a ellos. Llevaba un cinturón del que colgaba un anillo de llaves cuyo tintineo había oído Sapphire—. ¿Y qué tenemos aquí? —preguntó, echando un vistazo a Sapphire y levantando la nariz desdeñosamente.

—Ésta es Sapphire. He heredado varias casas en Londres y... encontré a esta pobre muchacha huérfana en la calle. Pensé que prometía como doncella, aunque no tiene experiencia, así que la he traído conmigo. Le pido disculpas por no haberla avisado con antelación. Si no tiene sitio para ella en la cocina o el personal de casa... —dejó que sus últimas palabras pendieran en el aire, que parecía crepitar, lleno de tensión.

—Desde luego que sí, señor —dijo ella.

A Sapphire le extrañó el acento del ama de llaves. Allí donde debía pronunciar una erre, pronunciaba algo parecido a una hache aspirada.

—Por aquí, muchacha —dijo con severidad—. Estoy segura de que el señor desea descansar y no querrá que lo molestes.

Sapphire miró a Blake, pero él ya se había dado la vuelta y se dirigía a la escalera.

—Estaré en mi estudio, señora Dedrick. ¿Podría, por favor, mandar que me suban un poco de café y quizás algún dulce? Unas rosquillas de canela de la señora Porter, tal vez.

A Sapphire se le hizo la boca agua. Sólo había tomado una taza de café esa mañana y su estómago empezaba a protestar.

—Desde luego, señor Thixton. Están recién salidas del horno.

Blake posó la mano sobre la barandilla de caoba, suave y labrada, y empezó a subir la escalera.

—Excelente.

—Bueno, ¿y tú qué miras? —le preguntó la señora Dedrick a Sapphire.

Sapphire apartó la mirada de Blake y la fijó en el ama de llaves, y por un momento no comprendió que era así como la señora Dedrick se dirigía a una nueva sirvienta. Atónita, balbució:

—Yo... yo...

—Será mejor que cierres la boca —la interrumpió el ama de llaves—. Te llamaré Molly. Sapphire no es nombre para una criada. Sígueme, Molly –la señora Dedrick dio media vuelta y echó a andar por el corredor, y Sapphire no tuvo más remedio que seguirla.

Al pasar junto a la escalera, vio a Blake en el primer rellano. Él la observaba con una sonrisa triunfante. Sapphire se volvió y se apresuró tras la señora Dedrick. Prefería barrer chimeneas y lavar platos que ceder a su capricho.

Más tarde, esa noche, Sapphire yacía en un catre estrecho, en el dormitorio de las mujeres, cubierta con un camisón viejo y fino de algodón que, compadeciéndose de ella, le había prestado una criada de la cocina llamada Myra. Tal y como había predicho Blake, en la cuarta planta hacía un calor sofocante, y aunque había tenido un día agotador, Sapphire no lograba conciliar el sueño. Estaba demasiado disgustada para dormir, demasiado enfadada con Blake y consigo misma. Jamás debería haber cedido al deseo que sentía por él. Debería haberse arrojado del barco, incluso completamente desnuda, cuando todavía estaban en el puerto de Londres. Cualquier cosa habría sido mejor que ver aquella sonrisa engreída en su cara mientras ella seguía a la señora Dedrick a la cocina para empezar a aprender su nuevo «oficio».

Había pasado todo el día esperando que Blake fuera a verla. Creía que le quitaría el cepillo o la ropa mojada de las manos y la llevaría arriba, a la alcoba de una dama, donde encontraría un baño caliente y un vestido ligero de verano, y que más tarde se reuniría con él en la hermosa terraza que miraba sobre la bahía. Pero Blake no había ido a buscarla y, con el paso de las horas, a ella se le habían ido enrojeciendo las manos, había empezado a dolerle la espalda y su determinación de no dar su brazo a torcer se había hecho más fuerte.

Al día siguiente, pensó, le diría que iba a regresar a Londres. Él le había prometido que la enviaría a casa y ella pensaba tomarle la palabra. Quería ver Boston, contemplar más de cerca aquellos edificios tan hermosos. Quería conocer a aquel arquitecto al que ya admiraba, pero ahora sólo conocería al señor Bullfinch si la ascendían y le permitían abrir la puerta en calidad de doncella de la casa.

Se le hizo un nudo en la garganta, pero se resistió a llorar. Se volvió en el incómodo colchón, rezó sus oraciones y cerró los ojos con intención de dormirse.

—Manford —Blake se levantó del sillón de su estudio en el que había estado leyendo y tendió la mano a uno de los pocos hombres a los que consideraba sus amigos.

—Blake —aquel hombre alto y delgado le estrechó la mano y lo rodeó con el otro brazo—. ¿O debería llamarte lord Wessex?

Blake frunció el ceño y retrocedió. Siempre lo incomodaban las muestras físicas de afecto de Manford. Se habían conocido en Harvard, donde Manford era profesor en aquella época. Su familia se dedicaba también al negocio naviero y estaba afincada en Baltimore, pero, tras casarse con una señorita de la alta sociedad, Manford se había quedado en la ciudad y, con el tiempo, al morir su padre, se había hecho cargo del negocio familiar, cuya sede había trasladado a Boston.

—¿Puedo ofrecerte un coñac? —preguntó Blake.

Manford se echó a reír.

—¿Alguna vez he rechazado un buen coñac? ¿O un mal coñac, ya que estamos? —se aflojó la corbata, se la quitó y la arrojó al sillón de brocado en el que había estado sentado Blake—. Lamento no haber podido venir antes, pero he tenido que acompañar a Elizabeth a otro de esos aburridos bailes benéficos —puso los ojos en blanco—. Clarice ha ido con nosotros —sacudió un dedo—. ¿Sabes?, la invitaron varios jóvenes muy respetables, pero ella los rechazó a todos —aceptó el vaso que le ofrecía Blake—. Dijo que prefería ir sola a ir con alguno de aquellos críos. Creo que está bastante enamorada de ti, amigo mío.

Blake ocultó su malestar levantando su vaso.

—Un brindis por los viejos amigos —dijo.

—Que envejecen por momentos —Manford se pasó los dedos por el pelo canoso de las sienes, luego levantó el vaso y probó el coñac—. Salgamos a la terraza, ¿quieres? Aquí hace un calor infernal.

Blake puso más coñac en su vaso y siguió a Manford por las puertas que daban a la terraza. Lo único bueno de aquel largo viaje a Londres había sido el poder escapar de la señorita Clarice Lawrence, la hija de Manford. Aunque era más de diez años más joven que él, se creía enamorada y, pese sus intentos por desasirse de sus garras, Blake se descubría acompañándola cada vez más a menudo a diversos acontecimientos sociales. Al principio había sido un simple favor hacia Manford —un baile aquí, la inauguración de una exposición de arte allá—, pero, para cuando zarpó rumbo a Londres, medio Boston cuchicheaba ya acerca del inminente compromiso entre Clarice Lawrence y el mejor amigo de su padre y ocasional socio comercial, Blake Thixton.

Clarice era una muchacha rubia, delgada y bonita. Poseía el rostro de Atenea, el atractivo, la educación y los modales de la clase de mujer con la que Blake sabía que debía casarse. El problema era que, en cuanto abría la boca, Clarice lo echaba todo a perder. Era inmadura, caprichosa, corta de miras y... aburrida.

Mientras cruzaba las puertas, se le ocurrió de pronto que

Sapphire no era posiblemente más mayor que ella. Pero eso era irrelevante, se dijo con firmeza.

—Bueno —dijo al acercarse a Manford, que se hallaba junto a la barandilla de mármol, contemplando la bahía—, el señor Givens me ha puesto al corriente de cuanto sucede en el negocio naviero, pero quiero oír las verdaderas noticias —en un extraño gesto de afecto, dio a Manford una palmada en la espalda—. Así que cuéntamelo todo, muchacho.

Manford rió y bebió un sorbo de coñac.

—Me alegro de que hayas vuelto, Blake.

Blake exhaló, procuró olvidar que Sapphire estaba arriba, tumbada en su cama y dedicó a su amigo toda su atención.

—Y yo me alegro de haber vuelto.

20

Sapphire dedujo rápidamente que su trabajo consistía en hacer todo aquello que no había sido asignado ya a otra criada o doncella, lo cual significaba que tenía que realizar las tareas más arduas y sucias de la casa. A media mañana de su segundo día en Boston, había lavado, secado y guardado todos los platos sucios del fregadero, barrido la cocina, fregado a mano la escalinata de entrada, sacado brillo a seis candelabros de plata, al pomo de la puerta principal y a la aldaba, y llevado las sobras de la mesa y la cocina al montón de estiércol que había tras el cobertizo del jardín. Ahora, la lavandera le había ordenado recoger las sábanas de las camas de las cuatro alcobas del segundo piso, así como las toallas sucias del cuarto de baño del señor Thixton.

Su primer error fue intentar usar la escalera principal y, tras una regañina de la señora Dedrick, a la que apenas lograba entender, subió lentamente por la estrecha escalera de servicio, cargada con una gran cesta que le había dado la lavandera.

Su segundo error fue dejar vagar a su mente. ¿Toallas del cuarto de baño? ¿Blake tenía en su casa un cuarto dedicado al baño?

Había descubierto que Blake era mucho más rico de lo que había imaginado y que vivía rodeado de lujos cuya existencia ella desconocía. Armand, que tenía muchos sirvientes y esclavos, era un hombre rico, pero su éxito no tenía ni punto de comparación con el de Blake. En Londres, la alta sociedad se había mostrado impresionada por las casas y los títulos que había heredado del difunto conde, pero nadie sabía allí cómo vivía el nuevo lord Wessex en su país.

Su casa, construida en un acantilado sobre la bahía, no estaba del todo amueblada, como él ya le había dicho, pero las habitaciones que estaban ya completas eran magníficas. Blake mezclaba lo viejo con lo nuevo, como los muebles estilo Luis XIV del salón y las sencillas piezas de madera de cerezo que había en un despacho y cuyo estilo —según le había dicho una de las doncellas— era conocido como *Shaker*. Todas las habitaciones estaban perfectamente armonizadas, desde las telas de las sillas hasta los hermosos cuadros de las paredes. Mientras que el comedor pequeño tenía un aire claramente asiático, con sus alfombras orientales y su porcelana, el comedor grande ostentaba una mesa francesa del siglo XVIII.

Y Blake no reparaba en gastos, ni en el diseño o la construcción de la casa, ni en la decoración. En cada habitación había al menos dos alfombras: algunas chinas, otras turcas, a cada cual más bella. En todas las habitaciones había auténticas obras de arte. Sapphire reconoció varias obras de Jean-Antoine Watteau y Anton Raphael, pero sospechaba que otras muchas eran de artistas americanos. Y había también esculturas y cristalería fina, y cerámica que parecía llegada del otro lado del mundo.

Mientras subía la estrecha escalera con la cesta para la ropa, no pudo evitar preguntarse qué había en el cuarto de baño de Blake y qué lo había impulsado a construir una casa tan magnífica. Pero no sabía siquiera si tendría ocasión de preguntárselo. Desde que se separaran la mañana anterior, Blake no había hecho intento alguno por ponerse en contacto con ella y, aunque sus tareas no la hubieran impedido buscarlo, Sapphire no tenía ni la más leve idea de dónde encontrarlo. Había oído decir al novio de Myra, que trabajaba en los establos, que el señor Thixton se había ido temprano a sus oficinas en el puerto.

Si quería encontrarlo y decirle lo que pensaba, no quería en cambio que nadie notara su ausencia, porque no sentía deseo alguno de ser ella la que explicara aquel sinsentido. Blake había montado aquella farsa. Que se la explicara él al servicio. Por ahora, ella pensaba llevar a cabo sus quehaceres lo mejor que pudiera, pese a que tenía ampollas en los pies por llevar aquellos zapatos bastos y grandes y empezaban a salirle callos en las manos.

La primera alcoba en la que entró no se había usado recientemente —ello saltaba a la vista—, pero de todos modos deshizo la cama, como le habían ordenado. Al entrar en el segundo dormitorio, se dio cuenta de que era aquél el que usaba Blake. La habitación sólo evocaba su presencia —el artesonado oscuro, las cortinas verdes oscuras de la cama y los cortinajes de las ventanas—, sino que también olía a él.

Sapphire dejó la cesta en la entrada y se acercó a la cama, pero, en lugar de quitar las sábanas, se inclinó sobre la almohada y aspiró profundamente. Sintió que su pulso aleteaba al percibir el olor de Blake y una serie de imágenes centelleó en su cabeza. Se recordó tumbada junto a él en el camastro del camarote; recordó su sabor, el tacto de su mano sobre su cadera desnuda al quedarse dormida.

Lo maldijo en voz baja y tiró de las mantas.

—No sé quién te crees que eres, Blake Thixton, pero conmigo has encontrado la horma de tu zapato —masculló mientras arrebujaba las sábanas y las arrojaba hacia la puerta—. Puedes hacerme acarrear el cubo del agua sucia, lavar tus sábanas, sacar brillo a tu plata, pero yo...

El sonido de la voz de Blake al otro lado de la puerta de la habitación la sobresaltó.

—Deme media hora, Givens. Nos veremos en el despacho de abajo —dijo él.

Sapphire sintió que el corazón le daba un vuelco. No estaba preparada aún para verlo. No tenía preparado su discurso.

—Lo siento —dijo él al abrir la puerta y verla. Dio un paso atrás—. Puedo venir luego.

—No, por favor —dijo Sapphire, y arrojó la almohada sobre la cama—. Pase, milord, faltaría más. Ya casi he acabado.

No fue hasta que empezó a hablar que él la miró de verdad. Entonces pareció sobresaltarse por su súbita aparición.

—Sapphire... —ella dejó caer las manos. Blake miró la cama y las sábanas tiradas en el suelo—. ¿Qué haces aquí?

Sapphire se sintió de pronto muy vulnerable. Durante las dos semanas anteriores, había pasado todos los días con Blake, y ahora lo echaba de menos. No añoraba únicamente su forma de tocarla o el modo en que le hacía sentir, sino el sonido de su voz, su presencia. Sus conversaciones, sus risas.

—¿Que qué estoy haciendo? ¿Qué le parece que estoy haciendo, señor Thixton? La colada, por supuesto. Una tarea propia de mi posición, por lo visto.

Blake cerró la puerta.

—Lo único que tienes que hacer es decirlo, Sapphire —le dijo suavemente mientras se acercaba a ella—. Lo único que tienes que hacer es reconocer que me buscabas por mi dinero, por mi título. Nada más. Es muy sencillo, en realidad. Tú quieres algo de mí —se tocó el pecho—. Y yo quiero algo de ti. Es un acuerdo comercial, pura y simplemente.

Sapphire sacudió la cabeza.

—Eso no es cierto. Te busqué porque eres el heredero de mi padre, porque no conocía a nadie más a quien presentar mi caso.

Él se detuvo, cerniéndose sobre ella.

—Para esas reclamaciones, hay tribunales.

—Lo sé, pero, hasta que tenga pruebas tangibles, pruebas más allá de las cartas que mi padre escribió a mi madre...

La voz de Blake sonó fría y desapasionada.

—En ninguna de las cuales se afirma que estuvieran casados.

—En ninguna de las cuales se afirma que estuvieran casados —reconoció ella con reticencia—, pero...

—Sapphire, esto es absurdo —él la agarró de los brazos—. ¡Mírate! —la soltó y tiró de su delantal, que ella se había manchado con las verduras podridas del cubo de los desperdicios—. Ésta no eres tú. Tú deberías llevar los vestidos más finos que pueda comprar el dinero. Que mi dinero pueda comprar. Deberías estar sentada en la terraza... —señaló las puertas de cristal del otro lado de la habitación—... bebiendo limonada mientras decides qué baldosas hay que poner en el salón de baile cuando el italiano llegue en otoño —cerró los puños y su cara enrojeció—. ¡Dilo de una vez, maldita sea!

Ella se mantuvo firme.

—No voy a decirlo. Me exiges que desmienta lo que sé que es cierto. Pues a mí no puedes doblegarme a tu capricho, Blake Thixton. No lo haré. ¡Antes muerta!

Él desvió la mirada, se rascó la barbilla y volvió a mirarla. Estaba tan cerca que Sapphire olía su loción de afeitar y veía las pequeñas arrugas de los lados de su boca cuando fruncía el ceño.

—Eres la mujer más terca, la más...

De pronto la besó y la estrechó con violencia entre sus brazos. Ella levantó las manos para empujarlo y mantuvo los labios firmemente cerrados. No tenía intención de permitir que le hiciera aquello de nuevo. Pero el olor de su piel, el contacto de sus brazos, era irresistible... y ella sabía que él lo sabía.

Un sollozo escapó de sus labios. Rodeó el cuello con sus brazos, entreabrió los labios y sacó la lengua para salir al encuentro de la de Blake.

–Te odio –dijo al apartarse, casi sin aliento–. ¡Te odio!

Todo ocurrió muy deprisa.

Blake le arrancó el delantal, casi desgarrándolo. Le sacó la blusa de la cinturilla de la falda gris, buscó los botones de la espalda y se la sacó por la cabeza. Sapphire volvió a besarlo una y otra vez, le quitó la corbata y la arrojó al suelo. Le desabrochó después la camisa, hasta que pudo deslizar la mano bajo la tela y acariciar los músculos desnudos, sedosos y duros, de su pecho.

Blake dejó escapar un gemido cuando ella frotó su pezón con intención de atormentarlo, de provocarlo como él la provocaba a ella. Él deslizó la boca hasta el lóbulo de su oreja y por su cuello, tiró de la cinturilla de la falda y ella se la quitó. Blake la enlazó por la cintura y cayeron sobre la cama con las piernas y los brazos entrelazados y las bocas unidas en un beso apasionado. Él acarició sus pechos y besó luego su pezón endurecido.

–La puerta –musitó ella mientras se retorcía bajo él–. Blake...

–La he cerrado. En esta casa nadie se atrevería a abrirla. Ni el mismísimo Lucifer –jadeó él.

El deseo de Sapphire... No, era más que eso. Su necesidad de él era demasiado grande. Ya no podía negar la extraña pasión física que sentía por él. Su razón se había desvanecido, arrastrada por la cálida brisa que jugueteaba con las cortinas de las puertas que llevaban a la terraza.

Sapphire deslizó la mano sobre su cadera y tomó la evidencia de su deseo. Él dejó escapar un gruñido e intentó quitarse los pantalones. Arqueó la espalda y ella le levantó la camisa. Blake no llevaba calzoncillos y entre ellos no quedaba ya nada, ni ropa, ni desavenencia alguna.

Blake la tomó rápidamente y ella dejó escapar un grito de dolor, de alegría y de emociones que no podía ni quería identificar. Un parte de ella se avergonzaba de sí misma, de no poder resistirse a Blake, pero nada de eso importaba en aquel instante. Blake sofocó con besos sus gemidos hasta que éstos fueron poco más que suspiros de dicha.

—Blake... —sollozó ella mientras clavaba las uñas en su espalda.

Él le hizo el amor bruscamente y sin ternura. Sapphire se aferró a él, rodeó sus caderas con las piernas y se elevó sobre la cama para salir al encuentro de cada una de sus acometidas. Al final, sintió que su cuerpo entero se tensaba y hallaba liberación y, un momento después, Blake se derrumbó en la cama, a su lado.

Durante un rato, Sapphire permaneció allí tendida, en su cama grande y elegante, mirando el techo. No lograba recuperar el aliento y su mente se disparaba en mil direcciones a la vez. ¿Estaba siendo una necia? Si, para liberarla de su servidumbre, Blake sólo quería que dijera que era una cazafortunas, ¿no podía simplemente decirlo? No. No podía decir lo que no era cierto. ¿Y qué sentido tendría, al final? Disfrutarían de su mutua compañía unas semanas, unos meses, quizás incluso unos años, pero lo único que él le había ofrecido era cuidar de ella a cambio de que fuera su amante. Blake no la quería. Nunca la querría. Y, en el fondo de su corazón, Sapphire sabía que ansiaba que la quisiera.

Se sentó y echó mano de su blusa.

Blake se puso de lado y agarró su brazo desnudo.

—¿Adónde vas? —preguntó con voz queda.

Ella se apartó bruscamente.

—Tengo que llevar las sábanas abajo o la lavandera me dará un tirón de orejas.

—¿Por qué eres tan terca, Sapphire? —él se levantó y se subió los pantalones—. No tienes que hacer esto.

—Sí que tengo que hacerlo —ella se pasó la fea blusa por encima de la cabeza y echó mano de la falda—. Lo haré hasta que organices mi regreso a Londres.

Blake se dejó los pantalones desabrochados y empezó a abotonarse la camisa. Pero se la abrochó mal, dejó escapar un gruñido y se la quitó.

—Esta maldita cosa está arrugada, de todos modos —masculló.

Sapphire se puso la falda y empezó a remeterse el bajo de la blusa.

Blake se acercó al ropero que había al fondo de la habitación, abrió un cajón y sacó una camisa recién almidonada, idéntica a la que había dejado en el suelo.

—Dijiste que dejarías que volviera a casa si no me gustaba esto, y no me gusta.

—¡Claro que no te gusta! —estalló él—. Así no te puede gustar. Yo no quería que me hicieras la colada, Sapphire. Se suponía que ibas a ser mi...

—Tu puta —dijo ella sintiendo el escozor de las lágrimas.

—No, no es eso lo que iba a decir. No es eso lo que quiero.

Ella se volvió para mirarlo y se negó a derramar las lágrimas que amenazaban con correr por sus mejillas.

—Eso es exactamente lo que quieres. Quieres que sea tu puta —le espetó. Ya vestida, agarró la camisa de Blake y las sábanas que había dejado en el suelo–. Quieres que te sirva de entretenimiento. Quieres exhibirme como exhibes tus obras de arte. Nunca me amarás. ¡No quieres casarte conmigo!

–¿Casarme contigo? –repitió él con voz extrañamente suave–. ¿A qué viene eso?

Horrorizada por lo que había dicho, Sapphire abrió de golpe la puerta de la habitación, arrojó la ropa sucia en la cesta y echó a andar rápidamente por el pasillo.

–¡Sapphire! –la llamó Blake desde la puerta, aunque intentó mantener la voz baja. Ella no le hizo caso y se dirigió a la escalera de servicio–. ¡Maldita sea, vuelve aquí!

Sapphire oyó que echaba a andar por el pasillo, detrás de ella, y que luego se detenía. Obviamente, había cambiado de idea.

–¡Está bien! –gritó a su espalda–. ¡Lava la ropa y abrillanta la plata unos días! ¡Luego veremos si entras en razón!

Para cuando Sapphire dobló la esquina del pasillo, Blake ya se había retirado a su habitación. Una vez en la escalera, ella se apoyó contra la pared y, mientras sujetaba la cesta en brazos, intentó sofocar los sollozos que sacudían su cuerpo. ¿Cómo podía haber expuesto así sus emociones ante él, para que pudiera pisotearlas?

¿Amor? Entre ellos nunca se había hablado de amor. Blake no había insinuado ni una sola vez que sintiera tal cosa. Y ella no lo quería. ¡No lo quería!

Pasados varios minutos, se limpió los ojos con la manga y empezó a bajar las escaleras. Blake había prometido que la enviaría de regreso a Londres y ella iba a hacerle cumplir su palabra. La próxima vez, sin embargo, tendría más cuidado respecto a su propia vulnerabilidad. Había sido una estupidez dejarse seducir por los encantos de Blake y haberse rendido a sus propios bajos instintos. Pero la siguiente vez que se encontraran, ella llevaría la voz cantante.

Sapphire no vio ni rastro de Blake durante los días siguientes. Escribió con mucho cuidado una carta a Lucía y a Angelique y otra a Armand, sisó algunas monedas del escritorio de Blake y mandó a uno de los mozos de cuadras a echar las cartas al correo. En ellas no mencionaba su relación con Blake, pero daba la impresión de que su viaje a América estaba siendo una gran aventura. Prometía escribir pronto otra vez y les decía que no se preocuparan, que tendría grandes historias que contarles cuando volvieran a verse.

La señora Dedrick la mantenía ocupada con un sinfín de tareas domésticas. Sapphire no creía haber dado nunca por descontados a sus sirvientes de Martinica o Londres. Siempre les había hablado con amabilidad, nunca había sido desagradable ni había dejado las cosas sucias o revueltas adrede pensando que otro iría a limpiar tras ella. Se daba cuenta, sin embargo, de que nunca había comprendido del todo el papel de una sirvienta. No había entendido lo duro que era su trabajo, ni había reparado en el hecho de que se movieran por la casa como si fueran casi invisibles y en que se enteraban de los pormenores más íntimos de las vidas de aquellos para los que trabajaban.

Myra, su nueva amiga, que trabajaba en Thixton House desde hacía poco más de un año, se apresuró a contarle todo cuanto sabía acerca de su anterior jefa. La señora Sheraton tenía un lío con el primo de su marido, mientras que su marido estaba liado con la esposa de su socio. Entre tanto, la única hija del señor y la señora Sheraton, que estaba comprometida, había mantenido un idilio con un hombre casado y, al descubrir que estaba embarazada, se vio obligada a seducir a su prometido para que éste pensara que el niño era suyo.

A pesar de la aflicción que le causaba su situación –situación que no le reveló a Myra–, Sapphire se descubría a veces riendo mientras hacía las tareas que le encomendaban.

Seis días después de su llegada a Boston, estaban Myra y ella trabajando juntas en el más grande de los dos comedores de Thixton House. Mientras sacaban brillo al bronce de la chimenea, Myra entretenía a Sapphire con cuentos acerca de los extraños gustos y fobias de su anterior jefe. Le contó también que uno de los hijos de éste se había medio enamorado de ella, y que por eso había sido «cedida» para trabajar en la mansión Thixton. Al parecer, la señora Sheraton no la quería en su casa –donde podía ejercer influencia sobre su hijo de diecisiete años–, pero sabía muy bien que no podía sencillamente despedirla.

–Deberías avergonzarte, Myra –bromeó Sapphire mientras estaba de rodillas ante el hogar de la chimenea–. Aprovecharte de ese pobre chico enamorado.

Myra soltó una risilla. Los rizos oscuros que escapaban por detrás de su cofia saltaron cuando se puso de rodillas para empezar a restregar el interior de la chimenea con un cepillo de cerdas duras.

–Fue él quien empezó –dijo con buen humor–. Yo le dije que no era de recibo que se enamorara de la doncella de su madre –metió el cepillo en el cubo y lo sacó chorreando agua–. Y mira dónde estoy ahora. Fregando suelos otra vez. Una degradación, lo llamó John. Se puso loco de rabia con su madre cuando me despidió, eso sí que es verdad.

Sapphire no pudo evitar sonreír. Myra era una muchacha sin formación, pero también era inteligente, ingeniosa y, sobre todo, tenía buen corazón. Desde el día de su llegada se había desvivido por que Sapphire se sintiera bienvenida y cómoda en su nuevo entorno. Myra sería una buena esposa, aunque no se casara con el hijo de un hombre rico. Quizá, de todos modos, el hijo de un hombre rico no la mereciera, pensó Sapphire mientras hundía su trapo en la pasta que se usaba para lustrar el bronce y empezaba a frotar la bola oscurecida que remataba uno de los atizadores de la chimenea. Sobre todo, si era tan arrogante como Blake Thixton.

—Háblame del señor de esta casa —dijo en voz baja. No había nadie más en el comedor, ni en el salón contiguo, pero empezaba a darse cuenta de que había oídos por todas partes.

—No hay mucho que contar —Myra se encogió de hombros ambiguamente, pero luego levantó la mirada con cierta emoción—, pero tiene que ser el caballero más guapo de Boston. Claro que eso, como te contrató en Londres, cuando estabas en la calle, ya lo sabes.

Sapphire tuvo que apartar la mirada y morderse el labio para no decir lo que quería decir sobre Blake Thixton. Se puso a restregar el atizador con más fuerza.

—¿Qué hace tan solo en esta casa tan grande?

—Yo me preguntaba lo mismo cuando llegué aquí —Myra se sentó en el suelo para descansar un rato, cosa que hacía con frecuencia cuando no la veía la señora Dedrick—. Trabaja mucho, muchísimo más que el señor Sheraton. Se va por la mañana temprano y vuelve de noche. Unas chicas de la cocina que conocen a unas que trabajaron aquí antes dicen que su padre era igual, sólo que no era tan agradable como éste —enarcó las cejas sagazmente.

—Cuenta, cuenta —musitó Sapphire, copiando la forma de hablar de Myra, y dejó el trapo.

—El viejo señor Thixton era un demonio —Myra arrugó la nariz—. Y un borracho, también. Algunos dicen que pegaba al joven señor Thixton de pequeño. También le gustaba pegar a los sirvientes. Por eso no queda aquí nadie de los que trabajaron para el viejo señor Thixton. Sólo el señor Givens, pero él no es uno de los nuestros —Myra apoyó la palma de la mano sobre el suelo de madera bruñida, se inclinó hacia delante y bajó la voz un poco más—. No hay más que ver la cara de ese hombre para darse cuenta de que no es feliz. No sé si el padre era tan malo con él porque su mujer lo dejó por un pescador, según dicen, o porque se ha tragado un zurullo, pero el caso es que a ese hombre no hay quien lo aguante.

Sapphire se tapó la boca para no echarse a reír a carcajadas. Myra tenía gracia y, aunque quizás hablara con crudeza a veces, siempre se entendía lo que quería decir. Myra rió de nuevo y luego le dio una palmadita en la mano a Sapphire.

—Si quieres que te diga la verdad, creo que el señor Thixton trabaja tanto porque no tiene nada más. Yo lo veo por las noches, sentado solo en su terraza, mirando el mar. Está muy solo, y creo que no construyó la casa para darse aires, como dicen algunos. Creo que la construyó porque, en el fondo, espera que alguien lo quiera. Que alguien venga aquí y lo quiera y le dé hijos.

Las palabras de Myra pulsaron una cuerda en el alma de Sapphire y ésta tuvo que apartar la mirada. Estaba tan enfadada con Blake que apenas podía soportarlo, pero aun así se compadecía de él.

—¿Se... se ve con mujeres? —preguntó.

—Oh, en esta casa entran y salen muchas mujeres, pero todas, menos una, van y vienen por la puerta de atrás, tú ya me entiendes —Myra guiñó un ojo—. La señora Sheraton es una de ellas.

Sapphire sabía que debería haberse extrañado, pero estaba demasiado cansada para ello.

—Has dicho todas menos una. ¿Quién es la que no entra por la puerta de atrás?

Myra, que seguía sentada en el suelo, apoyó las manos sobre sus caderas y se contoneó.

—La señorita Clarice Lawrence, la hija del señor Lawrence, el socio del señor Thixton, un hombre muy agradable que siempre deja su plato limpio —asintió con la cabeza, complacida—. Dicen que son amigos desde hace años. La hija del señor Lawrence ha echado el ojo al señor Thixton. Si se sale con la suya, será ella la que duerma en esa cama tan grande y mande sobre nosotras.

Sapphire se puso de rodillas y apoyó las manos sobre sus muslos.

—¿Y el... el señor Thixton...?

—¿Quién sabe? Esa mujer es más agria que las uvas tempranas, pero tiene la belleza de esas mujeres de los cuadros —señaló la pared del comedor, donde colgaba un gran cuadro pintado en estilo rococó que representaba a una diosa romana.

Sapphire sintió un nudo en la garganta. Naturalmente, a Blake sólo le interesaba de ella lo que pudiera ofrecerle en la cama. Si podía tener a una mujer como Clarice Lawrence —miró el cuadro—, ¿para qué iba a querer a una como ella, sin dinero ni linaje familiar?

Un ruido en el salón contiguo la sobresaltó y volvió a recoger su trapo. Al mismo tiempo, Myra se puso de rodillas y agarró el cepillo.

—Por aquí, señorita Lawrence —oyó Sapphire que decía el señor Danz, el mayordomo de día.

—Espero que el señor Thixton no tarde mucho —repuso una voz aguda en un tono semejante a un quejido.

Resonaron pasos en el salón.

—Si tiene la amabilidad de esperar aquí —dijo con firmeza

el señor Danz–, estoy seguro de que el señor Thixton vendrá enseguida.

–Es ella –susurró Myra haciendo una mueca–. Tienes que ver cómo se comporta con él. Es un milagro que no se le eche encima cuando están en el sofá –Sapphire levantó las cejas. No tenía que fingir su curiosidad–. Siempre se presenta aquí cuando su padre no se da cuenta –prosiguió Myra en voz baja, y se inclinó hacia la chimenea para empezar a restregar otra vez–. Una ligera de cascos, eso es lo que es. No consigue que el señor Thixton se baje los calzones, y no porque no lo intente. Tú espera un momento y presta atención y ya verás lo que te digo.

El sonido de las púas del cepillo sobre el hogar resonaba en los oídos de Sapphire mientras abrillantaba con denuedo los bronces de la chimenea.

–¿Quieres decir que no ha...? –luchó por encontrar la palabra justa.

Myra soltó otra risilla.

–No, que nosotros sepamos, y te aseguro que en Boston, o por lo menos en Beacon Hill, no pasa nada sin que Myra Clocker se entere.

Sapphire tuvo que sonreír.

–¿Cómo te...?

–Sss, aquí viene él. Dame un trapo –Myra le quitó a Sapphire el trapo limpio de la mano y lo rasgó por la mitad. Le dio un trozo a Sapphire y le indicó que la siguiera.

Se acercaron lentamente a la puerta, arrastrando el trapo por el friso para que pareciera que le estaban quitando el polvo.

Sapphire se sintió culpable por espiar la conversación, pero al mismo tiempo una parte de ella pensaba que tal vez fuera por el bien de Blake.

—Señorita Lawrence —dijo Blake—, qué amable es usted por haber venido.

Sapphire se hallaba de cara a la pared del comedor, pero miraba por la entrada en forma de arco que conducía al salón. Por el rabillo del ojo vio a Blake tomar la mano de una muchacha rubia, ataviada con un vestido elegante, y llevársela a los labios.

Tragó saliva y fijó la mirada en la pared, delante de ella. Myra no había exagerado, como hacía a veces, al describir a Clarice Lawrence. Era ésta una de las mujeres más bellas que había visto Sapphire, con su cabello largo y rubio dorado y sus ojos claros de color castaño. Su rostro era de rasgos clásicos y exquisitos. Tenía la nariz corta y respingona, los pómulos altos y levemente sonrosados y un mentón perfecto. Sapphire dejó escapar un profundo suspiro. De Clarice Lawrence sólo podía decirse que poseía una belleza impresionante.

Avergonzada de sí misma, Sapphire se metió bajo la cofia un mechón de pelo grasiento que se había soltado de las horquillas. En el barco se había bañado casi todos los días en una tina que Blake había llevado con tal propósito, pero en la casa los sirvientes sólo disponían de una palangana que había que subir cuatro pisos, hasta el dormitorio, o de la bomba de mano del patio de la cocina. Casi todas las mujeres empleadas allí se lavaban en casa o, si vivían en Thixton House, se desnudaban hasta la cintura sin quitarse la camisa y se lavaban las manos y la cara cada mañana, al sol de agosto. Sapphire no había tenido tiempo –ni energías– para llevar agua arriba después de sus largas jornadas de trabajo.

Pasado un momento, volvió a mirar furtivamente hacia el salón. Myra había seguido el friso adelante y estaba limpiando con todo descaro la moldura blanca que enmarcaba las puertas en forma de arco de la habitación contigua. Si Blake o la señorita Lawrence habían notado su presencia, no dieron muestras de ello. Naturalmente, allí los sirvientes eran, por naturaleza, invisibles, y Myra parecía ser en ese instante la más invisible de todas.

Myra miró a Sapphire y dobló un dedo, indicándole que se acercara. Sapphire vio a Blake y a la señorita Lawrence que se habían sentado el uno al lado del otro en un hermoso sofá italiano del siglo XVIII, tapizado en brocado verde y marrón.

–A decir verdad, señorita Lawrence, no era necesario que viaje usted hasta aquí en plena canícula. Su padre me ha invitado a cenar mañana por la noche. Podría haberla visto entonces.

Sapphire se acercó un poco más a la puerta. Blake estaba sentado, muy tieso, en el sofá, con las manos sobre las rodillas de modo que ninguna parte de su cuerpo ni de su vestimenta tocaba a la muchacha, que se inclinaba hacia él. A pesar de que se hallaba lejos, Sapphire sintió el olor de su perfume de agua de rosas.

Blake parecía cansado. Por lo visto había pasado largas

horas trabajando. Pero quizá lo hacía para evitar la casa y a ella.

—No podía esperar hasta mañana por la noche —la señorita Lawrence hizo un mohín y se inclinó un poco más hacia él—. Sé que es muy atrevido por mi parte, pero no sabe usted cuánto lo he echado de menos todos estos meses, señor Thixton.

Él desvió la mirada.

—Por favor, llámame Blake. Tú y yo nos conocemos desde que tu padre te acunaba en sus rodillas. Es una tontería que no nos tuteemos.

Ella soltó una risilla y Sapphire estuvo a punto de gruñir en voz alta. La señorita Clarice Lawrence pertenecía a un tipo de mujeres al que despreciaba. Había conocido a varias de su clase en Martinica: hijas de terratenientes en busca del mejor partido. Y en Londres las señoritas Lawrence abundaban como pulgas, todas ellas de hablar dulce, coquetas y seductoras, y tan manipuladoras como podía serlo una mujer.

Blake era un hombre franco y sincero. Creía en el trabajo duro y la honradez. A pesar de su riqueza y su educación, era un hombre sencillo. Jamás podría querer a una mujer como Clarice Lawrence. Sapphire dudaba que pudiera pasar una sola noche con ella.

Miró el trapo sucio que tenía en la mano y miró luego a la señorita Lawrence, vestida con su traje verde menta, su sombrero de paja y sus finos guantes de encaje blanco. El contraste entre ellas era tan turbador y tan injusto, y no podía culparse a nadie de ello, salvo a Blake Thixton.

—Dime que me has echado de menos, querido Blake —continuó la señorita Lawrence en tono quejumbroso.

Sapphire casi se echó a reír. Tenía gracia que la señorita Lawrence intentara engatusar a Blake mientras ella, que había hecho el amor con él más veces de las que podía contar, limpiaba el polvo en el comedor. Era tan divertido que Sapphire no sabía si reír o llorar.

—Me gustaría realmente quedarme a charlar contigo —dijo Blake, levantándose del sofá, y se apartó de la hija de su socio en el instante en que ésta echaba mano de su brazo—. Pero te pido disculpas, tengo un asunto importante que atender antes de la hora de cierre.

—Trabajar, trabajar, trabajar. Es lo único que hacen los hombres —ronroneó la señorita Lawrence mientras se ponía en pie—. Papá hace lo mismo, se va temprano por la mañana y se queda en la oficina hasta bien entrada la noche. Es igual que tú, Blake —batió las pestañas—. Por eso, probablemente, estoy medio enamorada de ti —alargó el brazo hacia él, pero Blake volvió a apartarse suavemente.

—Señor Danz —llamó—, ¿puede acompañar a la señorita Lawrence a la puerta?

—¿Qué te he dicho? —susurró Myra, que se había deslizado a lo largo de la pared para regresar a su trabajo sin que nadie la viera—. Nada más que una zorra, virgen o no. Y éstas tan empingorotadas son las más peligrosas. Me da miedo pensar que el señor Thixton acabe atrapado en su red le guste o no.

Al día siguiente, Sapphire se encontró con Blake accidentalmente en el pasillo de la segunda planta. Era tarde, pero creía que él seguía fuera, razón por la cual había subido a llevar toallas limpias a su cuarto de baño. Sabía ya que el cuarto de baño era una habitación magnífica, con una enorme bañera blanca y un retrete muy interesante, con una taza que se limpiaba mediante una serie de cañerías y sirviéndose de la simple fuerza de la gravedad. Se moría de ganas de preguntarle a Blake por aquel invento tan ingenioso, pero se resistía a dejarse vencer por la curiosidad.

Estaba a punto de entrar por la puerta abierta de su alcoba cuando él salió, vestido con la misma bata de seda que llevaba la mañana que se conocieron en Londres. Sapphire dio un paso atrás y apretó con fuerza las gruesas toallas blancas que llevaba en los brazos.

—Lo siento, señor —murmuró—. No sabíamos que había vuelto a casa.

Una mirada a sus ojos y sintió que su estómago se tensaba y su garganta se quedaba seca. Se sentía muy desgraciada sin él, pero sabía que se sentiría igualmente desgraciada con él. No podía ser su querida, ni la de él ni la de ningún otro hombre. Jamás mancharía la memoria de sus padres de ese modo. Sin embargo, no lograba sofocar el deseo que sentía por él.

—No pasa nada, Sapphire —Blake alargó el brazo, pero no la tocó—. Pensaba ir a buscarte.

Llevaba unos pantalones de seda y unas babuchas orientales en los pies. Ella se aferró aún más fuerte a las toallas.

—Has estado muy atareado. Dirigir una compañía, asistir a cenas y fiestas, acompañar a la señorita Lawrence...

Él se echó a reír.

—¿Lo que noto en su voz son celos, señorita Fabergine?

—Desde luego que no —replicó ella—. Si la señorita Lawrence te quiere, por mí puede quedarse contigo. Aunque quizá deba advertirla. Si se encuentra en tu cama, puede que pronto se descubra haciéndote la colada o vaciando orinales.

—No creo, Molly, que en esta casa haya nadie que vacíe orinales. El retrete que hice instalar con grandes dispendios puso fin a eso. Y, por mi parte, no he usado orinal desde que era pequeño —rió de nuevo—. ¿Es ése tu modo de decir que ya has tenido suficiente?

—Sigo diciendo lo que dije hace días. Quiero volver a Londres.

—Sapphire, te estás comportando como una niña —la agarró del brazo y la hizo entrar en su habitación. Ella intentó resistirse, pero Blake era demasiado fuerte—. Mírate. Pareces una fregona.

—Me estás haciendo daño —dijo ella desabridamente.

Blake suspiró y le soltó el brazo.

—Tiene que haber un modo de solucionar esto —vaciló—. Te echo de menos —estiró el brazo y pasó un dedo por la línea de su mandíbula, y Sapphire sintió de pronto que no podía respirar—. Te echo de menos en mi cama. Y sé que tú también lo echas de menos.

Sapphire sintió que su labio inferior temblaba. Lo único que tenía que hacer era levantar la barbilla y mirar a los ojos de Blake para que él la tomara en sus brazos. Él cerraría la puerta y la llevaría a su cama. Y aunque eso no arreglara las cosas entre ellos, durante ese breve espacio de tiempo, ella sería feliz. Se sentiría a salvo. Casi amada.

—No —dijo, y apretó la mandíbula con determinación—. No vas a hacerme esto.

—¿Hacerte qué? —preguntó él con voz ronca—. ¿El amor?

El sonido de aquella profunda voz de barítono hizo estremecerse a Sapphire. Y él lo sabía. Por eso le hablaba así, y por eso le acariciaba la cara.

—Ten, tus toallas —dijo ella bruscamente, poniéndoselas en los brazos.

—Gracias. Pensaba darme un baño fresco. Ya sabes que hay cisternas en el desván que permiten que el agua fluya a través de cañerías directamente hasta la bañera. ¿No te apetecería darte un baño fresco, Sapphire? Yo te enjabonaría la espalda... Te enjabonaría todo el cuerpo —alargó de nuevo el brazo hacia ella, pero Sapphire apartó la cabeza.

—Buenas noches, Blake —dijo. Y haciendo acopio de determinación, dio media vuelta y salió de su dormitorio.

—Te cansarás de este juego —dijo él a su espalda, casi con crueldad—. Te cansarás y vendrás a mí. A mi cama. Con mis condiciones —añadió.

—Eso nunca más —masculló ella para sí misma mientras se alejaba a toda prisa por el pasillo.

Durante los tres días siguientes reinó el caos en Thixton House. Blake iba a celebrar una fiesta para dieciséis invitados y la señora Dedrick estaba empeñada en que la mansión de Beacon Hill se limpiara de arriba abajo. Volvieron a hacerse todas las camas con ropa limpia, fueron barridas todas las chimeneas, se desempolvaron todos los muebles, y hasta se orearon y se fregaron y bruñeron los suelos de las habitaciones aún sin amueblar.

La noche de la fiesta, Sapphire tenía que quedarse en la cocina junto a la señora Porter, pero menos de una hora antes de que empezaran a llegar los invitados, Myra, ataviada con un vestido nuevo de doncella, delantal blanco y cofia, entró corriendo en la cocina. Hizo una reverencia ante la señora Porter y luego se dirigió a Sapphire, que estaba cortando caracolillos de mantequilla.

—¡Molly, tienes que venir ahora mismo a cambiarte! Órdenes de la señora Dedrick —hablaba con nerviosismo y tenía las mejillas coloradas por la emoción—. Vas a servir la cena conmigo en el comedor principal. Felicity no se encuentra bien. Todo el mundo dice que es muy generosa con sus favores, tú ya me entiendes. Está mal del estómago. Dicen que por las mañanas tiene mareos —siseó—. Si quieres saber mi opinión, creo que debajo de su delantal está creciendo un pequeño cochero.

Sapphire miró a la señora Porter y volvió luego a mirar a Myra. Sacudió la cabeza.

—No —dijo en voz baja—, no quiero servir. Se supone que tengo que quedarme aquí, ayudando a la señora Porter.

—Ha ocurrido algo inesperado —dijo Myra, imitando el acento de la señora Dedrick—. El servicio tiene que adaptarse —sonrió y tomó la mano de Sapphire—. Vamos. Será divertido. Y va a venir la señorita Lawrence —le susurró al oído.

Sapphire no sabía qué decir. No quería verse humillada sirviendo a Blake su pato al horno con salsa de trufas. Pero quizá estuviera contemplando la situación de manera equivocada. Ella no había pedido que la llevaran a Boston a rastras, que la arrancaran de los brazos de sus seres queridos, ni había pedido convertirse en la última sirvienta de su mansión. Quizá fuera él quien debiera sentirse avergonzado por hacerla servir la sopa. Además, así tendría ocasión de volver a ver a la descarada señorita Lawrence.

Sapphire miró a la señora Porter, que estaba atareada desgrasando la salsa de trufas.

—Vete —la cocinera hizo un ademán con la mano, algo molesta—. Le gusta hacer estas cosas, ¿sabes? A la señora Dedrick. Demostrarme quién manda. Quitarme a las chicas delante de mis narices. ¿Qué haces ahí parada como un pasmarote? ¡Vete! Y ponte un uniforme como Dios manda. Pero pórtate bien y no viertas la crema encima del señor o volverás aquí a recoger los desperdicios del suelo.

Myra agarró la mano de Sapphire y las dos jóvenes corrieron a la puerta que llevaba al pasillo y a las escaleras de servicio.

—Hay que darse prisa —insistió Myra.

Media hora después, Sapphire estaba junto a ella, de vuelta en la cocina. Se había puesto el vestido de algodón negro almidonado de Felicity, que le quedaba un poco grande, un delantal blanco limpio y una pequeña cofia con una cinta negra, y llevaba en las manos una bandeja de plata sobre la que Myra iba colocando vasos altos y finos.

—Creía que sólo íbamos a servir la cena —susurró con nerviosismo. Las costuras del rígido vestido le producían cierto picor, y temía pisarse la falda cuando llevara en brazos la bandeja y que los vasos de limonada salieran volando.

—Primero, refrescos en la terraza —explicó Myra—. Luego, la cena. Después, los hombres se van al despacho del señor Thixton en el primer piso y las señoras al salón para tomar una copita de jerez, o a la terraza, si hace buena noche, como hoy. La señora Sheraton será quien lo decida. Siempre lo hace.

Sapphire asintió con la cabeza y lamentó no tener unos zapatos que se le ajustaran bien a los pies. Si no tenía cuidado, se le saldrían las botas.

—Ya estamos —anunció Myra—. Ahora, tú llevas la bandeja y yo sirvo —volvió la cabeza hacia la puerta de la cocina, donde la señora Dedrick las esperaba dando golpecitos con el pie en el suelo.

—Señorita Clocker, dese prisa —ordenó el ama de llaves con severidad.

—¿Estás lista? —musitó Myra, mirando a Sapphire.

Ella tragó saliva.

—Estoy lista.

—Ya vamos, señorita Dedrick —canturreó Myra.

Sapphire salió tras ella y enfiló el pasillo mirando la bandeja de plata, que se ladeaba ligeramente hacia un lado y hacia el otro con cada paso que daba.

—No puedo hacer esto, Myra —susurró.

—Sí que puedes —su compañera aflojó el paso—. Levanta los ojos. Nunca mires la bandeja.

Sapphire levantó el mentón y se concentró en conservar los zapatos puestos.

—Mira de frente. La boca suave. Ni sonrías, ni frunzas el ceño. Ah —añadió rápidamente—, y nunca los mires a los ojos. Ni aunque te hable algún invitado.

Sapphire asintió con la cabeza.

—Lo sé, soy invisible. ¿Y si me habla el señor Thixton?

—Oh, no te hablará. Nunca lo hace —le aseguró Myra. Al llegar a la puerta del salón, se detuvo—. ¿Estás lista?

Sapphire oyó un murmullo de voces que le resultaba tan familiar que sintió una punzada de añoranza. Oía hablar a hombres y mujeres con su curioso acento de Nueva Inglaterra, y alguna risa de vez en cuando. La luz de las lámparas inundaba la habitación, y desde la terraza, donde tocaban unos músicos contratados, le llegaban los acordes de una melodía. Una fiesta. ¡Cuánto echaba de menos las fiestas! Y a la tía Lucía. Y a Angelique. Aquello era un disparate. ¿Por qué no veía Blake que era ella quien debía bailar... quien debía divertirse?

Myra la condujo a través del salón y, cuando salían a la terraza, Blake entró en la casa y pasó a su lado. Apenas miró a Sapphire, que se había apartado para dejarle paso, pero, al darse cuenta de quién era, volvió la cabeza para asegurarse de que no había nadie cerca y la apartó de la puerta para que nadie los viera.

—¿Qué estás haciendo? —preguntó, enojado, pero en voz baja.

Sapphire mantuvo la mirada fija al frente, como le había dicho Myra.

—Servir limonada a sus invitados, creo, señor Thixton —dijo con altivez.

—Maldita sea, Sapphire.

—Aquí soy Molly, ¿recuerda? Y sólo estoy cumpliendo las órdenes de su ama de llaves, señor.

Él dio un paso hacia ella, pero Sapphire se negó a permitir que la intimidara. Permaneció rígida, como le había enseñado Myra, y procuró ignorar el olor de su piel recién bañada y fingir que no estaba asombrosamente guapo con su camisa blanca y almidonada y su levita negra.

—¡Esto es absurdo!

—Le aseguro que no sé a qué se refiere, señor Thixton.

—Yo creo que sí, señorita Fabergine —Blake se inclinó hacia ella, tanto que Sapphire notó el aliento de su boca—. Manford Lawrence es mi socio, pero también es mi mejor amigo. Si dices algo que me avergüence...

—¿Y qué hay de la señorita Lawrence? —preguntó ella, mirándolo con fijeza. Estaban tan cerca que podría haberlo besado. O haberle dado una bofetada—. ¿Mmm? —añadió—. ¿También ella es una buena amiga?

Blake se echó hacia atrás sobre los talones. Sus ojos se habían vuelto de pronto de un gris tormentoso.

—Creo que estás celosa.

—No seas absurdo.

—Creo que me echas de menos —susurró él, inclinándose de nuevo hacia ella—. Creo que añoras mis caricias —rozó su cintura con un dedo en una leve caricia que bastó para que la piel de Sapphire se acalorara bajo la tela basta de su vestido y para que un cosquilleo se apoderara de la boca de su estómago—. Creo que quieres besarme y hacer las paces y que tu estúpido orgullo se interpone entre tú y yo y un acuerdo muy... satisfactorio para ambos.

Sapphire sintió que la bandeja se ladeaba ligeramente en sus manos mientras miraba a Blake.

—¿Sabes lo que eres? —susurró—. Eres un engreído, un manipulador y un...

—¿Señor Thixton? —llamó una mujer desde la terraza.

Sapphire dio un paso atrás a tiempo de ver que una mujer atractiva y de cabello oscuro, vestida con un hermoso traje de satén rosa, cruzaba la puerta del salón desde la terraza. La señora Sheraton, pensó. Myra se la había señalado en la calle el día anterior. Era su antigua jefa y vecina de Blake.

—Ah, estás ahí, Blake, querido —dijo en voz tan baja que sólo Sapphire y Blake la oyeron. Se comportaba como si no viera a Sapphire allí de pie—. Me preguntaba dónde te habías metido. Quiero que le hables al señor Carter del cuadro italiano que has comprado. Aún no lo has colgado, ¿verdad? —le dio el brazo y tomó un vaso de limonada de la bandeja de Sapphire antes de alejarse con Blake hacia la terraza.

Sapphire se quedó allí parada un momento, paralizada en sus zapatos viejos y gastados. Myra asomó la cabeza por la esquina y le hizo señas con nerviosismo. Sapphire se acercó rápidamente a la puerta.

—¿Qué te ha dicho el señor? —susurró Myra—. ¿Hay algún problema con la limonada? —Sapphire sacudió la cabeza. Aún no se atrevía a hablar—. Vamos, entonces. Las señoras están esperando sus bebidas. La señora Sheraton, cómo no, me ha preguntado ya si no hay nada más fuerte antes de la cena —guiñó un ojo y se volvió hacia la primera invitada con la que se encontraron en la terraza—. ¿Limonada? —preguntó al tiempo que levantaba uno de los vasos de la bandeja.

Una vez hubieron servido las bebidas, no regresaron a la cocina, como Sapphire esperaba. Se quedaron allí, esperando, de espaldas a la pared, por si algún invitado quería más limonada o podían recoger los vasos.

—Ésta es la mejor parte —susurró Myra—. Es como si no estuviéramos aquí.

Sapphire intentó concentrarse mientras miraba por encima de la terraza, que se asomaba al acantilado. Incluso al anochecer la vista era espectacular. Allá abajo se veían aún las olas coronadas de blanco, y en la estrecha franja de tierra de la playa se divisaba el destello de algunas luces.

—Entonces, ¿te lo ha pedido?

Una joven de tirabuzones color ébano pasó delante de ellas, tomada de la mano de Clarice Lawrence.

—¿Te lo ha pedido? —repitió la joven.

Ambas iban elegantemente vestidas con trajes de noche casi idénticos, de seda blanca y sin hombreras, pero Clarice llevaba a modo de cinturón una cinta violeta, y la otra una de color rosa. Las dos se habían recogido el pelo hacia arriba y se había puesto flores frescas a un lado de la cabeza. Sapphire se descubrió deseando uno de aquellos vestidos blancos, llevar el pelo limpio y tener horquillas de marfil con que recogérselo. Aquellas jóvenes privilegiadas parecían frescas y cómodas, mientras que su uniforme le producía un intenso picor en el cuello. Sabía, sin embargo, que por más que le picara no podía rascarse. No se rascaría delante de la señorita Clarice Lawrence, ni aunque el picor la matara.

—Bueno, ¿y cuándo va a declararse? —preguntó la joven morena—. Creía que habías dicho que estabas segura de que te lo pediría en cuanto regresara de Londres. ¿Qué es lo que dijiste? Sí, ya me acuerdo. Dijiste, «ahora que es lord, necesitará la esposa perfecta» —siseó en tono acusatorio.

Myra le dio un codazo a Sapphire y miró a las mujeres para asegurarse de que su compañera estaba escuchando. Luego siguió mirando de frente.

—Si no te lo pide pronto —continuó la debutante morena, deberías empezar a buscarte a otro, porque no eres la única que intenta echar el lazo al señor Blake Thixton, conde de Wessex.

—Me lo pedirá —contestó Clarice mientras agitaba con una mano su abanico de marfil—. Descuida.

—Tengo entendido que la señora Sheraton ha estado hablando de su hija con él. Ella cumple dieciocho años el mes que viene, ¿sabes? Es más joven que tú y algunos dicen que más bonita.

—Se casará conmigo si mi padre le dice que debe hacerlo —susurró Clarice con vehemencia.

—¿Y cómo va a encontrarse tu padre en situación de exigirle a Blake Thixton que...? —Sapphire oyó un gemido de sorpresa y luego una risilla—. ¡Clarice, no me digas que le has entregado tu virginidad al señor Thixton! —parecía atónita y alborozada al mismo tiempo.

—No, aún no.

Sapphire no pudo evitarlo. Tenía que mirar. Movió la bandeja de plata y se volvió ligeramente. Más risas.

—No me digas que planeas seducir al señor Thixton.

Clarice agarró de la mano a su compañera y se acercó a ella. Sapphire sintió que la ira se alzaba en la boca de su estómago y apretó con más fuerza la bandeja.

—Mañana por la noche —explicó Clarice—, voy a ir con mis padres a no sé qué baile benéfico en una galería de arte nueva, en Trudeau. El señor Thixton declinó la invitación, alegando que tenía demasiado trabajo —hizo girar sus ojos castaños.

—Lo cual significa que mañana por la noche estará en casa —susurró la otra en tono conspirativo.

—Vendré a verlo con cualquier excusa. Y dejaré que me seduzca —Clarice dio a su compañera en el hombro con su abanico—. Y luego, dentro de unos días, iré a ver a mi padre deshecha en llanto y le confesaré mi terrible pecado.

—Tu padre se enfrentará al señor Thixton y no le dejará alternativa...

—Salvo casarse conmigo o no volver a aparecer en público nunca más —Clarice apretó la mano de su amiga.

Myra se volvió ligeramente hacia Sapphire y abrió mucho los ojos. Sapphire apretó la mandíbula y dio de pronto un paso adelante.

—¿Puedo recoger su vaso, señorita Lawrence? —preguntó, mirando directamente a los ojos a la bella joven al tiempo que adelantaba la bandeja.

—Bueno, sí, supongo que sí —Clarice dio un paso atrás, sorprendida porque la sirvienta se dirigiera a ella.

—Llévese también el mío —dijo su amiga, y dejó caer descuidadamente el vaso sobre la bandeja—. La limonada no estaba muy buena. Dígaselo a la cocinera —ordenó a Sapphire sin mirarla. Luego agarró a Clarice de la muñeca y ambas se alejaron—. En cuanto te cases, habrá que hacer algunos cambios en esta casa. La insolencia de los sirvientes es simplemente inaceptable.

—¿Qué estás haciendo? —susurró Myra en cuanto las dos jóvenes se alejaron.

—Recoger los vasos —Sapphire se acercó a otro invitado y prácticamente le arrancó el vaso de la mano. Hizo luego lo mismo con el resto de los invitados. Myra sólo podía seguirla.

—¿Qué mosca te ha picado? —murmuró Myra cuando estuvieron en el pasillo de servicio, camino de la cocina.

Sapphire suspiró.

—Tenemos que detenerla.

Myra sacudió la cabeza con vehemencia.

—El servicio nunca se mete en nada. Nosotros sólo escuchamos.

Sapphire levantó las cejas. Por primera vez desde hacía días, tenía la impresión de dominar su vida.

—En este caso, eso es simplemente inaceptable.

Myra entornó los ojos.

—¿Es simplemente inaceptable? —se puso una mano sobre la cadera—. ¿Sabes?, no quería preguntarte por qué estabas en la calle y por qué tuvo que rescatarte el señor Thixton, pero dile a Myra la verdad... Tú antes no eras sirvienta, ¿a que no?

—No quiero hablar de mi pasado, Myra —Sapphire sostuvo la bandeja en equilibrio con una mano y tomó a su amiga por la manga mientras andaban por el pasillo—. Pero quiero que me ayudes con una cosa. Una cosa que mantendrá a la señorita Lawrence alejada de la cama del señor Thixton.

Myra estaba asombrada.

—Eso no es asunto mío, ni tuyo. ¿Quieres que te pongan de patitas en la calle?

Sapphire la miró a los ojos.

—¿Quieres que la señorita Lawrence se convierta en tu señora? Porque ya sabes que lo primero que hace una mujer como ella cuando se casa es despedir a todas las doncellas bonitas de la casa.

—Y traer vacas feas o criadas viejas y gastadas que no vuelvan loco al señor.

Sapphire estuvo a punto de reír.

—Myra, ¿te gusta trabajar aquí? —apoyó el brazo en el hombro de Myra. Ésta asintió con la cabeza.

—El trabajo es fácil, con tal de que tengas contenta a la señora Dedrick.

—Entonces, la señorita Lawrence no puede llegar a esta casa mañana por la noche.

—¿Qué vas a hacer, Molly? —las dos echaron a andar de nuevo por el pasillo.

—No estoy segura del todo —contestó Sapphire, a pesar de que una estrategia empezaba a cobrar forma en su cabeza.

Era terriblemente malvada, pero sería eficaz, si se las ingeniaba para llevarla a cabo–. ¿No dijiste que tu abuela era curandera y que te enseñó a preparar toda clase de tónicos?

–Sí, pero casi todos para el dolor de vientre. Ardor de estómago, dolores de mujeres, cosas así.

Sapphire se detuvo ante la puerta de la cocina.

–Sí, pero, ¿te enseñó a preparar un...? –miró a su alrededor para asegurarse de que no había nadie tras ellas y comenzó a susurrar al oído de Myra.

22

—¿Qué diablos vas a hacer con eso? —preguntó Myra mientras sujetaba la puerta de la cocina para que pasara Sapphire, que llevaba una bandeja cargada con cuencos de sopa. Uno de los lacayos iba delante de ellas, llevando una monstruosa sopera de porcelana. La señora Dedrick acababa de anunciar que el señor Thixton y sus invitados se dirigían al salón y que había que servir la sopa de inmediato.

—No sé —susurró Sapphire, que apretaba el paso detrás de Myra—. Casi me dan ganas de echarlo en la sopa y dárselo a todos ellos.

—No, no debes hacer eso —dijo Myra, alarmada—. Sabrían enseguida que habíamos sido nosotras.

Sapphire se rió por lo bajo.

—No voy a dárselo a todos, aunque el señor Thixton se lo merece, por ser tan tonto con Clarice.

—Pero ella es la hija de su mejor amigo —dijo Myra en defensa de Blake—. Es tan caballeroso...

Sapphire arrugó el ceño.

—Parece que tú también estás medio enamorada de él.

Myra dejó escapar una risilla.

—¿No lo estamos todas? —dijo mirando hacia atrás. Luego

levantó la barbilla y entró en el comedor detrás del lacayo con su bandeja, cargada con un cucharón y cucharas soperas.

—Ah, damas y caballeros —anunció Blake desde la cabecera de la hermosa mesa de caoba que Sapphire había abrillantado la víspera—, por favor, tomen asiento. Creo que la cena está servida.

Durante la siguiente media hora, Sapphire permaneció ocupada siguiendo las instrucciones de Myra. Aunque sorprendió a Blake mirándola un par de veces, no lo miró a los ojos y se concentró en cumplir su trabajo lo mejor que podía, teniendo en cuenta que nunca había servido una cena. Mientras trabajaba, mantenía los ojos y los oídos bien abiertos, aguardando la ocasión de administrar un poco de justicia femenina. En mitad de la cena, encontró su oportunidad.

—Esta salsa de trufas es divina —Clarice Lawrence se sirvió en su plato la última cucharada de salsa—. ¿Hay más? —ronroneó, sentada a la derecha de Blake, en la silla en la que originalmente debía sentarse su padre, según las tarjetas que ella al parecer había cambiado antes de que los invitados tomaran asiento.

Myra lanzó una rápida mirada a Sapphire.

—Sí, señorita —dijo en voz baja, y recogió de la mesa la salsera vacía—. Ya se ha comido la mitad de la salsa que ha hecho la señora Porter, y eso que era para dieciséis personas —le susurró a Sapphire cuando se pusieron de cara al bufé del que iban sirviendo, de espaldas a los invitados.

—Puede que necesite una ración especial.

Myra frunció el ceño, confusa, mientras empezaba a rellenar la salsera.

—Ya ha comido suficiente —susurró—. ¿Tienes idea de cuánto cuestan esos hongos asquerosos?

—Oh, yo creo que necesita otra ración —murmuró Sapphire, y sacó un pequeño cuenco de uno de los estantes que había bajo la mesa del bufé. Luego extrajo del bolsillo de su delantal un frasquito de tónico hecho especialmente para la ocasión. Giró rápidamente la muñeca, sirvió un cucharón de salsa de trufas, colocó el cuenco en un platillo de porcelana y limpió el borde con su delantal. Sin darle tiempo a Myra para protestar, regresó junto a Clarice.

—Su salsa, señorita —susurró. Y haciendo una rápida genuflexión, puso la pequeña salsera junto a su plato. Al mismo tiempo, Myra colocaba la salsera grande a la cabecera de la mesa.

Al apartarse Sapphire, Blake la miró a los ojos y, por un instante, ella sostuvo su mirada con aire desafiante. Él entornó sus labios sensuales como si quisiera hablarle, pero luego volvió a apretarlos.

«¿Quién es el terco ahora?», se preguntó ella.

Myra aseguraba que el tónico que había ayudado a preparar a Sapphire funcionaría rápidamente, y Sapphire no se sintió defraudada. Myra acababa de servir una tarta de arándanos de Maine con natillas mientras ella colocaba las cucharillas de plata para el postre cuando Clarice empezó a sudar y su cara se crispó como si tuviera grandes dolores.

Sapphire vio por el rabillo del ojo que un invitado sentado junto a ella la agarraba del brazo y se inclinaba para susurrarle algo al oído. Clarice bebió un sorbo de agua y luego se recostó en la silla. Su frente brillaba, sudorosa. En aquel momento los demás invitados se percataron de que algo iba mal, pero se limitaron a mirar a Clarice un instante y siguieron con sus conversaciones.

Desde el otro lado de la mesa, Myra miró a Sapphire a los ojos y ésta no supo si su amiga estaba a punto de romper a reír o a llorar.

—Clarice, querida, ¿te encuentras bien? —preguntó Patricia Lawrence a su hija desde el otro lado de la mesa.

—Yo... —Clarice se puso verde de pronto y se levantó de un salto. Estuvo a punto de volcar la silla al apartarse de la mesa y alargó el brazo hacia Myra—. El aseo más cercano —gruñó sin importarle quien la oyera.

Myra se apresuró hacia la puerta para indicarle el camino, y Clarice recogió los pliegues de su falda blanca y corrió tras ella. La señora Lawrence le dijo a su marido en voz baja que llamara a su carruaje.

Sapphire tuvo que volver la cara para que nadie viera su sonrisa de satisfacción. Pero, cuando se dio la vuelta, Blake la estaba observando fijamente.

—Debería ir con ella —dijo la señora Lawrence, una mujer rolliza y amable, y se levantó de su silla.

—Sí, ve a ver qué le pasa —convino su marido.

De pronto todos los sentados a la mesa empezaron a hablar a la vez, en tono discreto, pero nervioso. Por lo visto, todos tenían alguna anécdota que contar acerca de retiradas precipitadas, y a Sapphire le costó un arduo esfuerzo no echarse a reír.

Pasó el tiempo, Sapphire siguió sirviendo los postres, pero ni Clarice, ni su madre, ni Myra regresaron. Sapphire había empezado a recoger los platos de la mesa cuando Blake se levantó y anunció que las damas se retirarían al salón y los caballeros irían a fumar a su despacho. Ella casi había acabado de pasar a su lado con una bandeja llena de platos cuando Blake la agarró de la manga y, delante de todos sus invitados, se inclinó hacia ella y le susurró al oído:

—Dime que no tienes nada que ver con la indisposición de mi invitada.

Sapphire lo miró con candor y batió las pestañas como había visto hacer a Clarice.

—Pero señor Thixton —dijo—, no soy más que una criada. ¿Qué puedo tener yo que ver con la indisposición de la señorita Lawrence? —lo miró fijamente a los ojos—. Puede que sean los malos humos de su carácter, que han salido a la luz.

Por un instante, creyó que Blake iba a sonreír. Pero él frunció el ceño.

—Quiero hablar contigo luego —masculló en voz baja.

—Desde luego, señor Thixton —Sapphire hizo una rápida reverencia y pasó a su lado con la bandeja antes de que pudiera volver a detenerla.

Una hora después, Myra apareció por fin en la cocina.

—Ya era hora de que decidieras trabajar un poco —le espetó la señora Porter en cuanto entró.

—Una de las invitadas del señor Thixton se ha puesto enferma y la señora Dedrick me dijo que me quedara con ella, por si necesitaba algo —dijo Myra sin un asomo de sonrisa.

La señora Porter resopló y se dio la vuelta, y Myra se acercó rápidamente a Sapphire, la agarró del brazo y la hizo salir por la puerta de atrás, que daba a un patio cerrado.

Cuando salieron, Sapphire respiró hondo y sintió el aire veraniego, más fresco que en el interior de la casa. Myra dio una vuelta sobre sí misma, rompió a reír y se tapó la boca con las manos.

—Entonces, ¿ha funcionado? —preguntó Sapphire con una risa.

—¿Funcionar? Me he pasado una hora junto a la letrina de fuera —rompió a reír—. Ella no podía salir. Debía de estar hasta el cuello de flatulencias.

Sapphire hizo un esfuerzo por no reírse.

—No —susurró.

Myra asintió rápidamente.

—Al final, la señora Lawrence hizo que el señor mandara

el carruaje a la parte de atrás. Yo llevé toallas y una palangana, como me habían pedido, pero por lo visto el vestido blanco de la señorita Lawrence ya no era tan blanco —Sapphire se quedó mirándola—. Bueno, cuando se tienen tantas prisas, el camino hasta la letrina es largo.

Sapphire se atragantó con su propia risa.

—¿Y no la llevaste arriba, al cuarto de baño de B... del señor Thixton?

Myra estaba tan emocionada que no reparó en su desliz.

—¿Y dejar que usara ese retrete tan bonito? ¡Claro que no! Sobre todo, porque esa habitación la limpiamos tú y yo.

Sapphire no pudo refrenarse. Rompió a reír y abrazó a Myra.

—No creo que la señorita Lawrence vaya a seducir a nadie en los próximos días.

Myra la rodeó con sus brazos y las dos dieron unas vueltas por el patio.

—No, creo que no —rió, imitando perfectamente el tono de Sapphire.

Sapphire casi consiguió llegar a la cama sin encontrarse con Blake. Casi. Después de que la cocinera y otros sirvientes se hubieran retirado, dejando que Myra y ella guardaran la porcelana recién fregada, la señora Dedrick apareció en la puerta quitándose el delantal, que siempre permanecía blanco por más largo que hubiera sido el día.

—Tú, Molly, la nueva, el señor Thixton está descontento con el estado de su habitación y su cuarto de baño. Quiere sábanas limpias enseguida.

—Ya lo hago yo —dijo Myra, y apretó la mano de su amiga—. A veces se pone de mal humor.

Sapphire quiso decirle a su amiga que conocía muy bien

los malos humores de Blake, sobre todo en lo referente a ella, pero no se atrevió.

—No, tú vete a la cama. Ya me ocupo yo.

—Pero puede ponerse muy quisquilloso.

Sapphire le dio a Myra el último plato de porcelana irlandesa.

—No, tú estuviste en la letrina. Esto me toca a mí.

—Date prisa —ordenó la señora Dedrick con acritud—. Yo voy a acostarme.

—Y a echar un traguito de su botella de ginebra —musitó Myra, que seguía junto a Sapphire esperando a que el ama de llaves se fuera.

Sapphire le dio un codazo y las dos consiguieron contener la risa hasta que la señora Dedrick desapareció por la puerta batiente. Sapphire permaneció allí media hora más, haciendo tiempo mientras acababan de recoger la cocina, y le dijo a Myra que subiera a acostarse.

—Te esperaré despierta —masculló su amiga, soñolienta.

—No —dijo Sapphire, que tenía la impresión de que tal vez Blake y ella llegaran a algún entendimiento—. Estás agotada. Nos veremos por la mañana.

Myra le dijo adiós con la mano y comenzó a subir las escaleras.

—Y gracias —dijo Sapphire tras ella.

—¿Por qué? —Myra se volvió en las escaleras—. ¿Por darle un escarmiento a una que lo necesitaba?

Sapphire le sonrió. Por espantosa que le pareciera a veces su situación, nunca habría conocido a Myra si Blake no la hubiera raptado.

—Por ser mi amiga —dijo en voz baja.

Otra sonrisa y Myra se fue. Sapphire recogió entonces sábanas y toallas limpias y se encaminó por la casa a oscuras hacia la alcoba de Blake. En el último momento, decidió tomar la escalera principal. Llamó a la puerta y, cuando oyó que le daba permiso para entrar, pasó a la habitación con los brazos cargados de sábanas y toallas.

—Pensaba que quizá no vinieras —dijo él mientras cerraba la puerta. Se había quitado la levita y la corbata de seda y se había arremangado la camisa hasta los codos. Tenía un vaso de whisky en la mano.

—El señor ordenó cambiar las sábanas. Y las otras criadas me han dicho que, si no cumplo las órdenes de la señora Dedrick, seré despedida.

Blake tiró al suelo el montón de sábanas, la estrechó entre sus brazos y la besó.

—Te echaba de menos, gatita —apretó sus caderas contra ella y dejó el vaso sobre una mesita que había junto a la puerta—. ¿No notas cuánto te he echado de menos? —preguntó en voz baja.

Sapphire cerró los ojos un momento y se resistió a que los deseos de su cuerpo dominaran su mente. Abrió los ojos.

—Tengo entendido que la señorita Lawrence te ha echado mucho de menos.

Blake le besó el cuello y deslizó la boca por su clavícula.

—Ya te lo dije. Es hija de mi mejor amigo. No puedo ser descortés con ella. Y tú no puedes envenenarla.

Sapphire posó las manos en sus hombros y dejó escapar una leve risa.

—No la he envenenado. La señorita Lawrence tenía planes para ti. Planes ilícitos.

—No tengo absolutamente ninguna intención de acostarme con la hija de mi amigo. Es una cría.

—¿Cuántos años tiene?

Blake levantó la cabeza.

—Demonios, no lo sé. Veinte, supongo.

—Yo tengo veinte años —dijo ella con suavidad, mirándolo a los ojos.

Él guardó silencio un momento.

—Eso es distinto.

—No veo por qué.

—¿Cuándo hemos estado de acuerdo tú y yo? —Blake pasó el pulgar por la línea de su mandíbula en una tierna caricia—. ¿Mmm? —murmuró—. Me pregunto si entre nosotros será siempre así.

Ella bajó la mirada. Había ido a decirle en privado que debía enviarla a Londres, pero no quería discutir aún con él.

—No lo sé —tomó su mano y entrelazó los dedos de ambos—. Hay algunas cosas en las que estamos de acuerdo.

Él se inclinó y besó su mejilla.

—Ya lo creo —comenzó a quitarle el delantal, pero ella le apartó las manos.

—No. Tengo calor y estoy pegajosa. Estoy hecha un asco.

—No es cierto —Blake besó su coronilla y se apartó de ella—. Pero, ¿por qué no te das un baño?

Ella miró con anhelo hacia el cuarto de baño.

—No debería.

—No seas ridícula —él volvió a tomar su vaso de whisky.

—No es justo. Las otras chicas se han ido a la cama sin darse un baño de agua fresca.

—Tú no eres como las otras chicas —la empujó suavemente hacia el cuarto de baño.

La puerta estaba entreabierta y ella vio la gran bañera blanca, tan grande que una persona podía sentarse en ella con las piernas estiradas.

—Lo único que intentas es que me quite la ropa para poder aprovecharte de mí —él echó la cabeza hacia atrás y soltó una carcajada—. ¿De qué te ríes? —preguntó Sapphire, indignada.

Blake se enjugó los ojos, que se le habían llenado de lágrimas de tanto reír. Bebió un sorbo de whisky.

—Sapphire Fabergine, tú nunca has hecho nada que no quisieras hacer. Compadezco al hombre que intente doblegarte a su voluntad.

Ella lo miró con fijeza, exasperada porque la hubiera hecho cruzar el Atlántico contra su voluntad. Pero no era eso lo que él quería decir, y lo sabía.

—Voy a darme un baño —dijo—, pero si entras ahí...

—¿Qué? —preguntó él con aire desafiante y una sonrisa engreída en los labios. Echó un vistazo a su cara, rompió a reír y apartó la mirada—. No importa. Lo único que sé es que debería tenerte contenta, o quizá acabe sentado en la letrina, como Clarice.

Sapphire se rió, recogió varias toallas de las que Blake había tirado al suelo, entró en el cuarto de baño y cerró la puerta sonoramente a su espalda. Durante la hora siguiente, Blake llamó a la puerta dos veces, pero en ambas ocasiones ella le dijo que se marchara, y él cumplió su palabra y no entró. Sapphire sabía que no podía permanecer sumergida en el agua fresca eternamente, ocultándose del mundo en su cuarto de baño, pero, cada vez que se levantaba para salir de la bañera, se aclaraba el pelo o se restregaba el cuerpo de la cabeza a los pies con sales perfumadas una última vez.

Finalmente, cuando su piel comenzaba ya a arrugarse, salió de la bañera, se envolvió el pelo en una toalla pequeña y usó la más grande para cubrirse el cuerpo. No soportaba la idea de volver a ponerse el áspero uniforme de doncella. Hasta la falda gris y vieja y la blusa descolorida que le había dado Blake eran más cómodas que el montón de ropa que había dejado en el suelo.

Abrió la puerta del cuarto de baño y entró en el dormitorio. Blake había apagado casi todas las lámparas y una sola resplandecía suavemente junto a la cama. Ella no lo veía, pero olía el humo de su cigarro y, al salir a la terraza, distinguió su silueta. Estaba recostado contra la barandilla, contemplando el mar en sombras que se extendía más allá del acantilado.

Sapphire se acercó a él y, aunque él posó una mano sobre su cadera, los dos permanecieron en silencio un instante. Se quedaron allí y disfrutaron de la brisa fresca y de su mutua compañía.

—Debería irme —dijo ella por fin en voz baja.

Blake la apretó con el brazo, pero no la miró.

—No, quédate conmigo. Quédate a pasar la noche.

—No puedo, Blake. Si alguien se despierta en el dormitorio del servicio y ve que no estoy, puede que vengan a buscarme.

—Sapphire, dime qué quieres de mí —él apagó su cigarro en un cenicero de cristal que había dejado en equilibrio sobre la barandilla y se volvió hacia ella.

—¿Que qué quiero? —dijo ella, sorprendida por su pregunta repentina.

—Sí, qué quieres, qué te satisfaría. ¿Quieres que diga que te quiero? ¿Es eso? —la miró a través de la oscuridad—. ¿Quieres que te declare amor eterno?

Dijo aquello como si «amor» fuera una palabra sucia y, en lugar de enfadarse con él, Sapphire sintió tristeza y piedad. Soltó la toalla blanca y la dejó caer sobre el suelo de piedra de la terraza. Echó la cabeza hacia atrás y se quitó la toalla pequeña, dejando que el pelo húmedo le cayera sobre los hombros. Luego le tendió los brazos. Una parte de ella quería abrazarlo, apoyar su cabeza contra el pecho y acariciar su pelo, alisar las arrugas de su cara, borrar todo el dolor que sentía en su voz.

Pero apoyó las manos sobre sus hombros anchos, se puso

de puntillas y besó su boca. Los labios de Blake permanecieron rígidos un momento, pero luego se suavizaron y de pronto sus brazos se alargaron y la apretaron contra él. Blake hundió la lengua en su boca, la besó con furia y, haciéndola volverse en sus brazos, la empujó contra la barandilla.

Sapphire sintió que su cabello suelto colgaba en el vacío, se sintió como si cayera y, sin embargo, sabía que, mientras Blake la estrechara entre sus brazos, jamás caería contra las rocas del fondo. Se besaron una y otra vez. Blake acariciaba sus pechos, los estrujaba, los amasaba.

Ella le sacó los faldones de la camisa de los pantalones, le desabrochó algunos botones y se la sacó por la cabeza. Adoraba sentir su pecho musculoso y duro bajo sus dedos, adoraba besar sus pezones, adoraba ofrecerle las mismas sensaciones que Blake agitaba en ella.

Blake subió y bajó las manos por sus brazos, por su costado, por su cintura, en un frenesí de deseo. Reposó la cara entre sus pechos y luego comenzó a besarla al tiempo que se deslizaba hacia abajo. Antes de que ella pudiera detenerlo, estaba de rodillas y le había separado las piernas. Sapphire se agarró a la barandilla mientras él hundía los dedos entre los pliegues húmedos y palpitantes de su sexo. Dejó escapar un gemido de placer. Primero, sus dedos, luego su boca. Las estrellas comenzaron a girar y la arrastraron en su espiral.

Pasó los dedos por el pelo oscuro de Blake, arqueó la espalda y jadeó al experimentar un éxtasis glorioso. Luego Blake se levantó, se quitó los pantalones y la empujó de nuevo contra la barandilla. Agarró su miembro y la penetró mientras ella se agarraba con una mano al metal forjado y levantaba las caderas para salir a su encuentro y acoger su miembro dentro de sí. Ascendió y cayó en un ritmo extático, bajo un dosel de estrellas que parecían ser suyas y sólo suyas. Pronto se oyó gritar de nuevo, sintió que él la acometía una última vez y que luego se salía de ella y apoyaba la mejilla sobre su hombro.

Permanecieron allí un momento, abrazados. Sapphire temblaba de la cabeza a los pies. ¿Qué había querido decir Blake al preguntarle si quería que le dijera que la amaba? ¿Acaso la quería? ¿Era ése su modo de decir que así era, pero que le asustaba admitirlo? Nunca habían hablado de amor y, sin embargo, ella sabía que lo quería. ¿Era posible que aquel hombre que parecía no tener emociones poseyera sentimientos tan profundos y vastos como los suyos? ¿Era posible que la amara de verdad... o era sólo un nuevo engaño, una nueva mentira?

—Vamos dentro —le susurró él al oído cuando su respiración se aquietó—. ¿Qué ha sido de mis buenos modales?

Ella rió y dejó que la condujera a su habitación. Se tumbaron en la cama, sobre las sábanas frescas, y ella apoyó la mejilla sobre su hombro y disfrutó del contacto de su brazo, que la rodeaba.

—Me has preguntado qué quiero —dijo en voz baja. Sabía que él estaba despierto, escuchando, aunque no contestara—. Acéptame por lo que podría ser. Acepta esa posibilidad.

—Sapphire...

Ella se incorporó a medias, apretó un dedo contra sus labios y lo miró a la luz tenue de la lámpara.

—Nunca te pedí que me creyeras cuando te dije que era la hija de lord Wessex. Lo único que te he pedido es que me des la oportunidad de demostrártelo.

—No tienes pruebas.

Esta vez fue ella quien guardó silencio. El reloj de la repisa de la chimenea resonaba en la alcoba grande y aireada.

—¿De veras me quieres? —preguntó quedamente.

Él volvió la cabeza y apartó la mirada.

—No lo sé —dijo.

Ella se entristeció de inmediato porque no dijera que la quería, pero al mismo tiempo sintió un atisbo de esperanza. Si él no sabía si la quería, ¿no significaba eso que quizá la quisiera? ¿O acaso había algo dentro de él que le impedía sentir amor?

—Entonces, ¿qué vamos a hacer? —preguntó Blake tras otro largo silencio en el que sólo resonaron el tictac del reloj y el golpeteo del corazón de Sapphire.

—No lo sé —dijo ella con un suspiro, y volvió a apoyar la cabeza en la almohada—. Quizá los dos necesitemos más tiempo para pensar.

—Quizá —repuso él—. Entre tanto, ¿querrás instalarte aquí, en mi alcoba?

—No puedo —musitó ella—. No puedo, Blake —tragó saliva—. Y en la cocina no se está tan mal, de veras. He hecho una buena amiga.

—Sapphire, odio pensar que...

—Creo que ya hemos hablado suficiente por esta noche, ¿no te parece? —preguntó ella.

Blake se volvió para mirarla y comenzó a juguetear con su pelo.

—Estudié en Harvard y a ti te educaron las Hermanas del Sagrado Corazón —dijo como si hablara para sí mismo—. Y, sin embargo, una y otra vez me digo que tú eres la más lista de los dos.

Ella rompió a reír, lo miró y se encontró perdida en sus ojos oscuros.

—¿Me das un beso? —susurró. La emoción hacía temblar su labio inferior. Lo único que quería en ese momento era decirle que lo amaba. Quería subirse a la barandilla de la terraza y gritárselo a todo Boston. Pero Blake la besó y sus palabras se perdieron, extraviadas por las caricias de él y por sus propios miedos.

23

—¿Jessup? —gorjeó Lucía al acercarse al despacho del abogado con una carta entre las manos. El señor Turnburry, el escribiente de Jessup, sabía ya que no debía intentar impedir que irrumpiera en el despacho de su jefe cuando le viniera en gana—. Jessup, cariñito...

Angelique iba tras ella, quitándose los guantes de encaje dedo por dedo.

—De verdad, tía Lucía, ¿no te das cuenta de que no es de buen tono enamorarse del hombre que te mantiene?

—¿Que me mantiene? —Lucía se detuvo en medio del pasillo y se volvió hacia su joven pupila con una mano sobre la cadera—. A mí ningún hombre me mantiene, para que lo sepas, jovencita. Yo me mantengo sola. Puede que no sea rica, pero hace muchos años que no necesito un hombre para que me dé un techo. ¿Cómo te atreves? —dijo en tono de reproche, dando un paso hacia Angelique.

Angelique se sorprendió sinceramente.

—Tía Lucía, por favor. Lo siento —levantó las manos—. No quería molestarte. Obviamente, yo no veo nada de malo en que un hombre pague por mis favores.

—¡No estoy enfadada! Estoy ofendida.

—No pretendía ofenderte —Angelique soltó una risilla—. Soy la última persona que juzgaría a una mujer por permitir que un hombre se ocupe de ella. Ya lo sabes. Sólo lo decía porque... bueno, es un poco embarazoso cómo os comportáis, no sólo en privado, sino también en público.

—*Mon dieu*, pero yo te quiero a ti y quiero a nuestra querida Sapphire, y no lo oculto ni en público ni en privado.

—Lo sé —Angelique miró a Lucía con sus bellos ojos. Lucía aún se preguntaba a veces, después de tantos años, si no sería hija de Armand. Ciertamente, tenía su pasión—. Pero sois demasiado mayores para besaros en público —rió—. Y, además, eso es distinto.

Lucía se ajustó su sombrero de paja nuevo, de ala ancha, que se ataba bajo la barbilla.

—No es distinto en absoluto.

—Es una clase distinta de amor —insistió Angelique—. Y tú lo sabes. El cariño que os tengo a ti, a Sapphire o a Armand durará toda la vida. El amor que Henry dice tenerme sólo durará unas semanas, unos meses, quizás unos años, pero al final se cansará de mí y dejará de amarme.

—Eres demasiado cínica para ser tan joven —Lucía colocó el cuello de encaje del bonito vestido azul de Angelique—. El amor entre una madre y su hija es distinto en muchos sentidos al de una mujer y su amante, *dulce*, pero a medida que uno se hace mayor deja de serlo tanto —suspiró y deseó saber explicarlo mejor—. Las dos clases de amor pueden ser desbordantes. A veces, la pasión lo es incluso más. Creo que quizá por eso te da miedo amar a Henry.

—¿Que me da miedo amar a Henry? ¿De dónde has sacado esa idea tan ridícula? ¿Ha vuelto a visitarte Henry? Porque si es así...

—Cálmate, Angel —dijo Lucía, tomando entre sus manos las mejillas de su ahijada—. El joven Henry no ha vuelto a ir a verme desde la última vez, cuando lo castigaste por ello una semana entera. Sólo hablo de lo que veo. De lo que veo en tus ojos cuando estáis juntos.

—De verdad, tía Lucía, estás tan chiflada como él. Bueno, ¿vamos a preguntarle al señor Stowe si quiere tomar el té con nosotras o vamos a quedarnos aquí a seguir hablando sobre mi amante?

Lucía consideró la posibilidad de seguir hablando un poco más sobre Henry, pero luego decidió que el tema de los verdaderos sentimientos de Angelique requería más tiempo. Para Angelique, la idea de amar a un hombre tenía que resultar difícil, sobre todo porque había tomado la determinación de no enamorarse nunca, y de ser únicamente amada. Lucía sabía que la joven necesitaba tiempo para hacerse a la idea.

—Lucía, corazón mío, estás ahí —Jessup avanzaba por el pasillo hacia ellas con los brazos extendidos—. Me había parecido oír tu encantadora voz.

Angelique miró a Lucía y puso los ojos en blanco, como si dijera. «A eso me refería», pero Lucía se echó a reír y dejó que Jessup la besara en la mejilla. A diferencia de la joven Angelique, sabía lo raramente que surgía el verdadero amor en el curso de una vida.

—Tengo noticias maravillosas —le dijo a Jessup—. Angelique y yo hemos pensado que quizás quisieras tomar el té con nosotras.

—Me encantaría. Y yo también tengo noticias —señaló hacia su despacho—. ¿No queréis pasar? Podéis contarme vuestras noticias mientras acabo una cosa. Luego podemos irnos.

—Por fin hemos recibido carta de Sapphire —dijo Angelique al entrar en el despacho de Jessup delante de ellos. Se quitó el sombrero y lo dejó colgando de sus dedos por la cinta mientras observaba con interés las estanterías repletas de libros–. A pesar de la mojigatería de nuestra pequeña Sapphire, creo que se ha convertido en la amante de lord Wessex.

—Eso no lo sabemos —la contradijo Lucía mientras tomaba asiento en el sillón rojo de cuero, delante de la mesa de Jessup–. Su carta no dice nada parecido.

—Bueno, ¿y qué dice? —preguntó Jessup diplomáticamente al sentarse detrás de la mesa y recoger sus gafas.

—Es muy breve —Lucía alisó el papel que ya había leído al menos diez veces–. Dice que se ha ido a Boston con el señor Thixton, pero que no debemos preocuparnos, que está viviendo una gran aventura... —la emoción se alzó en su garganta, pero consiguió refrenarla y continuar–... y que volverá pronto a Londres —dobló la carta y miró a Jessup–. Me pide que cuide del cofre que se dejó aquí, donde guarda los recuerdos de su madre y que por favor le implore al bondadoso señor Stowe que siga haciendo averiguaciones acerca del matrimonio de su madre con lord Edward Thixton.

—Entiendo —dijo Jessup–. Entonces, ¿lord Wessex y ella no han llegado a un acuerdo al respecto?

—Ya te lo dije, Jessup, Sapphire quiere pruebas del matrimonio de su madre. Me haría mucho bien saber antes de dejar este mundo que mi querida Sapphire ha visto cumplido su deseo —comenzó a doblar la carta de Sapphire–. Has dicho que tenías buenas noticias. Espero que se refieran a la petición de mi Sapphire.

—Así es, en efecto —Jessup garabateó su nombre en un documento, se quitó las gafas y la miró por encima de la mesa.

—Bueno, díganos, señor Stowe —dijo Angelique mientras limpiaba el polvo de la portada de un libro que había sacado de una estantería.

Jessup se irguió con orgullo.

—Creo haber encontrado la residencia de la señorita Sophie Barkley en Sussex.

—¡Jessup, *mon amour*, eso es maravilloso! —Lucía se volvió en su silla—. ¿Has oído eso, Angel querida? El señor Stowe ha encontrado a la familia de nuestra Sophie.

—No ha dicho que haya encontrado a su familia, tía —Angelique devolvió el libro a su sitio y eligió otro—. Señor Stowe, ¿tiene usted algún libro sobre América? El otro día, en una cena, un amigo de Henry nos contó una historia asombrosa sobre los indios. Henry no habla de otra cosa desde hace días. Me pregunto si hay indios salvajes en Boston.

Jessup se echó a reír, se levantó de su silla y se acercó a las estanterías que ocupaban una pared de su cómodo despacho.

—Creo que sí —comenzó a pasar los dedos por los lomos de una hilera de libros, miró a Lucía y volvió a mirar los libros—. Como decía la señorita Fabergine...

—Oh, por el amor de Dios, ¿te importaría empezar a llamar a Angelique por su nombre de pila, al menos cuando estemos solos? —Lucía puso los ojos en blanco—. No sé cuántas horas de vida perdéis los ingleses mencionando todos esos títulos y apellidos.

Angelique miró a Jessup y levantó las cejas, divertida. Él le pidió permiso con la mirada y ella asintió con la cabeza. Jessup carraspeó y continuó hablando.

—Como decía Angelique, no he localizado a su familia. Lamento decir que sus padres y algunos de sus hermanos han muerto, y otros están dispersos por el mundo.

—Pero, ¿estás más cerca que antes?

—Creo que sí. Tengo intención de ir personalmente a la aldea de Sussex donde el señor Wiggins, el caballero al que contraté para esta investigación, cree que pudo residir Sophie –ofreció un libro a Angelique–. Naturalmente, no debéis haceros muchas ilusiones aún. No sabemos si se trata de vuestra Sophie o si alguien allí recordará algo sobre un joven vizconde que cortejaba a una muchacha del pueblo.

–Oh, se acordarán –dijo Lucía.

–Por mis ilusiones no tienes que preocuparte, Jessup. Nunca he entendido por qué esta búsqueda era tan importante para Sapphire. Yo nunca conocí a mi padre, y te aseguro que eso no me ha quitado nunca el sueño –Angelique abrió el libro que Jessup le había dado.

–Tú eres distinta a Sapphire –Lucía cruzó las manos sobre el regazo–. Gracias, Jessup.

–De nada, amor mío –él se puso a su lado, la tomó de la mano y se la llevó a los labios.

–¿Puedes prestarme este libro, Jessup? –Angelique lo levantó–. Es sobre el Oeste americano y sobre unos tales Lewis y Clark. A Henry le encantará.

–Claro que sí –contestó él mientras miraba a Lucía con adoración.

–Gracias. Os espero en el carruaje, tortolitos –salió de la habitación–. No tardéis mucho y, por favor, no perdáis de vista vuestra edad y el hecho de que estamos a plena luz del día.

Lucía se echó a reír cuando Angelique salió del despacho. Jessup se inclinó para besarla.

–Si no supiera que no es así, pensaría que eso era un desafío –dijo ella.

–¿Un desafío? ¿Qué quieres decir?

Lucía se levantó de la silla.

–¿Tu puerta se cierra con llave, *mon amour*?

–Sí –él la miró con las cejas fruncidas interrogativamente. Luego pareció comprender–. Ay, Dios –dijo–. Ay, Dios.

–No me digas que tu mujer y tú sólo ejercitabais vuestros derechos maritales en esa cama, Jessup –ella se acercó a la puerta y miró hacia atrás. Giró la llave en la cerradura–. No quisiera ofender a la difunta, pero qué aburrido.

–Ay, Dios –repitió Jessup, que se había quedado allí parado, con los brazos en jarras.

Lucía se acercó a él, se puso de puntillas, lo besó y tomó su mano.

–Vamos a sentarnos en ese sofá, ¿quieres, Jessup querido? –lo llevó hacia el sofá que había en un rincón de la habitación–. Da la impresión de que no se usa desde hace una década –le sonrió con malicia–. Pero eso podemos remediarlo, ¿verdad?

–Molly, despierta.

Sapphire emergió de un sueño profundo y oyó que alguien pronunciaba un nombre, pero se hallaba en un sitio muy remoto y se resistió a aquella voz. En su cabeza danzaban ideas sobre Blake, recuerdos de sus caricias, del sabor de su cuerpo y de las palabras que habían intercambiado la noche anterior, la conversación más seria y posiblemente la más reveladora que habían compartido.

Recordó el agua fresca del baño. Yacer en aquella bañera llena de agua perfumada le había recordado los estanques de Martinica, las risas que Angelique y ella habían compartido, cómo nadaban y se zambullían en el agua. Luego pensó en las sábanas suaves y almidonadas de la cama de Blake, en lo mullido del colchón, en la suavidad de las almohadas y en el confort del brazo de Blake enlazándola cuando por fin se quedaron dormidos, exhaustos y satisfechos. Nada se había resuelto, pero la noche anterior había sucedido algo distinto entre ellos. Ella lo había percibido en la voz de Blake, casi lo había palpado.

Pero la voz que la llamaba no era la de Blake, y ella ya no estaba en su cama. Al despertar lentamente, cobró conciencia del sonido insistente de la voz de Myra y de la dureza del camastro en el que dormía.

—He intentado dejarte dormir —dijo Myra mientras tiraba de la sábana pegajosa—. Esta mañana parecías agotada. No tuve valor para despertarte, pero la señora Dedrick te está buscando. Dice que anoche no bajaste las sábanas del señor Thixton.

Sapphire abrió los ojos y parpadeó. Las ventanas de debajo del alero del tejado eran pequeñas, pero por ellas entraba una luz cegadora.

—Molly —dijo Myra otra vez.

—Está bien. Estoy despierta, estoy despierta —apartó la sábana y se incorporó—. ¿Qué hora es?

—Casi las ocho. El señor Thixton se ha ido, pero ha dejado dicho que esta noche quiere cenar arriba, en la terraza. Por lo visto, espera a alguien —apoyó las manos sobre sus caderas y miró a Sapphire—. Quiere que sirvas tú. Dio a la señora Dedrick instrucciones precisas.

Sapphire echó mano de su falda gris y su blusa. Era la misma ropa que se ponía cada día, pero al menos el día anterior había podido lavarla, después de ponerse el uniforme negro de Felicity.

—¿Por qué me miras así? —preguntó Sapphire mientras se ponía la falda.

—¿Dónde estuviste anoche?

—¿Que dónde estuve? —se volvió de espaldas a Myra para ponerse la blusa raída. No quería mentir a su amiga, pero tampoco podía decirle la verdad. Ignoraba hacia dónde se dirigía su relación con Blake después de su conversación de esa noche. Ahora que por fin había admitido ante sí misma que lo quería, ni siquiera sabía qué hacer al respecto.

Él no le había dicho que la quisiera. Sólo le había preguntado si eso era lo que quería ella.

Myra dio unos golpecitos en el suelo con su zapato de piel.

—Cuando me quedé dormida, no estabas aquí.

—Pero cuando te despertaste, sí.

Myra se quedó allí parada y, cuando Sapphire se dio la vuelta, tenía un mohín en la boca.

—Si quieres mi consejo, mantente alejada del señor.

Sapphire se remetió la blusa en la cinturilla de la falda gris, empezó a pasarse los dedos por el pelo y se lo recogió lo mejor que pudo sin espejo.

—No sé de qué estás hablando.

—Yo creo que sí. Vinisteis los dos juntos en ese barco. Tú estabas agradecida porque te ofreciera una nueva vida. Puede que estuvieras escapando de tu vida anterior, de un padre cruel, de una mala boda, de deudas. A veces, una hace lo que sea con tal de salir adelante —dijo Myra filosóficamente—. Pero ahora estás aquí y tienes que protegerte el corazón —vaciló—. Porque yo he conocido a hombres como el señor Thixton. Tú no eres de su clase, creas lo que creas y por más cosas que te susurre al oído. Al final, lo único que conseguirás será un corazón roto. Te romperá el corazón, Molly, y puede que te deje en la estacada y con un pequeñín al que criar. Y entonces en ninguna casa decente te contratarán como doncella. Te lo digo porque lo sé.

Sapphire agarró su cofia, se metió el pelo bajo ella y se puso los zapatos.

—No quiero ser antipática, pero esto es complicado, tan complicado que no puedo explicártelo.

Myra se quedó mirándola.

—Un corazón roto no es tan complicado, seas quien seas —se volvió hacia la puerta y salió.

Blake salió de casa temprano camino de sus oficinas, situadas en un edificio de ladrillo de la calle que se asomaba al puerto. Era aquél uno de los edificios más antiguos de Boston. Desde hacía un siglo, lo ocupaban hombres de negocios como él mismo. El puerto de Boston era muy importante desde la fundación de las colonias y la llegada de la familia de su madre en el siglo XVII. Lo había sido primero para las colonias y para Inglaterra, la madre patria, y lo era ahora para el mundo entero.

Manford insistía desde hacía años en que Blake montara sus oficinas en uno de los edificios nuevos del centro de la ciudad, construidos en estilo neohelénico. En aquella zona, los inviernos eran menos ventosos, había menos tabernas y más restaurantes refinados a mano. Pero el padre de Blake había comprado el edificio siendo joven y, aunque Blake nunca había sentido afecto por su padre, había algo reconfortante en el hecho de cruzar el mismo portal de ladrillo rojo que había usado anteriormente su padre. De ese modo podía recordar cada día lo canalla que había sido aquel hombre. Ello lo ayudaba a moderar sus palabras más veces de las que se atrevía a admitir. Naturalmente, ningún hombre estaba dispuesto a reconocer que tenía más de su padre de lo que inducía a creer a los demás, sobre todo cuando su padre había sido de aquel modo.

Blake tenía un día muy ajetreado. Por eso había salido temprano de casa, sin desayunar ni bañarse. Tampoco quería encontrarse con Sapphire. Se había sorprendido cuando, cerca de las tres de la mañana, ella se había levantado, se había puesto su feo uniforme de doncella y se había marchado. Aquello le había puesto furioso. ¿Qué demonios quería de él? Él había puesto el mundo a sus pies. Tenía dinero, posibilidad de ofrecerle cualquier cosa. ¿Por qué era tan terca con aquella cuestión de quién era o no era? ¿Acaso no entendía que a él no le importaba?

Blake bebió un sorbo de café y volvió a escupirlo en la taza.

—¡Givens! —gritó.

—¿Señor? —la puerta se abrió y aquel hombre alto y enjuto asomó la cabeza.

—Mi café está frío. Pido muy poco de usted, Givens, teniendo en cuenta el salario exorbitante que le pago. ¿No puede estar mi café caliente a primera hora de la mañana?

—Sí, señor. Le traeré otra taza, señor. El señor Lawrence está aquí y quiere verlo.

—Dígale que pase —Blake se recostó en su silla.

—Buenos días —dijo Manford al entrar, y le tendió la mano.

Blake se levantó y se la estrechó.

—¿Cómo está tu hija esta mañana? —le indicó un sillón de cuero muy parecido al del despacho del señor Stowe. Por alguna razón, pensaba mucho últimamente en el señor Stowe. Quizá porque había tenido que despedir a dos abogados desde su regreso de Londres. ¿Acaso no había en Boston ningún abogado que no fuera un ladrón?

—Gracias —Manford se sentó, al igual que Blake—. Clarice está mejor, creo, aunque ha estado en pie casi toda la noche. Es extraño que se pusiera enferma —sacudió la cabeza reflexivamente—. ¿Y ningún otro invitado se puso enfermo anoche?

Blake negó con la cabeza y se resistió a dejar divagar a su mente. Sapphire no había confesado que fuera la responsable de los síntomas de Clarice, y ¿cómo iba a hacer tal cosa, de todos modos? Quizá tuviera razón y fueran los malos humos de aquella joven, que empezaban a salir a la luz.

–Nadie más se puso enfermo, que yo sepa. Yo he dormido muy bien –casi sonrió al pensar en lo agradable que había sido quedarse dormido teniendo a su lado el cuerpo cálido y suave de Sapphire. Había echado de menos dormir con ella desde su llegada a Boston.

–Bueno, un par de días y estoy seguro de que mi querida Clarice estará como nueva –Manford le lanzó una sonrisa–. Aunque imagino que durante unos días tendrá que limitar sus actividades sociales, porque apenas puede apartarse unos pasos del retrete –dio una palmada en el escritorio–. Bueno, dime lo que necesite saber antes de que llegue el señor Falkin. Le dije a mi mujer esta mañana que íbamos a reunirnos con un hombre de Filadelfia que cree que puede producir combustible para lámparas de aceite a partir de rocas y ella quiso llamar al médico, a ver si estaba enfermo.

Blake se echó a reír.

–Sé que parece un disparate, pero imagino que muchas cosas han parecido imposibles a lo largo de la historia. Yo hice el viaje hasta aquí en un barco con motor de vapor. Rara vez tuvimos que usar las velas y llegamos en un abrir y cerrar de ojos. Hace cien años, tal hazaña superaba nuestra imaginación. En época de nuestros padres, ni siquiera podía concebirse.

–Entonces, ¿ese tal señor Falkin cree que puede producir ese milagro a partir de simples rocas?

–Es un científico, un geólogo. Ha estado en estrecho contacto con un inglés de Nueva Escocia cuyo trabajo he leído. En Inglaterra conocí a uno de sus colegas. El señor Falkin vive en Filadelfia, pero sus investigaciones se conocen en todo el mundo.

—Sí, en los manicomios de todo el mundo —bromeó Manford.

Blake sonrió.

—Quiero que escuches lo que el señor Falkin tiene que decir sobre ese aceite de roca y sobre la posibilidad de que pueda hallarse en la parte oeste de Pennsylvania, pero no quiero que te sientas obligado en modo alguno a invertir en este proyecto.

—Bueno, es un poco distinto a lo que solemos hacer. El transporte de mercancías es un campo que conozco, pero esto... —Manford sacudió la cabeza.

—Lo entiendo, Manford. Y también entiendo, al igual que tú, la importancia de la diversificación. ¿Y si todo tu patrimonio hubiera estado ligado a la industria ballenera, como el de la familia Crawford?

—Comprendo lo que quieres decir, amigo mío, y estoy dispuesto a escuchar, pero no estoy seguro de poder convencer a mi mujer para que invierta en esto el dinero que tanto me cuesta ganar.

Blake se echó a reír. Siempre había admirado el matrimonio de Manford, uno de los pocos que conocía que funcionaban bien. Manford amaba a su esposa y ella a él, eso era evidente, y eran verdaderos compañeros. Manford nunca tomaban una decisión importante sin consultarla primero con su mujer.

—Según los geólogos, hay ríos de aceite de roca que fluyen bajo la superficie de la tierra en Pennsylvania y en muchos otros lugares. El potencial de un recurso tan novedoso es ilimitado. Si el aceite de roca puede producir la energía que necesitan los barcos y las fábricas, las posibilidades son infinitas. Y no digamos los beneficios para quienes tengan el buen tino de invertir en el negocio tempranamente.

Manford se acarició las patillas canosas con una mano.

—Y eso nos lleva a otro asunto del que no me siento cómodo hablando.

Blake se recostó en su silla y juntó los dedos. Al moverse, le pareció sentir el olor de Sapphire, pero tenía que ser su imaginación.

—¿De qué se trata, Manford? —arrugó el ceño—. ¿Cuándo has tenido reparos en hablar de nada conmigo? Creía que estábamos por encima de eso.

Manford sonrió.

—Yo también. Déjame decir primero que espero de ti una sinceridad completa.

—Siempre la tienes, la esperes o no.

Manford asintió con la cabeza.

—Es sobre Clarice... —Blake aguardó—. Por lo visto... se cree enamorada de ti, según dice mi esposa.

Blake miró su mesa, llena de pulcros montones de papeles de los que tenía que ocuparse, y de libros de geología que había comprado para leerlos antes de su reunión con el señor Falkin.

—Continúa.

—Sé que la has acompañado a un par de fiestas a las que también fuimos mi mujer y yo. Yo, a decir verdad, lo consideré más bien un favor que otra cosa. Pensé qué quizá vosotros dos... Supongo que en parte esperaba... —levantó la mirada—. No podría encontrar mejor hombre para mi hija, pero...

—No, Manford —dijo Blake quedamente— No estoy enamorado de Clarice.

Manford se miró las manos otra vez.

—Eso pensaba, pero tenía que preguntártelo.

—Es una chica encantadora, pero...

—No, no lo es —lo interrumpió Manford, posando las manos sobre el regazo–. Yo la quiero. Es mi hija, carne de mi carne, pero es egoísta y malcriada. Es igual que su abuela y, francamente, no le deseo ese infierno a nadie.

Los dos se echaron a reír. Blake había visto a la suegra de Manford varias veces, de modo que su amigo no tenía que explicarse.

–Lo siento –dijo Blake.

–No tienes por qué –Manford levantó la mirada–. Pero estoy preocupado por ti.

–¿Por mí? –Blake enarcó una ceja–. Eso es ridículo.

–¿Lo es? Esa bella mansión en la colina, vacía.

–Tengo mis visitas –Blake esbozó una sonrisa.

Manford también sonrió.

–No me refiero a eso. Mereces ser feliz. Mereces tener a alguien que te quiera y conocer lo que es al amor sin reservas.

–Pareces uno de esos escritores románticos –repuso Blake con sorna.

–Puede que sí. Pero es hora de que busques esposa y fundes una familia.

Blake guardó silencio un momento.

–No todo el mundo se desvive por casarse –dijo, intentando no pensar en Sapphire o en lo vacía que le había parecido su cama esa mañana, sin ella.

–No quisiera que te pasaras la vida entera esforzándote sin sentido y te perdieras lo más dulce, lo que ofrece mayores recompensas.

Blake frunció el ceño con aire burlón.

–Creo que tu mujer tiene razón: debes de estar enfermo. Deberías haber dejado que llamara al médico –se levantó y le ofreció la mano.

Manford se puso en pie y la aceptó.

–Entonces, ¿nos vemos a la una?

—Ya he recibido un mensaje del señor Falkin esta mañana. Estará aquí a la una en punto.

—Excelente —Manford le soltó la mano y se apartó de la mesa—. Nos vemos esta tarde. Ahora tengo que reunirme con un agente naviero, a ver si consigo no arrancarle el corazón y mandarlo a Londres con mi próximo cargamento de mercancías.

Blake se echó a reír y regresó a su silla. Tomó uno de los libros de geología que había sobre su mesa y alejó de sí la conversación que había mantenido con Manford y el recuerdo de su Sapphire.

—¡Givens! —gritó—. ¿Dónde demonios está ese café?

—*Mon chèr* —canturreó Tarasai al entrar en el dormitorio de Armand—, mire lo que le he traído.

Armand había estado leyendo sin mucho interés uno de sus libros de botánica. Se incorporó en la cama y se quitó las gafas de leer.

—¿Qué me has traído, querida? —preguntó.

Ella se sentó al borde de la cama y cambió de sitio una almohada.

—Adivine —sonrió. El embarazo hacía resplandecer su rostro pequeño y hermoso.

Armand sonrió, tomó su mano y pensó que probablemente daba igual que se estuviera muriendo. Era demasiado mayor para una mujer como Tarasai, demasiado mayor para una energía tan vibrante.

—No puedo adivinarlo.

—Lo que deseaba mucho, *mon amour* —se inclinó hacia delante y acercó la cara a la de él—. *Une lettre*.

—¿Una carta? —ella asintió con una sonrisa de oreja a oreja—. ¿De Sapphire?

Tarasai volvió a asentir, deslizó la mano bajo un pliegue de su vestido y sacó el sobre escrito a mano con una letra que él reconoció de inmediato.

—¿Qué dice?

—Qué tonto es usted —bromeó ella—. Yo no sé leer.

Armand tomó la carta, recogió sus gafas y volvió a ponérselas. Le temblaban las manos cuando abrió la carta y la alisó sobre la sábana de hilo que cubría sus piernas.

—¿Qué dice? —preguntó Tarasai—. Ella está bien, ¿no?

La carta era breve, pero Armand la leyó dos veces.

—Se ha ido a Estados Unidos —exclamó. Hacía días, quizá semanas, que no se sentía tan bien—. Con un hombre que dice que me gustaría.

—Se ha casado. Lo ve, le dije que a su Sapphire le iría bien.

Él movió la cabeza de un lado a otro.

—No, no, no dice exactamente que se haya casado con él —levantó la mirada mientras doblaba distraídamente la carta—. La verdad es que la nota es bastante corta. Sapphire suele escribir cartas muy largas. Ésta la escribió con prisas.

—Pero dice que no tiene usted de qué preocuparse, ¿no?

—Sí, pero... —miró a Tarasai—. Tráeme mi caja de escribir. Debo enviar una carta a Lucía inmediatamente. Sapphire no dice nada de su madrina, ni de Angelique. Ellas deben de estar aún en Londres. Tengo que saber si está bien, si ese hombre es un buen hombre.

Tarasai cubrió la mano de Armand con la suya.

—*Mon chèr*, se está acercando el invierno y el correo no es de fiar. Las cartas pueden tardar meses en cruzar el océano.

Él la miró a los ojos y comprendió lo que quería decir. Quizá no le quedaran meses de vida. Pero sonrió y puso la mano sobre su tripa hinchada.

—Mi caja de escribir, por favor, Tarasai.

—Parece cansado —ella le acarició la mejilla—. Debería descansar primero.

Armand cerró los ojos un momento. Luego volvió a abrirlos e hizo acopio de fuerzas.

—Primero escribiré una carta a Lucía y tú la llevarás a los muelles —dijo con firmeza—. Luego podré descansar.

Tarasai bajó la cabeza para besar su mano y se levantó. Al alejarse de la cama, iba limpiándose las lágrimas.

24

Sapphire llamó a la puerta de Blake. Se sentía ridícula a causa de aquella farsa que habían creado ambos por simple obstinación. Durante tres noches seguidas, Blake había pedido que le sirvieran la cena en la terraza de su alcoba y que se la sirviera ella. Nadie, ni siquiera el ama de llaves, cuestionaba las órdenes o las intenciones del señor de la casa con la nueva doncella. Durante tres noches seguidas, ella había ido a sus habitaciones, había cenado con él, había hecho el amor con él y luego había vuelto a ponerse sus ridículas ropas de doncella y se había llevado los platos a la cocina antes de retirarse al desván a dormir sola, bajo los aleros del tejado de la casa.

Esa noche, al ver que Blake no respondía, Sapphire llamó de nuevo, esta vez con la puntera del zapato, mientras sostenía en vilo la bandeja. El olor del pan fresco se filtraba por debajo de las tapas de plata, y su estómago rugía.

Myra no había vuelto a decirle nada sobre Blake o el tiempo que pasaba sirviéndole, entre la cena y medianoche, pero, cada noche, cuando Sapphire se acostaba sigilosamente en su camastro, sentía los ojos de su amiga clavados en ella a través de la oscuridad.

La puerta se abrió y Blake apareció descalzo, vestido únicamente con unos pantalones oscuros y una camisa de hilo blanco a medio abrochar. Se había cortado el pelo tras su llegada a Boston, pero esa noche lo tenía agradablemente desaliñado. Debía de haber estado leyendo en la ventosa terraza antes de que ella llegara. Últimamente, leía sin cesar, cada vez que tenía un rato libre. En su habitación y su despacho había apilados por todas partes libros de geología.

—He tenido que traer esto por las escaleras —le dijo ella—. Y luego he tenido que llamar dos veces —ese día estaba enojada con él y no sabía por qué.

Quizás estuviera enfadada consigo misma por permitir que aquella situación se prolongara. Tal y como estaban las cosas, Blake estaba saliéndose con la suya. Tenía compañía para cenar y un buen revolcón cada noche. Ella incluso le servía de doncella. ¿Por qué iba a querer cambiar lo que había entre ellos?

—Lo siento —dijo él, y tomó la bandeja—. No te había oído. Esta noche hace viento en la terraza.

—¿Estabas leyendo? —preguntó Sapphire en tono más suave. No lo había visto en todo el día y lo echaba de menos.

—Sí, y hay una cosa que quiero que oigas. Creo que deberíamos ir a Pennsylvania a ver esto. Te lo leeré mientras cenamos.

Llevó la bandeja a la terraza y ella se detuvo en la puerta, se quitó la cofia y dejó que la brisa revolviera su pelo. Respiró hondo y se llenó los pulmones del aire salobre que soplaba de la bahía.

—Qué alivio. Esta noche hace más fresco que otros días.

—El tiempo ha cambiado por fin —él dejó la bandeja sobre la mesa y empezó a quitar las tapas de los platos—. Unas pocas semanas de buen tiempo y luego vendrá el frío. Espera a ver cuánta nieve cae.

—Nunca he visto la nieve —dijo ella con melancolía—. No nieva mucho en Martinica.

—No, supongo que no, pero aquí no tenemos cocos —levantó la vista hacia ella. Parecía más relajado que de costumbre—. No hay nada como un día de nieve para quedarse arrebujado en la cama con un buen libro y una mujer aún mejor.

Cuando Sapphire lo miro, había un destello malicioso en sus ojos, y ella no pudo evitar sonreír. Pero Blake sólo hablaba del deseo que sentía por ella y eso no era suficiente. Durante los días anteriores, Sapphire había llegado a la conclusión de que quizás aquello bastara para algunas personas, como Angelique, pero no para ella.

—Vamos a cenar —dijo, y se acercó a la silla que Blake había retirado para ella—. Estoy hambrienta. Puedes leerme acerca del aceite de roca mientras me como estas ostras. Espera a probarlas. La señora Porter ha...

Se sobresaltó al oír que llamaban a la puerta con insistencia y miró hacia la alcoba y luego a Blake. Las noches anteriores, nadie los había molestado. Si alguien sabía que estaba allí, a solas con él, todo el mundo fingía lo contrario. Era como si, cuando cruzaba el umbral de aquellas habitaciones, Blake y ella se hallaran en su propio mundo.

—Señor... Señor Thixton —dijo la señora Dedrick desde el otro lado de la puerta con voz más aguda de lo normal.

Sapphire se levantó de un salto y se puso la cofia.

—Sapphire —dijo él.

Ella corrió a la puerta.

—Señora Dedrick —dijo al abrirla, haciendo una rápida reverencia—. Sólo estaba...

—Señor Thixton. Tiene una visita, señor —dijo la señora Dedrick—. La señora Sheraton...

—Apártese —ordenó la señora Sheraton desde el pasillo.

Sapphire la conocía de la fiesta. Era una mujer de unos cuarenta años. Entró en la habitación vestida de organdí azul.

—Diles que se vayan, por favor, Blake —dijo con los ojos enrojecidos y un pañuelo de encaje en las manos.

Sapphire se volvió hacia él. Blake estaba en la puerta de la terraza y ella comprendió que habían llegado a un momento decisivo de su relación, si eso era lo que había entre ellos: una relación.

—Venga, aprisa —le siseó la señora Dedrick, chasqueando los dedos como si llamara a un niño o a una mascota—. Vayámonos.

—Oh, Blake, no vas a creer lo que ha hecho Rufus —gimió la señora Sheraton, tendiéndole la mano.

—¿Qué ocurre, Grace? —oyó Sapphire que preguntaba él mientras seguía a la señora Dedrick fuera de la habitación.

—La bandeja y las tapas de los platos —masculló.

—Déjalas —le espetó la señora Dedrick, en cuya cintura tintineaba su manojo de llaves—. La alcoba del señor no es sitio para ti.

—Oh, Blake —sollozó Grace Sheraton, rodeándole el cuello con los brazos.

Blake permanecía rígido en el centro de su alcoba, sin saber qué acaba de suceder tácitamente entre Sapphire y él. El tictac del reloj de la chimenea y los sollozos de Grace llenaban su cabeza. ¿Qué esperaba Sapphire que hiciera, despedir a Grace?

—¿Qué sucede? —preguntó—. ¿Está enfermo Rufus?

—¿Enfermo? —las lágrimas corrían por un rostro todavía bello para una mujer casi diez años mayor que él—. No caerá esa breva.

—¿Quieres sentarte? —se sentía muy incómodo abrazado a ella. Su aventura se había prolongado durante más de cinco años. El marido de Grace la engañaba con mujeres de la alta sociedad y criadas por igual, y por lo general la ignoraba. Las relaciones de Blake con su vecina habían parecido siempre bastante inofensivas. Grace era discreta, no exigía sentimientos y él disfrutaba de su compañía en la cama. Pero, desde su regreso a Boston, Blake había esquivado sus invitaciones. Sentía que su relación había acabado y confiaba en que se desvaneciera, en lugar de llegar a un fin feo y lacrimoso, como a veces sucedía con las mujeres. Esperaba poder evitar una escena como la que parecía estar desarrollándose. No se le daba bien tratar con mujeres llorosas, y menos aún si eran las esposas de otros. Nunca estaba seguro de cuándo era sincera su angustia o de cuándo lo estaban manipulando.

—No, no quiero sentarme —sollozó Grace, y se apretó contra su pecho—. Quiero que me abraces. Abrázame, Blake.

Él la enlazó de mala gana por la cintura y, al sentir el perfume que en otro tiempo lo había cautivado, pensó en Sapphire y en lo distinto que era su olor al de aquella mujer. Sapphire rara vez llevaba perfume, ni siquiera cuando estaba en Londres. Era su cabello lo que él olía cuando la atraía hacia sí, su piel tersa y su *essence* lo que le turbaban.

—¿Qué ha hecho Rufus ahora?

—Quiere la anulación —murmuró ella con la cara apretada contra su pecho.

—¿La anulación? —Blake se echó a reír—. Lleváis veinticinco años casados. Le has dado tres hijos...

—Pues el divorcio. No le importa, sólo quiere librarse de

mí ahora que ya no le sirvo ni le intereso —empezó a llorar con fuerza—. Dice que se ha enamorado de otra y que va a dejarme para casarse con ella.

—Tal vez no lo diga en serio —Blake le dio unas palmadas en el hombro—. Ya sabes cómo es Rufus. Sobre todo, cuando bebe.

—No ha bebido —sollozó ella—. Es... es alguna zorra. Una chica de la taberna donde come a mediodía. Debí darme cuenta de que pasaba algo raro cuando dejó de venir a casa a echar la siesta.

—No sé qué decir —masculló Blake.

—No quiero que digas nada —Grace levantó la mirada hacia él. Tenía la cara entristecida y mojada por las lágrimas.

Aunque Blake sabía que Grace engañaba a su marido, sabía también que lo quería y que estaba sinceramente destrozada.

—Abrázame —susurró ella—. Haz que me sienta bien, aunque sólo sea un rato —ella lo besó en la boca y, por primera vez, Blake se resistió.

Pensó en Sapphire y en la palabra que habían mencionado aquella noche, hacía unos días. Aquella palabra lo asustaba más de lo que quería admitir ante ella o ante sí mismo. Él le había preguntado si quería que dijera que la amaba. Sapphire no le había contestado y él no sabía qué significaba aquello. ¿Creía Sapphire que la quería o aquello formaba parte de un juego para sacarle cuanto pudiera?

Blake no sabía qué sentía respecto a Sapphire. Pero, aunque la amara, si cedía y se lo decía a ella, ¿adónde lo conduciría aquello? ¿Cuánto tiempo pasaría antes de que ella lo abandonara o lo viera como realmente era, se marchara llevándose cuanto pudiera y se entregara a otro hombre?

La boca insistente de Grace ahuyentó lentamente sus pensamientos. Grace era una mujer hermosa a la que le había hecho el amor muchas veces. ¿Qué razón había para que no volviera a hacérselo?

—Blake —musitó ella y, agarrándose a su camisa, lo miró con ojos llorosos—. Ámame —suplicó.

Él la besó y cerró los ojos.

Abajo, en la cocina, Sapphire se atareó recogiendo la cocina tras la cena. Después, se puso a limpiar la vieja mesa de madera que la señora Porter usaba para hacer cada día el pan. Mientras la restregaba furiosamente con un trapo, luchaba por contener las lágrimas.

Pasado un rato, Myra apareció, se colocó a su lado y comenzó a raspar la harina húmeda de la mesa con un cuchillo de filo plano. Había transcurrido más de una hora desde la llegada de la señora Sheraton, y ésta aún no se había marchado.

—He oído que la señora Sheraton ha entrado por la fuerza en la habitación del señor —susurró Myra.

—¿Cómo lo sabes? —Sapphire miró a su amiga. A diferencia del resto de los sirvientes, la señora Dedrick no era una chismosa. Se tomaba muy en serio su puesto como jefa del servicio.

—Felicity la vio subir las escaleras a toda prisa —Myra la miró de soslayo—. Me dijo que tú todavía estabas dentro, con el señor.

—Myra, yo conocía a Blake de Londres —la voz de Sapphire sonó cargada de emoción.

—Eso me parecía —dijo Myra—. Entonces, cuando llegaste, ¿ya estabas enamorada de él?

Sapphire asintió con la cabeza. No quería hablar por miedo a que se le escaparan las lágrimas.

—Pobrecita —Myra le dio un rápido abrazo—. Y ahora él está arriba, divirtiéndose con la señora Sheraton.

Sapphire tiró su trapo. Myra sólo había dicho en voz alta lo que ella ya temía. Había visto la expresión de la señora Sheraton al cerrar la puerta la señora Dedrick. Sabía lo que quería aquella mujer de Blake.

—¿Tú crees?

Myra levantó la mirada como si pudiera ver a través del techo de madera y escayola.

—Es lo lógico. La señora Sheraton lleva años viniendo a su habitación, ¿sabes? Todo el mundo en la casa lo sabe.

—No sabía que... —Sapphire sintió un nudo en la garganta. Todas sus absurdas esperanzas parecían haber desaparecido en un instante. Blake no la quería. Si no, no habría permitido que la señora Sheraton se quedase. No habría consentido que la señora Dedrick la llevara abajo para que él pudiera estar a solas con su invitada.

—Hasta cuando yo trabajaba para ella lo sabíamos todos. Algunos de nosotros hasta decíamos «Bien por ella».

Sapphire se limpió la nariz e intentó idear un plan.

—Necesito que me ayudes.

—Claro —Myra la agarró del brazo—. Quieres encontrar trabajo en otra parte. Veré lo que puedo hacer. Es probable que incluso la señora Dedrick te ayude, teniendo en cuenta las circunstancias. Sólo ladra, ¿sabes? Pero, en el fondo, tiene buen corazón.

Sapphire sacudió la cabeza.

—No, no lo entiendes. Yo no soy una criada —miró a Myra a los ojos—. Soy una dama —musitó—. Y necesito regresar a Londres, con mi familia.

Myra la miró con fijeza, pero no cuestionó lo que Sapphire acababa de confesarle. De algún modo parecía saber que le estaba diciendo la verdad.

—No tengo mucho dinero. Se lo doy casi todo a mi madre, para los pequeños. Pero puedes llevarte lo que tengo.

—No aceptaría tu dinero, Myra. Sólo necesito algo de ropa y unas cuantas cosas más.

—No entiendo. ¿Cómo vas a volver a Londres sin dinero? Quizá pudieras pedírselo al señor Thixton...

—No —insistió ella—. No se lo pediré —miró la bonita cara de su amiga—. No quiero nada de él, ni un solo trapo, ni una manzana, ¿me entiendes?

—Las otras echarán una mano. ¿Cuándo te vas?

Sapphire apretó los labios, negándose a llorar.

—Cuanto antes, mejor —dijo estoicamente—. Esta noche. No puedo soportar quedarme en esta casa ni un minuto más.

Eran casi las diez y media y había oscurecido hacía largo rato cuando Sapphire salió al patio de la cocina y aceptó la bolsa de lona que le ofrecía Myra.

—Tienes buen aspecto —dijo Myra, cuyas mejillas las lágrimas hacían relucir a la luz de la luna.

Sapphire miró los pantalones de loneta y la camisa de algodón, basta y gastada, que llevaba. Al aceptar Myra buscar algo de ropa para ella, Sapphire le había dicho que estaría más segura si viajaba haciéndose pasar por un chico.

—¿Tú crees? —preguntó—. ¿Parezco un chico?

—Un chico muy guapo —Myra le pellizcó la mejilla.

Sapphire se echó a reír y sintió que sus ojos se llenaban de lágrimas.

—No sé cómo darte las gracias por lo que has hecho por mí.

—No seas tonta.

—Lo digo de veras —Sapphire le apretó la mano—. Has sido la mejor amiga que he tenido nunca, aunque sólo hayamos pasado juntas unas semanas.

—No he hecho nada que tú no hubieras hecho por mí —dijo Myra casi con timidez.

—Tienes razón. Ahora, tengo que irme. Quiero que entres y te vayas a la cama para que nadie sospeche.

—Pero, ¿adónde irás? Las monedas de la colecta apenas dan para comprar unas hogazas de pan.

—Es mejor que no te diga dónde voy. Así, si te preguntan, no tendrás que mentir.

—Seguramente tienes razón. Será mejor que no sepa nada cuando el señor Thixton empiece a dar voces —Myra puso los ojos en blanco—. Me asusta un poco cuando empieza a gritar así.

Sapphire sonrió.

—Puede que no grite. Puede que ni siquiera pregunte por mí.

—Oh, preguntará. El señor Thixton es así, como todos los hombres. Quiere estar al mando, no sólo de sí mismo, sino de todos los demás.

Sapphire la abrazó una última vez, se ajustó la gorra y cruzó la verja.

—Adiós, Myra.

—Adiós, Molly. Espero que encuentres el camino a casa —dijo la doncella a su espalda, llorando—. Espero que encuentres la felicidad.

¿La felicidad? Sapphire empezaba a pensar que la felicidad se hallaba fuera de su alcance, pero estaba decidida a irse a casa.

—¿Que se ha ido? ¿Cómo que se ha ido? —preguntó Blake, dejando su periódico—. ¿Se ha ido al mercado? ¿A la lechería? ¿Dónde?

—No, señor —dijo el ama de llaves con la mirada fija en la alfombra del pequeño comedor.

Esa mañana, Blake había decidido desayunar en el comedor, y no en su habitación, para que, cuando hablara con Sapphire, ella conservara la calma.

—¿Adónde ha ido, señora Dedrick?

—No lo sé. Se ha marchado.

—¿Se ha marchado? —él dio un puñetazo en la mesa—. No puede haberse marchado. ¿Adónde ha ido? ¡Esto es ridículo! Pregunte a las sirvientas... A esa morena. Parecían muy amigas.

—Ya les he preguntado. A las chicas de la casa... y a los mozos de cuadra también. Nadie la ha visto desde anoche, señor Thixton.

Blake agarró su chaqueta del respaldo de la silla.

—Llame al carruaje.

La señora Dedrick se apartó de su camino.

—Sí, señor.

—No puede haber ido muy lejos de esta casa, sola y sin dinero. No conoce a nadie —dijo él en voz baja al salir de la habitación—. No puede haberse ido.

Sapphire no quería quedarse en Boston y correr el riesgo de que Blake la encontrara. Atravesó las calles elegantes de Beacon Hill y se dirigió hacia el sur. Ignoraba cuánto tiempo tardaría en encontrar trabajo y ahorrar el dinero que necesitaba para comprar un pasaje hacia Londres, pero, dado que se avecinaba el invierno, imaginaba que una chica criada en Martinica sobreviviría mejor en un clima menos severo. Sobre todo, una chica que, de momento, no tenía dónde vivir.

Así pues, vestida como un muchacho y con la bolsa de lona terciada al hombro, siguió la línea de la costa hacia el sur e intentó no pensar en Blake, ni en su corazón roto. Por el contrario, se entretuvo con recuerdos de su infancia en Martinica y del amor y la alegría que había compartido allí con su familia.

Siguió las carreteras principales toda la noche, manteniendo el mar siempre a su izquierda, pero, cuando rayó el alba, decidió que sería mejor que nadie la viera, por si acaso Blake estaba tan furioso que había mandado a alguien en su busca. Era imposible saber qué haría. Quizá la acusara de robo o de cometer cualquier otro delito con el solo propósito de tenerla bajo su control.

Cuando hacía unas millas que había dejado atrás la ciudad, encontró junto a un riachuelo un edificio de piedra abandonado que parecía haber sido antaño un molino. Comió unas manzanas que había encontrado por el camino, se acurrucó sobre un montón de sacos raídos, se envolvió con la manta de lana que le había buscado Myra y se sumió en un sopor exhausto y sin sueños.

Cuando despertó, agarrotada pero descansada, dentro del viejo molino empezaban a alargarse las sombras. Comió otra manzana y media rebanada del pan de la señora Porter, recogió sus escuálidas posesiones y se preparó para partir de nuevo. Estaba poniéndose la chaqueta de lana que uno de los mozos de cuadras de Blake le había dado cuando oyó que algo se movía fuera.

Se quedó paralizada. No se asustaba fácilmente, pero era peligroso que una mujer viajara sola y lo sabía. Sólo confiaba en que su sentido del peligro y un poco de suerte la mantuvieran a salvo.

Oyó de nuevo aquel ruido. Algo se rozaba contra la puerta parcialmente cerrada que colgaba, torcida, de sus goznes de hierro. Contuvo el aliento. Había alguien allí fuera, pero, ¿quién era? Quizás otro viajero que buscaba un lugar seguro donde refugiarse.

Fuera reinaba otra vez el silencio y ella exhaló lentamente. Su corazón latía a toda prisa. Oyó de nuevo un chasquido y luego un sonido extraño, casi un gemido. Cuando un hocico negro y húmedo apareció por una rendija de la puerta, ella rompió a reír. El perro asomó la cabeza por la puerta y la miró inquisitivamente.

Sapphire se rió otra vez y se agachó.

—Hola, chico —dijo, extendiendo la mano.

El perro, pequeño, marrón y blanco, entró por el hueco de la puerta meneando la cola. Cuando estaba cerca de ella, se detuvo y la miró con cautela. Estaba flaco y perdido... como ella.

Sapphire sonrió, metió la mano en su bolsa y sacó la otra mitad de la rebanada de pan que había guardado para el día siguiente. El perro se acercó enseguida, moviendo la cola alegremente, y ella rió cuando le quitó el pan de la mano y lo engulló. Cuando hubo lamido hasta la última migaja de su mano, la miró con expectación.

–Lo siento –dijo ella mientras le acariciaba la cabeza–. No tengo más –le enseñó las manos–. ¿Ves?, no hay más. Ahora vete, perrito –hizo un ademán con las manos para ahuyentarlo, pero el perro se limitó a mover el rabo y a corretear a su alrededor.

Sapphire se deslizó por el estrecho hueco de la puerta y salió a la noche fresca. El perro la siguió, pero ella notó que cojeaba.

–¿Qué te pasa? –se agachó, preguntándose si el animal dejaría que le mirara la pata herida. No parecía feroz, así que le levantó cuidadosamente la pezuña–. Pobrecito. Tienes una espina aquí –una espina negra salía de la almohadilla del animal–. No me extraña que cojearas –extrajo cuidadosamente la larga espina–. Así estarás mejor –el animal se lamió la pata y luego lamió su mano–. Buen chico –dijo ella, y se alejó. El perro la siguió–. No, no puedes venir conmigo –le dijo Sapphire, y recorrió un largo trecho antes de volver a mirar atrás. El perro seguía trotando tras ella–. No, no puede ser. Vete a casa. Vete donde sea.

Se volvió y comenzó a caminar hacia atrás, observándolo sin dejar de sonreír. Era tan feo que resultaba bonito.

–Perro, no puedes venir conmigo. Lo último que necesito es que vengas detrás de mí. Ni siquiera sé dónde voy –explicó–. No tengo suficiente comida para los dos, ni dinero.

El perro gimió y siguió avanzando por la carretera. Sapphire se dio la vuelta y echó a andar otra vez hacia delante. De vez en cuando miraba hacia atrás. El perro parecía caminar un poco mejor.

—Así que eres leal, ¿eh? —le preguntó pasada una milla o dos—. Mejor que uno que yo me sé —el perro volvió a gemir y a mover la cola—. Completamente entregado, como el señor Stowe de mi tía Lucía —se detuvo en la carretera polvorienta y se agachó de nuevo. El perro se acercó a ella, le lamió las manos e intentó lamerle también la cara cuando ella se acercó demasiado.

—Está bien, está bien. Así que me quieres, ¿no? —Sapphire arrugó el ceño—. Por lo menos alguien me quiere —le rascó detrás de la oreja, que en algún momento de su vida se había desgarrado. La herida había curado hacía mucho tiempo, pero le había dejado una cicatriz muy ancha—. Así que me quieres tal y como soy, ¿verdad, Stowe?

El perro movió la cola aún más aprisa. Parecía gustarle su nuevo nombre.

—Está bien —dijo ella, levantándose—. Pero vamos hacia el sur y no sé cuánto tiempo podré alimentarte. Porque supongo que no comes manzanas.

El perro la miraba con sus grandes ojos castaños, parecidos a los del abogado inglés.

—¿Significa eso que estás de acuerdo? —preguntó ella. Sabía muy bien que los perros no sonreían, pero aquél parecía estar sonriendo—. Muy bien, vamos —sacudió el brazo— En marcha. Pensaba ir a Nueva York. He leído mucho sobre esa ciudad, pero nunca la he visto —el perro se puso a su paso. Sus patitas se movían rítmicamente y su lengua oscilaba—. Ni siquiera sé si está muy lejos... ¿tú sí? Sólo sé lo que me dijo Blake. Íbamos a ir para que yo viera el museo de arte y algunos edificios. Verás, Blake era...

Su voz se quebró de pronto. Se paró un momento, dejó caer la cabeza y se negó a permitir que fluyeran las lágrimas. Al cabo de unos instantes abrió los ojos y vio que Stowe estaba sentado en el suelo, observándola.

—Era un hombre —dijo en voz baja—. Yo lo quería, pero él no me quería a mí —echó a andar otra vez. Por alguna razón, se sentía mejor ahora que lo había dicho en voz alta—. Así que quizá veamos Nueva York juntos. ¿Qué te parece, Stowe? —el perro volvió a saltar a su lado, meneando el rabo—. Bien. Tú también puedes venir, pero tienes que mantenerte a mi paso, ¿entendido? —le advirtió—. Esas patitas tuyas tendrán que llevarte hasta Nueva York.

—Esto es ridículo —dijo Blake, enfadado, mientras se paseaba por el salón—. ¿Cómo puede una joven de veinte años, sola y sin un penique, desaparecer en una ciudad extraña donde no conoce a nadie?

La señora Dedrick y el señor Givens estaban ante él, con las miradas fijas en la exquisita alfombra persa.

—Nadie la ha visto —dijo Givens—. Ni en las tiendas, ni en el muelle...

—¡Lo cual es absolutamente ridículo! —Blake llegó al borde de la alfombra, giró sobre sus talones y echó a andar en dirección contraria—. Es pelirroja, por el amor de Dios. Pelirroja y con un ojo azul y otro verde. ¿Cómo es posible que nadie la haya visto?

—Puede que se haya ido a otra ciudad —dijo la señora Dedrick sin levantar la vista.

—¿Es eso lo que dicen los otros sirvientes? ¿Es eso lo que...? —chasqueó los dedos—. ¿Cómo se llama? ¿Myra? ¿Dice Myra que se ha ido a otra parte?

—Myra no sabe dónde ha ido, señor.

—Quiero hablar con ella.

—Señor Thixton —comenzó a decir el ama de llaves.

—Ahora mismo, señora Dedrick —insistió él, cambiando de nuevo de dirección—. Y usted, Givens, cancele mis citas. Bajaré a los muelles a buscarla yo mismo. No estoy seguro de que ustedes sean capaces de encontrar un cerdo en una despensa.

El señor Givens y la señora Dedrick se retiraron rápidamente y Blake siguió paseándose por la habitación mientras intentaba descubrir cómo podía encontrar a Sapphire. Era inútil repasar una y otra vez de cabeza lo que había dicho, lo que había hecho, lo que ella había dicho y hecho. Primero la encontraría y la llevaría a Thixton House, y no como doncella. Luego arreglarían las cosas. Él la haría comprender.

La doncella menuda y morena entró apresuradamente en el salón e hizo reverencia. Luego se quedó parada delante de él, con las manos a los lados. Blake hizo un esfuerzo por moderar su tono de voz. Sabía que a veces podía resultar amenazador y no quería asustar a la muchacha. Sólo quería ver qué sabía.

—Tengo entendido que era usted amiga de Sa... de Molly —se corrigió. Ella asintió con la cabeza—. Cuando se marchó, ¿no le dijo dónde iba?

La muchacha, que no podía tener más de diecisiete o dieciocho años, levantó lentamente la cabeza y lo miró a los ojos.

—Dijo que sería mejor que no me dijera dónde iba. Así, cuando me preguntaran, no podría decirles nada.

Blake percibió la hostilidad de su voz y se preguntó qué le había contado Sapphire. ¿Mentiras? ¿La verdad sobre ellos? ¿Medias verdades? ¿Cuál era la verdad?, se preguntaba. Se dio la vuelta y se limpió la boca con el dorso de la mano como si pudiera borrar el sabor de su bella pelirroja y su recuerdo.

—¿Intentó encontrar un barco que la llevara a Londres? ¿Consiguió dinero en algún lugar de la casa?

—Dijo que no quería nada suyo, señor Thixton —de nuevo aquella hostilidad.

Aquella muchacha llevaba al menos un año trabajando en la casa. Blake la había aceptado por hacer un favor a Grace. Al parecer, la chiquilla había intentado seducir a su hijo de dieciséis años. Pero a Blake siempre le había parecido amable y también, quizá, un poco temerosa de él. Ahora, en cambio, no parecía tenerle ningún miedo, y Blake se preguntó si Sapphire tendría algo que ver con aquella nueva actitud. De haber permanecido más tiempo a su servicio, quizá Sapphire hubiera provocado un motín entre sus criadas.

—¿Dijo que no quería nada mío? —le preguntó a Myra.

Ella juntó las manos detrás de la espalda con aire desafiante.

—Dijo que no se llevaría ni una manzana.

Blake se echó a reír y Myra se sobresaltó. Él sacudió la cabeza y comenzó a pasearse de nuevo por la habitación. Aquello parecía tan propio de Sapphire que tenía que ser cierto. Así que era lista y costaría algún tiempo encontrarla. Quizá tiempo fuera lo que necesitaban los dos. Tal vez, con el tiempo, él sabría qué decirle cuando la encontrara. Porque la encontraría. Tenía que encontrarla.

Sapphire y Stowe caminaron durante horas por la carretera y, durante todo ese tiempo, ella no dejó de hablar al perro. Le habló de su madrina, Lucía, y de sus tiempos de cortesana en Nueva Orleans, y de Angelique y la aldea donde había nacido. Mientras en la oscuridad, sin otra luz que la de la luna para guiarla, se descubrió hablándole de su madre y de su padre, y de cómo se había metido en aquel lío.

Stowe era el interlocutor perfecto, el compañero perfecto, y, cuando comenzó a cansarse y a aflojar el paso, Sapphire lo tomó en brazos y lo metió en la bolsa de lona, dejando que asomara la cabeza por arriba.

—Pero no pienso llevarte hasta Nueva York, ¿entendido? —le dijo—. Esto es sólo para que descanses esas patitas tan cortas.

El perro cerró los ojos y durante la hora siguiente Sapphire caminó en silencio. Ya no se sentía tan sola, ni tan perdida. Algún tiempo después de medianoche, el cielo comenzó a nublarse y, temiendo que lloviera, comenzó a buscar refugio. No había edificios abandonados a la vista, y acabó cobijándose bajo un puente. Y cuando la lluvia comenzó a caer sobre las planchas de madera, encima de su cabeza, el perrito y ella se envolvieron en la manta de lana, secos y a salvo.

A la mañana siguiente, decidió que estaban lo bastante lejos de Boston como para arriesgarse a caminar de día. Una anciana a la que encontró en la carretera, y que dijo ir camino del mercado a vender galletas y queso, le vendió seis galletas y un trozo de queso del tamaño de su puño. Incluso dio a Stowe una galleta desmigajada, ya que, según dijo no podría venderla de todos modos. Le indicó a Sapphire su casa, que se hallaba sobre la colina que se asomaba a la carretera y se ofreció a dejarle sacar agua del pozo, llamándola «muchacho». También le dijo dónde estaba: en un lugar llamado Connecticut.

Sapphire preguntó si por allí se iba a Nueva York —iba allí a ver a su tía, le explicó con la voz más grave que pudo poner— y la mujer de pelo cano le confirmó que iba por buen camino.

—Sigue esta carretera hacia el sur —añadió con su curioso acento.

Así que, tras desayunar queso, galletas y toda el agua fresca que pudieron beber, Sapphire y Stowe partieron de nuevo. Sapphire andaba con un palo que había encontrado en el camino y los zapatos colgados al hombro, y Stowe caminaba a su lado. Andar descalza era más fácil una vez las plantas de los pies se acostumbraban al camino. Sabía que tendría que comprarse unos zapatos que le quedaran bien.

Se puso otra vez a hablar con el perro y le contó las cosas que había visto y las que esperaba ver, y prometió llevarlo con ella a Londres, si él quería acompañarla. La presencia del perrillo era un gran consuelo para ella, y se descubrió sonriendo cuando el sol salió y brilló cálidamente sobre su cara.

Sabía que había hecho lo correcto al dejar a Blake. No perdería el tiempo en remordimientos. Estaba segura de que había un futuro esperándola allí fuera. Habría otra gran aventura, como la que había vivido con Blake. No tenía tiempo para lágrimas. Volvería a Londres, con Lucía y Angelique, y encontraría la prueba que necesitaba para reclamar judicialmente su reconocimiento como hija de lord Wessex. Entonces y sólo entonces volvería a ponerse en contacto con Blake. Le enviaría una carta a Boston y le diría quién era. Después, lograría librarse de él.

—Es un buen plan, ¿no crees? —le preguntó al perro.

Stowe movió la cola.

Un carro se aproximaba y Sapphire y Stowe se hicieron a un lado para dejar paso. Pero el hombre, ya mayor, que conducía el carro aminoró la marcha y miró a Sapphire achicando los ojos bajo el ala del sombrero de paja.

—Buenas tardes, hijo —dijo con voz gruñona. Tenía manos de trabajador, arrugadas, ásperas y llenas de cortes.

—Buenas tardes, señor —dijo Sapphire con voz grave, y se tiró de la visera de la gorra que llevaba.

—Voy hacia Nueva York con este cargamento de escaleras para venderlas —dijo el hombre, señalando con un dedo la caja del carro—. Allí las pagan bien. Se están construyendo muchos edificios. Los neoyorquinos necesitan buenas escaleras.

Sapphire miró la parte de atrás del carro y distinguió la silueta de varias escaleras de mano bajo una lona grasienta. Notó en la leve brisa un olor a madera recién cortada.

—Yo también voy hacia allí —dijo, intentando imitar el habla de los muchachos del establo de Blake. Algunos hablaban como la señora Dedrick, sin pronunciar la erre, pero a otros era más fácil entenderlos. Echó a andar de nuevo y el anciano siguió avanzando a su paso. La miraba con los ojos entornados. Parecía corto de vista.

—¿Es usted carpintero? —preguntó ella.

—He sido un montón de cosas en mi vida: pescador, cocinero, hielero cuando era joven... —asintió con la cabeza—. Pero, más que nada, era un desastre —sonrió.

Los mechones de pelo que asomaban por debajo del sombrero de paja eran canosos, al igual que su barba recortada, pero Sapphire no logró adivinar por su rostro cuántos años tenía. Tal vez tuviera cuarenta y cinco, o tal vez sesenta.

—¿De veras? —preguntó Sapphire, que empezaba a relajarse un poco. O bien el hombre era tan corto de vista que no notaba que era una mujer, o bien su disfraz funcionaba, siempre y cuando mantuviera el pelo bajo la gorra.

—¿A qué vas a Nueva York, muchacho? —preguntó el hombre.

—Voy a ver a la hermana de mi madre —contestó ella, convencida de que era más fácil usar siempre la misma historia.

El hombre asintió con la cabeza.

–Una buena caminata.

Sapphire se encogió de hombros.

–Hace buen tiempo.

El otro soltó una risa parecida a un cacareo.

–Sí, pero no tardará mucho en empezar a soplar el viento.

Sapphire se quedó callada y todo quedó en silencio. Sólo se oía el crujido de las ruedas del carro y el aleteo de la lona que colgaba por uno de sus lados.

–¿Quieres que te lleve? –preguntó el hombre cuando pasaban junto a un nogal que dejaba caer nueces con cada racha de viento.

Sapphire recogió unas nueces del camino y las guardó en su bolsa mientras sopesaba su respuesta. No conocía a aquel hombre. ¿Cómo sabía que estaría a salvo con él? Pero él creía que era un chico y, además, el carro iba abierto. Podía saltar, si era necesario. Y aunque posiblemente podía ir a pie hasta Nueva York, el camino era muy largo, sobre todo para Stowe.

–Se lo agradecería mucho –dijo.

Él tiró de las riendas y habló en voz baja a las yeguas.

–¿Le molesta el perro? –preguntó ella, tomando a Stowe en brazos.

–No, me gustan los perros. Tuve dos cuando me dejó mi mujer. Salí ganando con el cambio –se rió de su propia broma–. Los perros no le echan a uno la bronca si fuma en pipa en su propia cocina.

Sapphire puso a Stowe en el asiento de madera y se sentó a su lado.

–¿Quiere que lo ponga detrás? –preguntó. El hombre miró al perro y el perro le devolvió la mirada–. Se llama Stowe –explicó ella.

–Encantado de conocerte, Stowe –el hombre soltó las riendas para estrechar la pata del perro–. Yo soy Petrosky.

—Encantado de conocerlo, señor —Sapphire se agarró a un lado del carro cuando éste se puso en marcha bruscamente—. Yo soy... —fue entonces cuando se dio cuenta de que necesitaba un nombre de chico—. Sam —añadió rápidamente.

—Es un placer conocerte, Sam —le tendió la mano.

Ella se la estrechó.

—Lo mismo digo, señor Petrosky.

Él arrugó la frente bajo el sombrero de paja.

—No, nada de señor, Petrosky a secas.

Ella asintió con la cabeza.

—Petrosky —abrió su bolsa—. ¿Una galleta? —sacó una de las galletas que había comprado esa mañana.

—No, gracias. Conozco el sitio perfecto para pasar la noche. La mejor pesca de estos contornos —miró a Sapphire—. Sabrás freír un pescado en una hoguera, ¿no, chico?

—Puedo aprender.

Sapphire y Stowe viajaron con Petrosky durante el siguiente día y medio. Pasaron esa noche en una ensenada apartada donde el viejo, que, según descubrió Sapphire, tenía casi setenta años, pescó dos peces de buen tamaño que ella frió en una sartén que él llevaba en el carro. Al día siguiente, el paisaje comenzó a cambiar, se hizo más abrupto y pedregoso, y Sapphire se alegró cada vez más de haber encontrado a Petrosky.

El viejo era un buen compañero de viaje. No hacía muchas preguntas y parecía contentarse con charlar acerca de gente que conocía, de cosas que había hecho y de cosas que hubiera querido hacer. Lo mejor de él era que le gustaba Stowe y que al perrillo le gustaba él.

—Casi me da pena que os vayáis cuando lleguemos a la ciudad —le dijo a Sapphire. El sol empezaba a ponerse y el aire se había vuelto más fresco. Avanzaban siguiendo el curso de un hermoso río que, según dijo Petrosky, se llamaba Hudson—. ¿Seguro que no queréis entrar en el negocio de las escaleras conmigo?

Sapphire se echó a reír.

—Gracias, pero no. Queremos conocer Nueva York.

—Y ver a esa tía tuya —añadió Petrosky.

—Sí —ella sonrió.

Él se quedó callado un momento. Luego miró a Sapphire por debajo del ala del sombrero.

—No tienes ninguna tía, ¿verdad? —ella no contestó—. Te has escapado de casa, ¿no? —ella abrazó a Stowe, pero siguió sin decir nada—. Ando mal de la vista, pero no tanto como para no ver que tienes las manos estropeadas. ¿Tu madre te hace trabajar mucho? ¿Faenas de mujeres? ¿Limpiar y fregar? —soltó una risa parecida a un cacareo—. A mí me pasaba lo mismo, sólo que yo era más joven que tú cuando me escapé por primera vez. Es lo que hacen los chicos.

—No, no tengo ninguna tía —dijo ella quedamente.

—Entonces, ¿no tienes trabajo ni dónde quedarte cuando llegues a la ciudad?

Ella atrajo a Stowe hacia su costado. Intentaba no tener miedo.

—No —contestó.

—¿Sabes? —dijo Petrosky al cabo de un rato—, esta noche pensaba quedarme en casa de un primo mío que vive a las afueras de la ciudad. El hijo pequeño del hermano de mi madre. Es mozo primero en los establos de los Carrington. ¿Has oído hablar de los Carrington? —preguntó. Ella negó con la cabeza—. Gente rica. La familia lleva aquí cien años por lo menos. Les gustan los caballos y las carreras. En esta región hay mucha afición por esas cosas. Tienen un establo enorme. Siempre andan buscando chicos fuertes y sanos para limpiar las caballerizas —sacudió las riendas y luego se echó hacia atrás–. Tú eres un poco esmirriado, pero seguro que podrías limpiar una cuadra o dos. ¿Te asusta el trabajo duro, muchacho?

Al oír hablar de establos, Sapphire se sintió cautivada de inmediato. Era algo que echaba terriblemente de menos desde que había llegado a Boston. La señora Dedrick la había tenido tan ocupada con las faenas domésticas que apenas había tenido tiempo de echar un vistazo a las cuadras de Blake.

Petrosky la miró fijamente.

–¿Quieres que le pregunte a mi primo Red si le vendría bien otro muchacho para el invierno?

Aquello le ofrecía la oportunidad de tener un sitio donde pasar el invierno mientras ahorraba dinero para el pasaje de vuelta a Londres. El único problema que veía era que tendría que seguir haciéndose pasar por Sam. Nadie daría trabajo a una chica en un establo, y menos aún en una cuadra de caballos de carreras de un hombre rico. Ante Petrosky había conseguido hacerse pasar por un muchacho, pero él mismo reconocía que era corto de vista. ¿Podría engañar al jefe de los mozos de cuadra y a los otros muchachos?

Se llevó la mano a la gorra sin pensarlo. Tenía el pelo demasiado largo, tendría que llevarlo siempre escondido bajo el sombrero mientras limpiara las cuadras. Pero ya había tomado una decisión.

Tendría que prescindir de su melena.

26

—*Mon chèr* —dijo Tarasai al tiempo que zarandeaba suavemente el hombro de Armand.

Él, que se había quedado dormido en su silla de la terraza, despertó sobresaltado y dejó caer su libro al suelo.

—¿Sí? ¿Qué ocurre?

—Una carta —respondió ella, ofreciéndosela—. George dice que es de Londres.

—De Lucía, espero. Mis gafas... —se llevó la mano a la cabeza y, al ver que no estaban allí, comenzó a mirar a su alrededor, todavía aturdido por el sueño—. ¿Dónde he metido las gafas, Tarasai? Las tenía aquí hace un momento.

Ella buscó por la mesa y alrededor de la silla. Al no encontrarlas en el suelo, empezó a buscar por entre los pliegues de la manta, sobre su regazo.

—No revuelvas —dijo él—. Por favor, no revuelvas las cosas —empezó a toser.

Tarasai dejó lo que estaba haciendo y lo miró. Su cara, normalmente dulce, se había vuelto severa. Esperó a que pasara su ataque de tos y le limpió la sangre de los labios con un pañuelo limpio.

—No estoy revolviendo —dijo en voz baja—. Estoy buscando sus gafas —vaciló—. ¿Quiere sus gafas, *monsieur*?

Él suspiró y apartó la mirada.

—Tienes razón. Lo siento, Tarasai. Es sólo que estoy nervioso. No puedo leer la carta sin mis gafas. No puedo proteger a mi Sapphire y no...

—Aquí están, *mon chèr* —dijo ella, y levantó en la mano las gafas de montura metálica—. Ahora, cálmese o se pondrá tan mal que no podrá leer la carta.

Armand se puso las gafas, abrió la carta y la leyó rápidamente.

—Es de Lucía. Dice que no tengo que preocuparme por Sapphire.

—Eso ya debería saberlo.

—Dice que no ha vuelto a tener noticias suyas, pero que seguramente sus cartas se han cruzado en el correo —miró a Tarasai por encima de las gafas—. No dice por qué ese hombre no se ha casado con mi hija —dejó caer la carta sobre su regazo—. ¡Es tan frustrante estar aquí, tan lejos de ellas! No sé qué hacer. Debo escribir a Sapphire a Boston. ¡No! Debería escribir a lord Wessex para decirle que ha de casarse inmediatamente con mi hija.

Tarasai recogió el libro, lo cerró y lo dejó sobre la mesa.

—Puede que ella no quiera casarse con ese hombre.

—Eso es ridículo. Si se fue a Estados Unidos con él, sin duda quería casarse.

Ella encogió sus hombros delicados.

—Algunos hombres sirven para maridos y otros sólo para amantes.

—Tráeme la caja de escribir, Tarasai.

—No —contestó ella—. Entre, tómese su medicina y léame la carta que ha enviado Lucía —se inclinó sobre él, le quitó la carta de la mano y apartó la mano de su regazo—. Vamos.

—¿Quién eres tú para decirme lo que tengo que hacer? —preguntó él.

—Soy alguien que se preocupa por usted, y no voy a permitir que se entrometa donde no debe. Ahora, venga conmigo —le ofreció la mano y, al cabo de un momento, él la tomó.

Esa noche, Petrosky llevó a Sapphire a los establos de la granja Carrington y le presentó a su primo Red. Éste, un hombre alegre y pelirrojo, se encariñó enseguida con Stowe y contrató a «Sam» al instante.

Más tarde, cuando se hallaba sola en el cuarto de arreos donde le habían dado un jergón para que durmiera, Sapphire se colocó ante un trozo de espejo resquebrajado, armada con unas tijeras. Respiró hondo, empezó a cortarse el pelo y no paró hasta que lo tuvo algo por encima de los hombros, como lo llevaban otros dos mozos que había visto por el establo.

Se volvió hacia un lado y hacia el otro y se rió de sí misma mientras se miraba a la luz de una lámpara. Entre las tiras de paño que Myra le había dado para que ocultara sus pechos —que, afortunadamente, no eran muy grandes—, el cabello corto y la ropa de caballerizo, parecía verdaderamente un chico.

A la mañana siguiente, con la gorra calada, fue a despedirse de Petrosky.

—No sé cómo darle las gracias —le dijo cuando estaba junto al carro, consciente de que no debía llorar. Los mozos de cuadra no lloraban porque un anciano fuera amable con ellos.

—No hay de qué —Petrosky se puso el sombrero de paja—. Un viejo hizo lo mismo por mí hará cosa de cincuenta años, la primera vez que me escapé —le guiñó un ojo—. Sólo estoy devolviendo el favor —tomó las riendas—. Cuida bien de ese perro.

Ella asintió con la cabeza.

—Sí, señor, descuide.

Petrosky saludó a su primo tocándose la gorra y el carro se alejó por el camino.

—¿Sabes lo que haces, Sam? —preguntó Red mientras daba a Sapphire una horquilla cuando entraron en el pasillo central del establo. Tenía un acento irlandés muy fuerte y Sapphire debía escucharle con mucha atención para seguir sus órdenes.

Sapphire paseó la mirada a su alrededor mientras Red le daba instrucciones. El establo era el más grande que había visto nunca. Había catorce caballerizas a cada lado del pasillo y, detrás del granero, había otro idéntico a aquél. Sapphire se preguntaba cuántos caballos tenía aquella gente.

Sonrió y tomó la horquilla. Stowe corrió tras ella.

—Bastante bien.

—Estupendo. Empieza por el fondo, ¿eh? —señaló con el dedo—. La mayoría de los caballos está fuera, en el prado. Si hay alguno en su cuadra, lo cambias a una limpia, limpias la sucia y luego vuelves a pasar al caballo a su cuadra, ¿de acuerdo? El señor Carrington es muy puntilloso, le gustan que los caballos tengan su propia cuadra. Dice que así corren mejor, ¿y quién soy yo para decir lo contrario?

—Empezaré enseguida, señor.

—Por aquí nos tomamos las cosas con calma. Tómate un descanso para hacer pis cuando lo necesites. Se come en el mismo sitio donde tomamos las galletas con jamón esta mañana —dijo él, refiriéndose al salón principal del edificio donde dormían los *jockeys*, los entrenadores, los cuidadores de los caballos y él. Los mozos de cuadra tendían un jergón allí donde podían—. Haz un descansito a mediodía para fumar un pitillo o tirarles los tejos a las chicas de la lechería, lo que quieras —Red le guiñó un ojo—. Pero que no vea yo que eres un vago —la advirtió—. Y será mejor que las cuadras estén limpias como la patena, ¿eh?

Ella asintió con la cabeza.

—Descuide.

Él comenzó a alejarse, pero luego se dio la vuelta.

—Otra cosa, muchacho. He dicho que podías cambiar de sitio a los caballos. A todos, menos uno. A ése no te atrevas a ponerle una mano encima. Se llama Príncipe del Caribe —señaló con el dedo—. La última cuadra del final, ¿eh? Un potro más negro que el corazón del diablo. Un mal bicho —sacudió la cabeza—. Corre como el viento, pero tiene muy mala leche. Ándate con ojo, muchacho. A ése no te acerques, ¿eh?

Sapphire asintió con la cabeza. Le gustaban los caballos, pero no era tonta. Algunos tenían mal carácter y eso había que respetarlo, teniendo en cuenta su fuerza y su tamaño.

—Entonces, ¿su cuadra no la limpio?

—Espera a que su entrenador lo saque. Cosco es el único que puede acercarse a él. Cuando salga al prado, puedes entrar, ¿de acuerdo?

—Claro.

—Y no te pongas chulo conmigo, Sam —la advirtió Red, señalándola con el dedo—. Los nuevos siempre queréis demostrarle al jefe lo buenos que sois con las bestias, ¿eh? Pues te aviso de que ese hijo de Satanás ha roto ya dos piernas, tres brazos y una mandíbula, y eso por no hablar de las costillas y la rodilla que le partió a nuestro mejor *jockey*. ¿Me sigues?

—¿Ese potro le rompe los brazos y las piernas a la gente?

—Tan seguro como que el sol sale por el este, muchacho. Y le gusta patearlos cuando los tiene en el suelo —Red se encogió de hombros—. Y no se lo reprocho. El hombre al que se lo compró el señor Carrington, un tipo del sur, muele a palos a los caballos de sus cuadras, todo el mundo lo sabe.

Sapphire hizo una mueca.

—Eso es horrible.

Red se volvió otra vez.

—Luego vendré a verte, ¿eh? Y no olvides lo que te he dicho o te arrepentirás. No te acerques a ese caballo negro. Es un demonio.

—¿Has oído eso? —le dijo Sapphire a Stowe, que caminaba a su lado por el establo—. Mantente alejado de ese caballo asesino, o te pisoteará, ¿de acuerdo? —Stowe movió la colita—. Buen chico —dijo ella y, al llegar a la última caballeriza, abrió la puerta.

El olor la repelió un instante, pero tragó saliva y entró provista de los zuecos que le había dado Red. Sin duda limpiar establos para Red sería mejor que servir la cena a Blake en bandejas de plata.

La mañana pasó volando y Sapphire siguió sacando estiércol con la horquilla y echándolo en una carretilla. Una vez llena ésta, la llevaba al montón de abono que había junto a una arboleda y regresaba al establo para llenarla de nuevo. Cada vez que salía del establo con la carretilla, tomaba un camino distinto para llegar al montón de estiércol.

La granja de los Carrington se extendía a lo largo del río Hudson y era de una belleza sobrecogedora, con sus colinas redondeadas y sus prados abiertos en los que pastaban hermosos caballos, sus establos rojos y sus cobertizos, y la blanca mansión de caliza gris y granito encaramada sobre una colina que miraba sobre el río. El paisaje era precioso. Las hojas se habían vuelto de todas las gradaciones del rojo y el amarillo antes de caer al suelo, donde formaban brillantes alfombras bajo los árboles, y los extensos y ondulados campos aparecían quebrados aquí y allá por dentadas afloraciones rocosas.

Sapphire apoyó la horquilla contra la pared y se inclinó para acariciar las orejas de Stowe.

—Bueno, chico, ¿tienes hambre? —el perro gimió y jadeó—. Yo también —dijo ella, y agarró su bolsa de lona y se tiró de la visera de la gorra—. Y conozco el lugar perfecto para una comida campestre. ¿Has visto esa roca, en el prado del sur? Debe de ser tan grande como un carro y apuesto a que le da tanto el sol que está caliente como un buen hogar en invierno.

Stowe danzaba a su alrededor cuando salieron al prado por las dos puertas del establo. La peña estaba más lejos de lo que había imaginado y, cuando llegaron, Sapphire estaba hambrienta. Subió a Stowe encima de la roca y se encaramó tras él. Se comieron la última galleta que le había comprado a la anciana, tres trozos de tocino que había guardado del desayuno de esa mañana y la última manzana que le quedaba de las que había recogido por el camino tras dejar Boston. Stowe disfrutó de su trozo de galleta y su ración de tocino, pero no quiso comerse el trozo de manzana que le ofreció Sapphire. Gimoteaba, pidiendo más tocino.

—No hay más —rió ella mientras le tendía la mano para que se la olfateara—. ¿Ves? —dio un mordisco a la manzana fresca y se recostó en la peña caldeada por el sol. Le dolía todo el cuerpo, pero se sentía bien, sorprendentemente bien. Había estado tan ocupada ese día que apenas había tenido tiempo de pensar en Blake, y sabía que, con el tiempo, llegaría a olvidarse de él. No, a olvidarse de él, no, pero al menos dejaría de dolerle el pecho cuando se acordara.

Cerró los ojos, lanzó el corazón de la manzana por encima de su cabeza y abrazó a Stowe, que se había echado a su lado a dormir. Empezaba a adormilarse, pensando que tenía que volver a las caballerizas, cuando oyó gritos y maldiciones a los lejos. Al mirar hacia los establos, vio a Red agitando los brazos y a otro hombre corriendo. Delante de ellos iba un caballo negro que saltó una valla al galope.

Sapphire se bajó de la roca y puso a Stowe en la hierba; luego se hizo sombra con la mano para protegerse los ojos del resplandor del sol. El caballo había saltado otra cerca y rodeado un grupo de olmos, después de lo cual se había adentrado en un barranco, hacia el oeste. Había aflojado el paso y se dirigía hacia ella. Sapphire vio que Red y el otro hombre volvían hacia el establo. Todavía oía sus voces, arrastradas por el viento. Miró al caballo, que iba derecho hacia ella, y luego a Stowe, y se quedó inmóvil. Stowe se sentó en la hierba y los dos aguardaron hasta que el potro aflojó su carrera hasta ponerse al paso. Al verlos, bufó, se detuvo, pateó el suelo y volvió a bufar, resoplando por los ollares.

—¿Qué pasa, chico? —preguntó Sapphire en voz baja—. ¿Estás un poco asustado? —dio un paso hacia él, preocupada por la cuerda que aún colgaba de su bocado. El animal podía pisarla y hacerse daño. Y era un caballo bellísimo. Sapphire odiaba la idea de que pudiera resultar herido—. ¿Qué ocurre, pequeño? —susurró—. ¿Te han asustado esos grandullones? Pues déjame decirte que no lo hacen a propósito, esos hombres, como sus vozarrones y sus zapatazos —dio otro paso. El caballo la observaba con suspicacia—. Yo conozco a uno de los que más gritan de todo el país, y no me da ni pizca de miedo. ¿Y sabes por qué? Porque es una buena persona. Tiene un buen corazón —extendió lentamente la mano hacia el caballo, que seguía a varios brazos de distancia de ella.

Desde allí no podía alcanzar la cuerda. Tenía que acercarse más.

—Eso es —dijo—. Así que no le hago caso cuando se pone a gritar —se fue acercando poco a poco y el caballo sacudió la cabeza y retrocedió. Ella se paró de nuevo—. Tranquilo, chico, tranquilo —bajó despacio las manos y consideró sus alternativas.

De nuevo oía a los hombres en la distancia. Seguían gritando y sus voces se acercaban. El caballo volvió la cabeza hacia el establo, relinchó y bufó.

—Lo sé —susurró Sapphire—. Gritan tanto que dan miedo —miró al perro—. ¿Tú qué crees, Stowe? —preguntó—. ¿Cómo vamos a convencerlo para que nos deje agarrarlo?

Se acordó entonces del corazón de manzana que había tirado al acabar de comer. Deslizó lentamente un pie hacia atrás y luego el otro, retrocediendo hacia la roca. Stowe se quedó junto al caballo. Cuando le pareció que estaba lo bastante lejos como para no asustar al caballo, rodeó la peña por el lado hacia el que había arrojado la manzana. Por suerte la encontró entre la hierba y volvió junto al caballo en cuestión de un minuto.

—Mira lo que tengo —dijo mientras le enseñaba el corazón de la manzana sobre la palma de la mano. El caballo percibió el olor de la fruta, levantó la cabeza y resopló—. No —le dijo ella—. No voy a llevártelo —miró al perro—. Es igual que un hombre —dijo, y volvió a levantar la mirada—. Si quieres la manzana, tendrás que venir por ella —recordó que Armand tenía un potro al que le daban miedo las sombras, así que ella se acercaba a él rodeándolo, hasta situarse donde su sombra no asustara al animal.

El caballo negro dio un paso hacia ella y luego otro, sacudió la cabeza y bufó como si luchara consigo mismo. Al fin, se acercó y tomó delicadamente la manzana de su mano. Entre tanto, Sapphire levantó muy despacio la otra mano y agarró la cuerda.

El animal comenzó a retroceder, pero Sapphire siguió hablándole en voz baja para que se tranquilizara. Mientras él masticaba el corazón de la manzana, ella lo condujo alrededor de la peña. Ya no veía a Red ni al otro hombre, pero supuso que se habían adentrado en la arboleda, creyendo que el caballo seguía allí.

El animal, que había acabado con la manzana, comenzó a arrancar brotes de hierba junto a la peña. Sapphire miró hacia los establos y miró luego al caballo. Estaba posiblemente a media milla de distancia y ya se había entretenido demasiado.

—¿Qué opinas? —le preguntó. Puso una mano sobre su cuello y el animal se estremeció, todavía algo asustado—. Creo que le gustamos —le dijo a Stowe, que se estaba rascando la tripa. Luego se volvió hacia el caballo—. ¿Me dejas que te monte y te lleve de vuelta? Prometo portarme bien y no gritarte.

Habría jurado que el caballo entendía lo que le decía. Moviéndose con cautela, lo acercó a la roca y se encaramó a ella.

—Allá voy —dijo. Montó sobre el caballo con cuidado, pero todo lo deprisa que pudo. Tal y como esperaba, el caballo salió disparado y ella tuvo que agarrarse a sus crines para no salir volando de su ancho lomo—. Tranquilo —dijo cuando recuperó el equilibrio y pudo acariciarle el cuello.

Miró hacia atrás y vio que Stowe corría tras ellos. Sapphire se agarró con fuerza a las crines negras del animal y miró hacia delante. Al mismo tiempo apretó suavemente las piernas para intentar calmar al caballo.

—Tenemos que frenar, pequeño, o el pobre Stowe no podrá alcanzarnos.

Para su sorpresa, el caballo aflojó el paso hasta ponerse a un galope suave. Estaban a medio camino del establo cuando oyó que Red gritaba a su espalda. Sirviéndose de una pierna consiguió que el animal volviera grupas y se acercara trotando a Red.

—Lo siento —dijo, respirando trabajosamente. No he pedido permiso para montarlo, pero lo vi correr suelto y...

En ese momento se dio cuenta de que Red y su compañero se habían detenido en medio del prado y la miraban extrañados. Ignoraba si estaban enfadados, asombrados o ambas cosas, pero sabía que no debía montar aquel caballo.

—¿Tú eres Príncipe del Caribe? —le susurró al caballo—. Algo me dice que sí, y que me he metido en un buen lío.

—¿Cómo demonios te has subido en él? —preguntó el otro hombre.

—Éste es Cosco, el entrenador jefe del señor Carrington —explicó Red, que seguía mirándola con fijeza.

Sapphire inclinó la cabeza.

—Señor.

—No has contestado a mi pregunta —Cosco era un hombre de estatura media y unos treinta y cinco años. Tenía el rostro cuarteado por el sol y el viento, el cabello rubio claro y la nariz ancha.

Sapphire dio unas palmadas en el cuello del caballo y, al ver que el animal comenzaba a piafar peligrosamente y que los hombres retrocedían, le hizo dar una vuelta completa para dejarles espacio.

—Lo siento —dijo—. Vi que estaba suelto y, cuando lo atrapé, pensé que podía llevarlo al establo montado en él, en lugar de ir andando.

—Es el chico nuevo —explicó Red, que empezaba a sonreír—. Se llama Sam.

—¿Sabes quién es este caballo? —Cosco contrajo su rostro quemado por el viento—. Este caballo no deja que lo monte cualquiera, chico.

Ella miró dócilmente a aquel hombre.

—¿Quiere... quiere que me baje, señor?

—Rayos y centellas, claro que quiero que te bajes. ¿Sabes cuánto vale ese caballo? Mucho más de lo que vales tú para tu padre, eso seguro.

Al ver que ella se disponía a desmontar, Red levantó una mano.

—No, espera un minuto. Usa la cabeza, Cosco, ¿eh? —Sapphire se quedó quieta—. El otro día dijiste —continuó el pelirrojo– que no sabías quién iba a montar al Príncipe todo el invierno, ahora que Jimmy tiene rotas las costillas y la mano.

–Este chico no sabe nada de montar este tipo de caballos –contestó Cosco, las aletas de cuya nariz comenzaban a hincharse.

El caballo negro se había parado a mordisquear un poco de trébol, el último que quedaba de la estación, mientras el nuevo mozo de cuadras permanecía cómodamente sentado sobre su lomo.

–Pues no parece que el Príncipe lo note, ¿no?

Blake se hallaba sentado ante la chimenea del despacho de Manford, escuchando el crepitar del fuego. Daba vueltas a su whisky dentro del vaso de cristal, bebía y paladeaba su fuerte sabor. Se había cumplido la segunda semana de octubre, pero ese día habían caído los primeros copos de nieve en Boston. Pronto empezaría a nevar en serio y daría comienzo el largo invierno de Nueva Inglaterra.

Blake había tenido frío todo el día. Desde que se había levantado por la mañana y había visto la nieve en la barandilla de la terraza de su dormitorio, no había hecho otra cosa que pensar en Sapphire y en el hecho de que pudiera hallarse a la intemperie con aquel tiempo, helada y sola. Se decía que no era culpa suya. Él le había ofrecido todo cuanto podía darle y ella se había marchado sin molestarse siquiera en decirle adiós.

–¿Blake?

Levantó la mirada y vio a Manford allí de pie, observándolo.

–¿Dónde tienes la cabeza hoy? –preguntó su amigo–. No has oído ni una palabra de lo que te he dicho.

—Lo siento —Blake se apartó un poco del fuego. No merecía estar caliente—. ¿Qué decías?

—Decía que he revisado todo lo que me diste. He hablado con tu hombre en Pennsylvania y creo que estoy dentro.

—¿Dentro?

—El aceite de roca. Creo que voy a invertir.

Blake se sentó en el brazo de un sillón.

—Tal vez debas pensártelo. Las perforaciones no empezarán hasta la primavera.

Manford se sentó frente a él, en otro sillón y escudriñó a su amigo.

—¿Todavía crees en ese proyecto?

—Claro que sí. No te pediría que arriesgaras tu dinero si no creyera que es rentable. ¿Por qué?

—No sé —Manford bebió un sorbo de whisky—. No pareces tan entusiasmado como hace unos meses.

Blake se encogió de hombros y miró su vaso.

—Sigo creyendo en el proyecto. Es sólo que he estado preocupado.

Manford se inclinó hacia delante.

—¿Quieres que hablemos de ello?

Blake suspiró, se recostó en su sillón y se quedó mirando la habitación sin fijarse en nada en particular.

—No.

—Por favor, dime que no es por Clarice. Me ha jurado que no habrá más visitas a escondidas y creo verdaderamente que comprende que...

—No es por Clarice —Blake miró el líquido ambarino de su vaso y volvió a levantar la vista, pero no la fijó en los ojos de Manford—. Es... —se detuvo y empezó otra vez—. Creo que tal vez haya cometido un error.

27

—Eh, Sam, ¿quieres venir a montar en trineo? —gritó Paulie desde la puerta del establo.

Sapphire, que estaba acabando de abrevar a los últimos caballos, levantó la mirada mientras cambiaba el agua de un cubo a otro.

—¿Cuándo vais?

El muchacho, bajito y pecoso, se encogió de hombros.

—No sé. Esta tarde, cuando acabemos. Antes de la cena.

—¿Vais a la Colina Grande? —aquélla era una de las colinas favoritas de todo el valle para tirarse en trineo y Sapphire había estado allí varias veces con los otros cinco mozos de cuadra. No hacía muchas cosas con ellos, como jugar a las cartas o sentarse a charlar por las noches cuando hacían una hoguera en el prado, pero, siendo de Martinica, la nieve aún la fascinaba. Por extraño que pareciera, el frío no le importaba gran cosa, aunque los otros muchachos se burlaban de ella porque siempre llevaba una capa de ropa más que ellos. Aunque diciembre acababa de empezar, había habido ya varias nevadas. Y montar en trineo era la única actividad que le permitía mezclarse con los otros chicos.

—Creo que iremos allí, sí, a no ser que Adam se salga con la suya —Paulie sonrió.

Adam era el mayor y el más corpulento de los mozos de cuadra y, por lo general, lo que él decía iba a misa. A Sapphire no le importaba. Adam le parecía un muchacho bastante amable. No era muy listo, pero trabajaba con denuedo y no la presionaba para que se uniera al grupo. Parecía comprender que «Sam» era un solitario, lo cual hacía más fácil que ella ocultara su verdadera identidad. Incluso se había puesto de su parte cuando Red le dijo que podía seguir durmiendo en el cuarto de arreos, sola, en lugar de unirse a los otros chicos, que dormían juntos en la parte alta del granero, y algunos de ellos protestaron. En el cuarto de arreos, le había dicho Sapphire a Red, podía estar más cerca de Príncipe del Caribe. Él había aceptado. Saltaba a la vista que el caballo se había encariñado con ella, cosa sumamente rara, y no era extraño que alguien, ya fuera un mozo o un *jockey*, durmiera cerca de un caballo especialmente costoso, sobre todo si era de carácter nervioso.

—Luego nos vemos —le dijo a Paulie al tiempo que se cargaba a los hombros los dos últimos cubos de agua, colgados de un palo.

Paulie empezó a ponerse los mitones de punto que le había enviado su madre desde Pennsylvania.

—¿Quieres que te ayude? —preguntó.

—No, ya está —Sapphire se dirigió a la caballeriza más alejada.

Al quedarse de nuevo a solas con los caballos, aclaró los últimos cubos, los llenó de agua y luego avanzó de cuadra en cuadra, dando las buenas noches a los animales. A algunos les rascaba las orejas; a otros, les daba una palmadita. A Príncipe del Caribe le ofreció una manzana arrugada que sacó del bolsillo del mono que llevaba bajo la chaqueta de loneta.

Después, con una intensa sensación de satisfacción por

haber cumplido con el trabajo diario, se retiró a su cuartito al fondo del establo para escribir una carta a Lucía y Angelique y otra a Armand. Al día siguiente, sábado, pasaría toda la mañana montando a Príncipe y tendría la tarde libre. Entonces iría a la ciudad en uno de los carros de la granja que fuera hacia allá y echaría las cartas al correo.

Dentro de su habitación —pequeña pero acogedora con su jergón cubierto con una manta de lana a cuadros, la caja de madera vuelta de lado que le servía de mesilla de noche y una cómoda para sus escasas posesiones—, encendió una lámpara y se acomodó con papel, pluma y tintero. Sabía que su familia estaba preocupada por ella y sabía también que debía escribirles, pero la cuestión era qué podía decirles. Se recostó en el jergón y llamó a Stowe, que dormitaba en una caja llena de paja, junto a la puerta. Se alegraba de verlo porque el perro se iba a veces con Red, de quien Sapphire sospechaba que lo engatusaba con comida.

Stowe se subió al jergón de un salto y se acurrucó a su lado.

—¿Tú qué crees, chico? —susurró mientras le acariciaba las orejas—. ¿Qué les digo sobre este lugar? ¿Sobre nuestra vida?

Stowe bostezó, apoyó la cabeza sobre su rodilla y cerró los ojos.

Tras varios intentos fallidos, Sapphire comenzó su carta para Lucía y Angelique diciéndoles de nuevo que estaba a salvo y rogándoles que no se pusieran en contacto con Blake Thixton. Ése era su mayor temor, incluso mayor que el miedo a que en la granja Carrington se descubriera que era una chica. La semana de su llegada a la granja, envió a Lucía una carta explicándole que se había ido de Boston sola, sin darle más detalles, ni siquiera dónde estaba. Lo único que le decía era que el camino de Blake y el suyo se habían separado y que, si él se ponía en contacto con Lucía, ésta le dijera que no había tenido noticias de su sobrina. Seguía sintiéndose culpable por no decirle a su madrina dónde se encontraba, pero no podía arriesgarse a que Lucía enviara recado a Blake de su paradero. Lucía tendría que confiar en ella hasta que pudiera regresar a Londres, momento en el cual se lo contaría todo, le explicaba en la carta. Si su madrina se enfadaba con ella, tendría que aguantarse.

Procuró que la carta fuera breve. Les decía que, a pesar de su separación de Blake Thixton, seguía disfrutando de su aventura en América, lo cual era del todo cierto. Les hablaba de lo mucho que le gustaba la nieve y de lo poco que le importaba el frío; les contaba que iba a montar en trineo a la Colina Grande y hasta mencionaba a Príncipe del Caribe, aunque no por su nombre. Tampoco hablaba de su corazón roto ni del hecho de que, aunque pareciera estar recuperándose, había días en que todavía notaba la herida fresca. Naturalmente, no les decía que estaba haciéndose pasar por un chico.

Acabó la carta diciéndoles que no sabía si podría escribirles a menudo. A decir verdad, le costaba redactar aquellas cartas. Pero prometía que volverían a verse a fines del verano y les enviaba todo su cariño.

A pesar de que su salario como mozo de cuadra no alcanzaba más que unos pocos dólares al mes, Red le había prometido que, si Príncipe y ella ganaban las carreras, podría quedarse con una pequeña parte de las ganancias semanales. Sin duda a fines del verano, pensaba, habría conseguido reunir los ciento diez dólares que costaba el pasaje a Londres.

Más difícil aún le resultó escribir la carta para Armand. Había demorado ponerse en contacto con él demasiado tiempo. Sabía que, si no tenía noticias suyas pronto, su padrastro se preocuparía. Por suerte, no le había dado la dirección de Blake en Boston al escribirle para hablarle de su llegada a Estados Unidos.

La carta para Armand fue incluso más corta que la de Lucía y Angelique. Le decía que estaba bien, que se hallaba pasando el invierno en Nueva York y que en verano regresaría a Londres. Le decía asimismo que no se preocupara por ella y que estaba disfrutando de su estancia en Norteamérica. Le envió todo su cariño y, con los ojos secos, selló la carta y se vistió para ir a montar en trineo.

—¡Santo cielo!

—¿Jessup? ¿Estás bien? —gritó Lucía a través de la puerta abierta del pasillo.

Habían hecho el amor y luego Jessup se había excusado para ir al retrete. Era un hombre encantador. Se negaba a usar el orinal en su presencia y siempre se abrigaba y salía, por más frío que hiciera o por más que nevara. Lucía era mucho más práctica. Sencillamente, salía al pasillo y se acuclillaba sobre el orinal.

—¿Jessup? —llamó otra vez.

—¡Ay, Dios! ¡Ay, madre mía! —exclamó él.

—Jessup, ¿qué ocurre? —Lucía salió de la cama, se calzó las zapatillas de lana y se acercó a la puerta.

Jessup estaba en medio del pasillo, envuelto con un camisón y una bata y provisto de medias y gorro de dormir verde y blanco. Tenía las manos unidas, como si estuviera asustado—. ¿Qué pasa? —preguntó ella—. ¿Estás enfermo? ¿Te has hecho daño?

—Estoy... estoy terriblemente avergonzado.

Ella lo miró de arriba abajo, preguntándose si habría sufrido un accidente de alguna clase. A sus edades sucedía a veces, si algo no sentaba bien al estómago: un poco de col agria o un trozo de carne de cerdo en mal estado.

—¿Necesitas la palangana, amor? ¿Algo de ropa interior limpia? —preguntó sin inmutarse.

Él la miró horrorizado.

—¡Desde luego que no!

—Entonces ven a la cama, Jessup. Te vas a helar ahí fuera —replicó ella, viendo cómo se alzaba su aliento en nubes blancas en el pasillo.

—No... no puedo.

—¿Cómo que no puedes? —preguntó Lucía con los brazos en jarras desde la puerta del dormitorio. Acababa de entrar en calor en la cama y tenía otra vez los pies fríos—. Jessup, estoy perdiendo la paciencia. Puedo perfectamente irme a casa, ¿sabes?, y dormir en mi cama.

Él seguía sin moverse.

—Lo siento mucho, cariño.

—Jessup, ¿qué ocurre? —Lucía dio un paso hacia él.

—¡No! —gritó él, levantando una mano. La punta de su gorro de punto osciló frenéticamente.

—¿Qué sucede? —ella no veía nada. No había ningún agujero. No asomaba ningún clavo. No olía a humo—. Dímelo de una vez, Jessup —le imploró—. ¿Qué peligro hay, amor mío?

Él apartó la mirada.

—Me da vergüenza.

—Dímelo —insistió ella.

Jessup cerró los ojos.

—Te vas a reír.

—No.

—Emma siempre se reía.

—Jessup Stowe, ¿me estás comparando con tu difunta esposa? —ella sacudió un dedo—. Porque, si es así, te digo desde ahora mismo que recogeré mi ropa y todas mis pertenencias y me quitaré de tu camino en un periquete.

—Tienes razón, perdona —él abrió los ojos y levantó las dos manos en un gesto de disculpa—. Lo siento, Lucía.

—Deja de hacer el ridículo y dime qué ocurre.

Jessup se quedó callado un momento y luego señaló a su derecha.

—Un ratón.

Ella miró y, cómo no, allí, entre las sombras del suelo, había un ratoncito gris acurrucado contra el rodapié. Lucía tuvo que taparse la boca con las manos para no echarse a reír.

—¿Te dan miedo los ratones, Jessup?

—Desde que era niño. Me mordió uno en el dedo gordo del pie cuando estaba en la cuna.

Lucía se acercó a él y extendió la mano. El ratón se asustó y salió corriendo.

—Ya está, ya está —dijo ella en tono tranquilizador—. ¿Ves?, el pobrecillo está más asustado que tú —rodeó a Jessup con el brazo y lo condujo hacia la habitación.

—Lo siento, Lucía. Con razón no quieres casarte conmigo. ¿Quién querría casarse con un hombre al que le asustan los ratones?

Ella sonrió en la oscuridad mientras lo acompañaba a su lado de la cama y lo ayudaba a quitarse la bata. Levantó los gruesos edredones de pluma de ganso, ayudó a Jessup a tumbarse y le quitó las pantuflas y el gorro. Rodeó la cama hasta su lado, se quitó las zapatillas a puntapiés y se acostó, acurrucándose bajo las mantas hasta que estuvo a su lado.

—¿Qué voy a hacer contigo, Jessup Stowe?

—No lo sé —murmuró él.

—Un hombre al que le dan miedo los ratones.

—Lo sé, lo sé. Un inglés al que le dan miedo los ratones, nada menos.

Ella lo rodeó con el brazo y frotó la nariz contra su cuello.

—¿Sabes?, con un hombre así sólo puede hacerse una cosa.

—¿Y cuál es?

—Casarse con él, por supuesto. ¡A fin de cuentas, tiene que haber alguien en la casa que ahuyente a los ratones!

Jessup se echó a reír, se dio la vuelta y la aplastó contra el colchón.

—Te quiero, Lucía —le susurró al oído.

—Yo también a ti, viejo carcamal. Ahora date la vuelta y duérmete. Nosotros, los viejos, sólo podemos permitirnos una ronda cada noche, ¿sabes? —lo besó y ambos se volvieron de costado y se acurrucaron el uno junto al otro para protegerse del frío del invierno.

De pie junto a la barandilla de la terraza, cubierto con su abrigo, Blake dejaba que la nieve le diera en la cara. Al menos, sus aguijonazos húmedos y fríos hacían que se sintiera vivo.

Bajó la mirada hacia la oscuridad y hacia el brillo de la luz de alerta del puerto. Esa noche no había mucho movimiento en la bahía. Era casi Navidad y el invierno se había instalado en Boston.

Se metió las manos en los bolsillos del abrigo negro de lana. Esa noche había recibido informes de dos agentes que había contratado por separado para buscar a Sapphire, y ninguno de ellos era bueno. Iban ya seis en el espacio de dos semanas.

Seis informes y más de doscientos dólares, una fortuna para muchos. El dinero no le importaba. Tenía tanto que no sabía qué hacer con él. Pero nadie había visto a Sapphire. Ella había desaparecido de Boston. De su vida. Se había ido. Se había desvanecido en el aire, por más que les costara creerlo a los detectives privados a los que había contratado.

Y, sin embargo, en cierto modo, a Blake no le costaba creerlo. Ellos no la comprendían como la comprendía él. Sapphire era muy decidida. No le sorprendía que, una vez empeñada en librarse de él, lo hubiera hecho sin más. No le sorprendía lo más mínimo.

Oyó que llamaban a la puerta.

—¿Señor Thixton? —preguntó una voz desde el otro lado de la puerta al ver que no contestaba.

—¿Qué ocurre? —respondió casi gritando para que la doncella lo oyera por encima del aullido del viento—. Le dije que no quería cenar.

—El señor Lawrence ha venido a verlo, señor —Myra hizo una reverencia y salió de la habitación al tiempo que Manford entraba en ella, todavía cubierto con su gabán. Blake se recostó en la barandilla.

—No sabía que ibas a venir —dijo.

—No sabía que necesitara invitación —Manford se acercó a la puerta abierta, abrochándose el gabán—. ¿Qué demonios haces ahí? Hace un frío espantoso.

Blake se volvió para contemplar la oscuridad.

—No parece que haga tanto frío.

Manford se quedó callado un momento.

—Mira, Blake, sé que no es asunto mío, pero esa chica de la que me hablaste...

—Tienes razón, no es asunto tuyo.

—Esto se está volviendo ridículo, ¿no crees? Quiero decir que, francamente, era una criada. Ella...

—No digas eso, ¿me entiendes? —Blake se volvió bruscamente y levantó el puño—. No vuelvas a decirlo o juro por lo más sagrado que... —se detuvo antes de golpear a Manford en la barbilla y dejó caer el brazo. Bajó la mirada y pateó la nieve con la bota—. Dios mío, no sé qué me pasa, Manford. Lo siento.

Manford lo agarró del hombro.

—¿Qué te parece si tomamos un whisky? Pero dentro, lejos de esta nieve. Y quizá podríamos comer algo también. Te estás marchitando, amigo mío.

—Puede que una copa —repuso Blake.

Entraron en el dormitorio iluminado. Manford cerró la puerta a su espalda, se quitó el gabán y se acercó a la mesa para servir las bebidas.

—Así que no es sólo una sirvienta. Háblame de ella, entonces. Nunca me has dicho su nombre.

Blake se hallaba junto a las puertas cristaleras, todavía con el abrigo puesto. Se sentía fuera de lugar hasta en su propio dormitorio. Se había sentido así desde la desaparición de Sapphire: fuera de lugar en su propia casa, en su oficina, hasta en su propio pellejo.

—Es complicado.

—Siempre lo es —Manford cruzó la habitación y le puso en la mano un vaso medio lleno de whisky. Al hacerlo, sus dedos se rozaron—. Estás helado —comentó—. ¿Cuánto tiempo has estado ahí fuera?

—No mucho —Blake se llevó el vaso a los labios y dio un largo trago.

—Bueno, háblame de ella —Manford camino hacia la puerta de la habitación—. Voy a pedir algo de cenar porque yo, al menos, estoy muerto de hambre. Luego quiero que me lo cuentes todo.

Blake se quedo mirando su vaso mientras daba vueltas al líquido de color ámbar.

—No sé si podré.

28

Al entrar en sus habitaciones, Lucía encontró a Angelique sentada en una silla del salón, mirando por la ventana.

—Qué sorpresa —dijo con una sonrisa al tiempo que dejaba en el suelo, junto a la puerta, dos paquetes envueltos en papel marrón—. ¿Avena está aquí? —no oyó los pasos de la doncella al cerrar la puerta. Avena solía ser más diligente con sus deberes.

—Le dije que podía tomarse la tarde libre. Para hacer los preparativos para la boda —Angelique hizo girar los ojos.

Lucía se quitó los guantes amarillos y el sombrero.

—Me alegro por ella. Su sastre y ella hacen muy buena pareja. Supe que ese chico merecía la pena cuando le dijo que no le interesaba su pasado.

Lucía se acercó a la ventana y se inclinó para dar un beso en la mejilla a Angelique.

—¿A qué debo el honor de tu visita? Hace siglos que no vienes a verme. Parece que Jessup y yo sólo te vemos en las fiestas.

Angelique se volvió para mirar de nuevo por la ventana, se apoyó en el alféizar y descansó la barbilla sobre la mano.

—No puedo creer que llevemos ya casi un año en Londres. Parece que salimos de Martinica hace sólo unas semanas —hablaba en tono extrañamente reflexivo.

—Pareces una anciana —rió Lucía—. Las chicas de tu edad suelen pensar que un año es una eternidad —Lucía miró por la ventana y vio carruajes que pasaban, comerciantes que vendían en la calle huevos frescos y panes de jengibre, hombres y mujeres que iban y venían con prisas, llevando sus mercancías. Era el primer día caluroso de la primavera y parecía como si todo Londres hubiera salido a la calle a recibirla. Lucía miró a Angelique y le acarició el pelo negro.

—Hoy estás muy pensativa, *ma fille*. ¿Ocurre algo?

Angelique suspiró sin apartar la mirada de la ventana.

—¿De veras crees que Sapphire está bien? Estoy muy preocupada por ella desde su última carta. Creía de veras que se quedaría con ese americano, que se casaría con él y tendría hijos.

Lucía se sentó frente a ella.

—Creo que está bien.

—Casi no nos ha contado nada. Sólo sabemos que está en Nueva York, en alguna parte, y que ya no está con Blake. No es propio de ella andarse con tantos secretos. Debe saber que estamos preocupadas, y es raro en ella que prolongue esta situación.

Lucía se encogió de hombros.

—Es evidente que, entre lord Wessex y ella, las cosas no salieron como esperaba. Sospecho que necesitaba pasar sola el invierno, para lamerse las heridas y recuperarse.

—¡Pero estamos en abril! Ya no es invierno —Angelique se volvió para mirarla y Lucía se dio cuenta de que su ahijada estaba realmente angustiada, lo cual era muy poco propio de ella—. ¿Y si está sin blanca y no puede volver a Londres? —continuó Angelique—. ¿Qué será de ella? Creo que deberíamos escribir al señor Thixton y averiguar dónde está en Nueva York.

—No puedes hacer eso —dijo Lucía en tono cortante.

—¿Por qué no? Alguien tiene que hacer algo —Angelique puso los brazos en jarras—. Tú estás tan ocupada haciendo monerías con el señor Stowe que has abandonado por completo tus responsabilidades como guardiana de Sapphire —dejó escapar un gemido de sorpresa y se tapó la boca, horrorizada por haber dicho aquello. Desvió la mirada con los ojos llenos de lágrimas.

Lucía la tomó de la mano.

—Mírame —dijo con suavidad, sin asomo de enojo en la voz. Angelique se apartó lentamente de la ventana para mirarla a los ojos.

—Lo siento —musitó—. No he debido decir una cosa tan horrible. No hablaba en serio. De veras.

—Lo sé. Estás asustada por Sapphire y es normal. Yo también lo estoy.

—¿Sí? —Angelique sollozó.

—Por supuesto —Lucía le dio unas palmaditas en la mano—. Pero si un padre, una tutora o una madrina hicieran algo cada vez que sienten miedo por sus niños, en fin... no se haría gran cosa en este mundo, porque todos andaríamos por ahí angustiados, retorciéndonos las manos y mesándonos los cabellos, ¿no crees? —hizo una pausa para concederle a Angelique un momento—. Ahora escúchame. No puedes escribir a lord Wessex y lo sabes. Cuando Sapphire nos escribió, depositó en nosotras su confianza y no podemos traicionarla. En sus cartas decía que estaba bien y que nos veríamos a fines del verano. Decía que debíamos tener fe en ella... y eso hemos de hacer.

Angelique bajó la mirada hacia el suelo y luego volvió a mirar a Lucía.

—Henry y yo estamos pensando en ir a América.
—¡Qué emocionante!
—A buscarla.
Lucía frunció el ceño.
—Eso es muy noble, pero debéis ir por vosotros mismos. Estados Unidos es un país muy grande para buscar a una persona que no desea que la encuentren.
—Oh, tía Lucía, ¿por qué no vienes con nosotros? —Angelique se deslizó hasta el borde de la silla para estar más cerca de su tía—. Jessup dijo que Blake Thixton es un hombre muy importante en América. Supongo que no tendré más que bajarme del barco y preguntar a alguien, y me dirán dónde encontrarlo.
Lucía arrugó el ceño.
—¿Y Henry está dispuesto a hacer eso por ti? ¿Cruzar el océano y buscar a alguien que te importa? Sapphire podría estar de camino a casa. Podríais cruzaros, un barco hacia el este y otro hacia el oeste —soltó la mano de Angelique.
—No se trata sólo de Sapphire, tía Lucía. Henry dice que irá a Nueva York a buscar a Sapphire si yo voy con él al oeste, a ver a sus indios.
—¿Y tú quieres? —Angelique asintió con la cabeza—. Entonces deberías casarte con él.
Angelique se levantó con una sonrisa pensativa en la cara.
—Eso es lo que dice él. Asegura que no hay nada que nos impida casarnos. Sus padres prácticamente lo han desheredado. El único dinero que tiene ahora es el que le dejó su abuelo.
—Y sin embargo te sigue siendo fiel.
Ella apoyó la mano sobre el alféizar de la ventana.
—Sí.
—¿Quieres casarte con él? —Lucía miró a su sobrina y

pensó en lo bella que era. Era, además, más madura que al llegar a Londres. El amor surtía ese efecto sobre las personas.

—No lo sé —contestó Angelique en voz baja—. Tía Lucía, no sé qué hacer. Ojalá Sapphire estuviera aquí —dijo casi con desesperación—. Ojalá pudiera preguntarle qué debo hacer. Ella lo sabría. Estoy segura. Me conoce mejor que yo misma —su labio inferior tembló—. Siempre ha estado ahí cuando la he necesitado, ¿comprendes? Siempre he podido apoyarme en su sentido común —Lucía guardó silencio y dejó que la joven a la que quería como si fuera su propia hija tuviera oportunidad de pensar—. Nunca me he visto casada con nadie, y menos aún con un caballero inglés como Henry. Creía que no quería pasar mi vida entera con un solo hombre. Parecía tan... tan aburrido.

—Ahora vives con Henry. ¿Es aburrida tu vida?

Angelique se echó a reír.

—Es muchas cosas, pero no aburrida.

—Entonces quizás hayas contestado a tu pregunta.

—¿Crees que debería casarme con él?

—Creo que deberías seguir el dictado de tu corazón. Y que deberías tener en cuenta que Henry está dispuesto a dejarlo todo, su familia, su herencia, su título, para pasar su vida contigo.

—¿Le debo al menos eso? —Angelique miró de nuevo por la ventana y apoyó la mano sobre el cristal fresco.

—Nadie le debe nunca su vida a otro.

Angelique sonrió.

—¿Y qué me dices de ti, tía Lucía? ¿Serás feliz casada con el señor Stowe?

—Creo que sí —contestó Lucía con sinceridad—. No me lo esperaba. No esperaba volver a enamorarme, y menos aún así, a estas alturas de mi vida. Pero Jessup es un buen hombre. No sabes cuántas veces ha ido este invierno a uno u otro condado con la esperanza de encontrar la iglesia en la que Sophie y Edward se casaron.

—Quiere hacerte feliz.

—Sí —Lucía se levantó de la silla—. Pero también tengo la impresión de que esto se ha convertido en una obsesión para él. Su santo grial. Está empeñado en averiguar la verdad, cueste lo que cueste.

Angelique dio un paso adelante, sonriendo.

—Creo que seréis muy felices.

—Y yo creo que deberías ir a la cocina a ver si Avena nos ha dejado café y unas galletas, porque estoy hambrienta.

—¿Estás listo, Sam?

Sapphire agarró las riendas con fuerza y miró fijamente hacia delante, por entre las orejas de Príncipe.

—No puedo hacerlo, Red —dijo en voz baja.

—Claro que puedes —él le dio una palmada en la corva—. De todas formas no importa, muchacho, porque ya lo estás haciendo.

Sapphire miró las nubes blancas y algodonosas que surcaban el cielo azul. Cuando, el otoño anterior, Red convenció a Cosco para que dejara a «Sam» montar a Príncipe durante el invierno mientras su *jockey* se recuperaba, Sapphire no imaginó que llegaría a montar al potro en una carrera. Pero, con el paso del invierno, se hizo cada vez más evidente que el caballo adoraba al mozo nuevo, llamado Sam Water, y fue el propio señor Carrington quien tomó la decisión. Hacía un mes, cuando todavía nevaba, había visto a Sapphire montar a Príncipe y se había decidido. «Sam» ya no era el último mozo de la cuadra. Ahora ostentaba la codiciada posición de *jockey* de la granja Carrington. Y Sapphire montaría a Príncipe en las carreras.

Se había sentido un poco culpable por ocupar el puesto de otro, pero Red le había asegurado que a Príncipe nunca le había gustado Jimmy. Además, la paga de *jockey* era mucho mejor que la de mozo de cuadra. Un mozo de cuadra sólo ganaba un par de dólares al mes, además de disponer de alojamiento y comida. Pero un *jockey*, si era bueno, podía obtener un pequeño porcentaje de las ganancias de las carreras.

—¿Estamos listos?

Sapphire levantó la vista y vio que el señor Carrington se acercaba. Era un hombre mayor y agradable, con el cabello blanco y una sonrisa que nunca abandonaba su cara de facciones marcadas. Caminaba ayudándose de un bastón porque tenía una fractura en la pierna que había curado mal y que se había hecho años atrás al caerse de un caballo. Ya no montaba sus propios caballos, pero se había convertido en uno de los mejores criadores del Hudson.

—Todo lo listos que podemos estar, señor Carrington —Red se quitó la gorra mientras sujetaba con fuerza la cuerda sujeta al freno de Príncipe.

El potro negro se removió. Sapphire vio que los otros caballos empezaban a alinearse para la carrera a unos cincuenta metros por delante de ellos. Tocaba nerviosamente las riendas y daba gracias por llevar guantes de cabritilla. Tenía las manos tan sudorosas que, si las hubiera llevado desnudas, no habría podido sujetar las riendas.

—No te pongas nervioso, muchacho —le dijo el señor Carrington mientras acariciaba el cuello de Príncipe. El caballo pateó el suelo y bufó. Parecía ansioso por reunirse con los otros caballos—. Sólo tenéis que correr a lo largo de la orilla y volver, nada más. Sólo tú y Príncipe, corriendo por la orilla del río —le aseguró el señor Carrington.

Sapphire era consciente de la importancia de aquella carrera. Era el comienzo de la temporada hípica y los propietarios querían ver cómo se desenvolvían sus caballos, cómo se las arreglaban sus *jockeys*, los nuevos y los veteranos. Pero Sapphire sabía también que Príncipe había participado ya en otras carreras; unas semanas después, estarían en un lugar llamado Long Island, donde habría cientos de espectadores, no como allí, donde había sobre todo criadores y un puñado de jinetes que se habían reunido con sus familias para dar la bienvenida a la primavera.

–No estás nervioso, ¿verdad, Sam? –preguntó el señor Carrington, mirándola.

Ella sacudió la cabeza, a pesar de que estaba tensa. Al principio, aquello le había parecido una buena idea, aunque un tanto irreal. Ahora, mientras los caballos y sus jinetes se alineaban y los espectadores hacían sus últimas apuestas, no había ya forma de negar lo que estaba a punto de hacer. Sólo confiaba en no romperse el cuello.

–No estoy nervioso, señor Carrington –dijo.

–Así me gusta –el anciano retrocedió–. Hoy vas a ganar, Sam, estoy seguro. Esta noche cenamos en mi casa y tú ocuparás el lugar de honor. Y además tendrás en el bolsillo un par de dólares más –guiñó un ojo.

–Gracias, señor –Sapphire se tocó la gorra como había visto hacer a otros *jockeys*.

Red levantó la vista.

–¿Listo, chico?

Sapphire apretó los labios y asintió. Red la condujo a la línea de salida, marcada en la tierra con tiza. A su alrededor, Sapphire oyó murmurar a los otros *jockeys* y a los entrenadores, que miraban con extrañeza al muchacho que había logrado domar a Príncipe del Caribe. Ella ignoró sus miradas y sus murmullos y se concentró en la mancha blanca que Príncipe tenía entre las orejas.

—Está bien, chico —le susurró al caballo mientras Red desenganchaba la cuerda y retrocedía rápidamente—. Sólo una carrera a lo largo del río —le dijo con suavidad—. Una carrera rápida alrededor de la pista y estarás otra vez en tu establo con una bolsa de avena y melaza, ¿de acuerdo, pequeño?

El caballo relinchó.

Uno de los hombres, un propietario del otro extremo del valle, se acercó a la fila de caballos. Había nueve en total. En circunstancias normales, Príncipe del Caribe habría sido el favorito, pero era una caballo impredecible y entre la comunidad hípica del Hudson se había corrido la voz de que nadie sabía si el chico que Carrington había contratado sería siquiera capaz de mantenerse a lomos del animal durante la carrera. El distinguido caballero del sombrero hongo sacó un pañuelo blanco del interior de su levita y Príncipe bajó la cabeza y resopló.

Sapphire se tensó. Por el rabillo del ojo, vio caer el pañuelo, soltó las riendas y hundió los tacones de sus botas nuevas en los flancos de Príncipe. El caballo pasó como un rayo sobre la línea blanca y de pronto el campo se convirtió en un borrón. Sapphire no hacía caso de los caballos que corrían a su lado ni de los gritos de los jinetes mientras Príncipe se distanciaba de ellos. No usaba fusta. Ni siquiera llevaba una, porque el caballo nunca corría bien cuando la usaba. Se mantenía bien sujeta sobre su lomo, agazapada hacia delante y dejaba que fuera él quien llevara la voz cantante.

En un abrir y cerrar de ojos rodearon el olmo y la ribera del Hudson quedó a su izquierda. Sólo iban a dos cuerpos de distancia del caballo más cercano antes de rodear la marca que indicaba la mitad de la carrera, y ahora iban ya cuatro o cinco cuerpos por delante.

El viento silbaba en los oídos de Sapphire y las caras de los espectadores volaban en un torbellino. De pronto se encontró pensando en Blake. ¿Qué pensaría él ahora de su criada? ¿Se reiría? ¿Fruncirá el ceño? El viento hizo aflorar lágrimas a sus ojos.

Mientras el golpeteo de los cascos de Príncipe resonaba en su cabeza, se preguntó si Clarice habría conseguido abrirse paso hasta la cama de Blake. ¿Se vería él aún con la señora Sheraton? No sabía por qué le importaba. Blake había dejado claro lo que significaba para él. O, mejor dicho, lo que no significaba para él. Le había dicho desde el principio para qué le servían las mujeres. Ella había sido una necia por pensar que no era del todo sincero. Si algo era Blake, era sincero.

Oyó delante de sí los gritos de los espectadores que esperaban en primera línea. Red era el que más gritaba.

—¡Vamos, vamos, muchacho! —gritaba con su acento irlandés—. ¡Ya es tuya! ¡Vamos!

Sapphire pasó volando sobre la línea de meta a lomos de Príncipe y, tirando lentamente de las riendas, hizo que el animal rodeara al grupo de gente que esperaba para acariciar el cuello del ganador de la carrera y felicitar al señor Carrington. Red apareció a su lado y sujetó la cuerda al freno de Príncipe.

—¡Buen trabajo, muchacho! Te dije que aguantarías.

Ella sonrió. Le alegraba la amistad de Red. Se había mantenido replegada sobre sí misma todo el invierno, evitando a los demás mozos, sobre todo porque le daba miedo que alguien descubriera que no era uno de ellos. Pero Red había sido muy amable con ella. Mantenía la distancia, pero la apoyaba y siempre le daba ánimos.

—Bueno, hijo —dijo el señor Carrington, acercándose a ella con una ancha sonrisa en la cara—. Parece que esta noche vas a ocupar el lugar de honor en la mesa de la cena.

Dos meses después

—Ven con nosotros —dijo Manford, De pie junto a la puerta de la habitación del hotel de Blake, con la mano apoyada sobre el marco—. Será divertido.

Blake lo miró con fijeza.

—No será divertido. Además, ¿no me dijiste el otro día que ya no soy divertido? ¿Que lo único que hago es trabajar?

—Vamos —Manford posó la mano sobre su hombro—. Sólo intentaba hacerte ver lo que te estás haciendo a ti mismo. Te estás volviendo como tu padre.

Blake arrugó el ceño.

—Vaya, Manford, viejo amigo, eso hace que me den ganas de vestirme e ir a esa cena contigo.

—No lo decía en ese sentido. Te pido disculpas —Manford se pasó los dedos por el pelo. Parecía molesto—. Es que no sé qué hacer por ti, Blake. Hablo en serio.

Blake se quedó mirando el papel pintado a mano de la pared del pasillo del hotel Martin-James de Nueva York, adonde Manford y él habían ido a reunirse con ciertos caballeros en relación con un cargamento de paño. El viaje coincidía con una conocida carrera de caballos que tenía lugar cada año en Long Island a la que Blake había logrado no ir con Manford. No le interesaba apostar en las carreras de caballos. Nunca jugaba. No era amigo del azar. Le gustaban las cosas seguras.

—Vamos —insistió Manford—. El caballero que celebra la cena es un empresario importante. Creo que te gustaría.

—Se gana la vida criando caballos. Yo no sé nada de caballos, aparte de por qué lado hay que montar —dijo Blake con sorna. Pero empezaba a vacilar. Manford tenía razón. Trabajaba demasiado, pasaba demasiadas horas a solas con sus pensamientos y perseguido por el recuerdo de Sapphire.

Había pasado todo el invierno buscándola en vano. Era como si la tierra se la hubiera tragado. Varias veces durante los meses anteriores, Blake había pensado en escribir al señor Stowe para preguntarle si ella había vuelto a Londres. Una vez llegó a garabatear una carta. Pero nunca la envió. Quizá temía la respuesta. Si algo terrible le había ocurrido a Sapphire, si había recibido algún daño por culpa de sus deseos egoístas, no sabía qué haría.

Tenía, sin embargo, la sensación de que ninguna de aquellas posibilidades se había cumplido, o habría tenido noticias de Stowe o de la madrina de Sapphire. Sapphire estaba allí, en alguna parte. Casi podía sentirla. Era el dolor en el pecho que lo mantenía despierto por las noches. Era el temblor de su mano cuando agarraba un vaso o un libro. Era el vagabundeo de su mente cuando intentaba concentrarse en asuntos de negocios o en una conversación durante la cena.

—¿Me has oído, Blake? —la cena es aquí mismo, en el hotel, en uno de los salones de abajo. Si la conversación te aburre, puedes volver a tu cueva —Manford asomó la cabeza por la puerta—. Aunque menuda cueva tienes. Una suite —retrocedió hacia el pasillo—. Por favor, no le digas a Patricia que tienes una habitación tan espléndida o querrá saber por qué nosotros no tenemos también una suite —volvió a mirar a Blake—. Dime que vas a acompañarnos.

—No tengo hambre. Y tengo esos informes sobre...

—Sólo una copa, eso es todo lo que te pido. Baja a tomar una copa con nosotros.

Blake sacó su reloj del bolsillo del chaleco.

—¿A qué hora?

—A las ocho. Excelente —Manford comenzó a alejarse—. Se lo diré a Patricia. Estará encantada. Ella también está preocupada por ti. Ahora que ha aceptado que no vas a casarte con Clarice, quiere presentarte a mujeres constantemente. Ya sabes lo casamentera que es, y siempre te ha tenido cariño.

Blake no hizo caso. Hacía meses que no asistía a un acontecimiento social del brazo de una mujer. De hecho, no lo había hecho desde su regreso de Inglaterra, pero aquel asunto no estaba sujeto a discusión.

—Puede que nos veamos a las ocho —dijo mientras entraba en su habitación.

—Más te vale.

Sapphire luchaba con el nudo de su corbata de seda blanca. Gruñó, aflojó el nudo y comenzó a hacerlo de nuevo. Era la tercera vez que intentaba atarse aquel ridículo invento, y no podía pedirle ayuda a nadie. ¿A quién iba a pedírsela?

Había llegado sola en uno de los carruajes del señor Carrington y la habían conducido a aquella habitación para que se cambiara de pantalones y se pusiera la levita y la camisa de hilo que el señor Carrington le había comprado para acontecimientos como aquél. Y últimamente había habido muchos.

Todo aquello le parecía un sinsentido. A fin de cuentas, era Príncipe quien corría en las carreras. Ella lo único que hacía era sujetarse. Sin embargo, era celebrada en todo Nueva York como el mejor *jockey* de la temporada. Había disfrutado del invierno entre caballos, de la soledad en el establo cálido y silencioso, donde sólo oía el masticar de los caballos, el chillido de algún ratón y el latido de su propio corazón. Había sido divertido fingir que era un chico, sin importarle el aspecto que tuviera o lo sucia que estuviera. Disfrutaba de la libertad que le procuraban aquellas ropas y también de la libertad de ir y venir donde quería sin acompañante. Luego había llegado la primavera y, con ella, la temporada hípica.

Al principio, todo había sido muy emocionante. Príncipe del Caribe y ella habían empezado a ganar carreras y se habían convertido de la noche a la mañana en la comidilla de la ciudad. El señor Carrington incluso la había invitado a cenar en la casa grande, acompañada de Red. Después, sus vecinos habían comenzado a invitarlos a fiestas y cenas. El señor Carrington le había comprado un traje de hombre.

Las semanas habían pasado volando, las carreras se confundían las unas con las otras. El señor Carrington se había mantenido fiel a su palabra y le había dado un par de dólares cada vez que el caballo ganaba, lo cual le había permitido aumentar poco a poco sus ahorros. Pero, con el paso de los meses, pasó también la emoción. Últimamente, cada vez que entraba en una habitación y oía aplaudir a sus admiradores en el circuito de las carreras hípicas, sólo pensaba en cuánto deseaba ponerse un vestido de encaje y en cuánto odiaba cortarse el pelo cada mes.

Con todo, la primera semana de junio se dio cuenta de que apenas le quedaban un par de semanas más por correr. Unos pocos dólares más y podría comprarse vestidos de mujer y un pasaje hacia Londres. A pesar de lo mucho que había disfrutado con Príncipe y de la gente maravillosa que había conocido en la granja Carrington, ansiaba ver a Lucía y Angelique y tocar las cartas y el zafiro que su madre le había dejado.

Llamaron a la puerta y se tiró rápidamente de las puntas de la corbata.

—Ya voy —dijo con la voz a la que ya se había acostumbrado.

—El señor Carrington le espera abajo, señor —dijo un joven a través de la puerta.

—Gracias —recogió su levita, se la puso, abrió la puerta y salió al pasillo del hotel. Siguió el amplio pasillo hasta la escalera central y, mientras caminaba, no pudo evitar imaginar cómo sería bajarlas con un elegante vestido de baile de satén, del brazo de un caballero apuesto. Naturalmente, sólo había un caballero apuesto en el que podía pensar, y el mero hecho de acordarse de él hizo que se le hiciera un nudo en el estómago. Después de tanto tiempo, la asombraba que Blake surtiera aún ese efecto sobre ella. Se preguntaba si alguna vez pensaba en ella. Lo dudaba.

Al llegar al pie de la escalera, cruzó el suelo de mármol blanco, intentando recordar que debía caminar como un muchacho y no levantar la vista hacia las brillantes lámparas del techo, cuya belleza no podía apreciar Sam Water, un simple mozo de cuadra convertido en *jockey*. El hotel Martin-James era uno de los edificios más bellos que había visto nunca, y ansiaba recorrerlo. Sin embargo, no se quedaría a pasar la noche. El señor Carrington había ordenado ya que el carruaje la llevara a casa a las diez. Sus mejores *jockeys* asistían siempre a las fiestas y los bailes, pero nunca se quedaban mucho tiempo.

—Señor Water —dijo la esposa de uno de los rivales del señor Carrington, agitando su abanico—. Venga aquí y déjeme que le presente a una amiga muy querida.

—¡Señor Water! —la llamó otra persona.

—¡Sam! —gritó otra voz.

Sapphire sentía cómo su vida se le escapaba de las manos como un torbellino. No sabía qué quería, aparte del apellido de su padre, pero sabía que no podría seguir así mucho más tiempo.

—Es un placer conocerla, señora —dijo mientras tomaba la mano de una mujer de mediana edad y se la besaba. La mujer soltó una risilla.

—Sam monta para Carrington —explicó la más joven de las dos mujeres—. Pero mi Jonathan le ha hecho una oferta que no podrá rechazar.

Sam sonrió distraídamente.

—¿Te apetece una copa, Sam? —preguntó alguien detrás de él.

—No, gracias —contestó, dándose la vuelta. Al mirar a su interlocutor, le pareció ver algo por el rabillo del ojo.

Él estaba de pie bajo una de las gigantescas lámparas, al otro lado de las puertas de cristal, con las manos metidas en los bolsillos del pantalón. Parecía sopesar si debía entrar o no en el salón.

Sapphire se quedó sin aliento y, por un instante, se sintió paralizada por el miedo. No sabía por dónde escapar y, en el momento en que comenzaba a darse la vuelta, su mirada se encontró con la de Blake. Él no se dejó engañar por el cabello corto, ni por la ropa de hombre.

—Muchas gracias —dijo Sapphire mientras estrechaba manos y tomaba la copa que alguien le ofrecía—. Gracias —casi tropezó en su esfuerzo por alejarse. Blake caminaba derecho hacia ella—. Si me disculpan —se oyó decir ella, y se dirigió hacia la puerta del fondo del salón. Ignoraba dónde llevaba aquella puerta, pero confiaba en que la sacara de aquella pesadilla.

29

—¡Usted! ¡Espere un momento! ¡Señor! —se oyó la voz insegura de Blake a su espalda.

Ella dejó la copa en una mesa y cruzó rápidamente la puerta. Conducía ésta a un corredor estrecho y mal iluminado que utilizaba el servicio para moverse por el hotel sin molestar a los huéspedes. Cerró la puerta y se apoyó contra ella. El pulso le resonaba en los oídos.

—¿Señor? —dijo Blake otra vez.

Sapphire miró el pasillo sin saber qué camino tomar. Tenía que haber un modo de salir de allí, quizás una forma de salir a la calle. Luego desaparecería en Nueva York como había desaparecido en Boston.

Pero Blake estaba justo detrás de ella, a no más de tres o cuatro pasos de distancia cuando cerró la puerta. Se llevó las manos al corazón acelerado y se sintió aturdida. Él volvió a hablar desde el otro lado de la puerta.

—Disculpe, ¿ha visto pasar a un joven por aquí?

Sapphire oyó que una mujer respondía, pero no distinguió lo que decía.

—¿Quién? —preguntó Blake.

—El *jockey* —dijo la mujer en voz más alta—. Tiene usted que conocerlo. El joven que Carrington descubrió en sus establos. Sam Water, se llama. Monta a ese potro salvaje de Carrington, ¿sabe?, el negro. Príncipe del Caribe.

—¿De veras? —preguntó Blake como si supiera de lo que hablaba aquella mujer.

El picaporte se movió. Sapphire echó a correr hacia la derecha, pero no fue lo bastante rápida. Oyó que la puerta se abría tras ella.

—¿Sam? —llamó Blake. Ella no hizo caso y apretó el paso con la esperanza de que él creyera que había cometido un error—. Sapphire... por favor...

Algo en su voz la hizo detenerse. ¿Era aquello emoción? ¿Anhelo? ¿Arrepentimiento? ¿Blake Thixton, el arrogante conde de Wessex? Sin duda Sapphire se equivocaba.

—¿Eres tú de verdad? —susurró él y, agarrándola del brazo, la obligó a mirarlo. Sapphire se sintió como si se cayera. Estar tan cerca de él la asustaba como ninguna otra cosa y, al mismo tiempo, la embargaba una profunda sensación de alivio. Durante todos aquellos meses no había dejado de desearlo, de necesitarlo desesperadamente, y ahora estaba allí. Tan de repente. Tan inesperadamente.

Sapphire levantó las pestañas. Las lágrimas aguijoneaban sus párpados.

—Sam Water, mozo de cuadra, a veces *jockey* —dijo con voz temblorosa—. Encantado de conocerlo, señor Thixton.

—¡Sabía que eras tú! —la agarró y se apoderó de su boca—. Dios, temía no volver a...

Sapphire no podía respirar. Sentía una opresión en el pecho. Una mezcla de miedo, alegría y rencor la bombardeaba. Había creído que nunca más volvería a verlo. Y él parecía tan feliz... No había duda de ello. Pero era lógico que se alegrara de verla. Ella lo había abandonado, se había marchado sin su permiso. Y nadie dejaba a Blake Thixton sin su bendición. Apartó su boca de la de él, jadeante.

—¡Suéltame!

—¿Dónde demonios has estado? —él seguía agarrándola del brazo aunque Sapphire intentaba desasirse—. ¿Qué haces vestida de hombre? —la miró de arriba abajo con desdén—. ¿Qué es ese disparate de que eres *jockey*?

—Suéltame —repitió ella entre dientes.

—¿Qué? ¿Y perseguirte luego por las calles de Nueva York? Ni hablar.

—Blake, por favor, tengo que volver dentro. La gente se dará cuenta de que no estoy. Mi jefe, el señor Carrington...

—¿Le has dicho a esa gente que eras un hombre, un maldito *jockey*? —preguntó él.

Ella lo miró por entre un velo de pestañas húmedas. La ira empezaba a llenar la boca de su estómago.

—¡Soy *jockey*! Esta fiesta es en mi honor, en honor del caballo que monto y de su dueño.

—Debes de estar tomándome el pelo —murmuró él.

Ella lo miró a los ojos con aire desafiante.

—Sabes que no.

Él apartó la mirada un momento y luego volvió a mirarla.

—¿Tienes idea de cuánto tiempo y dinero he gastado buscándote?

—No deberías haberlo hecho —dio un tirón con fuerza del brazo, intentando escapar—. Tenías a la señora Sheraton. No me necesitabas.

Él tiró aún más fuerte.

—Sapphire...

—Tengo que volver dentro —insistió ella. No quería oír lo que tuviera que decir él acerca de la señora Sheraton. Aquello no tenía importancia. Lo único que importaba era que ella nunca sería para él nada más que una querida.

—No vas a volver a entrar ahí. Vas a venir conmigo.

—¿Qué vas a hacer? ¿Cómo vas a impedírmelo? ¿Secuestrándome otra vez?

—No, no voy a secuestrarte —la soltó tan de repente que ella estuvo a punto de caer—. Pero, si entras ahí, le diré a todo el mundo quién eres... o, mejor dicho, qué eres —la miró—. ¿Qué has hecho, vendarte los pechos? —acarició su pelo con la punta de los dedos—. Y te has cortado el pelo. ¿Es que te has vuelto loca, Sapphire? —ella bajó la mirada hacia el suelo—. Sapphire —dijo Blake en voz baja—. Piensa. Usa la cabeza. No queremos un escándalo así. Ni tampoco lo quiere el caballero que te contrató cuando te presentaste a él con engaños.

¿Por qué hablaba en plural? Ella se mordió el labio. No había pensando en la gente de la granja Carrington. Sus competidores aprovecharían la ocasión para desacreditarla a ella, al caballo, al señor Carrington. Las mujeres tenían prohibido participar en carreras de caballos. Todos quedarían deshonrados. No sólo el señor Carrington. Red la había contratado. Cosco le había permitido montar a Príncipe. No podía permitir que aquellos hombres pagaran por sus mentiras.

—Está bien —dijo en voz baja, cruzando los brazos. Odiaba a Blake por hacerle aquello y se odiaba a sí misma por haberse puesto en aquella situación y por desearlo a pesar de todo.

—¿Vendrás conmigo? —le tendió los brazos y ella no pudo refrenarse: se acercó a él, cerró los ojos y apretó la cara contra su camisa.

—Iré contigo —dijo, y luego susurró—, al menos, por esta noche.

Tal y como había prometido, Blake la acompañó discretamente a través de las cocinas y subió con ella por una escalera trasera. Nadie los vio y pronto se encontraron en la habitación de Blake.

—Deja que te prepare algo de beber —dijo él mientras cerraba la puerta con llave.

Ella se quedó parada en mitad de la lujosa suite. No sabía si tenía ganas de reír o de llorar.

—¿Champán? —preguntó él.

Ella se encogió de hombros.

—Sí, estaría bien.

—Más tarde pediré algo de comer.

—Más tarde —repitió ella.

Blake quitó el corcho a la botella y le sirvió una copa. Ella levantó la mirada.

—¿Pensabas celebrar una fiesta íntima con alguien?

Él frunció el ceño.

—Fue un regalo de un colega. Estoy aquí por negocios y Manford, que está abajo, me convenció para que bajara a la fiesta. Si no hubiera aceptado, quizá no hubiera... —guardó silencio.

Sapphire deseó saber qué estaba pensando. Abajo le había parecido que se sentía feliz de verla, pero ahora... ahora ya no estaba tan segura.

—Bebe —dijo él—. Y ven a sentarte. Quiero que me cuentes dónde has estado todos estos meses —llevó dos butacas junto a la chimenea, donde ardían las brasas. Aunque era ya junio, todavía refrescaba por las noches y Sapphire se sentó al borde de la butaca y se alegró al sentir el calor de la chimenea.

—No hay mucho que contar —bebió champán y lo miró por encima del borde de la copa. Blake estaba más delgado. No parecía haberse cuidado mucho. ¿Habría sido por ella? ¿Había estado preocupado por ella?—. Me fui de Boston esa noche y un día después conocí a un hombre muy amable y acabé en los establos de los Carrington, trabajando de *jockey*.

Él sacudió la cabeza.

—Quiero que me cuentes toda la historia, Sapphire. Cada paso que diste en el camino. Cada persona con la que hablaste. No sabes lo angustiado que he estado.

Ella observó las arrugas de su frente y deseó de nuevo saber qué estaba pensando. No, qué sentía. Luego comenzó a contarle lo sucedido desde la última vez que se habían sentado juntos. Le habló de Petrosky, de Red y de los gatitos del granero. Le habló de Stowe, que últimamente parecía más el perro de Red que el suyo. Le habló de cómo había aprendido a montar un caballo de carreras y de cómo se había cortado el pelo y de cómo una vez habían estado a punto de sorprenderla bañándose en el cuarto de arreos.

Antes de que se diera cuenta, el reloj de la chimenea dio la medianoche.

—Debería irme —dijo.

Blake se levantó y pasó un dedo por el cuello de su camisa blanca.

—Aún no puedo creer que te hayas hecho pasar por un chico todos estos meses —sacudió la cabeza—. No puedo creer que te hayas salido con la tuya.

Ella sonrió. Ignoraba qué había sido de su ira durante las cuatro horas que habían pasado hablando, pero había desaparecido. Ahora sólo experimentaba una extraña sensación de paz.

—No entiendo por qué te sorprende tanto —acarició el cuello de Blake, imitando su gesto—. También me hice pasar por una criada, ¿recuerdas? Molly la sirvienta.

Él sonrió.

—Eso estuvo muy mal por mi parte —la estrechó entre sus brazos y ella lo miró a los ojos.

—¿Eso era una disculpa?

Blake la besó ligeramente en los labios y, por un instante, Sapphire se envaró entre sus brazos. Un tropel de pensamientos se agolpaba en su cabeza. Entonces sintió que se relajaba de nuevo y volvió a sentir aquella paz. Entreabrió los labios y dejó que sus ojos se cerraran.

—Sapphire, Sapphire... —musitó él, abrazándola tan fuerte que ella apenas podía respirar—. Dios, cuánto te echaba de menos.

Sapphire se aferró a él y lo besó hasta que le faltó el aire. Blake le quitó la chaqueta y la dejó caer al suelo. Le siguió la suya. Ansiosa por tocarlo, ella le sacó la camisa de los pantalones y deslizó las manos bajo ella. Pasó los dedos por su vientre plano y su pecho. Sus bocas se entrelazaban. Ella se quitó las botas a puntapiés y él le bajó los pantalones. Sapphire tembló al sentir su contacto. Hacía tanto tiempo... Con ayuda de Blake, se quitó los pantalones y dejó entrever el triángulo de vello rojo de entre sus muslos. Blake metió las manos bajo su camisa.

—Quítate esto —le susurró al oído, tirando de la tela de algodón que ella usaba para ocultar sus pechos. Mirándolo a los ojos, Sapphire comenzó a deshacer el vendaje y dejó caer la tela al suelo. Sus pechos quedaron libres al fin y ella echó la cabeza hacia atrás y contuvo el aliento al sentir las manos de Blake sobre ellos y el roce de su pulgar sobre los pezones hinchados.

Blake la levantó en brazos y la llevó a la enorme cama que ocupaba el centro de la habitación. Ella no opuso resistencia. Quería hacer el amor con él una última vez, sentir su boca, notarlo dentro de sí. Blake la depositó en la cama y se inclinó sobre ella, le subió la camisa y ella agarró el bajo de la suya, se la sacó por la cabeza y la arrojó al suelo.

Blake dejó escapar un gruñido de deseo, agachó la cabeza y pasó la lengua por la areola de su pezón, arrancando a Sapphire gemidos de placer. Tomó su pezón entre los labios para chuparlo suavemente. Ella se arqueó, aferrándose a las sábanas de seda con una mano.

—Blake —susurró, y abrazó sus hombros, intentando atraerlo hacia sí—. Por favor —dijo al tiempo que rodeaba sus caderas con las piernas y levantaba la pelvis hacia él. Sentía ya la prueba de su excitación y lo deseaba desesperadamente.

—Siempre tienes mucha prisa —dijo él con voz ronca, y trazó un húmedo sendero de besos entre su pecho y su vientre.

—Blake, por favor —gimió ella, desesperada, y se incorporó a medias para tirar de la cinturilla de sus pantalones—. ¿Primero deprisa y luego despacio? —al mirarlo a los ojos, le pareció ver otra vez algo nuevo en ellos.

—Está bien, está bien —dijo él, riendo mientras se quitaba los pantalones—. Pero sólo lo hago por ti. Todavía de pie en el suelo, le ofreció las manos y ella entrelazó los dedos con los suyos. Con los ojos fijos en ella, Blake arqueó las caderas hacia delante y ella se movió hacia él y lo aceptó dentro de sí. Una sola acometida y Sapphire sintió que se perdía. Cerró los ojos y levantó las caderas de la cama una y otra vez.

Todo acabó demasiado rápido. Sapphire gritó, arqueó la espalda y apretó las manos de Blake. Un instante después, Blake dejó escapar un gruñido y cayó hacia delante, hundiendo la cara en el hueco de su cuello. Permanecieron los dos inmóviles un momento, jadeando, y luego él se apartó y ella se movió un poco para dejarle sitio en la cama.

—Tengo hambre —dijo Blake al tumbarse a su lado de espaldas. Sapphire rió y volvió la cabeza.

—Yo también.

—Por suerte, ese problema puedo resolverlo, señor Water... ¿o debería decir Molly? —Blake se incorporó, la besó y después cruzó desnudo la habitación y tiró de una cuerda que colgaba del techo.

Sapphire oyó una campanilla en algún lugar del pasillo. Poco después llegó un lacayo y Blake se asomó al pasillo el tiempo justo para pedir algo de comer. Media hora después estaban sentados en medio de la cama, comiendo fiambre de perdiz con salsa de menta, pan recién salido del horno y fresas con nata montada. Se acabaron la botella de champán.

—¿Pido más? —le preguntó.

Ella se echó a reír.

—Creo que ya he bebido bastante, señor.

—¿Ni siquiera para brindar?

Ella se metió una fresa en la boca y lo miró desde el otro lado de la cama.

—¿Brindar por qué, lord Wessex? ¿O debo llamarte Blake Thixton?

Él arrugó el ceño.

—Porque hayas regresado conmigo, por supuesto.

Ella se limitó a sonreír y tomó otra fresa. Cuando estuvieron del todo saciados, Blake quitó los platos y las copas de la cama y los puso en una bandeja de plata, junto a la puerta. Todos, excepto el cuenco, todavía medio lleno, de la nata, que dejó sobre la mesilla de noche.

—¿Para qué es eso? —preguntó ella, y apuró su copa de champán.

—Supongo que tendré que enseñártelo —él le quitó la copa vacía y la dejó en la mesilla—. Pero tendrás que quitarte la camisa.

—Sí, ¿no? —ella rió y levantó los brazos para que le quitara la camisa. Lo miraba por entre las pestañas, los ojos cargados ya por la pasión, mientras él se quitaba la suya. Luego, sentado en la cama, completamente desnudo, Blake comenzó a pasar las manos sobre su cuerpo, sobre sus hombros, sus brazos, su espalda y sus muslos. Acarició cada palmo de su piel con movimientos lentos y delicados y, cuando hubo acabado, comenzó de nuevo por arriba, masajeándole el cuello, los hombros, los pechos... Tendida en la cama, con la cabeza apoyada en su regazo, Sapphire lo miraba. Se sentía en una nube. Una calma que nunca antes había conocido colmaba su cuerpo.

Sintió de pronto algo frío en el pezón y abrió los ojos. Al bajar la mirada, vio una mancha blanca de nata sobre su pecho.

—¿Qué...?

Blake se inclinó y cubrió su pezón con su boca caliente, lamiéndolo hasta que desapareció toda la nata. Sapphire gimió y se retorció mientras él hacía lo mismo con el otro pezón. Había algo increíblemente erótico en la frescura de la nata y el calor de su boca. Su mente y su cuerpo parecían arrastrados por un torbellino. Esta vez, sin embargo, Blake no se compadeció de ella. Por más que le suplicó, se tomó su tiempo, la tocó, la acarició y la lamió. Sapphire perdió el control una y otra vez, llevada hasta el umbral del placer por Blake, que luego volvía a apartarla de él. Cuando al fin sus cuerpos se unieron, Sapphire se encontró riendo y llorando al mismo tiempo, arrastrada por el éxtasis. Luego, una vez satisfechos ambos, se acurrucó junto a Blake, dejó que la tapara con una manta... y se quedó dormida.

Eran casi las cinco de la mañana cuando se despertó y abandonó la cama de Blake. No le despertó porque no había necesidad de discutir. De todos modos, no podía quedarse. Entre ellos no se había resuelto nada. No se quedaría con un hombre que no la amaba.

Negándose a derramar una sola lágrima, se vistió y recogió su chaqueta mientras se dirigía a la puerta. Al salir al pasillo a oscuras, sólo se permitió una mirada atrás. Blake yacía de espaldas, con los brazos extendidos hacia los lados y los labios entreabiertos. Sapphire sonrió, contuvo las lágrimas y se llevó los dedos a los labios.

—Te quiero —susurró, y después se marchó.

Sapphire caminó por las calles de Nueva York hasta una hora decente y luego entró en una tienda de empeños, donde un hombre de cara enjuta y mala dentadura no le hizo preguntas cuando le ofreció su fina levita y sus pantalones a cambio de unos pantalones de chico bastos, una chaqueta de arpillera, una gorra sucia y un par de dólares. El hombre dejó que se cambiara detrás de una cortina, en la trastienda.

De vuelta en la calle, se encaminó hacia los muelles. Iba a irse a casa.

Con los ojos llenos de lágrimas, se metió las manos en los bolsillos y bajó la cabeza para protegerse del viento que soplaba entre los altos edificios. Sin el dinero que había escondido en el cuarto de arreos, bajo una tabla del suelo, iba a ser difícil, pero estaba decidida. Sólo tenía el dinero que había ganado en la carrera y el que le habían dado en la tienda de empeños, pero iba a regresar con Lucía y Angelique aunque tuviera que cruzar a nado el Atlántico.

Al llegar a los muelles, fue de barco en barco preguntando si alguno de los que se dirigían a Inglaterra necesitaba un camarero. Por fin, un hombre con un parche en el ojo le dijo que el Sally Mae buscaba un pinche de cocina. Sapphire le dio las gracias y se dirigió a aquel barco, una goleta procedente de Bristol. Encontró al cocinero en cubierta, supervisando la carga de banastas de pollos y gansos. El hombre le echó una ojeada, le preguntó por su salud y a continuación asintió con la cabeza.

—Estás un poco flaco, pero supongo que servirás —masculló—. Por lo menos no comerás mucho —señaló las banastas de pollos que había todavía en el muelle—. ¿Qué haces ahí parado? Sube a bordo las puñeteras cajas, chico —escupió un chorro de tabaco por encima de la barandilla—. Zarpamos con la marea de la tarde.

Cuatro horas después, cuando soltaron amarras, Sapphire estaba en cubierta, junto al cocinero. Vio a Blake un instante antes de que él la viera a ella y consideró seriamente la posibilidad de lanzarse al agua

—¡Esperen! ¡Esperen! —gritó Blake mientras corría por el muelle—. ¡Oigan! ¡Los del barco! ¡Los del Sally Mae, esperen!

Uno de los marineros que empezaban a alzar la pasarela miró hacia el muelle.

—¡Capitán! —gritó—. ¡Aquí hay un hombre que dice que esperemos!

Sapphire miró a su alrededor, pero no había dónde ir y habría sido una estupidez saltar al agua. Cerró los puños, llena de ira, y se dio la vuelta para no presenciar la conversación que iba a tener lugar entre el capitán del barco en el que había estado a punto de escapar de Blake Thixton.

—Señor, ¿es usted el capitán? —gritó Blake.

El capitán asintió con la cabeza y, al darse cuenta de que su interlocutor era un hombre importante, se quitó la gorra.

—Sí, señor. ¿En qué puedo servirle, señor?

Sapphire no pudo evitar volver la cabeza.

—Señor, mi hijo. Lleva a mi hijo a bordo. Ese chico de allí, el pelirrojo.

De no haber estado tan furiosa, Sapphire se habría echado a reír. El capitán se volvió hacia el cocinero, que seguía junto a Sapphire. El cocinero levantó las manos.

—El chico estaba buscando trabajo, capitán. Yo no sabía que se había escapado.

—Por favor, no ha pasado nada —dijo Blake como un padre preocupado—. Pero díganle que baje. Si no se lo devuelvo a su madre antes de que anochezca, no podré volver a casa.

El capitán se rió y le hizo una seña al marinero para que volviera a bajar la pasarela.

—Adelante, muchacho —dijo con buen humor.

Sapphire se quedó quieta un momento, con la mandíbula apretada. Tenía que haber algún modo de evitar aquello. No quería discutir con Blake en el muelle. No quería avergonzarle diciéndole que no podía estar con él porque no creía que fuera una mujer honesta. Porque nunca la querría.

—Muchacho, haz lo que dice el capitán —el cocinero le dio un empujón.

Sapphire cruzó despacio la cubierta. Cuando llegó a la pasarela, Blake estaba en el muelle, más guapo que nunca, alto y majestuoso con su levita de gala y su sombrero de copa.

—Vamos, Sam —dijo, ofreciéndole la mano.

Sapphire bajó lentamente por la pasarela. Al llegar al final, Blake la agarró del brazo y tiró de ella enérgicamente.

—¡Gracias! —gritó—. ¡Y buen viaje! —ella caminó a su lado en silencio hasta que estuvieron lo bastante lejos como para que los hombres del Sally Mae no los vieran—. Mi carruaje está por aquí —dijo Blake, malhumorado—. Vamos.

—No —Sapphire se detuvo en medio de la calle. Había hombres por todas partes. Hizo caso omiso del bullicio del puerto y se concentró en la cara de Blake.

—¿No? ¿Cómo que no? —preguntó él—. ¿Qué demonios creías que estabas haciendo en ese barco?

—¡Me iba a casa! —le gritó ella.

—¿A casa? Tu casa está conmigo.

—No, mi casa no está contigo, Blake. ¿Cuándo vas a meterte en la cabeza que no voy a ser tu querida? ¡Soy la hija de lord Edward Wessex y no seré la querida de nadie! Ni siquiera de ti.

—Monta en el carruaje —él miró a su alrededor. No parecía haber oído una palabra de lo que le había dicho—. La gente empieza a mirarnos —intentó apoyar la mano sobre su hombro y ella se apartó.

—No voy a montar en tu carruaje y no me importa si nos miran. Voy a volver a Inglaterra, lejos de este lugar. ¡Lejos de ti!

El rostro de Blake, que un instante antes parecía contraído por la ira, cambió de expresión.

—Hablas en serio, ¿verdad?

—¡Claro que hablo en serio! —se abalanzó sobre él y le golpeó con los puños—. Canalla. No me quedaría aquí contigo ni aunque...

—¿Ni aunque me casara contigo?

—¿Qué? —ella se apartó y lo miró—. ¿Qué has dicho? —musitó. Habría jurado que sus ojos oscuros y borrascosos estaban empañados.

—He dicho —dijo él en voz muy baja— que si te quedarías si me casara contigo.

—¿Te casarías conmigo? —la cabeza le daba vueltas otra vez. De pronto, la vida le parecía llena de posibilidad—. Pero, ¿por qué? ¿Para qué casarte conmigo? ¿Y la señora Sheraton? Sé lo que pasó esa noche, así que no tiene sentido que lo niegues.

—No lo negaré porque no quiero mentirte. Pero eso fue un error, Sapphire. Me equivoqué. No sé en qué estaba pensando. Me importabas tanto que... que estaba asustado.

Ella sacudió la cabeza. Intentaba comprender, necesitaba

comprender. Nunca había visto aquella faceta de Blake. Él acababa de admitir que se había equivocado.

—¿Estabas asustado? ¿Asustado de qué?

—Sapphire, a veces pareces tener muchos más años de los que tienes y otras... —se quitó el sombrero y se alisó el pelo con la mano—. Tenía miedo, querida mía, amor mío, porque te quería y nunca he querido a nadie en toda mi vida —su voz se quebró—. No sabía qué hacer. No sabía cómo...

—¿Me quieres? —susurró ella casi sin aliento—. ¿Me quieres? ¿Por eso me secuestraste? ¿Por eso me obligaste a servirte de criada, porque me quieres?

Él esbozó una sonrisa irónica.

—Obviamente no era eso lo que pensaba, pero sí. Supongo que por eso hice esas cosas. Estabas tan empeñada en que eras la hija de Wessex y...

Sapphire sintió de pronto que el estómago le daba un vuelco.

—Espera —dijo. Estaba tan aturdida que apenas podía pensar—. ¿Estás diciendo que sigues sin creerme cuando digo que soy hija de Edward Thixton?

—No estoy diciendo eso —tomó su mano y se la llevó al corazón. La gente los miraba extrañada. ¿Un caballero con sombrero de copa llevándose al corazón la mano de un muchacho? Tendrían suerte si no provocaban un tumulto.

—¿Qué estás diciendo entonces, Blake? —repitió ella, desesperada.

—Te fuiste de Boston. Vivías como un chico...

—Sí, para ganar dinero y regresar a Inglaterra.

—Exacto. Y luego, cuando frustré tus planes, decidiste embarcarte como una especie de grumete para regresar.

—Para darte una lección —ella bajó la cabeza y apoyó las manos sobre su pecho—. No, para dármela a mí misma.

—Lo cual es exactamente lo que creo que intento decir

—Blake le besó la palma de una mano—. No puedo decirte sinceramente que crea que eres la hija de Edward, pero puede decir que creo que lo crees y...

—¿Y qué? —susurró ella, y rezó por que él comprendiera que todo dependía de sus palabras siguientes.

—Y estoy dispuesto a regresar a Londres contigo para averiguar si, en efecto, Edward se casó con tu madre —la miró a los ojos—. Si, a cambio, te casas conmigo.

—Porque me quieres —susurró ella con los ojos llenos de lágrimas.

—Porque te he querido, seas quien seas, desde el día que te conocí —sonrió—. Entonces, ¿aceptas? ¿Te casarás conmigo para que no tenga que seguir buscándote por las calles de Boston o de Nueva York o Dios sabe dónde?

—Sí —sollozó ella, y se arrojó en sus brazos.

Blake la enlazó por la cintura y la levantó en vilo.

—¿Sí?

—¡Sí! —ella lo estrechó con fuerza, levantando la cara hacia la suya—. Sí, me casaré contigo, Blake Thixton, conde de Wessex, y sí, te quiero. Sólo quería oírtelo decir. Es lo único que quería. Te he querido desde el día que apareciste lleno de arrogancia en el salón de la casa de mi padre.

30

Tres semanas después, Sapphire y Blake desembarcaron en Londres y se separaron en los muelles. Blake tomó un coche de alquiler hacia su casa en Mayfair y Sapphire tomó otro en dirección al apartamento de Lucía en Charing Cross. Al apearse del carruaje, se ajustó el sombrero. Después de tres semanas, todavía se alegraba de volver a llevar ropas de mujer.

Tras la aparición de Blake en el puerto de Nueva York, se habían quedado en la ciudad y habían reservado pasajes en el primer vapor de pasajeros que partía hacia Londres. Durante la semana que tuvieron que esperar, pasaron muchas horas de compras y las que no invertían en comprar las pasaban en la cama del hotel Madison-James. Blake se había ofrecido muchas veces a hacer de ella su esposa en una de las hermosas iglesias de Nueva York o Boston, antes de zarpar. Parecía importante para él reparar lo que consideraba una infidelidad hacia ella, pero Sapphire le aseguró que el asunto de Grace Sheraton estaba olvidado y perdonado. Ella deseaba que Lucía y Angelique estuvieran presentes en su boda, de modo que decidieron casarse en Londres. Lo único que lamentaba era que Armand no estuviera allí, pero eso era, naturalmente, imposible. Ni siquiera estaba segura de que siguiera vivo.

Al llegar a la puerta de Lucía, se tomó un momento para alisar su vestido azul y verde. Llevaba guantes del mismo color azul que el vestido y un sombrero de ala ancha decorado con flores azules y verdes. Blake le había dicho en el muelle, antes de darle un beso de despedida, que las flores hacían juego con sus ojos. Sapphire sonrió y llamó a la puerta. Blake le decía todos los días y prácticamente a todas horas que la quería, y sin embargo ella no se cansaba de oírlo. Estaba deseando saber qué diría Angelique al respecto.

La puerta se abrió y Avena apareció en el umbral. Echó un vistazo a Sapphire, dejó escapar un grito de alborozo y se llevó a la cara el bajo de su delantal blanco.

—¡Válgame Dios! ¡Un fantasma! —exclamó.

Sapphire se echó a reír y entró quitándose los guantes.

—No soy un fantasma, Avena. Soy yo. En carne y hueso —se tocó el pecho y abrazó a la doncella.

—¿Es Jessup, Avena? —gritó la tía Lucía desde el pasillo—. Dile que ya voy. No debemos llegar tarde. ¡El barco no va a esperarnos!

Avena se apartó lentamente el delantal de la cara.

—No es el señor Stowe, señora —dijo en un inglés excelente.

—¿Ah, no? —la voz de Lucía se fue haciendo más fuerte a medida que avanzaba por el pasillo—. Entonces, ¿quién...? —Sapphire se volvió hacia el pasillo en el momento en que su madrina entraba en el salón—. ¡Sapphire! —gritó Lucía.

Sapphire corrió a sus brazos.

—¡Qué alegría! —exclamó mientras la abrazaba—. ¡Te he echado tanto de menos y tengo tantas cosas que contarte...!

—¡Eres tú! ¡Eres tú de verdad! —Lucía se echó hacia atrás y apretó sus mejillas—. Le dije a Angelique que estabas bien.

Que estabas a salvo y que volverías a casa —de pronto se llevó las manos al vientre—. ¡Oh, no! ¡Angelique y Henry! ¡Avena! —gritó, agitando los brazos—. Ve abajo a buscar al señor Stowe. ¡Tiene que llegar al barco!

—¿A qué barco? —preguntó Sapphire, confusa.

—El que zarpa hacia Boston, ¿cuál va a ser? —dijo Lucía como si Sapphire fuera una niña boba. Avena salió corriendo del piso—. El barco en el que van Angelique y Henry. Se casaron la semana pasada y reservaron pasajes para América. ¡Iban a ir a buscarte!

Sapphire se echó a reír, con los ojos llenos de lágrimas, y volvió a abrazar a su tía.

—No podemos permitirlo, tía Lucía. ¡Angelique tiene que estar aquí para mi boda!

Menos de un mes después, Sapphire se hallaba, trémula, en el vestíbulo de la colegiata de San Pedro, en Westminster. Blake había recibido permiso para casarse en la abadía de Westminster por ser el conde de Wessex, y a su boda había sido invitada la flor y nata de la sociedad londinense. Ahora, Sapphire esperaba a que el clamor de las trompetas señalara su entrada en la capilla y temblaba de la cabeza a los pies. Nada de lo sucedido durante las seis semanas anteriores le parecía real y, sin embargo, al ver a Blake ante el altar, todo había cobrado cuerpo de repente.

Se llevó la mano enguantada a la joya que adornaba su garganta. Blake había insistido en hacer engarzar en un collar de oro el zafiro que le había dejado su madre, rodeado de diamantes.

—¿Estás lista? —le susurró Angelique al oído.

Sapphire miró el vestido azul claro que llevaba. Lo había confeccionado la madre del prometido de Avena en satén y encaje, a la última moda francesa, con un escote que dejaba al aire sus hombros.

Sonaron las trompetas y se sobresaltó. Miró las columnas de mármol que se alzaban hacia el techo.

—Ya ha llegado el momento —dijo Angelique con una sonrisa—. Esto es lo que siempre habías querido, lo que has esperado toda tu vida. El amor verdadero —susurró—. Así que no pongas esa cara de susto. Es Blake —lo señaló con la mano—. Te está esperando.

Sapphire miró el pasillo que pronto recorrería, al final del cual, junto al párroco, vio a Blake. Iba exquisitamente vestido de negro y la estaba aguardando. Cerró los ojos, elevó una plegaria en silencio y comenzó a recorrer el largo pasillo de la abadía de Westminster.

La hora siguiente pasó en un torbellino de caras, voces y música. Todo Londres había ido a ver cómo se casaba el conde de Wessex con una joven a la que el año anterior habían difamado los rumores. La condesa viuda de Wessex estaba allí, con sus hijas, al igual que lord y lady Morrow y hasta lord y lady Carlisle, que un año antes habían echado a Sapphire de su casa. De alguna forma el pasado había quedado olvidado y los invitados reunidos en la iglesia sonreían y se decían entre susurros lo bella que estaba la novia y lo buen caballero que había resultado ser el americano.

Sapphire se sintió como si flotara en una nube de seda azul cuando, al fin, el párroco les declaró marido y mujer y Blake se inclinó para besarla. Sus labios se encontraron y él susurró:

—Con este beso te desposo.

Ella le rodeó el cuello con los brazos y él la estrechó contra sí y la besó con pasión. Las trompetas sonaron de nuevo y retumbaron en los contrafuertes de la iglesia. Blake levantó al fin la cabeza y le ofreció el brazo. Juntos recorrieron el pasillo de la abadía de Westminster, cubierto ahora de pétalos blancos. El cortejo nupcial y los invitados los siguieron y, al llegar al vestíbulo, todos se reunieron a su alrededor para desearles felicidad.

—Condesa de Wessex, cariño mío, enhorabuena —sollozó la tía Lucía mientras los abrazaba—. Mi Jessup tiene un regalo para vosotros —tomó a Sapphire del brazo y tiró de ella hacia un pequeño entrante de la pared de la iglesia que había junto a una estatua. Blake no tuvo más remedio que seguirlas—. La novia, la nueva condesa de Wessex, los recibirá en casa de lord y lady Morrow —gritó Lucía a los invitados, agitando un pañuelo—. ¡Jessup, querido, ven enseguida!

Sapphire levantó la vista y vio que el señor Stowe se acercaba rápidamente a ellas seguido por un anciano de aspecto frágil.

—Enhorabuena —dijo, con la cara muy colorada y una sonrisa al besar a Sapphire y dar la mano a Blake—. Quisiera presentaros al padre Paul Seton.

Sapphire hizo una rápida reverencia y Blake ofreció la mano al anciano.

—Padre.

—Díselo, Jessup —insistió Lucía, que parecía a punto de estallar de alborozo.

—El padre Paul fue párroco de la pequeña iglesia de Shemingsbury Cross muchos años y allí casó a muchas parejas. Casi todas ellas pobres, pero no todas —el anciano asintió con la cabeza, sonriendo—. El padre Paul recuerda una boda en particular, hace más de veinte años. Una boda entre un distinguido caballero y una muchacha del pueblo —Sapphire dejó escapar un gemido y tomó la mano de Blake.

—La iglesia se quemó hasta los cimientos hace muchos años —dijo el anciano—. Los archivos ardieron. Desaparecieron. Pero yo guardaba copia de todos los archivos de la iglesia —explicó—. Tenía esa costumbre desde mi primera parroquia en Whitford Downs —metió la mano dentro de su levita negra y sacó un trozo de papel descolorido—. Tengo aquí un certificado de matrimonio firmado en abril de 1810 por una tal Sophie Barkley, hija de un granjero, y un tal lord Edward Thixton, vizconde de Hastings.

El anciano les ofreció el papel, pero a Sapphire le temblaban tanto las manos que no pudo tomarlo. Blake lo recogió y lo observó un momento; luego se volvió hacia Sapphire, tomó su mano enguantada e hincó una rodilla en el suelo. Sapphire intentó contener las lágrimas.

—¿Serás capaz de perdonarme, lady Wessex, por haber dudado de ti un solo momento? —preguntó él.

Sapphire lo rodeó con los brazos.

—Vamos, lord Wessex, tenemos trescientos invitados y no debemos hacerles esperar.

31

—Armand, *mon chèr*, ¿está despierto? —preguntó Tarasai, sentándose al borde de la cama. Al ver que no contestaba, tomó a su hijo, que dormía en sus brazos, y lo puso sobre la cama, junto a su padre. Luego se inclinó para subir la llama de la lámpara de aceite.

Era plena noche y Tarasai se había levantado para dar de mamar al niño. Como siempre, había ido a ver cómo estaba Armand antes de volver a dormirse. Él había tenido un día de grandes emociones entre la llegada de la carta anunciando la boda de Sapphire y el hallazgo del registro parroquial que demostraba la ascendencia de su hijastra, y la posterior llegada de su abogado, a quien había hecho llamar inmediatamente. Tarasai había intentado convencerlo de que, cualquier asunto que tuviera con el abogado, podía esperar hasta el día siguiente, pero Armand no había querido escucharla. El abogado había permanecido horas encerrado en la alcoba con él, y después Armand le había parecido más cansado que de costumbre cuando ella fue a decirle buenas noches.

—¿*Mon amour?* —el bebé hacía leves ruidos, dormido—. ¿Armand? —el corazón le aleteó en el pecho cuando se inclinó sobre él y acercó la lámpara.

Armand yacía de espaldas, con la sábana pulcramente colocada sobre el pecho. Tenía los ojos cerrados y los labios entreabiertos y Tarasai comprendió, incluso antes de comprobar si respiraba, que no sentiría su aliento.

−*Non* −musitó con los ojos llenos de lágrimas mientras tomaba su mano fría y se la llevaba a los labios−. *Non*, Armand. Aún no.

Apoyó la cabeza sobre su pecho. Las lágrimas corrían por sus mejillas. Esa noche, cuando lo había ayudado a acostarse, Armand le había parecido feliz. Su cara reflejaba la alegría que sentía porque su Sapphire estuviera a salvo y fuera amada. Había tomado a su hijito en brazos y le había besado los dedos diminutos, diciendo lo fuerte que iba a ser cuando fuera mayor y lo buen terrateniente que sería. Tarasai había prestado poca atención a lo que decía y había insistido en que le diera al niño y se metiera en la cama. Él parecía mucho más fuerte que durante las semanas anteriores. ¿Cómo podía sencillamente haberse tumbado y haber muerto?

Tarasai tomó a su hijo en brazos y lo acercó a su pecho. Apartó la fina tela de su camisón y el bebé comenzó a mamar.

−Mi Armand −murmuró mientras contemplaba su bello rostro−. Ni siquiera te he dicho que te quería −pero sabía que Armand era consciente de ello−. *Au revoir, mon amour* −susurró, sonriéndole entre lágrimas−. *Au revoir* y gracias, Armand mío. Gracias por mi hijo.

Epílogo

Sentada al borde de la cama, Sapphire releía la carta que le había enviado su tía Lucía desde Londres. Había también otra carta que debía remitir a Angelique en cuanto supiera dónde se habían instalado Henry y ella en el Oeste.

Armand había muerto. Su amado Armand. Y, dado que Sapphire era ahora más rica que él, como esposa del millonario americano Blake Thixton, había dejado sus plantaciones a su hijo varón.

—Lo siento mucho —dijo Blake, levantándose de la silla de su escritorio, en un rincón de su alcoba—. ¿Puedo hacer algo por ti?

Ella negó con la cabeza y se enjugó las lágrimas.

—No, pero gracias. Sabíamos que esto iba a pasar. Por eso nos mandó a Londres, ¿sabes? Pero me entristece no haber tenido oportunidad de verlo una última vez. Dobló la carta y la dejó sobre el escritorio.

Blake la estrechó en sus brazos y besó su coronilla. Sapphire tenía ya el pelo largo, y le caía sobre la espalda, como a él le gustaba.

—No me gusta verte triste.

Ella levantó la mirada y sonrió.

—Sigo teniendo mis recuerdos y sigo llevando a Armand aquí —posó la mano sobre su corazón.

—¿Aquí? —preguntó él, y se inclinó para besarle el pecho a través de la fina tela del camisón.

—Sí —rió ella, metiendo los dedos entre su pelo.

—¿Y aquí también? —Blake besó su otro pecho y ella se echó a reír y le levantó la cabeza.

—Sí, milord Wessex. ¿O debería decir señor Thixton? —bromeó.

—Pues no lo sé. ¿Quién eres tú esta noche? —él la enlazó por la cintura y se inclinó hacia ella—. ¿Eres lady Wessex, la condesa, la esposa del conde de Wessex?

—Mmm —ella suspiró y se tocó la barbilla, fingiendo que se lo pensaba.

—¿O eres Sapphire Thixton, la esposa del señor Blake Thixton, magnate naviero?

—No lo sé —contestó ella, y se desasió de sus brazos—. Puede que sea Molly la doncella —recogió un montón de toallas limpias que había en una silla, junto a la puerta. Myra era ahora su doncella y siempre se aseguraba de que su señora tuviera toallas limpias, por si quería compartir el baño con el señor de la casa—. ¿Una toalla limpia, señor Thixton? —preguntó Sapphire, batiendo las pestañas.

—¡Dámelas! —dijo él, y estiró la mano para atraparla. Pero Sapphire se apartó rápidamente.

—¿Qué me dice de sus sábanas, señor? ¿Quiere que se las cambie?

—¡Ven aquí! —la arrinconó contra la cama y Sapphire gritó, riendo, y se subió gateando a la cama para escapar. Pero Blake la agarró del tobillo y ella cayó sobre el colchón.

—Para, Blake —rió mientras intentaba que le soltara el tobillo—. ¡Me haces cosquillas!

—¿Y esto, también te hace cosquillas, Molly? —pasó la mano por la cara interna de su muslo.

—Señor Thixton, por favor. Creía que le había prometido a la señora Thixton que nunca más tendría una amante.

Él se tumbó sobre ella y la miró a los ojos.

—¿Crees que la señora Thixton también se refería a Molly? —susurró.

Ella sonrió. Era tan feliz que se preguntaba si estaba soñando.

—Quizá deberíamos preguntárselo a ella —respondió en un murmullo y deslizó las manos sobre sus hombros y su pecho. Blake le acarició el cabello de las sienes.

—Un ojo azul, otro verde. ¿Quién iba a imaginar que estos ojos podían hechizar a un cascarrabias como yo?

Ella levantó la cabeza para besarlo.

—Dilo —susurró.

—Te quiero.

—Otra vez.

—Te quiero. Te quiero, Sapphire Fabergine, Sapphire Thixton, lady Wessex, te querría fueras quien fueses.

—Y Molly —dijo ella, atrayendo la cabeza de Blake hacia sí—. No te olvides de Molly.

—¿Cómo iba a olvidarme de ella? —su beso se hizo más profundo y ella no pudo responder.

Al menos, de momento...

Títulos publicados en Top Novel

Atrapado por sus besos — Stephanie Laurens
Corazones heridos — Diana Palmer
Sin aliento — Alex Kava
La noche del mirlo — Heather Graham
Escándalo — Candace Camp
Placeres furtivos — Linda Howard
Fruta prohibida — Erica Spindler
Escándalo y pasión — Stephanie Laurens
Juego sin nombre — Nora Roberts
Cazador de almas — Alex Kava
La huérfana — Stella Cameron
Un velo de misterio — Candace Camp
Emma y yo — Elisabeth Flock
Nunca duermas con extraños — Heather Graham
Pasiones culpables — Linda Howard
Sombras en el desierto — Shannon Drake
Reencuentro — Nora Roberts
Mentiras en el paraíso — Jayne Ann Krentz
Sueños de medianoche - Diana Palmer
Trampa de amor - Stephanie Laurens
Resplandor secreto - Sandra Brown
Una mujer independiente - Candace Camp
En mundos distintos - Linda Howard
Por encima de todo - Elaine Coffman
El premio - Brenda Joyce

www.ingramcontent.com/pod-product-compliance
Lightning Source LLC
LaVergne TN
LVHW030333070526
838199LV00067B/6261